剑来

18 我与我周旋

◎ 烽火戏诸侯 著

浙江文艺出版社
Zhejiang Literature & Art Publishing House

第一章
得宝

　　四人停留片刻，等到手按刀柄的狄元封和黄师相视一眼，这才一起向那座青山飞奔而去。

　　先前他们落脚地带，有一块类似藻井图案的大圆青石，本该位于道观寺庙内部上方，不承想在这座仙家秘境，却给人踩在了脚下。

　　这个藻井圆心处，是一朵莲花，外圈是两条衔尾蛟龙，再外边是十六飞天，圈层极多，繁密精美。狄元封以竹杖敲击多次，有金石声，坚不可摧。

　　不过哪怕可以搬走，狄元封也不敢胡来，毕竟他们还要通过此地离开这座仙府遗址。

　　方才他和黄师之所以故作停留，当然是以防万一。若是有人偷偷跟随他们潜入此地，就要挨上他俩的一刀一拳了。

　　落在最后的陈平安，偷偷拈出了一张阳气挑灯符，依旧没有半点煞气迹象，相较于外边天地，符箓燃烧更加缓慢，应该是此地灵气充沛的缘故。

　　其余三人只是瞥了眼便不再计较。

　　青山绿水之间，有一座白玉拱桥，如白虹卧水。桥栏各望柱头上，雕刻有种种异兽，无一重复，巧夺天工，宛如酣睡之中的活物。桥下水面附近有大石墩，雕刻有传说中龙种之一的异兽，头顶双犄角，浑身披挂龙鳞，塑造为趴地状，探头望水。

　　陈平安陷入了沉思。

　　桥下此物，并不是多么罕见的异兽塑像，只不过这个龙种的名称却很奇怪。

在浩然天下，一般被称为八夏或是霸下，在藕花福地，当时陈平安看遍了南苑国大小河桥，也曾见过此物，只是样式与浩然天下稍有差异。国师种秋从工部拿回的那些书籍当中，那本陈平安翻阅最多的《营造法式》记载为：蚣蝮，避水兽，可吞江水，为远古时代江湖共主所饲养，相传被火神不喜，以煮湖焚海之法生生炼杀。在浩然天下，则无此古怪记载，唯有龙生九子之一的模糊记录，大同小异，却绝对没什么"江湖共主"的说法。

陈平安压下心中念头，不再多想这些，又拈出一张剑气过桥符，犹豫了一下，没有递给黄师他们，而是自己径直走上白玉拱桥。

无风无浪，无惊无险。陈平安就这么走过了白玉拱桥，回首望去，招了招手，示意并无机关，可以放心。

其余三人心思各异，孙道人估计是觉得大伙儿即将走入宝山，这个陈道友想要表现一二。徒劳罢了，这个道友，该死还是要死的。当时在溪畔石崖那边，就不该答应同行，更不该一起进入这座遍地财宝的仙家府邸遗址。只是这么一想，还来不及兔死狐悲，孙道人就悚然一惊，该不会自己也会遭遇不测吧？

年纪轻轻的谱牒仙师，下山历练，为寻宝也为修道，只要不是遇上敌对门派，往往一团和气，哪怕萍水相逢，亮明了身份，便是一份道缘和香火情，吃相终究不至于太难看。可是相互抱团的山泽野修，大多三四人结伙，少了不成事，多了容易多是非，稍有风吹草动，都未必熬得到分赃不均的时候，就已经内讧。跟谱牒仙师争抢机缘，难如登天，所以争抢过程当中，山泽野修往往比前者更加愿意搏命，一旦身陷绝境，散修甚至还会尤为不舍本钱，同仇敌忾，但是分赃过后，黑吃黑又有何难？身为山泽野修，大局已定之后，没点一人独吞好处的念头，还当什么劳什子的野修？

狄元封发现了眼神游移不定的孙道人，笑道："怎么，担心被我和黄师坑害？这么大一座罕见福地，咱们哥仨，最后又能搬走多少？既然搬都搬不完了，还需要你杀我我杀你？"

孙道人一听这话，觉得有理，忍不住开始抚须眯眼而笑。

三人走过白玉拱桥，孙道人趁人不注意，蹲下身摸了一把白玉桥，心道，不是世俗寻常的羊脂美玉，他娘的岂不是又一笔神仙钱躺这儿不动弹？

孙道人屈指轻敲，声音清脆，真是相当悦耳动听啊。就像人生中第一次听到两枚小暑钱轻轻敲击的声响，令人痴迷，百听不厌。

狄元封临近山门时，仰头望向一条直达山巅的台阶，笑道："稍稍绕路，看看风光，确认无人后，我们就直接登顶。"

其余三人都无异议。

山门处有一座造型朴素的巨大牌坊楼，横嵌着"天下洞天"四个雄劲大字。

两侧楹联依旧是石刻而成:寂然不动相通则为神;地上得其秀者即最灵。

陈平安凝视楹联许久,其实半点不对仗工整。但是口气大、意思大。

黄师是最早不去看横匾与楹联的人,早早将视线移到了远处和高处。

狄元封则望向了牌坊楼后方,两边依次向上,矗立有高低不一的石刻碑碣三十六幢,只是不知为何,所刻字迹都已被磨平。

似乎这处遗址,能够告诉后人此处渊源的,就只有那写了等于没写的"天下洞天"四字。至于楹联,就更莫名其妙了。

孙道人仰头望向那古篆横匾,啧啧道:"什么乱七八糟的说法,活该覆灭。"

历史上的洞天福地多有变迁,并非一成不变,或者被大修士打碎,或者莫名其妙就消失了,或者洞天落地降为福地,但是孙道人相信绝对没有"天下洞天"这么个存在。再者此地灵气虽然充沛,但是距离传说中的洞天,应该还是有些差距,因为山上也有那类似稗官野史的诸多记载,提及洞天,往往都与"灵气凝稠如水"挂钩,此地虽水运浓郁,但离这个说法还是很远。

比起身边三人,陈平安对于洞天福地了解更多。不过一样没有听说过"天下洞天"。至于凭借建筑风格来推断洞府年代,也是徒劳,毕竟陈平安对于北俱芦洲的认知还很粗浅。每当这种时候,陈平安就会对出身宗门的谱牒仙师,感触更深。一座山头的底蕴,确实需要一代代祖师堂子弟去积攒。只能先记下,有机会的话,回头将主要建筑描摹一番,将来把画纸交给崔东山看一眼。

狄元封收回视线,点头笑道:"确实奇怪。"

此后四人动身赶路,脚步不慢,走过一座座大殿华屋,亭台楼阁,回廊朱栏,四人时不时就可以见到一具具枯骨尸骸,看尸骨倒地的位置,竟然皆是骤然间暴毙而亡。

谁都没有推门而入,还是想要先去山巅道观一探究竟。

一般而言,山门重宝,都会在高处。

这座不知名的仙家府邸,处处都有细密的划痕,却皆不深刻。就像毫无征兆地下了一场剑气磅礴的暴雨,突如其来,让人无所防备。

这一剑,是剑仙出手无疑,就不知道是玉璞境还是仙人境剑修了。

至于为何会有如此奇怪的出剑,剑气铺天盖地,而且似乎还能准确找到人,来当作那落剑处,真是天晓得。总之,偌大一座仙家门派,就这么瞬间崩塌消散。

陈平安抬头望去。一路走来,渐次登高,死寂一片。

孙道人这一路走得忐忑,好似当头浇下一盆冷水,一直下意识伸手摩挲着那只宝塔铃。若是有妖邪鬼魅隐匿此处,可如何是好?或是这些尸骨当中,有谁死后魂魄凝聚为厉鬼,占据这座仙家府邸不知几百年,即便生前是个不开窍的痴呆,也怎么都该修出个地仙鬼物了吧?所以孙道人得多摸一摸宝塔铃,才能安心。

其实这只铃铛,别有妙用,越是境界高的污秽存在靠近,铃铛声响越是急促繁密,到龙门境为止,简直要吵得悬佩之人心烦意乱,可一旦有那金丹境妖物在附近,宝塔铃反而不会剧烈摇晃,在外人看来便会是毫无动静和声响,实则会在将其炼化的主人心湖之上响起一次叮咚声响。正是宝塔铃的那次悄然提醒,让孙道人逃过一劫。

孙道人只求这次千万莫要在心湖响起铃铛声。

三个盟友合计过,对付一个龙门境修士,哪怕是有一件法宝傍身的谱牒仙师,都不是太大的问题。所以孙道人希冀着腰间宝塔铃摇晃得再厉害些,震天响也无妨。

四人沿途路过那些尸骨的时候,狄元封都会一挥袖子,尸骨所穿衣物,便会被罡气震得灰飞烟灭,不但如此,许多本该蕴藉灵气的修士佩饰,依旧难逃化作灰烬的下场。唯有尸骨,虽被拳罡拂过,但依旧无恙。又是一桩怪事。

十数次出手过后,狄元封没有任何收获,孙道人就开始抢先动作,依葫芦画瓢,可惜运道不济,依旧没能遇见一件法袍。

狄元封便转头望向黄师:"黄老哥试试手气看?"

兴许真是风水轮流转,黄师之后还真在登山台阶上挥臂,挥臂过后,尸骨身上衣物依旧,孙道人立即跑去扒衣服。

去他娘的雷神宅高人风范!老子就是个这辈子没摸过半枚谷雨钱的山泽野修!

只不过得手之后,孙道人依旧忍痛交给了黄师。这就是山泽野修的规矩。当然还有更大的规矩在后边等着四人,不过目前看来,是等着那个陈道友一人才对。

孙道人难得有些不忍。莫不是自己要难得菩萨心肠一回,劝说一下狄元封和黄师?

若真是人人满载而归,都无法搬空此地库藏,就没有必要杀人越货了吧?

只是孙道人有些犹豫不决,觉得不着急,先看收获再谈其他。不然最后若是连一两只行囊都装不满,自己这般优柔寡断,妇人之仁,只会让那两个家伙心生厌恶,保不齐就要干脆连自己一并宰了。

陈平安始终跟在三人之后。

走完最后一级台阶,在道观之前的白玉广场上,有两具较小的尸骨,被狄元封挥袖过后,衣物荡然无存,却各自留下一件遗物。只不过两件山上重器,裂缝极多,品相伤得极多。

狄元封蹲下身拾起,小心翼翼收入袖中。

黄师说道:"看来此地灵器法宝,品相都不会太好了。"

狄元封点了点头,笑道:"那咱们就以量取胜。"

孙道人乐不可支。黄师也难得露出一丝笑意。

陈平安依旧没有掺和,他还是习惯了先想退路,再来谈寻宝求财。

站在山顶,举目眺望,视野所及,青山与绿水之外,方圆百里之内的景象皆可见,无非是远近有别,视线逐渐趋于模糊,可再远一些,好像存在着一条无比清晰的界线,过线之后,就陡然一变,变得雾蒙蒙一片,给陈平安一种道路尽头、天地空虚的压抑感觉。

　　这是好事,也是坏事。好事是这座仙家洞府,是一处传说中的无根之地,类似那破碎的远古洞天福地,并非建造在真正的山水之中。这说明此处仙家遗址,一定历史悠久,极有渊源,说不定真有价值连城的天材地宝,能够出现一两本直指地仙境的仙家秘籍。可坏事就是进来容易出去难,除非有人可以破开小天地的禁制。

　　陈平安背后就有一把剑仙在鞘,当然做得到,想必再牢固的天幕,都比不上骸骨滩鬼蜮谷。但到时候他就会成为各路山头的众矢之的,这与他"偷偷捡漏挣小钱、悄悄离开别管我"的初衷相悖。

　　陈平安可不希望成为第二个姜尚真,沦为北俱芦洲修士眼中的过街老鼠,人人喊打喊杀。

　　黄师三人之所以如此心安理得,应该是尚未察觉到远处的山水异象,由此可见,黄师这个金身境武夫,不是纸糊的,却也不算太强。

　　那条线的存在,其实对当下的陈平安而言,意义不大。可一旦最坏的情况出现,他却是唯一能够看得见、并且走得出小天地的人。

　　其余三人,则依旧被蒙在鼓里,兴许这会儿正在暗中交流,该如何黑吃黑了他这个道友。

　　眼前这座道观不大,匾额已无,四人走入道观之前,都忍不住看了眼屋脊的碧绿琉璃瓦,山上建筑众多,唯有此处才有此瓦。岁月悠悠,瓦片依旧宝光流转,显然不是世俗王朝皇宫、王府的那种寻常琉璃瓦,是真正的山上宝贝,神仙人家用物。总之每一块瓦片,都是神仙钱。

　　这一幕看得孙道人浑身颤抖,估摸着怎么都值个七八枚小暑钱? 若真是那仙家秘法烧制的上等琉璃瓦,说不定将小暑钱换成谷雨钱,都有可能!

　　黄师和狄元封都是纯粹武夫出身,因与山上宗门大山头从无交集,所以对于这些碧绿琉璃瓦的价值,他们其实与孙道人一样无法准确估算。不过打过交道的山头仙府门派,都不曾往自家屋顶铺盖这种碧绿琉璃瓦,山下世俗倒是不少见。

　　陈平安最后望向四人来处,依旧没有动静。

　　有个问题,有机会的话,他想要问一问下拨人,那就是大致是什么时辰进入的这座小天地。

　　其实陈平安一直在心算计时。一旦此地光阴长河的流逝速度与浩然天下出现显著偏差,那么陈平安就有最好与最坏两个打算。

北亭国小侯爷詹晴一行人来到洞府门口，那个身为家族供奉的金身境武夫在勘察地面上的脚印。

芙蕖国武将高陵沉声道："小侯爷，山头附近有不少人躲着。"

詹晴笑道："跟在我们屁股后头吃灰便是。既然有胆子进洞府，就得有胆子投胎。"

他对山泽野修和谱牒仙师，都谈不上有什么好感，哪怕他自己就是一个正儿八经的修道之人。兴许骨子里依旧是豪阀子弟，见惯了帝王将相和王侯府邸，也就习惯了用心谋划和顺势借势，而不是靠一双拳头几件宝物杀来杀去，所以詹晴对于那些高高在上的同道中人，实在是厌烦至极。不过真到了需要用术法杀人的境地，詹晴自然不会有任何拖泥带水。

白璧打趣道："当真半点不着急，不怕给那两拨人捷足先登？"

詹晴笑道："他们若是能够在眨眼工夫内，就炼化了仙家至宝、吃掉了什么秘籍，就算我运气差，认栽便是。不然的话，人与物，又能逃到哪里去。"

高陵对此人，越发刮目相看。先前对于这个北亭国小侯爷，只当是个投了个好胎的废物。如今看来，将来谁敢小觑此人，起了修行路上所谓的大道之争，对方保证会阴沟里翻船。

两个金身境武夫开道，举烛步入阴暗洞窟。白璧心情闲适，只要不出太大的意外，此次访山寻宝，根本不需要她亲自出手。哪怕是彩雀府孙清和云上城沈震泽两人亲临，都只能算是一个小意外。自己队伍当中的两个七境武夫，就够他们吃一壶的了。

一行人来到那座有四幅彩绘天王壁画的洞室。

詹晴有些皱眉头，破阵一事，自己可不擅长，自己那个元婴境师父，身为山泽野修，所学驳杂，应该熟门熟路，只是从来不传授他任何关于寻访秘境机缘的门道，总说那些旁门左道的机关术会耽误修行，等到他詹晴跻身了龙门境再来谈其他。

既然第一拨野修和云上城修士都已不见，想必是先后进入了那座仙府遗址。

白璧微笑道："接下来怎么办？咱们就杵在这儿大眼瞪小眼？"

詹晴无奈道："若是知道了出口方位，守株待兔就行，怕就怕相隔百余里，我们发现不得。"

白璧双手负后，环顾四周："先找一找线索，实在不行，你就要欠我一个天大的人情了。"

詹晴问道："代价很大？"

白璧点头道："不算小。会折损我相当于十年的道行。"

这个水龙宗老祖的嫡传弟子，小心翼翼祭出一件本命物，是一张极为罕见的青色符箓，竟是流水潺潺的符箓图案，既简单，又古怪，符纸所绘水流，缓缓流淌，甚至依稀可以听见流水声。

一个宗门出身的金丹境修士，愿意炼化一张符箓作为本命物，那么这张符箓的品秩，至少也该是法宝。

白璧说道："这是一张古老符箓，是我师父早年无意间得到的，来自济渎三大古老祠庙之一的遗址，名为寸金符。妙处众多，修行水法，事半功倍。为了这张符箓的归属，师门那边闹得有些不太愉快，不提也罢。总之其中一桩妙用，就是可以帮我们走入秘境。"

寸金符，又被誉为光阴符，玄之又玄。

詹晴虽然不清楚这张符箓的根脚，但仍是摇头道："还是算了吧。"

白璧叹了口气："我已经是金丹地仙了，相当于早年龙门境练气士的十年修为，又算得了什么？越到后边，一境之差，越是云泥之别。练气士是如此，武夫更是如此。"

詹晴苦笑道："白姐姐。"

白璧笑道："一声白姐姐，便足够了。"

饶是詹晴这般性情凉薄的王侯子弟，也有些情难自禁，想要伸手去握住她的手。

白璧却摇摇头，心境平和，说道："那些被你金屋藏娇的庸脂俗粉，不少都愿意为你去死，你为何偏不感动？就因为我是金丹地仙，折损几年道行，你便动心了？这种儿女情长，我看不要也罢。若是将来修行路上，换成一个元婴女修，为你这般付出，你是不是便要见异思迁？山上真正的神仙道侣，远远不是如此浅薄。"

詹晴如遭雷击，无言以对。

白璧突然说道："在使用寸金符之前，先推敲线索，再硬闯一番，两个金身境武夫的拳头，不能浪费了，两者都不行，再让我来。"

詹晴心里稍稍好受几分。但再看这个姿容动人的白姐姐，便有些陌生了。

桓云出现在这处仙家洞府之后，便立即往身边三人身上贴了一张独门符箓，以遮掩身形气机。

至于那三人行走时的气机涟漪，他桓云只是符箓派的金丹地仙，又不是那术法通天的道门天君，没办法做到尽善尽美。

那个云上城龙门境老供奉松了口气，没有一场伏杀，终究是好事。

桓云突然说道："接下来你们自己逛，除了生死厮杀，老夫就不管你们三位了。生死之外的得失福祸，各凭天命。"

然后桓云笑道："放心，老夫不会跟你们抢，最多就是你们挑剩下的，或是你们没能发现的，老夫才会捡捡破烂。"

桓云身形消散，如云如雾，没有半点涟漪痕迹。

老供奉与两个晚辈笑道："桓真人从来说话算话。走吧，接下去如何对付那拨野修,才是你们两个需要担心的。"

听出了这个护道人的言下之意,女子担忧道:"师伯你?"

老供奉无奈道:"难不成还要我帮你们俩捡东西、背东西?你们游山玩水来了?我这个师伯是你们的挑夫?"

老供奉御风而起,想要看一看这座洞府的天幕到底有多高,而且从高处俯瞰大地,更容易看到更多暗藏的玄机。不过谨慎起见,老人还是祭出了一件并非本命物的灵器,灵器率先升空盘旋起来,以免自己一头撞入山水阵法。

进了这种无主的仙府遗址,自然处处是钱可捡,但也会处处有杀机在等捡钱人。

其实老人有喜有忧,喜的是此地机缘定然不小,超乎想象,绝非什么龙门境修士的修道府邸,而是一整座门派,只看建筑规模,就已经半点不比云上城和彩雀府逊色。所以此次城主沈震泽拿出那件方寸物交予自己,是对得不能再对了。

忧的是这座仙府可带不走,一旦真是元婴地仙甚至是上五境大修士的修道之地,等到他们返回云上城,只要稍稍有点风声泄露出去,到时候再来访山寻宝,恐怕一个金丹境修士都捞不到半点残羹冷炙,只会被近水楼台的那座宗门,以传说中的搬山神通迁徙而走。和北亭国最近的宗门,一西一北,与此地的距离,相差不大,那点差异,对于拥有自家渡船的宗门修士而言,完全可以忽略不计。

这个老供奉只希望此地的旧主人,只是一个籍籍无名的地仙,境界千万莫要再高了。金丹境最好,元婴境就会有些麻烦,事后难以收尾。指不定就会有宗门出身的谱牒仙师,登门拜访云上城,都不用对方开口,城主只能吐出大部分肥肉,乖乖交给对方,还要担心对方不满意。

一旦是上五境修士坐镇的山头遗址,想也不用想了,极有可能就是福祸相依,大福缘之后便是大祸临门。除非他们云上城能够立即打碎这座小天地,一鼓作气销毁所有痕迹,可惜云上城绝对做不到。

除非沈震泽当机立断,在他们三人和桓云一起返回云上城后,主动找到其中一家宗门,和对方商量出一个还算公道的分成。

至于这座水运浓郁的风水宝地,加上那么多现成的壮观建筑,自然是对方宗门未来的一处避暑胜地了。

那件用来探路的灵器四处飞掠,并无任何阻滞。老供奉便放心御风升空。

就在老供奉离地已经数百丈的时候,那件灵器砰然碎裂,老供奉心知不妙,突然被人一扯,往地上坠落而去。老供奉心头一震,然后松了口气,原来是老真人桓云按住了他的肩头,带着他一起向下掠去。随后老供奉便察觉到头顶上方,有一缕纤细气机,一闪而过,转瞬即逝。

桓云沉声道:"劝你别再往上走了,便是金丹境地仙的兵家修士,都受不住那一缕巡狩四方的剑气。"

先前老真人使出几道巡游符,抛入天地四方,发现每当有符箓去往高处时,都会瞬间化作齑粉。

老供奉仰头望去,先前那丝气息已经无迹可寻。

这个云上城龙门境老供奉震惊道:"难道这座遗址还有剑仙坐镇?!"

已经悄悄绕行青山一圈的桓云摇摇头:"都死绝了,并无活人,也无鬼物。就剩下这道剑气继续存在这个小天地。"

桓云脸色凝重:"再告诉你一个好坏参半的消息,此地是一处古老洞天福地因故破碎后,遗留下来的玄妙地域,版图大小,大致方圆百里。小天地的岁数,不好说,可能千年,甚至更加久远。不过这个山头洞府是什么时候悄悄消亡的,老夫大致推算出来了,七八百年前,但是这也不正常,北亭国历史上,根本就没有这样的仙家门派。"

桓云停下下坠身形,离地百余丈,与那个老供奉一起御风悬停,缓缓说道:"那就只有一种可能了,这个小天地,在此地门派覆灭后,曾经被不知名的世外高人随身携带,一路迁徙到了北亭国这边。只是不知为何,这个仙人并未能够占据这处秘境,顺利修行,然后凭借此地,在外边开山立派。要么是遭了横祸,承载小天地的某件至宝,没有被人察觉,坠落于北亭国深山当中;要么此人来到北亭国后,不再远游,躲在这里边偷偷闭关,然后默默无闻地兵解转世了。"

桓云叹了口气:"生死不定,大道无常。"

每每思量此事此理,难免让人有些心灰意冷。

只不过桓云感慨之后,立即惊醒过来,想起自己在云上城劝慰沈震泽的那句话,瞬间便恢复如常,心境之中再无半点阴霾。

道家修行,自误最误人,如此才有了三教百家当中,最难逾越的那道叩心关。

老真人桓云,其实资质极好,只是北俱芦洲大渎沿途的所有山头地仙,都觉得他桓云在符箓一途前程远大,与自身大道契合,才有如今的风光,其实桓云心知肚明,这叫作哑巴吃黄连有苦说不出。曾有高人明言,他桓云若是早早进入宗字头仙家,然后别学那花里胡哨的鬼画符玩意儿,早就是一个有望跻身上五境的元婴修士了。所以对于"得失"二字,桓云感触极深。

实在无奈之时,唯有当作一场砥砺道心的修行,来解忧愁。

山巅那座道观中供奉着一尊中年道人的坐姿神像,神像目视前方,双手摊掌叠放在身前。香案之上有一只黄铜小香炉,还剩下半炉香火余烬。

谁都知道那只光可鉴人的小香炉绝对是一件道门重器,但是谁都没有去触碰。

狄元封轻声问道:"孙道人,可在你们道门神像挂像册子上,见过此人?"

孙道人摇摇头："从未见过。"

有句话他没敢说出口,眼前这个道人,相貌平平,整座神像给人的感觉,无非就是平淡无奇,甚至不如洞室那四尊天王神像给人带来的震撼感大。

陈平安凝视着那尊神像,似乎和东海观道观那个老道人一起在藕花福地的光阴流水之中游历的三百余年中,偶尔会看到老观主也是这般坐姿,只是不常见,可能在凡夫俗子眼中,此种坐姿终究怪不到哪里去,但是陈平安却有一种模糊不清的感觉,总觉得老观主的那份修道真意,和眼前中年道士神像身上流露出的有些神似。

陈平安记起一部道家典籍上的四个字:离境坐忘。

岁月悠悠,修士不知山下寒暑,已逝之人,空留一尊神像,任你生前如何道法高妙,又能如何?岂不是更不知四季更迭?道人修道,修到最后,到底会高到何处?

陈平安心中叹息,从咫尺物当中取出三炷山水香,搓燃点香之后,插在小香炉之内。

孙道人觉得这个道友真是痴心妄想,难不成还希冀着神像道人还有残留元神,就因为你点燃三炷香,便有机缘降临?

黄师和狄元封则都没阻拦陈平安上香。

事实上他们更是想要通过黑袍老人冒冒失失的烧香举动,来判断那只小香炉会不会因此触发机关,多出一桩机缘,或是惹来杀身之祸。因为小香炉是必然要带走的,有人愿意涉险探路更好。

等到三炷香燃烧殆尽,并没有任何动静。

狄元封便笑道:"黄老哥先得了一件法袍,我得了两件佩饰,那么这只香炉该归谁了?孙道长,陈老哥?"

陈平安笑着说道:"我就算了,山中那么多建筑,十之七八都没逛,分头行事之后,够我忙活的了。若是孙道长想要这只香炉,只管拿去。"

黄师说道:"我可以用那件法袍和孙道长交换香炉。"

孙道人一阵肉疼,但依旧点头答应下来。

黄师抛出那件法袍,自己搬了香炉,打算放入包裹当中。他将那只大行囊里边不值钱的衣物、瓶罐,都清理了出来,随便丢在地上。然后将行囊撕成两半,一半丢给狄元封,当作装物包裹,黄师瞥了眼神色尴尬的孙道人:"孙道长身上这么大一件道袍,脱了不就是包裹?"

孙道人恍然大悟,满心欢喜。

接下来四人在小道观内各自忙碌,狄元封找到了一块雪白蒲团,孙道人扯下了几幅不知什么材质的金黄绢布。

黄师猜测神像当中藏有玄机,便干脆骤然一拳打碎了整尊神像,只是毫无所得。

当时陈平安正蹲在地上，伸手摸着那些湿气极重的青砖，敲敲打打，刚刚有了一番打算，就听到了那番动静，抬头看了眼黄师，后者朝陈平安咧嘴一笑。

孙道人吓了一大跳，狄元封瞥了眼满地碎块的神像，竟是最不值钱的木胎彩绘，便不再多看。

四人一起走出道观，孙道人刚跨过门槛，这个高瘦道人腰间就响起了一串炸裂声。那串宝塔铃竟是直接炸开了。

孙道人哀号不已："惨也惨也！定是咱们的大不敬之举，惹恼了这个道门神仙老爷。"

黄师与狄元封对视一眼，没有任何犹豫，下山去其他建筑内分头寻宝。

孙道人犹豫了一下，没有选择跟随狄元封，而是跟上那个黄师，高呼"等我"，飞奔过去。

很快，四人身后那座小道观就轰然倒塌，尘土飞扬，遮天蔽日。

陈平安没有像三人那般着急下山寻宝，而是开始拾取其余三人都不愿多拿的物件。例如那些过于沉重且占地盘的碧绿琉璃瓦，还有那些凝聚了浓郁水运的青砖。

除了身上斜挎的包裹，陈平安还有方寸物与咫尺物。

刚好先前在春露圃老槐街开设的蚍蜉铺子里已腾出了许多位置。

但是陈平安真正想要收集的，却是被黄师一拳打烂的那尊神像的碎木。

在道观废墟之中，陈平安的取物动作不急不缓。

一片片流光溢彩的碧绿琉璃瓦，被率先收入咫尺物当中，与此同时，不断出手轻轻将道观废墟杂物丢到广场之上，仔细拣选那些神像碎木，一边寻找碎木，一边装载碧绿琉璃瓦。相传白帝城那座琉璃阁，有秘制碧瓦琉璃，层层叠叠铺盖在屋脊之上，有"琉璃阁上瓦万片，映彻云海如碧波"的美誉。

陈平安收拢了所有神像碎木之后，还装了一百二十片碧绿琉璃瓦，心思就有些古怪起来了。

一来抬头一看，好似道观废墟被自己挪了一个位置，从原先遗址搬去了白玉广场上；再者那些蕴藉丝丝缕缕水运而非寻常灵气的青砖，让陈平安陷入了一个两难境地。

要想收集全道观屋顶碧绿琉璃瓦和地上青砖，恐怕陈平安就算再多出几件咫尺物都办不到。不过对此，陈平安没有半点纠结。只是咫尺物当中摆放着一些半点不值钱的老物件，和蕴藉一丝丝水运精华的青砖，或是接下来要去的那些殿阁楼台中的其他机缘宝物相比，天壤之别。

陈平安蹲在原地，双手笼袖。

他仰起头，伸手摸了摸下巴上的胡楂，站起身，又尽量多搬了些青砖和碧绿琉璃瓦。咫尺物当中的旧物则一件没丢。

最后陈平安又点燃三炷香,插在道观遗址的两块青砖缝隙当中。等到燃烧殆尽之后,他轻轻吹了一口气,将些许灰烬吹散。

陈平安挖取青砖,都是整齐一排一起下手,没有东一块西一块,而且抹掉了地面上的挖掘痕迹。

最后连方寸物都没有放过,与咫尺物一起装了三十多块青砖。

想了想,陈平安往自己斜挎包裹里,又装了一块青砖和两片碧绿琉璃瓦,沉甸甸的,让人觉得挺踏实。于是他又往包裹里塞了两块青砖,这才下山去。

他要去看看那个心肠最软的孙道人。不出意外的话,等这个孙道人再找到一件让黄师都要垂涎的重宝的时候,也就是他身死道消的时刻了。

而这个孙道人在向黄师高呼"等我"之前,其实以心声告诉了陈平安一句话:"千万小心那个秦巨源,道友最好别再出现了,趁此机会,捡了宝物就跑,越远越好,命比钱值钱!"

陈平安觉得就凭这番话,就该让孙道人少去一个意外。

这趟访山寻宝,得宝之丰,已经远远超乎陈平安的想象,做梦都能笑醒的那种。所以接下来,便是一场山水游历了。

若是再偶有所得,更好;若是再无半点收获,也不差。

不过孙道人那串宝塔铃无缘无故粉碎炸裂,确实很奇怪。

只是相较于这座洞府的处处古怪,好像又有些见怪不怪了。

哪怕陈平安方才又点燃了一张阳气挑灯符,依旧是天地清明的迹象,毫无污秽煞气。

陈平安这就没辙了。

无非是兵来将挡水来土掩。许多天灾人祸,其实就只是人祸。

陈平安绕过白玉广场上堆积成山的道观废墟,他先前翻翻检检,心细如发,手法巧妙,不会错过什么。真要错过了,更无须多想。

陈平安站在台阶之巅,举目望去。终于来了第二拨人。

相比第一拨人的鬼鬼祟祟,这伙人可就要大摇大摆得多了。

是那个北亭国小侯爷詹晴,和芙蕖国人氏的水龙宗嫡传女修白璧。

陈平安往自己身上张贴了一张驮碑符,一路往下,掠如飞鸟。

孙道人跟着黄师一路寻宝,颇有收获。

两人还算默契,分头行事,却不至于拉开距离。孙道人是害怕离得黄师太远,万一遇上险境,仅凭自己那点微薄道行,无法脱困;黄师则是不愿这个主动送上门的高瘦道人,得了重宝便开溜。

一座二层楼阁内，其余众多藏书都已化作灰烬，孙道人找到了一部无法打开翻阅的道书秘籍。秘籍依旧散发五彩流光，哪怕被道袍裹缠，依旧宝光流溢。而秘籍上那些个金字古篆，孙道人竟是一个都认不出。没法子，唯有传承有序的宗字头谱牒仙师，才有资格接触到那些失传已久的远古篆书籀文。

和黄师碰头后，孙道人便有些尴尬，宝贝太好，也是麻烦。

黄师笑了笑，假装视而不见。

孙道人问道："黄兄弟可有福缘入手？"

黄师点了点头："还好。"

两人再次分开，各自寻求其他天材地宝、仙家器物。

黄师更晚挪步，瞥了眼孙道人的背影，笑意更浓。

黄师先前在一座凉亭见到了两具对坐手谈的枯死骸骨，石桌上刻画有棋盘，棋局纵横，仅有十七道，棋盘上双方已对弈至收官阶段，黄师对于弈棋一道毫无兴趣，只不过是看棋局上摆放了那么多颗棋子，也知道双方当年距离胜负不远了，可惜他懒得多看一眼棋局。

黄师在小小凉亭之内，不但获得两件法袍，还得了那两罐棋子，棋子弧线自然，黄师辨认不出材质，但是光线照耀下，晶莹剔透的白子，呈现出淡淡的金色，黑子唯独中心不透明，光照之下，荡漾起一圈碧绿色光环。只要不是瞎子，都看得出棋子的珍贵。

两件法袍折损厉害，唯独这两罐棋子，反而因祸得福，如寻常石子在深山流水当中浸润千百年，越发细腻圆润，见之喜人。

黄师从石刻棋盘上收拢黑白棋子的时候，白子滚烫，让黄师魂魄如遭灼烧，黑子则冰冷刺骨，拈起两枚黑白棋子迅速丢入棋罐之后，他发现自己手指上并无半点伤痕。黄师心中惊喜万分，这棋罐定然是法宝品秩无疑了，寻常攻伐灵器，修士倾力祭出，兴许可伤一个金身境武夫的体魄，可远远不至于撼动他的魂魄，而这枚棋子，只是拿起，拈住片刻，便让他不愿久持。由此可以断定，那张能够承载棋局千百年的石桌，必然是一件仙家重器，不然绝对无法令棋子安静搁放如此之久，而棋盘始终丝毫无损。

不过黄师可不想扛着一张石桌乱跑。黄师当时便想要毁去石桌，自己得不到的，后人便也别想得到这桩机缘了。但是当他一掌重重拍下，石桌纹丝不动，不但如此，好像还是一张会吃拳罡的桌子，这让黄师越发遗憾无法将此物收入囊中，不然配合两只棋罐，肯定能卖出天价。

在凉亭那边，陈平安悄然现身，石桌棋局之上，兴许是棋子扎根棋盘太多年，如有沁色，渗入石桌，此刻依旧留有淡金、幽绿两色涟漪，陈平安便扫了一遍棋局上的棋子残留灵气，闭上眼睛，将棋局默默记在心头，睁眼后，觉得好记性不如烂笔头，便从满满当当的方寸物当中取出笔纸，将这盘古老棋局记录在纸上。

棋盘纵横十七道,而非浩然天下流行已久的十九道,这本身就是一条线索。而诸多棋局先手定式、死活手筋,更能泄露天机。

武夫黄师是全然不在意这些蛛丝马迹,陈平安则在意且上心,却注定无法像陆抬、崔东山那般,兴许只需要看一眼棋局,便可以推测出大致年代岁月。

陈平安有些羡慕山上术法中的那门袖里乾坤,还有掌上观山河一术,这都是他最想要学成的修士神通。

只不过这两门上乘神通,元婴地仙才可以勉强掌握,若想娴熟,出神入化,唯有上五境。

陈平安觉得这座凉亭,是一个十分适宜修行炼气的风水宝地,两罐棋子凝聚灵气极多,经久不散,便是水运精华,而且远远不如铺满青砖的道观废墟那边引人注目。

此地灵气浓郁,不可错过。陈平安便摘了包裹放在桌上,再脱了身上那件百睛饕餮法袍,先穿上那件品秩最高的金醴法袍,最后连那件从肤腻城女鬼身上得来的雪花法袍,也一并穿上,最后才重新穿上黑色法袍,如此一来,三件法袍在身,就可以凭借法袍更多汲取、蓄存水运灵气。

陈平安掠上凉亭,盘腿而坐,凭借驮碑符,收敛呼吸,不动如山,尽量将黄师、孙道人两个道友的行踪收入眼底。

凉亭当中那些蕴藉淡金、幽绿两色的棋盘灵气,丝丝缕缕,被龙汲水一般聚集到凉亭顶部,缓缓渗入法袍当中。由此可见棋盘上那些灵气的精粹程度。

在陈平安刻意导引之下,那件金醴法袍率先吃饱喝足,被棋子牵引、常年滞留在凉亭内的水运灵气,也已经被汲取十之七八,已经与别处殿阁灵气充沛程度大致相当。陈平安犹豫了一下,没有将此处灵气收拢得一干二净,免得露出蛛丝马迹。好事做绝,便宜占尽,那可就要掂量一下,是不是要福祸颠倒了。毕竟接下来各路神仙纷纷登山,紧随其后的一场场钩心斗角才是真正的考验。

运气一物,能余着点,就先余着。归根结底,一时半刻少挣钱,还是为了长长久久多挣钱。大局已定,才可以来谈收成盈亏。

陈平安接下来改变策略,不再更多地盯梢黄师,而是转去悄悄尾随孙道人。

如果说得到那本道书之前,是孙道人一门心思追寻黄师,那么接下来估计就算孙道人打算脚底抹油,黄师都不会让他得逞。

由于此山并非真正意义上的宫观寺庙,所以中轴线是那条从山门处一路登顶的白玉台阶。更多还是像一座没有明显三教百家倾向的仙家门派,最让陈平安感到奇怪的是,此山竟然没有祖师堂。尤其是在半山腰之上,既有散落各地的茅庵,也有气势恢宏的殿阁府邸,杂乱交错,毫无章法。

孙道人在各座建筑进出之后,有意无意与黄师拉开了距离,每次途经回廊朱栏,都不再大摇大摆，反而猫腰快行，尽量遮掩身形。最终躲在一座小巧玲珑的僻静殿阁当中。殿阁上的匾额坠地，破碎不堪，依稀可以辨认出"水殿"二字。殿内供奉有一尊女子神像，彩带飘摇，给人飘然飞升的玄妙感觉。

孙道人以道袍作为包裹，一次次穿廊过道，殿阁出入，收获颇多，只要是没有化作灰烬的，大小物件，古董珍玩，字画碑帖，文房清供，一股脑装在包裹当中，背在身后，就连那件用香炉从黄师那边换来的法袍，也被当作包裹斜挎在了肩上。好一个满载而归，当然前提是能够活着离开这座仙府。

孙道人关上殿门，只是思量过后，想起自己走过的那些阁楼屋舍，好像都没关门，便又悄悄打开了殿门，免得此地无银三百两，给那黄师看出了端倪。

以驮碑符作为障眼法的陈平安坐在一处屋脊上，看着都替这个孙道人着急，你这不还是等于偷了银钱插块木牌，间接告诉那黄师"孙道人没偷钱"？孙道人你好歹多跑些路程，多打开些殿阁屋舍的大门，假装过了那条台阶中轴线，往嘉佑国秦公子那个方向逃窜了，不然到此为止，黄师只要是个有脑袋的，不还是要从这座小殿率先找起。若是换成陈平安，其实从一开始，就会让那些大门或开或关。

不过这一路隐匿行来，孙道人经常要作取舍，将大小两只包裹里边的物件替换扔掉，反正高瘦老道也不晓得到底是新物件好，还是旧的值钱，到最后全凭眼缘。陈平安便在后边捡破烂。

反观黄师那边，若是包裹里边位置不够，每次替换物件，不要的，便都要被他一拳打碎，若是无法打得粉碎，便另有计较，兴许要重新更换一番。

此地众多仙家遗留宝物，大多已经濒临破碎的边缘，修复起来兴许需要大笔神仙钱，可是将其打烂，对于黄师这个底子不俗的金身境武夫来说，轻而易举。原本打算舍弃之物，结果一拳不碎的，当然就被黄师重新收入囊中。这也算另类的勘验手段了。不过这趟访山寻宝的机缘之大由此可见一斑。

寻常一些个重见天日的仙家洞府，一拨拨山泽野修打生打死，均摊下来，每个人最终能够得到三两件仙家器物，就已足够让人欣喜若狂。但是黄师犹然不满足。

果不其然，在突然失去了孙道人的行踪后，黄师就开始放弃搜刮，而是循着开门的路线，火急火燎寻找到了这座小殿。

黄师临近之后，陈平安便不再保持坐姿，而是在屋脊上躺下身形，屏气凝神，再无半点呼吸气息。

黄师瞥了眼地上的匾额，笑道："孙道长，水殿之内，又有重宝？不如我帮你一把？放心，按照咱们事先定好的规矩，谁率先推开的门，屋内所有宝物无论多贵重，都归谁。"

水殿之内，孙道人战战兢兢，默默祷告道门三清老祖，让那黄师速速离去。

大概因为孙道人不属道家三脉子弟，祈求无用，黄师直接跨过了门槛，笑道："孙道长,怎的,得了些宝贝,便翻脸不认人,连盟友都要防备? 咱们俩需要提防的,难道不是那个手握法刀凶器的狄元封? 我一个五境武夫,至于让孙道长如此忌惮?"

躲无可躲的孙道人只得从神像后面走出来,悻悻然笑道:"黄老弟说笑了。"

黄师打趣道:"这才走过十之二三的仙府地盘,还有那么多路程要走,别的不说,先前咱们在山巅道观那边,可是发现后山犹有大好风光的,孙道长为何这么早就丢了那件法袍包裹? 我可知道,入宫观寺庙烧香,走回头路,不太好。"

孙道人只得原路返回,从那尊神像背后捡起先前小心翼翼放在地上的包裹,挎在身上,额头上渗出汗水:"黄老弟,不如你我联手,多防着那个狄元封,岂不是更好? 你我伤了和气,白白让狄元封坐收渔翁之利。"

黄师点头道:"将那部光彩渗出道袍的秘籍给我过过眼?"

孙道人哀叹道:"黄老弟,你都已经到手了那只香炉,也该见好就收了吧,何况贫道这本秘籍是一部道门典籍,黄老弟拿了也无太大意义。"

黄师微笑道:"有无意义,孙道长你说了可不算。"

孙道人脸色阴沉道:"黄师,那贫道也要劝你一句了,贫道怎么说也是一个擅长近身厮杀的观海境道士。"

黄师说道:"若非如此,才是麻烦。我知道,你的压箱底宝物就是那件已经碎了的宝塔铃,可以用来防御,可惜说没就没了。除此之外,无非是一件攻伐本命物,那你知不知道,我其实是一个六境武夫,三两拳打死你,如探囊取物。"

孙道人震惊道:"六境武夫?!"

孙道人随即冷笑道:"吓唬人谁不会? 贫道还说自己是那金丹地仙呢,你怕不怕?"

黄师正要一拳了结这个老道人的性命,不承想水殿之外传来一阵脚步声,黄师转头望去,竟是那个没去狄元封那边寻宝的黑袍老人陈道友。

黄师瞥了眼那家伙的斜挎包裹,看样子,是装了些琉璃碧瓦和……几块道观青砖?

是胆子太小,还是运道太差? 这一路赶来,一头撞入鬼门关,就没半点其他收获?

若真是如此,黄师都觉得一拳打死这种可怜虫,有些浪费气力了。

孙道人瞧见了那个匆匆赶来的道友,既欣喜,又无奈。

这个陈道友,怎的就不听劝。也罢,事已至此,看看有无机会,两人联手,免得被黄师一人独吞了他们哥俩辛苦寻觅而来的宝物。

瞥见那家伙斜挎包裹的寒酸光景后,孙道人心想实在不行,回头两人合力逃出生天,他赠给陈道友几件瞧着不值钱的宝物便是。

陈平安抹了把额头上的汗水:"方才我为了找你们,便在屋脊上边飞掠一番,不承想看到有两拨人登了山,便赶紧落下身形。第一拨两人,年轻子弟,瞧着像是咱们招惹不起的谱牒仙师,都穿着法袍而来。第二拨,正是那北亭国小侯爷,一行五人,一人守住了山脚的拱桥,一人直接飞奔上了山巅道观,明摆着是要占据路口要道,剩余三人,则慢慢搜山而上,迟早要与我们撞上,这可如何是好?"

黄师心情沉重。之前羊肠小道边上那座破败行亭里的两个纯粹武夫分明都是实打实的宗师,自己单独应付两人,就已经需要拼命。如果再加上其余三人,黄师不觉得自己有把握携宝脱身。所以情况有变,水殿内外、眼前身后的两个道友,暂时还杀不得。

于是黄师笑道:"与孙道长开个玩笑,别见怪。"

孙道人气呼呼道:"黄老弟这种伤感情的玩笑,还是少开为妙!"

黄师心中隐隐发怒,差点没忍住先一拳打杀了这个孙道长,反正一个所谓擅长近身厮杀的野修道人,远远不如那个精通符箓远攻的黑袍老人,杀了孙道人,一切宝物暂时交由黑袍老人保管,黄师就不信这个陈道友不动心!

孙道人突然高声道:"陈道友,打个商量,能否送我几张攻伐符箓?"

陈平安微笑道:"可以买卖。"

孙道人哑口无言。

黄师皱了皱眉头,随即眉头舒展,差点忘了孙道人也是一个半吊子的道门修士,画符不成,驾驭符箓还是不难。

也不算什么坏消息,有孙道人和黑袍老人两人手持攻伐符箓,配合自己这个金身境武夫,再加上和狄元封碰头,四人聚拢,不容小觑。

黄师走出水殿门槛,为那早已停步不前的黑袍老人让出道路,侧身而立,然后眼角余光同时望向两个皮囊孱弱的练气士,笑道:"咱们能否抓牢手中机缘,就看我们接下来肯不肯精诚合作了。事先说好,我黄师是一个六境武夫,并非虚言,一旦与人厮杀,我不会有丝毫保留,可只要我们离开此地,作为报答,你们需要每人赠送我一桩机缘。"

陈平安拍了拍包裹,依稀可见青砖轮廓,爽快道:"只管拿去。"

黄师看得眼皮子颤抖了两下。

孙道人一咬牙说道:"那部道书之外,大小两只包裹的物件,任由黄老弟自取!"

黄师犹豫了一下,点头道:"一言为定!"

陈平安跨过门槛,与孙道人对视一眼,两人都无须心声交流,就来到了水殿供奉的那尊神像背后。

两人蹲在地上,孙道人问道:"陈道友的攻伐符箓有几种,几张?"

陈平安说道:"有三种,除了先前那张最金贵的压箱底的名为五雷正法符的雷符,以及横流断江符,还有撼壤山岳符。想来孙道长听名字,便猜得出,皆是那一等一的珍贵符箓,至于有几张……"

孙道人看对方吞吞吐吐,便有些不耐烦,斩钉截铁道:"除了那张雷符,陈道友留着防身保命,其余的,贫道全包了!"

在陈道友这边,孙道人还是极有底气的。至于那些一个比一个霸气的符箓名称,陈道友你糊弄黄口小儿呢?!

陈平安问道:"孙道长,你有那么多的神仙钱?我这些丢了半条命才从别处仙府遗址抢来的仙家宝符,可张张不便宜。"

孙道人疑惑道:"先前不是说是你自己所画符箓吗?"

陈平安说道:"孙道长这个也信?我若是能够自己画出这种杀伐宝符,何必当个野狗刨食的山下散修,早就是彩雀府、云上城这种头等仙家大山头的供奉了吧?每天躺着享福便是,何必走这一遭?"

孙道人顿时龇牙咧嘴,伸手揉了揉脸颊:"陈道友,你就说吧,还有多少张符箓。我都买。"

陈平安摇头道:"孙道长,前辈归前辈,但是买卖是买卖,得先给晚辈看看神仙钱。这些个傍身保命的珍稀符箓,每卖出一张,我都要疼得心肝打战。"

孙道人怒道:"陈道友,做人要厚道!"

陈平安也毫不示弱:"孙道长,买卖要公道!"

孙道人有些灰心丧气。他娘的这个陈道友,原来也不好骗哪。

孙道人犹豫一番,打开了身上那件法袍包裹,摊放在地,语重心长道:"水土两符,各三张,卖给我六张,然后你自个儿挑一件价值连城的山上法宝。"

陈平安从袖子里摸出两张寻常黄纸材质的符箓,然后拈符之手,绕到身后,另外一只手开始翻翻检检,说道:"两张符箓,成双成对,和孙道长买一件支离破碎的仙府遗物。"

孙道人脸色铁青,就要卷起包裹,陈平安这才将那两张符箓放在包裹一角,说道:"等我挑完一件,再给孙道长两张符箓。"

孙道人这才作罢:"陈道友,如此买卖,贫道可亏死了。"

陈平安盯着那二十余件仙家器物,眼神游移不定,仔细打量过去,一边看一边牢骚道:"孙道长,你既然出身于婴儿山雷神宅,怎的也不带几张雷法符箓下山?孙道长自己仗着是那谱牒仙师,托大行事,这会儿还怨我作甚?"

孙道人这会儿才想起自己的谱牒身份,抚须而笑:"山下游历,意外千万种,哪能事事掐指算准,若真是算无遗策,那还需要下山砥砺道心吗?"

陈平安点点头,继续挑选。

陈平安一眼相中的,就有两件。翻检之后,又看上了一件。

最有眼缘的最先两件,其中一物,是因为觉得送人最佳,至于品秩高低,反而不是陈平安太过在意的。

那是一尊手掌高度的木刻神像。可以赠送李槐。

此像刻画道家元君身形,与水殿这尊女子神像面容相仿,身姿曼妙,修长雅致,手指纤细掐法诀,神色祥和,头戴冠冕,衣袍精美精致如人间绸缎实物,下摆垂于座上。底座有十二字蝇头篆文:观照内在澄明,不受外魔迷障。

陈平安觉得寓意很好。

还有一把古色古香的小圆团扇,瞧着就应该挺值钱,将来放在春露圃老槐街的铺子里边,或是以后牛角山的包袱斋铺子,说不定能够遇上冤大头,毕竟世间女修购物,和山下女子其实差不离,比男子更加愿意一掷千金,只要她们喜欢,就不用讲道理、谈品秩了。

最后一件,则是最让陈平安意外的。准确说来,是感到了震撼。

那是一对以金色丝线牵引的竹编小笼,青竹色泽,苍翠欲滴,只不过与此地器物差不多,皆有细密裂纹,大大伤了品相。两只小笼皆是拳头大小,看似市井坊间的蛐蛐笼,分别铭文"斗蛟""潜蟠"。看得陈平安破天荒额头上渗出了汗水。是真有些紧张了。

总觉得有机会的话,一定要多和孙道长一起结伴走江湖访名山、探幽寻宝。

孙道人一看有些不对劲啊,注定是一桩大赚特赚的杀猪买卖,陈道友为何如此神色尴尬?难道是后知后觉,猛然醒悟了一个真相,自己包裹里边的这些物件再值钱,其实都不如符箓傍身,多一张藏身就是多一线生机?这让孙道人额头上也渗出些汗水,他就要伸手去偷偷抓起那两张符箓,心想陈道友,咱哥俩这般交情,两张符箓就两张。孙道人掐了符箓藏在袖中,轻轻松了口气,刚想要说剩余两张就免了。不承想那个陈道友拿了那团扇,然后果然守约,从袖中又拿出两张水土符箓,递给他。

此后陈平安摘下斜挎包裹,从青砖、碧绿琉璃瓦当中取出了一个叠放的包裹,轻轻抖开,将那团扇放入包裹当中。看得孙道人既惊讶又羡慕,陈道友竟然随身携带这么多青布包裹,很是老江湖。

陈平安又摸出四张符箓,放在孙道人摊放在地的法袍上边,将那木刻元君神像也收入包裹当中。

孙道人心情大好,笑眯眯道:"陈道友再来四张符箓?地上宝贝,随便挑,慢慢挑。"

陈平安犹豫不决,磨磨蹭蹭,结果直接从袖中摸出了一摞二十余张符箓,其中夹杂有三丝金色,应该是三张金色符箓!

孙道人看这个道友手中攥紧那一摞符箓,低头左看右看。应该是这个陈道友最后的符箓家当了。

孙道人咽了一口唾沫,告诫自己要镇静,一定要淡定从容,可依旧笑容僵硬,试探性轻声道:"陈道友,难道还有相中的物件?好事成双,贫道可以买一送一。只需要给我四张攻伐符箓就行。"

陈平安摇摇头："算了，卖出八张符箓之后，我自己剩下的破障符居多，不成不成。"

孙道人提醒道："陈道友，出了此地，难道就不想和贫道一起返回婴儿山雷神宅，当个有靠山有背景的谱牒仙师？"

陈平安摇头道："有没有机会活着离开此地还两说。"

孙道人十分惋惜，感慨道："看来陈道友的问道之心不够坚定啊。"

陈平安便多瞥了一眼地上的包袱斋，转过身去，应该是要抽出四张攻伐符箓，再买一物。

孙道人伸手一把握住这个道友的手腕，微笑道："陈道友，我就只要你手中两张符箓，买物花费一张，入我雷神宅，又一张，只需要两张，如何？"

那黑袍老人气笑道："孙道长好眼光！"

孙道人抚须而笑："买卖公道，公道买卖，过了这村儿没这店儿，陈道友要慎之又慎，要珍惜来之不易的道缘啊。"

对方犹豫不定。

水殿之外，等得有些不耐烦的黄师出声提醒道："两位老哥，难道打算在这殿内住上几天？"

最后陈平安交给孙道人两张金色材质的符箓，不过只有一张是雷法符箓，另外一张是山水破障符。不过孙道人见好就收，只是调侃了一句："陈道友不厚道。"

那摞符箓当中，最后仅剩一张金色符箓，应该是对方藏私的攻伐符，不过孙道人没强求。好歹给人家留一张保命符不是？

不过如此一来，孙道人就越发笃定，这个自称来自五陵国小道观的陈道友，不是什么精通画符一途的道门修士了。

陈平安拿了那对孙道人根本猜测不出底细的竹编小笼，就要再去拿一件东西，不过孙道人已经笑呵呵收摊子了："两只小竹笼，刚好两件嘛。"

不等对方讨价还价，孙道人已经卷好包裹，斜挎在身。

陈平安转过身，背对着孙道人的时候，先将三样物件悄然收入咫尺物当中，再将几片替换出来的碧绿琉璃瓦和一块青砖放入斜挎的新包裹内，将两只包裹，交错挎在身上。

当两人跨过门槛走出水殿时，黄师脸色不悦："台阶另外一边，有了些打斗动静，就是不知谁撞上了谁。"

如今山上有三拨人混杂一起。他们四人应该是最先进入府邸秘境的。

黄师不知道第二拨两个年轻谱牒仙师到底是何方神圣，云上城修士的可能性最大，毕竟彩雀府唯有女修。第三拨，最棘手。所以最好的情况，是两个年轻谱牒仙师与北亭国小侯爷一方起了冲突。

如果是狄元封率先与人交手，并不是什么好事。就狄元封那个家伙的秉性，真要遇险，一定会将祸水引流到他黄师这边，一旦身陷绝境，狄元封的第一个念头，肯定会是拉着他们三人一起陪葬，黄泉路上有个伴。

黄师突然掠到屋脊之上，只见藻井那边，像是饺子下锅，不断有人坠落，不下四十余人，看样子，接下来还会有人摔入此地。藻井那边动静之大，远胜台阶另外一边断断续续的打斗。

黄师有些摸不着头脑，这种鱼龙混杂的形势，对于他个人而言利大于弊。只要找到退路，然后夺了孙道人身上那部道书，他黄师一走了之便是。

他是纯粹武夫，对于此处的天地灵气并无丝毫贪恋。剩下所有人杀来杀去的，作困兽之斗，与他无关。

黄师说道："我们不走登山台阶，绕路去往后山。"

陈平安问道："不等等那个秦公子？"

孙道人叹息一声，真是个不知人心险恶的江湖雏儿。

从水殿内双方做买卖，孙道人就看出了这个道友的那份小心谨慎，实则十分轻浮不牢靠。

黄师笑道："陈老哥可以去和秦公子打声招呼，我和孙道长在这边等着便是。"

孙道人见这个道友神色尴尬，不再废话，便以心声告诉此人："陈道友，切记言多必失，入了金山银山，各凭机缘取宝，你就莫要再画蛇添足了。说不得秦公子在那边，已经得了天大福缘，还愿不愿意见你，都不好说，你这一去，岂不是让秦公子为难？"

陈平安笑着回答："不愧是孙道长，老成持重，行事沉稳。"

当下，陈平安最好的打算，就是先找一个外人，确定这座小天地光阴流水的流逝速度，确认不会耽误他沿着那条大渎游历后，就可以在这边稍稍停留一些时日，争取与各路神仙相安无事，能够让他在此安稳修行，尽量多汲取一些道观青砖当中的水运精华，将水府、山祠两处窍穴蓄满灵气。

三境的水府和山祠，"蓄水"有限，至于其他气府，由于有那一口纯粹真气的存在，留不住多少灵气，恐怕加在一起，都不如一件百睛饕餮法袍聚拢的灵气多。可水府、山祠两地灵气哪怕会满溢，其实也无妨，陈平安可以在此画符啊。

用春露圃那罐最好的仙家丹砂，在金色材质符纸上画符，消耗灵气越多越好，那样画出的符品秩就越高。

修行炼气，研习符箓，挣神仙钱，一举三得。

甚至陈平安还打算借此灵气，尝试着开辟出第三座关键窍穴，为将来的第三件五行之属本命物先腾出位置。因为陈平安有一种直觉，五行之属的木属本命物，已经有了着落。

其实换一种角度去想，身处小天地之内，对于身在北俱芦洲的陈平安而言，不全是坏事。因为这会断绝他和清凉宗贺小凉的牵连。

贺小凉当初跟随自己进入骸骨滩鬼蜮谷，到京观城近距离盯着自己，以及被自己力扛天劫连累之后，不得不主动掐断冥冥之中的那种联系，应该是躲了那座小洞天，以免雪上加霜，再次被他陈平安坑害，就是此理。所以一座小天地之内的所有得失，都是陈平安独自一人的事。这其实就是好事。

最坏的打算，当然就是陈平安一剑破开天地禁制，溜之大吉。

哪怕不谈碧绿琉璃瓦和道观地面青砖，光是那两只小巧玲珑的竹编小笼就让陈平安大吃一惊。极有可能是龙王篓！哪怕是品相损伤严重、品秩最低的两只小竹笼，那也还是值得砸钱修缮如新，然后可以拿去捕捉蛟龙的龙王篓。

那么，孙道人的意外，还要不要一直管下去？

欺人不难，自欺也易，只是修道之人，只要还有证道之心、登顶之望，自欺本身便是最大的症结。因为看似最简单，但是未来关隘最大。比如书简湖玉璞境野修刘老成，就差点因此身死道消。

当真给了孙道人两张金色材质的符箓，自己就可以心安理得，问心无愧了？还是说，为了省心省力，干脆利落解决掉武夫黄师这个意外的根源？

论迹不论心，还是论心不论迹？或是两者皆需要？

顾璨无须如此。马苦玄无须如此。世上的所有山泽野修，可能都无须如此。崔东山、陆抬、钟魁、刘景龙，可能都会有他们自己的选择，无论选择与他陈平安相同或不同，应该都不会像他这样为难。

当陈平安真正走上修行路，成为半个修道之人后，就发现所有支撑他走到今天的那些道理，真的会让他觉得变成了负担。就像当年年幼登山之时，背着的那只大背篓，还没有装草药，就已经让人感到沉重。

可为难之处，就在于恰恰是这些当年的负担，带着他一路走到了今天。与己为难，是那修道登山的难上加难。

就在此时，孙道人以心声告诉陈平安："陈道友，小心些，这黄师深藏不露，竟是一个六境武夫，道友你所剩攻伐符箓不多了，贫道还算擅长厮杀，到时候你退远一些便是。只是可别忘了为贫道压阵啊，别太节省符箓，乱七八糟的玩意儿只管一起砸向黄师，不过也别误伤了贫道。"

陈平安愣了一下，心境豁然开朗，微笑着回复道："孙道长放宽心，实不相瞒，我除了符箓之道，对敌厮杀，也是一把响当当的好手。"

孙道人无奈道："陈道友，别这样，听你说这种大话，贫道不会宽心半点，只会心里发怵。"

陈平安笑道:"孙道长出身仙家高门,道法高深,说不定都无须我出手相助。"

孙道人不再言语,心想被你这种眼窝子浅的家伙溜须拍马,贫道真是没有半点成就感。

黄师直觉敏锐,大致猜出两人在暗中交流,只是不觉得两个道门废物,能聊出什么花样来。怎么死吗? 如何在鬼门关门口把臂言欢吗?

陈平安想明白了一些事情后,便觉得天高地远,青山绿水,风景处处可亲。只是再一看,便让陈平安皱眉不已。摇了摇头,异象便无。

陈平安忍不住开口提醒孙道人:"孙道长,小心些。"

孙道人笑道:"道友大话莫讲,废话莫说。"

台阶另外一边,确实是狄元封和两个云上城谱牒仙师起了冲突。

云上城两个年轻男女,无意间寻见了一处远古仙人的修道之地,然后机缘之下,从一幅字帖当中打开了机关,竟然找到了一副"金枝玉叶、宝光莹澈"的遗蜕白骨。

白骨数百年甚至是千年莹光不衰,有此光景,必然是一个元婴地仙,或是得了一桩惊世骇俗的福缘,属于传说中那些玉璞境修士的遗蜕。至于更加匪夷所思的仙人境遗蜕,则不至于化作枯骨,血肉消散。而遗蜕身上那件法袍,近乎圆满无瑕,品相没有丝毫折损。

原本狄元封暗中尾随两个经验不够的雏儿修士,并没有抱太大希望,不承想这一看,就看到了大门道,那副遗蜕珍稀不珍稀,从法袍品相就看得出端倪,何况其中一个年轻男子修士,还将遗蜕和法袍收入了一支白雾缭绕的白玉笔管当中,显然是传说中的仙家方寸物无疑。

狄元封掂量了一下对方修为,觉得有机可乘,便隐匿在出口,寻了一个机会,打算一击毙命,夺了宝便远遁。一支笔管方寸物,外加仙人白骨遗蜕和法袍,这可就是三样重宝。

不料凌厉一刀之下,那个年轻男修只是法袍破损,外加身受重伤,仍是护住了那支笔管。狄元封便要顺势出刀,将那惊慌失措的不济事女修宰了。只是一个老修士凭空出现,不但击退了狄元封,还差点将狄元封留在了那处仙人坐化的茅庵。

狄元封凭借那把祖传法刀,破开一座术法牢笼,负伤远逃。心中大骂不已,狗日的谱牒仙师,身上竟然穿着两件法袍!

年轻男修脸色惨白,伸手一抹,手心全是鲜血,若非小心起见,两件法袍穿戴在身,不然受了这结结实实一刀,自己必死无疑。

女修看得心疼万分,对那个阴险小人更是愤恨不已,顾不得自己安危,就要御风追杀而去,对方受伤不轻,说不定可以痛打落水狗。

那个龙门境老供奉淡然道:"穷寇莫追。再者,得了这么大一份机缘,你们也该见好就收。接下来你们该考虑的,是怎么离开此地。北亭国那个小侯爷,在山脚山顶都已经安排了一个武学宗师,负责把守关口,你们自己商量着办。"

随后老供奉便身形消散。

那对劫后余生的云上城年轻男女,大难不死,心情起伏,所以都没有注意到那个老供奉眼中的挣扎。

如果不是还有一个多余的护道人老真人桓云,这个担任云上城首席供奉将近百年的自家修士,恐怕就要让两个怀揣重宝的年轻晚辈知道什么叫天有不测风云、人有旦夕祸福了。

而不远处,一个以上乘符箓隐匿身形与涟漪气机的老真人桓云,对于龙门境供奉的隐忍不发,亦是神色复杂,似乎有些庆幸,又有一丝不易察觉的失落。

桓云喃喃道:"修行不易,修心更难啊。"

一声心湖叹息过后,老真人再次身形消散。

先前有些早早落在眼中却恪守规矩不去拿的宝物机缘,他桓云当下已经可以伸手去取了。因为这两个沈震泽嫡传,已经绝对没有心思再去探宝,而是要想着如何脱离困局了。至于那个龙门境供奉修士,也该是差不多的念头和打算。

除了几处殿阁楼台的仙家器物,桓云更想要去山巅道观那边看一看,那些先前御风远观了一眼的琉璃碧瓦,比什么都金贵。只不过此物不着急,有那个北亭国金身境武夫坐镇山巅,不到万不得已,他就不会去硬抢。

背着一个包裹的狄元封,躲在一座假山之后,咽下一颗丹药后,大口喘着气,嘴角渗血不停,心中骂娘不已。既然还有心气骂人,就意味着尚未伤及根本。

狄元封毫不后悔出手夺宝。但一击不成,也就没有继续纠缠的心思了。

半山腰处的台阶上,小侯爷詹晴手持折扇,轻轻扇动清风,水龙宗金丹地仙女修白璧站在一旁。

芙蕖国武将高陵,站在山脚那边的白玉拱桥一端。詹晴所在侯府的那个家族供奉武夫则去了山顶。剩余一个跟随白璧而来的芙蕖国皇家供奉,则在得到白璧的点头后,去搜刮宝物了。

詹晴望向远处的异象,皱眉道:"这么多人,怎么进来的? 难道有人直接破开了洞室禁制?"

白璧叹了口气道:"此地本身,才是最大的麻烦。我去山外四周转悠一圈,看看能否飞剑传信给宗门。"

詹晴起身道:"我陪你一起。"

白璧摇头道："你去山脚那边，高陵此人最知轻重，一定会护着你的安危。先不着急去山巅，那边变数大，会让我不放心远游，去探究此地边界。"

白璧御风升空，化虹而去。

詹晴心神往之。这便是金丹地仙的风采。

詹晴缓缓下山，一个金身境的高陵，未必挡得住所有寻宝客。

不过只要那浩浩荡荡涌向山头的各路访客没本事聚拢成一股绳，便是一盘散沙，任由他詹晴予取予夺。

进入秘境，和白姐姐商议过后，詹晴改变了主意。他没打算大开杀戒，而是想和那些过境修士、武夫做一笔买卖。那就是，上山可以，但是下山之时，需要私底下和他詹晴会晤，交出其中一件被他看上眼的山上器物。一件即可。至于其他被幸运儿随身携带的物件，到时候白姐姐当然会默默记录在册，回头交给水龙宗祖师堂，让那些地仙修士将这些蝼蚁一一抓捕，取回宝物。

如此一来，便不用他詹晴亲手打杀谁，和气生财嘛。当下就能省去诸多麻烦和意外。

山泽野修，除非觉得自己深陷必死境地，一般都很怕死很惜命，所以都好商量。反而是那些山门势力两头不靠的谱牒仙师，不太看得清楚形势。

他那个野修出身的元婴师父，如今是水龙宗的挂名供奉，白姐姐更是他未来的神仙道侣，怎么看都是一家人。所以这座仙府遗址，是水龙宗的囊中之物。

此前，白姐姐和他商量过了，尽量多拣取几件重宝，尽量保证在五件之内，贪多嚼不烂，不然她不好和宗门那边交代，而且詹晴和她的取宝动作，一定要隐蔽再隐蔽，多折腾一些障眼法。在这期间，元婴修士都梦寐以求的至宝，两人绝对不能碰。宗门那几个老祖，谁都不是省油的灯，一旦将来闻讯赶来，成功占据此地，定然不会错过任何一个入境之人，刨根问底起来，手法层出不穷，动辄在修士神魂一事上下功夫，到时候只要詹晴被顺藤摸瓜，露出马脚，她白璧也难辞其咎，被祖师堂盖上一顶吃里扒外的帽子，就会得不偿失。

但是四件法宝，他们两个晚辈，作为开疆拓土的最大功臣，即便祖师堂获悉，有她传道恩师和詹晴师父两人的面子在，那十数位有资格在祖师堂摆下座椅的大修士也会睁一只眼闭一只眼。任何一个山上的谱牒仙师，既受规矩、底蕴的庇护，也受规矩、戒律的束缚。

詹晴到了山脚，和颜悦色地向高陵吩咐下去，高陵这个芙蕖国刚刚升为正三品武将的金身境武夫没有异议。

护送女修白璧返乡入京的当天，圣旨就到了高陵的将军府上。所以高陵知道了一件事情，在军功难挣如登天的芙蕖国，与那座水龙宗攀附上关系比什么都管用。

詹晴站在白玉拱桥一端,以折扇轻轻敲击桥栏异兽,玉树临风,白衣风流。

高陵朗声告诉临近拱桥众人应当遵守的规矩。当然没有人会服气。有人不敢硬闯,便想要从别处跃过那条宛如护城河的幽绿河道。结果高陵一掠而去,一拳拦截下来,修士当场毙命,尸体碎成七八块。

这一拳高陵藏私不多,所以就有修士惊呼金身境武夫,更是报出了芙蕖国武夫第一人高陵的大名。

一拳过后,闹哄哄的对岸就立即消停了,只有三三两两的窃窃私语。

不知何人在何处,但应该是用上了仙家秘术,以一个沙哑嗓音,用心湖涟漪呼喊道:"咱们人多势众,合伙宰了这两个人,到时候分头上山,各拿各的,岂不是更好?!何必看人眼色。咱们若是有人运气一般,只能到手一件宝物,难不成也要双手奉上,白白送给这北亭国的纨绔子弟?此时不齐心合力,到时候下山之时,可就更难众志成城了吧?"

这一番言语,说得不少人都动心了。

施展了障眼法的两个彩雀府女修相视一笑。说出这番蛊惑人心言语之人,正是她们护道的一个祖师堂嫡传少女。年纪不大,心性不差。

而她们正是彩雀府府主孙清和祖师堂掌律祖师武崐。

原本武崐一人护道就已足够,但是孙清觉得在彩雀府山头上十分烦闷,就跟着散心来了,不承想这一散心,就撞了大运。

武崐偷偷和年轻府主交流:"先前那个年轻地仙,该不会是芙蕖国白璧吧?"

孙清冷笑道:"是水龙宗嫡传弟子又如何,乱战之中,城府不够,本事不济,死了白搭。"

说完这些,孙清神色淡然道:"你我一样如此。"

武崐忧心忡忡道:"不过洞室那边突然山水紊乱,禁制大开,处处皆是秘境入口,是不是太过凑巧了?"

孙清瞥了眼天幕,缓缓道:"既来之则安之。"

武崐叹了口气,看了眼自己身旁一身平和气象的年轻府主,难怪她是彩雀府历史上最年轻的金丹境府主,而自己只是年复一年到了头的掌律祖师。

他们这边的岸边叫嚣不已,人人喊打喊杀,扬言要宰了那个芙蕖国武将,还要将那个北亭国小侯爷剥皮抽筋。

结果詹晴笑容灿烂,啪一声打开折扇,在身前轻轻扇动清风,开口只说了一句话:"杀我可以,先到先得。"

孙清笑了笑,轻轻以手肘撞了一下武崐:"你先出马,不然双方能耗上一百年。"

武崐心中了然。

头戴幂篱又有障眼法遮蔽容貌的武崐,大步走出队伍,率先走上白玉拱桥。

她此次下山,穿了两件法袍,里边的才是彩雀府头等法袍,外边的则是托人从云上城重金购买而来的。外边那件云上城法袍,当然也被施展了小小的障眼法,不然太过显露痕迹,只当别人是傻子了。

事实上那两个云上城沈震泽的嫡传子弟,也是差不多的行径,内外两件法袍,只是刚好换了一下,自家法袍在内,彩雀府法袍在外。

武崐先前走得慢,拱桥那边众人虽有人挪步,却走得更慢。生怕被这个不知来历的女人坑害了,跑得太快,当了那出头鸟,给高陵一拳打得血肉崩散。

不过接下来所有野修、小山头谱牒仙师和江湖武夫便如释重负,顿时心情激荡起来,再无太多疑虑。因为武崐竟是越走越快,最后直接飞掠而去,祭出一手仙家攻伐术法,然后硬生生吃了高陵两拳,一拳破术法,一拳打杀人,女子修士被打得如同断线风筝摔回拱桥对岸。女子也真硬气,挣扎着起身后,一言不发,竟是再次走向桥面。有人真正带了头,众人便再无犹豫,开始怪叫连连,吼叫不断,纷纷过桥过水。

詹晴勃然大怒,恨极了那个带头送死的女人。没有任何犹豫,他转头掐指,吹了一声响彻云霄的口哨。

山巅那个家族七境武夫供奉飞奔下山,一个前冲,从白玉广场高高跃起,重重坠落在那条登山台阶上。

山脚已经有眼尖之人看到这一幕,心惊胆战起来,手上便弱了几分声势。

不承想又有沙哑的女子嗓音重重响起:"先宰了桥边两个,再来一人又能咋样?!一人一招下去,仍是一摊肉泥!"

山脚这边,已经开始乱战。

远处,白璧御风悬停在一处地界边缘,一条线之外,白雾茫茫,不管她如何施展术法神通,都不见那条线后的风景。

她缓缓落下身形,驾驭石子撞入白雾当中,如泥牛入海,杳无音信。随后她又撕裂大块地面,撞入那片云雾,依旧毫无动静。这比山水禁制更加令人感到可怕。

眼前此物,名为未知。

水龙宗历史上,就有一个玉璞境老祖师和一个元婴境大修士,先后陨落在秘境当中,事后宗门连尸骨都没能找到。

白璧忧心忡忡,自己是该想一想退路了。

原本被视为一座浅水池塘的此处仙府遗址,来历绝对不小。

横贯北俱芦洲东西的那条济渎,是水龙宗的宗门根基所在,其中那座最为重要的祖师堂,其前身就是三座济渎远古祠庙之一,至于其余两座,一座被大源王朝占据,奉为济渎庙正宗,依旧香火鼎盛;另外一座被某个覆灭宗门占据多年,一样打造成了祖师堂,但是在与剑修宗门的厮杀当中，毁于一旦。此地气象，与自家祖师堂有几分相似。这也是白璧有底气让詹晴自取四件法宝的理由所在。

一旦真是某条远古大渎的祠庙遗址，她和詹晴的这桩开门功劳，就太大了。

但是白璧不知为何，就是有些担心，害怕出现最坏的结果，还不是什么出不去，找不到退路。因为一旦她和詹晴两人消失太久，水龙宗自会循着线索过来寻人。白璧真正担心的，是此地会变作一座所有人葬身的新坟冢。

试想一下，那些看似井然有序的枯骨，如果亦是新人尸骸、而非仙府旧有人氏？这就意味着此处其实是一个巨大的陷阱，等着外人进来送死，还自以为天降福缘，见者有份。

当然，这只是万一。可白璧内心惴惴，总觉得这个万一，好像随着光阴流转，变成了千一、百一。

一时间白璧心境大乱，再不敢滞留在小天地边界，而是疾速御风，返回那座青山，去找詹晴，然后争取商量出一个万全之策。

白璧身形消失之后，从茫茫白雾当中走出一个身形缥缈的高大老者，微笑道："三个金丹修士，两个金身境武夫，嗯，还有个小家伙比较古怪，足够饱餐一顿了。"

一缕剑气从天而降，直直地从老者天灵盖一穿而下，老人缥缈身形在别处聚拢浮现而出，笑道："好家伙，咱们当邻居都多少年了？还是这般恶劣脾气，就不会改一改？有那该死的重重禁制禁锢，害我无法炼制此山此水，可外边层层大山，山根道道裹缠这座小天地，你这小家伙，针对我这么些年，只能勉强护着此地不失罢了，又能奈我何？"

老人头颅再次被那缕细微剑气穿透，老人依旧是在别处出现，神色自若道："按照老规矩，每次只留下最后一人，容他晚死片刻，和我聊聊外边天地的近况。到时候他便会晓得，这个陷阱是何等巧妙了。那些个宝贝，你们又能拿到哪儿去？盘中餐，腹中物，洞天福地葬身处。这拨孩儿，运道也算不差了，只是可惜了一座道观。那个背剑的小娃儿，眼光真是不错，只是东西可不能让你带走。事后还要连累我再次东拼西凑。这都是第几回了？拼凑一次，搬一次家，委实累人。"

老人又一次被纠缠不休的剑气搅烂身形，身形聚拢后，向后退步而走，高大身形逐渐没入云雾，伸手轻拍腹部，快意笑道："哈哈，好一个浩然天下，好一个别有洞天我肚中。哪座天下，不是人杀人最多？真是无甚意思。"

没了老人踪迹之后，那缕剑气依旧在附近巡游许久，掠地飞旋，最后才直冲云霄，返回高空。

陈平安猛然转头，举目远眺，他大概是唯一一个察觉到了那缕剑气落地和飞升的人。

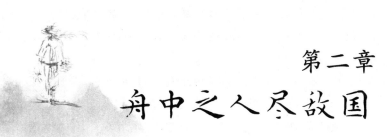

后山多奇花异草,却无鸟雀虫蚁。而且陈平安发现一件小事,先前进入这座仙家府邸,见到仙鹤绕山盘旋,可等到四人登山之后,仙鹤早已不知所终。不管陈平安在山脚仰视,在山巅道观俯瞰山河,还是后来尾随黄师、孙道人寻宝,一直到后山此处,他始终没能再看到一眼仙鹤踪影。

如果此地真有世外高人坐镇,并且假设是一个最坏的结果,此地主人对所有访客居心叵测,那么对方绝对是一个算计人心的高手。

凡夫俗子,山野樵夫,兴许进了此山,瞥了眼仙鹤也就作罢,更多是为后续那些白玉拱桥、牌楼匾额所震撼,视为人间仙境,再加上各处的白骨尸骸,自然而然将此处视为无主之地。可对于修道之人而言,那些不经意间的眼见为实,尤其是第一眼,会更加影响心性,悄无声息,而且浑然不觉。往后种种,只要是一个练气士,无论境界高低,都会反复推敲。

陈平安第一眼见到了青山绿水和雪白仙鹤,也不例外,油然而生的第一个念头便是好一座仙家府邸,好一个山灵水秀。此后一路所见,无非是在仙家府邸之外,加上一个遗址后缀。

仙家犹然是仙家,福缘自然还是福缘。遍地线索,极其繁复,好像处处都是玄机,见多了,便会让人觉得一团乱麻,懒得多想。

陈平安同样没有太多头绪,但是那缕剑气的突兀下坠和升空让其警醒,一旦证实先前的仙鹤是某种心机精巧的障眼法,再加上其间孙道人腰间那串铃铛无缘无故的炸裂,那就勉强可以扯出一条线,或者说是一种最糟糕的可能性。这种先看一线两端最好和最坏的细微心性,正是陈平安当初能够在京观城高承眼皮子底下活着走出骸骨滩鬼蜮谷的关键。

世事复杂,见与不见,想与不想,便是学问,便是在心性上下功夫。当然也有误打误撞的,无非是懵懵懂懂而死,或是迷迷糊糊得了机缘。

三人继续游历后山,相较于前山的打生打死,至少看上去要优哉游哉许多。

至于那个狄元封的死活,陈平安没有半点心理负担。不是爹不是娘更不是祖宗的,若是个心存善念之人,陈平安兴许还会管上一管,做笔公道买卖之类的。

此刻道路一旁,有一棵绿竹,颇为瞩目,落在三人眼中,孤苦伶仃,竹影婆娑。

竹竿粗如碗口,片片竹叶青翠欲滴——不是什么修辞说法,而是名副其实的青翠欲滴,许多竹叶叶尖,凝聚有水滴,风吹而过,摇摇欲坠。三人仰望凝视此竹的时候,刚好有一滴碧绿水珠坠落泥地,瞬间消散。陈平安凝神望去,其中大有讲究,虽然不是碧绿琉璃瓦和道观青砖那般孕育出水运精华,却也到了灵气凝聚成水的夸张地步。

孙道人路过的时候,以手指轻轻敲击,贴耳聆听,咦了一声,说道:"有门道。"

陈平安在另两人凝视这棵绿竹的时候,转身摘下包裹,先从咫尺物当中取出养剑葫,握在手中,再重新挎好包裹,然后笑道:"劳烦孙道长摇一摇竹子,我好接一些竹叶叶尖水。"

孙道人终究是个货真价实的观海境修士,大致看得出深浅,摇头笑道:"陈道友,劝你别多此一举了,这些灵气孕育而生的竹叶水珠,寻常器物是关不住这份浓郁灵气的,莫说是直接拿酒壶装水,任你摘了一握带水滴的竹叶,小心储藏起来,只要离了这棵古怪竹子,同样留不住。"

高瘦道人嘴上如此说,也没耽误他摘下法袍包裹,取出一只绘有青松隐士图的青瓷小瓶。

黄师嫌弃两人磨蹭,一脚踹在竹竿之上,顿时水滴如小雨降落,孙道人哈哈大笑,身形一晃,脚踩罡步,以青瓷小瓶装水。

陈平安也不例外,不愿有任何一颗水滴坠地消散,在不和孙道人争抢的前提下,使用一门"水法",将许多即将落入泥地的水滴汇聚成线,缓缓收入养剑葫当中。

黄师瞥了眼黑袍老人的手法,没看出任何值得怀疑的破绽,便不再计较。

陈平安既然拿出了养剑葫,便不再收起,而是将其悬挂在腰间,天地灵气凝聚而成的水滴聚拢起来,不过寻常七八两酒水的分量,却是十数斤的阴沉重量。

三人继续赶路。

陈平安回望一眼绿竹。

难道和魏檗在棋墩山精心栽植的那片竹林一样,若是真要认祖归宗的话,都来自竹海洞天的青神山？不然根据当年那本购自倒悬山的神仙书记载，浩然天下的诸多仙家竹子，数十异种，在凝聚水运一事上，好像都不如此竹神通广大。只可惜和那棋盘石桌一样，扛不走，搬不去。

孙道人觉得还不尽兴，伸手一抓，微笑道："竹空通神明，轻身且补气。贫道早年修行，遍览书籍，就曾见有古书记载，竹叶煮茶，最是解渴清心，大暑时节只需用竹叶一握，加上山上莲子数颗，一两杯茶水下肚，便要教人飘然似神仙。"

陈平安瞥了眼孙道人，又看了眼纹丝不动、不给半点面子的修长绿竹。既然都这样了，那么有些马屁话，他还真开不了口。

孙道人收回手，神色淡然道："算了，这桩机缘留给后来人吧。"

黄师落井下石道："这些竹叶，若是被修行水法的下五境修士炼化为本命物，说不得就是至宝。宝物就在眼前，小心天予不取反受其咎，孙道长当真不采摘几把？便是不用来煮茶，赠给婴儿山雷神宅的晚辈，也算此次返回师门的不俗礼物。"

孙道人云淡风轻道："修道一事，涉及根本，岂可胡乱赠送机缘，我又不是那些晚辈的传道人，礼物太重，反而不美。罢了罢了。"

陈平安小声赞叹道："孙道长妙语如珠，发人深省。"

孙道人将那青瓷小瓶小心翼翼装入袖中，缓缓而行，抚须而笑，高深莫测。

黄师有些受不了这个五陵国散修道人，从头到尾，得知孙道人是雷神宅靖明真人的弟子之后，在孙道人这边就献殷勤不停。

突然，黄师以金身境身法、五境一拳的劲道，毫无征兆地一拳砸向身旁的黑袍老人，这还是他掂量了一下这个练气士的体魄后，稍稍手下留了情的。砰然一声，后者倒飞出去，一路翻滚，虽是挣扎起身，但似乎被打蒙了，所以只是坐在地上，突然喉咙微动，转头吐出一口瘀血，好像这会儿才回过神，站起身，双手藏在袖中，显然已经掐符在指尖，气机涟漪萦绕袖口，破口大骂道："姓黄的，你找死不成？！"

黄师心中大定，果然是个废物。

孙道人更是被吓得赶紧掠至数丈外，亦是一手掐住一张刚刚向陈道友买来的攻伐符箓。

三人呈现出掎角之势。

黄师看也不看那个黑袍老人，只是转头对孙道人笑道："孙道长，人心如鬼蜮，不得不防啊。咱们与秦公子，好歹是知根知底的盟友，唯独此人，半路偶遇，若是个顶会装蒜的祸害野修，咱们岂不是着了道，到最后除了身上所有宝物机缘，还要搭上一条性命，为他人作嫁衣裳。我看孙道长也不愿意吧？"

孙道人以心湖涟漪跟陈平安说："陈道友，怎么讲，要不要厮杀一场？这黄师可不是善茬，若真是撕破了脸皮，咱哥俩是一根线上的蚂蚱，谁都别藏私。"

相较而言,孙道人当然是更信得过黑袍老人,一路处下来,与善恶有些关系,关系却也不大,更多还是觉得这个陈道友道行薄弱,威胁不大。当然如果黑袍老人的言行举止,处处精明市侩抖机灵,是个见风使舵的货色,孙道人也不愿意与之精诚合作,赌了性命,一起与黄师对峙。

如此与陈平安心声言语,孙道人嘴上却是说着搪糊糊的话:"陈道友,黄老弟此举,是过分了些,但是如今形势变幻莫测,我们自家人先内讧,才是真正的为他人作嫁衣裳,不如你们俩都卖贫道一个面子,陈道友少安毋躁,贫道再让黄老弟赔个罪,就当此事翻篇了,如何?"

陈平安气急败坏道:"不如何!挨了这么一拳,受了这么一遭无妄之灾,我元气大伤,道个歉就完事的话,不如让黄师吃我一道雷符,就当扯平!"

黄师扯了扯嘴角,打开包裹一角,抓出一件器物,轻轻抛向黑袍老人,笑道:"赔罪不够,那就加上一份赔礼。"

只见黑袍老人眼睛一亮,稍作犹豫,依旧一手藏袖偷偷拈符,一手则已经抬手出袖,试图伸臂去接住那个古色古香的铜镜。

孙道人神色大变,赶紧以心声提醒道:"别接!"

只是晚了。

黄师一步踏地,以六境巅峰的武道修为,瞬间来到黑袍老人身前,一拳递出。黑袍老人瞠目结舌,呆若木鸡,竟是杵在原地,整个人僵硬不动,不但没能接住那把赔礼的铜镜,反而还要连累自己吃那一拳。只是黄师却骤然停拳,只有一阵拳罡拂过那可怜虫的面容,唯鬓角发丝向后掠去。

黄师竟是收了拳,颠了颠沉重行囊,转身就走,走出数步之后,扭头笑道:"陈老哥,这面铜镜送你了。"

孙道人心中哀叹,自己怎么找了这么个不长心眼的痴呆盟友。苦也。接下来的路,不好走啊。没法子,只能自己多担待一些了。

孙道人见那个陈道友朝自己歉然一笑,蹲下身去,捡起坠地的那面铜镜,装入一个还算干瘪的青布包裹当中。哪怕这家伙已经竭力隐藏自己的胆怯心慌,可双手一直在轻轻颤抖。

孙道人看得直头疼,摇摇头,转身跟上黄师,兴许是对这个家伙有些哀其不幸怒其不争,心声言语中颇有愤懑:"陈道友!接下来记得自己的位置,别太靠近黄师这家伙,最好让自己与黄师隔着一个贫道,不然一旦被黄师近身,你便是有再多的符箓都是摆设,怎的连练气士不可让纯粹武夫近身,这点粗浅道理都不懂?!"

"孙道长,道理我懂,可是真和黄师干架,就脑子空白,手脚不听使唤了,实在是脚步身手跟不上这些个道理啊。"

那人得了一面铜镜后，快步跟上孙道人，放慢了脚步，也不和孙道人并肩而行，干脆就在孙道人身后，亦步亦趋。孙道人叹了口气，不再多说什么，好歹是个吃一堑长一智的，不至于无药可救。

陈平安走在最后，轻轻擦拭嘴角血迹。

寻常武夫走江湖，运气不好，是经常被人打得满脸血。陈平安倒好，还得自己来。

不过一想到那面很有年月的青铜古镜，陈平安便没什么怨气了。

篆文极小，正面为"辟兵莫当"，背面为"御凶除央"。是辟邪镜无疑了，而且是一件仿古镜，因为陈平安先前一再端详之下，发现了极其细微的"宫家营造"四字，但是这反而是最值钱的。因为敢在铜镜法器之上悄悄以姓氏加"造"字，就是品秩的保证。

那部神仙书，关于此事，是有过相关文献记载的，其中以海兽葡萄纹古镜之上的"李铺造"、光明镜或是神仙夜游镜上的"纳兰三山造"两家仿古镜，最为价值连城。至于仿上加仿的那些后世铜镜，则往往是坑骗半吊子练气士的物件了，哪怕十分精巧无瑕，依旧是个大坑。有人自以为捡漏得宝，转手卖出高价还好，若是兴冲冲炼化为本命物，估计能让修士悔恨不迭，吐血不已。

方才陈平安差点没忍住，想要让孙道人先摸上一摸，美其名曰帮忙掌掌眼，自己再正儿八经收入囊中。这个孙道长的手，和隋景澄有的一拼，开过光吧？

不谈此次收获的那对极有可能是龙王篓的竹编小笼，只说悬挂在高瘦道人腰间的那串宝塔铃，显然就不是凡品。不然在山巅道观之外，那串宝塔铃绝不会主动破碎示警。

后山这边，建筑远远少于鳞次栉比的前山，称得上巍峨壮观的更是屈指可数，只有三座。

三人一路下山，放眼望去，稀稀疏疏，倒也省去不少麻烦。

按照老规矩，黄师在近在眼前的一座宫观建筑群寻宝，孙道人去往有楼独高的另外一处，陈平安则分到了最为临近山脚的一座殿阁。

陈平安和孙道人分开后，走得不急，好似游山玩水的闲庭信步，他摘下养剑葫，喝了一口竹叶灵水，委实心旷神怡。就是味道寡淡了点，没有酒水滋味。

只是一想到这份灵气浓郁的绿竹叶尖滴水，金贵稀罕，价格远胜仙家酒酿，顿时觉得滋味极美，余味无穷。

这一口下去，喝得可不是什么茶水，而是大把的神仙钱，岂能不美味？

回头望去，不见黄师和孙道人踪迹，陈平安便别好养剑葫，一弓腰，骤然前奔，瞬间掠过高墙，飘然落地。仿佛与天地契合，方能如此无声无息，不起多余涟漪。

前山山脚，白玉拱桥那边，混战不已。用北俱芦洲的风俗言语说，那就是打出了脑浆子当酒水喝,才是真豪杰。

狭路相逢的这场夺桥战事,十分惨烈。就连那个在山上寻宝的芙蕖国皇家供奉都听到了动静,不得不舍了那些唾手可得的机缘宝物,赶紧赶赴战场。

不过这个芙蕖国供奉多了个心眼,拣选出一部分觉得值钱的宝物,藏在了一处阁楼的房梁上,其余更多物件则随便包裹在一起,稍稍挪步,放到了别处屋舍角落,到时候跟白璧、小侯爷一起返回,便不会露出丝毫马脚。至于最终如何将私藏宝物带出此地,走一步看一步便是。

高陵已经取出兵家甲丸,一副神人承露甲披挂在身,和侯府家族供奉联手,尽量护住詹晴的安危。

而詹晴这个师承元婴大修士的洞府境练气士,亦是装作惊慌失措,北亭国头号纨绔的这道障眼法,加上先前那些跋扈言语,很管用,几乎无人相信这个北亭国权贵子弟,会是一个实打实的中五境修士,并且拥有两件威力巨大的攻伐法宝。

原本一边倒的战局形势,在那位芙蕖国供奉加入之后,便稍稍扳回了一些劣势。

詹晴对那个头戴幂篱、身穿云上城法袍的女子修士最为记恨,正是此人率先过桥,坏了他坐地发财的谋划。

不但如此,这个藏头藏尾的女修在随后的厮杀当中,极有分寸,既不跟金身境武夫捉对厮杀,却也不会坐山观虎斗,任由各路修士、武夫送死,每次高陵出拳能够杀人之时,女修便要从中作梗,不到一炷香的工夫,她便用两件防御重宝从高陵和家族供奉武夫手下救下了七八人的性命。

女修的两件防御本命物,一件是一枚宝光流转的青色玉镯,飞旋不定;一件是明黄地彩云金绣五龙坐褥,哪怕是高陵一拳击中,不过是凹陷下去,猎猎作响,拳罡无法令其破碎,进而将其打烂,不过一拳过后,五条金龙的光泽往往就要黯淡几分。只是玉镯与坐褥轮番上阵,坐褥掠回她关键气府当中,被灵气浸透之后,金色光泽很快就能恢复如初。

而四十余人的围攻,人人攻伐之宝齐出,声势浩大,如果不是修士配合生疏,一些个四境五境的纯粹武夫,也不敢太过近身搏杀,多是以弓弩远攻,或是递出拳罡袭扰桥对岸,相互之间,无法衔接缜密,高陵等人恐怕更难应付。但是山泽野修一旦选择出手搏命,别说是见血不多的詹晴,便是武将出身的高陵,与那个在侯府养尊处优惯了的家族供奉,都要感到心悸。

侯府家族供奉便被人以秘宝偷袭,洞穿了腹部,血流不止,只是凭借武夫的金身体魄,强撑一口气。反观高陵,精于战阵厮杀,对于枪戟成林的大军围困,都不陌生,故而还算有惊无险。至于那个芙蕖国皇家供奉,更是凄惨,一通攻伐灵器当头砸下,若非高陵帮着以拳罡打散大半,詹晴又祭出手中那件折扇秘宝,在身前凭空出现了一道雪夜栈道行骑图的仙家屏风，这位芙蕖国老神仙就要命丧当场了。

当然，高陵在内的这两个金身境武夫也不是吃素的，哪怕有彩雀府武崐帮着抵御拳罡，两人依旧击毙了七八人之多。被击毙之人无一例外死相凄惨，都好似刑场上的五马分尸。

所以水龙宗金丹地仙白璧的火速赶来，不是锦上添花，而是雪中送炭。

只是白璧刚刚祭出一攻一防两件本命法宝，便有彩雀府年轻府主孙清御风而起，主动选择与这个大宗子弟捉对厮杀。

白璧身形四周，是一套十八枚水龙宗祖师堂赐下的压胜花钱。白璧本身就是天生适宜修行水法的天才修士，那些花钱篆文也都大有深意，蕴藉着一丝残余国运。这些花钱曾是济渎流经某个古老王朝的铸钱开炉之物，之后流散四方，既有搁放在古老道观梁上的，也有埋入古墓陪葬的，或是被后世皇家库藏。水龙宗收集成两套，其中一套便赏赐给了白璧。

其实这套在水龙宗祖师堂都算好物件的压胜钱，攻防兼备。但是白璧依然祭出了一件山上重器古琴，是北俱芦洲历史上某位斫琴圣手的得意之作，名为"散雪"。

在两个金丹修士出手之后，战况便越发激烈。

又有那个挨千刀的沙哑嗓音，高声提醒众人："我们先杀小侯爷！"

詹晴惊怒万分，这个家伙，才是真正难缠。几次开口言语，都有四两拨千斤的效果。只是对方明显使用了一门山上秘法，加上厮杀惊险，乱成了一锅粥，让詹晴这伙人无法清晰辨认出此人所在。

武将高陵和两个供奉都不会也不敢眼睁睁看着自己被术法和器物砸死，可如果照顾自己太多，难免顾此失彼，一旦出现纰漏，牵一发而动全身，很容易害得白璧都要分心。詹晴敢断言，只要自己这边战死一个金身境武夫，或是有人身受重创，暂时丧失战力，不得不退出战场返回山上，这拨杀红了眼的野修和武夫绝对会更加搏命。

詹晴其实一开始就以心声提醒高陵与两个供奉，每次合力杀人，可以的话，最好挑选一二，一鼓作气将某个三四人聚拢抱团的小山头打杀干净，既有震慑效果，又能防止对方为了好友报仇，变成亡命之徒。只是人算不如天算，詹晴诸多盘算，结果却可能是此次出门没翻皇历的缘故，可谓诸事不顺，厮杀到后来，高陵与两个供奉都已经无法如此谨慎行事，自己这边可以认准目标杀人，但对方人多势众，可不管三七二十一，乱七八糟的攻伐宝物，层出不穷的阴险术法，先一股脑砸过来再说。

直到这一刻，詹晴才开始后悔，自己万万不该如此自负，将攫取本地所有机缘，视为探囊取物的一桩轻松事。

应该循序渐进，各个击破，而不是觉得自己这伙人，合力斩杀一个元婴地仙都不难，何必介意一伙乌合之众的蝼蚁野修。结果便是詹晴大摇大摆阻拦所有人的去路，学那一夫当关万夫莫开的演义小说路数，然后这会儿就开始嚼黄连了。其实并不是说詹晴先前的算计就差了，只是修行路上，一个万一，真要来了，事到临头，那就是万事皆休的一万。

白璧突然发现自己这个堂堂水龙宗嫡传金丹境修士，竟是不敌眼前这个遮掩面目的年轻女修。

白璧以心声怒道："彩雀府孙清！你敢杀我？就不怕与我水龙宗结仇，一座桃花渡彩雀府，经得起我家上五境老祖几巴掌拍下？"

白璧之所以没有直接高声宣扬，是因为自己到底是谱牒仙师出身，相较于孑然一身的山泽野修，顾忌更多，权衡更多。

孙清驾驭那件攻伐法宝，将古琴散雪琴弦震动生发而出的那些"雪花"纷纷搅烂，然后微笑答复道："你在说什么？我怎么听不懂呢。"

白璧恼火万分："孙清！你当真要跟我不死不休？"

有那十八枚压胜花钱守护四周，白璧应对得还不算狼狈，何况这套结阵法宝攻守兼备。显而易见，白璧还没有倾尽全力，更何况宗字头的祖师堂谱牒仙师，谁还没有一两门用来玉石俱焚或是逃遁千里的压轴术法。所以白璧的羞愤，更多还是出于与詹晴差不多的心境，失去了一家独吞利益的大好格局，又没了大宗门金丹修士的颜面，不过比起脚下桥头已经身陷险境的詹晴，白璧当下处境要好上许多。

孙清依旧不认账，笑嘻嘻道："咱们这些无牵无挂的山泽野修，讲究的是一个人死卵朝天，不死万万年。"

一个女修说这话，实在是欺人太甚。

白璧深吸一口气，顿时心境宁静如止水，再无半点杂念，甚至都可以完全不去在意詹晴那边的状况。

既然谱牒仙师的规矩道理讲不通，双方都是金丹境同辈人，那就只能在修为厮杀上见真章了。

孙清虽然神色自若，远远比白璧这个跻身金丹境没几天的水龙宗嫡传更加闲适淡然，可事实上，这个彩雀府历史上最年轻的金丹府主，没有半点松懈，面对一个师门底蕴深厚的宗字头仙家年轻天才，孙清在等待一个机会，一个一击毙命的时机，若是不成，才是双方坐下来以谱牒仙师身份谈事情的时候。

若是对方道高一尺，打死她孙清，孙清也觉得没什么。我能杀人，人可杀我。

所以，那个好似教书先生的剑修当年和自己一起游历的时候，才会说了那句：天底下就没谁是不可以死的。只不过当年那个北俱芦洲的陆地蛟龙，其实还说了后半句：但是天底下所有人都是可以讲道理的。

这后半句，孙清一直不太听得进去，觉得无甚道理。只是喜欢他，才不与他争。当然了,真要用心和刘景龙争论道理,肯定是自讨苦吃,吵不过他的。

当年刘景龙才是金丹剑修,便硬生生靠着嘴皮子讲道理,说服了一个打算大开杀戒的玉璞境老怪物,不但如此,还与那老怪物形成了亦敌亦友的关系,老怪物反过来还为他们一行护道一程,算是将他们所有人礼送出境。上次孙清和刘景龙"偶遇",客套寒暄之后,有些没话聊,她便随口问及此事,刘景龙说先前南下,就和那个老前辈见过面,相谈甚欢,只是要他刘景龙北归之后,安心返回太徽剑宗闭关破境,不用再跑一趟山头了。

陈平安寻访之地,地上尸骨不多,他在心中默默告罪一声,然后蹲在地上,轻轻掂量手骨一番,依旧与世俗骸骨无异,并无骸骨滩那种被阴气浸染、尸骸呈现出莹白色的异象。在前山那边,亦是如此。这意味着本地修士,生前几乎没有真正的得道之人,至少未曾成为地仙。还有一桩古怪的事,就是在那座石桌刻画棋盘的凉亭,对弈双方分明身上法袍品秩极好,被黄师剥离之后,陈平安却发现那两具尸骸,依旧没有金枝玉叶的金丹之质。

陈平安所到之处,曲径通幽,依旧灵气盎然,没有半点让人不适之感。于是陈平安又浪费了一张阳气挑灯符。

陈平安收获寥寥,只有几件龟裂厉害的山上器物,果然应该和孙道长一起游历才对。

陈平安来到一个干涸见底的池塘,池塘内枯叶残败。看样子,若是水满,应该是一处泉涌之地。

陈平安一直在思量洞室入口处的那些字迹,留字之人,必然是出入过一趟这座仙家遗址的人物。要么是隐世高人为后人留下开门线索,要么是害怕鱼儿太蠢,连鱼饵都咬不住,无法上钩。

陈平安翻过栏杆,跃入池塘,那些枯叶入手即碎,并无玄妙。

后山的水运灵气,果然还是那棵青竹附近最为浓稠。

落魄山缺一棵好竹子啊。如果能够像当年棋墩山被魏檗无比珍惜的那棵奋勇竹老祖宗,年复一年,开枝散叶,地底下竹鞭绵延,老子生儿子,儿子生孙子,便可以白白多出一丛茂林修竹来。

当然了,在陈平安眼中,落魄山什么都缺。

陈平安稍稍撮土,土在指尖依旧迅速化作碎屑,飘散四方。

关于北俱芦洲那条济渎,陈平安知道的不算少。只是对天底下更多的大渎内幕、祠庙香火兴衰、历史变迁,还是所知甚少。

只听魏檗提及,流霞洲曾经有一条东西向的入海大渎,蜿蜒三万里,每逢山水相逢处，便会涌现出一拨拨圣贤、地仙。

也有那扶摇洲的一条渎水，被一条只以河字为后缀的大水在某处决堤，夺了入海口，从此殃及整条大渎，短短三百年，一条大渎便从此消失。这意味着那条大渎的所有水神、河伯、河婆，都会金身消散，而大渎沿途神祇的敕封，礼仪规矩极其复杂，远远多于一个王朝君主敕封辖境内的山水神祇，据说需要向中土神洲儒家学宫递交文书。

陈平安环顾四周，皆无动静，便摘下养剑葫狠狠灌了一口，一鼓作气，直接喝完养剑葫内所有灵水，然后心神沉浸，念头小如芥子，巡游水府。

只见那水府之门大开，竟是关也不关了。

陈平安脚边有一条幽绿溪水。百骸各处，一条条水线逐渐汇聚，变作这条溪涧，缓缓流入水府那座水塘。

那拨忙忙碌碌的绿衣小童们，竟是看也不看大驾光临的某位最大功臣，一个个往来飞奔，兴高采烈。这一幅画面，看得陈平安有些心酸，摊上自己这么个当家做主的，小家伙们估摸着是真穷怕了。

陈平安又去山祠那边看了看，其实水府当中，又有一条更加纤细的溪水潺潺而流，去往山祠所在的关键窍穴。由于水运精华都已截留在水府，这股流水便澄澈无色，再无那一缕缕幽绿色泽。这些浓稠似水的灵气，到了山祠所在气府之后，便开始渗入地面，如甘霖浸润大地。

陈平安一琢磨，便心神退出，不再在这座无宝可寻的府邸滞留，而是以一个陈道友该有的道行和脚步一路飞奔，偷偷跑去了那棵极有可能出自青神山的绿竹，手掌按住竹竿，轻轻一震，绿竹随之轻轻摇晃起来，然后手持养剑葫，挥袖将那些剩下小半的竹叶凝聚水滴，全部收入养剑葫内。

陈平安颇为自得，自己果然是捡漏的行家里手。

然后陈平安别好养剑葫，开始爬上竹子，只是不承想那些瞧着稚童都可以随便掰断的纤细竹枝，竟是无法轻易折下。

陈平安望向远处那座宫观，黄师站在一处墙头，已经打量这边挺久了。"后知后觉"的陈平安便咧嘴一笑，挥了挥手。

黄师一脚踏出，落回地面。真是一个想钱想疯了却挣钱无门路的可怜虫。

没了黄师的窥探，陈平安试了试弯曲竹枝，去摘下竹叶，以他当下该有的修为，也能勉强做到，便摘了一把又一把，塞入其中一只斜挎的包裹当中，硬生生靠着竹叶将那干瘪异常的包裹撑得鼓鼓囊囊。

换了一处继续打量远处抱竹之人的武夫黄师，看得佩服不已，这种人如果是那传说中深藏不露的世外高人，他黄师就自己把脖子往狄元封那把法刀上一抹。

等到黄师真正离去，陈平安这才开始双指并拢，闪电出手，砍断高高低低各不同的竹枝,迅速收入咫尺物当中。

方寸物和咫尺物当中,碧绿琉璃瓦和大块青砖是真装不下了,刚好用这些纤细竹枝填满那些缝隙。大功告成之后,咫尺物和方寸物,这下子是名副其实的满满当当了。

陈平安抱着绿竹,就那么待着,久久没有滑到地面。

依稀想起了年少时分,和两人一起爬树捕蝉的光景。一个是习惯了护着他的最要好朋友,一个是他习惯了护着的半个亲人。

那会儿,好像日子过得贫苦,却年年月月,月月年年,无忧也无虑。

陈平安叹了口气,收回思绪。

很快远处传来一个调侃嗓音:"陈老哥? 干吗呢?"

陈平安转头望去,哈哈笑道:"上边凉快,好看风景。"

正是化名秦巨源的狄元封,面色微白,应该是受了不轻的伤势。

巨源,巨猿? 天底下体形最庞大的猿猴,不正是搬山猿吗? 所以说这个名字就有点欠揍啊。

狄元封不再多看这个脑子进水的黑袍老人,望向距离最近的那片宫观建筑,问道:"孙道长与黄兄弟收成如何?"

陈平安笑道:"咱仨都不错。"

狄元封忍不住瞥了眼抱竹的那个老家伙,交错而挎的两个包裹,瞧着不是瓦片就是砖头,怎的,老人家你着急回家盖房子娶媳妇啊?

可惜陈平安猜不到此人心声。不然还真要发自肺腑地竖起大拇指,由衷赞叹一声:真神人也。

老真人桓云已经满载而归,一件符箓方寸物,已经装满。

云上城龙门境老供奉也差不多心满意足,背着一个大行囊,手中还拎着两个包裹,遮掩不住的满脸喜气。

两个老人碰头后,站在一处阁楼顶层,俯瞰山门战局。

老供奉笑道:"好一场狗咬狗。"

桓云笑了笑,没有说什么。

修行路上,往往是一步慢,步步慢。沈震泽的两个嫡传弟子,若是没有自己护道,率先进入此地,一旦晚于北亭国小侯爷那拨人过桥,就一样只能在下边涉险搏杀。

只不过桓云眼光独到,一下子就看穿了彩雀府两大修士的蛛丝马迹,多半是仙子孙清和掌律祖师武崐。

至于那个御风空中的年轻女修手中所持古琴,应是先贤所斫,加上女修出手气象,显而易见,是那把散雪琴。只不过此琴当年是水龙宗一个元婴女修的本命物。元婴女修曾经有过一场惊天动地的临水厮杀，凭借古琴和地利，竟是将一个同境老元婴打得喘不过气来。古琴在如今这个水龙宗金丹女修手上才发挥出十之五六的独门神通。

老供奉轻声问道："接下来咱们是绕路去往那处藻井，悄悄离开，还是再去后山看一眼？"

桓云笑道："我们是护道人，让那两个孩子做决定吧。我们只需要隐匿身形，不主动去蹚浑水，此行应该无忧。"

桓云瞥了眼头顶天幕，视线下移向远处，正是这座小天地的边境线。

白璧察觉到的异样，这个老真人当然更早就已确认无误。只不过入口藻井那边，他偷偷在地底下埋藏有一道隐蔽符箓，只要符箓没有出现差池，就意味着退路还在。

而且此地虽然玄机重重，但是似乎没有半点污秽邪祟，一丝煞气也无，这便让老真人放心不少。

一地山水，山水气象是最难作假伪装的。任你是元婴境的山泽大妖，打造出一座花团锦簇障眼法的仙家秘境，落在精于符箓一道的桓云眼中，还是可以找出线索，早早察觉。

浩然天下的道门，其实早先派系众多，是百花齐放的大好光景。只是如今许多声势浩大的旁支都已经香火凋零，不成气候，或者干脆就已经渐渐失传。

例如曾经最为鼎盛的中土道门剑仙一脉，那是真正的大气象，那会儿的北俱芦洲，哪怕剑修如云，剑仙林立，也依旧不敢说自己占据天下剑道气运八分。而早年的山上四大难缠鬼，道教剑仙便占据一席之地，与剑修、赊刀人并称于世，当时还没有师刀房什么事情，道教剑仙一脉，从来不以剑修自居。

桓云感慨道门变幻过后，看着山脚那些血肉横飞的厮杀，又是唏嘘不已。

在老真人眼中，山门那边拼了性命争夺机缘的，应该都是晚辈，孩子岁数。

老真人没来由想起一个诗家圣贤曾言，眼中万少年，用意尽崎岖。

后世诗家读至此句，便有笺注：崎岖乃倜傥之反义，故而此语道破人情叵测，人心路径之崎岖，远胜山深千里的险峻路途。

桓云又想起先前自己的那一丝贪念和杀机，更是无可奈何。对那三教圣人来说，谁不是他们眼中少年？

桓云突然说道："你去护着他们去后山寻觅机缘，老夫去山脚劝劝架，少死几个是几个。"

老供奉欲言又止，心思急转，权衡过后，也明白了老真人的良苦用心，便点了点头。

除非云上城一行速速离开，不然到时候山脚那边的烂摊子解决不好，尤其是不小心死了那个水龙宗嫡传的话，将来水龙宗上五境修士的雷霆之怒就会从天而降，笼罩北亭国和芙蕖国。彩雀府，云上城，一个都跑不掉。兴许今天谁得利更多，谁就承受更巨。再者若是老真人能够帮着陷入僵局的双方顺势解围，让双方坐下来商议出个过得去的方案，这便是桓云一人挣下的香火情，水龙宗、彩雀府、北亭国侯府都会认。

桓云递出一张符箓，交给那个云上城老供奉，笑道："一有麻烦，祭出符箓，我会立即赶到。"

龙门境老供奉收起符箓，一闪而逝。

桓云其实心情并不轻松："这是去捣糨糊，当好好先生的，可别弄巧成拙，成了两边厌烦的搅屎棍啊。"

桓云出马且出手，两边不帮，又两边都帮，符箓齐出，总之尽力阻挡两帮人继续厮杀。与此同时，动之以情，晓之以理，说山上机缘众多，若是还算信得过他桓云，大可以一起登山寻宝，何必在此厮杀，两败俱伤。

原先乱战形势如汹汹河水，蓦然改道进入一座大湖，于是很快变得风平浪静起来。

尤其是桓云喊上了五人，一起秘密商议。其中有北亭国小侯爷詹晴，彩雀府孙清，水龙宗白璧，还有众多山泽野修中最强势的两个领头人物。

如此一来，便商议出了一个拱桥两边各退一步的章程。当然，詹晴和白璧这边退让更多，道理很简单，只要一路厮杀下去，他们这边能够活到最后的，兴许就只有被迫选择远遁的金丹白璧。当然另外那边，也注定活不了几个，最多十个，运气不好，可能就只有一手之数。

所以桓云的出现，对于双方而言，都是个天大的好消息。不然谁都是骑虎难下的尴尬处境，只能是打烂对方的头颅才能罢休。

与此同时，在桓云的牵头之下，关于双方战死之人的补偿，又有粗略的约定。

桓云以心湖涟漪和白璧秘密交谈，白璧甚至当场就拿出了一笔神仙钱，交给对方三人，让他们自己谈妥这笔抚恤银子的配发。

白璧和詹晴这边五人，死了一个侯府家族供奉，高陵也受了重伤，身上那副甘露甲已经处于崩毁边缘，另外那个芙蕖国皇家供奉也好不到哪里去。詹晴那把没有炼制为本命物的秘宝折扇更是找不到了，天晓得是坠入河中，还是被哪个黑心王八蛋给偷偷收了起来。

白衣小侯爷披头散发，那件法袍已经破破烂烂，再无半点风流世家子的风度。

但是家族损失了一个台面上身为中流砥柱的七境武夫，詹晴非但没有跟白璧叫屈喊冤半点，反而始终神色如常，一言不发，将议事大权全部交给白璧。这让白璧很是欣慰。

在此期间，孙清主动和厮杀当中处于劣势的白璧心声言语："此地归属，我彩雀府愿意帮你熬到水龙宗长辈赶来，尽力不让云上城通风报信给其他宗门。但是如果是云上城沈震泽带着别家大修士率先赶来，就别怪我们彩雀府修士抽身离开了。"

这么一句话，就让白璧对这个彩雀府府主印象大为改观。

先前双方厮杀本就各有余力，恐怕除了老真人桓云，外人都很难看出，故而当下订立口头盟约之后，白璧便有了未来自己与彩雀府建立一些私谊的念头。

桓云见双方大致谈妥，便如释重负。

和事佬好当，但是想要当好很难，不光是劝架之人的境界要足够，关于人心火候的巧妙把握才是关键。

山顶道观旧址，一个高大老者凭空浮现，瞥了眼那些堆积成山的道观废墟杂物，啧啧摇头，缓缓走向台阶之巅，讥笑道："孩儿们以为这就完事了？天底下有这么好拿的钱财吗？人杀人最多，人心使然嘛。不然见你们稚童打闹，乐趣何在？"

他轻轻跺了一脚。走到台阶那边俯瞰山脚那边的停战双方，瞥了一眼之后，便被那缕剑气瞬间搅烂了那道缥缈身形。

只是山脚那条幽绿河水已经异象横生，先是涟漪阵阵，然后开始如热水沸腾。

桓云是第一个察觉到异象的人，他双袖飘摇，一张张符箓如流水哗啦啦飞出。

只是瞬间桥下河水便寂然不动，然后在白玉拱桥两边，分别走出一尊身高五丈的青衣神祇，一尊神祇手持银色长枪，一尊神祇手捧铁铜，各自登岸，然后站定。

与此同时，白玉拱桥也云雾飘摇，最终凝聚山一个白衣神女，她金色眼眸，面无表情，手持一道好似道门宝诰的画轴。白衣神女飘然升空，摊开那卷画轴，嗓音如天籁，缓缓开口言语。

便是见多识广的老真人桓云，听过了白衣神女的那番言语后，都觉得荒诞不已，可又不得不当真信服几分。

大致意思，是说此地乃是上古真人证道飞升之地，曾经位列三十六洞天兼七十二福地，是一处清净之地。他们这帮人冒冒失失私闯府邸，既是机缘，也是罪过。那个真人飞升之前，曾经留下一道法旨给他们三位，答应后世修士，凭借得宝多寡，来定机缘大小，最终会留下五人，不但可以留下手中既得的所有天材地宝、仙家秘籍，为首一人，可以获得飞升真人的嫡传身份，其余暂时记名，另有一门直指仙人的道法相授。在接下来的一旬光阴之内，最后只能存活五人，不然一切作废，机缘全无不说，还要被降下天劫，当场劈死，身为嫡传与记名弟子，若是无法为师尊涤荡污秽，本就不配得到这桩道缘。

那轴摊开之后的画卷，猛然间变得大如一挂瀑布水幕，从天上垂落到地。

画上绘有五人挂像，正是当下得宝最多、福缘最厚的五人。

除了这幅水幕，山上某处，山后某处，只要是有人处，又有稍小水幕悬挂空中。

而白衣神女虽嗓音不大，实则话语响彻天地，秘境之内，人人听闻。

身上携带云上城沈震泽方寸物白玉笔管的年轻男修，目瞪口呆，他就在榜上，而且名次还不低,排在第二。一旁那个女子修士,喜忧参半。

垫底之人,是一个佩刀的年轻公子——狄元封。这脸色微白的俊俏公子哥瞠目结舌。

排在第四的,是一个站在宫观石碑前,双臂环胸、眼睛眯起的邋遢汉子。

第三人,是一个背着好像道袍做的包裹的高瘦道人。正是自称雷神宅谱牒仙师的孙道人。这会儿高瘦道人已经汗如雨下。

第一人,是当下正抱着竹子离地悬空的黑袍老人陈平安。

众人只见画卷之上,那家伙依旧不愿落地,伸出一手使劲挠头,然后对着那幅悬停在一旁空中的山水画卷,一脸真诚道:"弄啥呢,搞错了,真搞错了。"

白衣神女和两尊青衣神人已经消散。半旬之后,水幕还会出现一次。若是一旬到来,此地剩余人数多过五人,便会有天劫落地,将所有人打杀。

桓云发现自己埋藏在藻井那边的符箓已经崩碎。显然,此地山水神灵已经关闭了仙府出路。

白玉拱桥这边,鱼龙混杂的各路修士武夫,面面相觑。先前桓云好不容易帮着笼络起来的涣散人心,这会儿瞬间被打回原形,重归一盘散沙。

哪怕是六人,都不约而同地后撤,和身边人拉开了一段距离。唯独白璧与詹晴并肩而立,默默交流。

一时间天地寂静,落针可闻。

云上城那对年轻男女心情越来越沉重。

年轻女子问道:"师兄,桓老真人护得住我们吗?"

男子苦笑道:"兴许老真人不愿意杀我们,就已经仁至义尽了。"

女子花容失色。

男子无奈道:"桓云终究不是自家人,现在我们能够相信的,就只有许供奉了。"

片刻之后,两人一起琢磨困境,试图打破当下死局,可惜两人还是没能商议出一个所以然。

那个风尘仆仆赶来的龙门境供奉,他们两人真正的护道人,飘落在两人身侧,神色凝重,缓缓说道:"不如将那白玉笔管交给我,我来引开所有人的注意力。"

男子毫不犹豫就交出了那件方寸物,感激道:"有劳许供奉。"

老供奉将那白玉笔管小心翼翼收入袖中,一掠而去。

年轻女子一脸讶异,男子摇摇头,示意她莫要说话。

年轻女子虽说不如她师兄沉稳缜密,一直被城主沈震泽教训,但是她好歹知道此刻交出方寸物,绝对不是什么好事。

男子以心声说道:"如果刚才不交出去,我们现在已经是两具尸体了。半旬之后,如果我们和这个许供奉，都能够活到那一天，等着吧，方寸物就会物归原主。"

女子惨然道："等到水幕消失，然后再被拿走？"

男子笑道："不然？"

女子梨花带雨，男子为她轻轻擦拭眼泪，动作轻柔，没有说话。不是不想说点什么，而是无话可说。

后山那棵绿竹下，狄元封神色凝重，抬头瞥了眼，根本没找那黑袍老人麻烦的意图，打算躲得越远越好。

狄元封毫不犹豫飞奔下山，绕过了那座宫观。

陈平安滑下竹竿，路过宫观建筑的时候，发现黄师这边毫无动静，不知作何想。

孙道人摘下大小两只包裹，放在脚边。没敢丢了包裹就跑，担心被人乱拳打死老师傅，到时候自己还要百口莫辩。他一个观海境野修，真不够看的。

孙道人只能赌下一拨人见着了他，见好就收，只拿钱财不拿命。

这会儿，就算他真是婴儿山雷神宅的谱牒仙师，管用吗？有屁用。

陈平安看到这一幕后，心想这个老道人总算聪明了一回，没有丢了宝物撒腿跑路。

孙道人泪眼婆娑，可怜兮兮，望向那个站在墙头之上的陈道友，然后挥挥手："走吧走吧，走得越远越好。"

陈平安点点头："保重。"

只是离去之前，丢了三张符箓过去，全部都是隐匿身形的驮碑符。赠予杀伐符箓，意义不大了。

以心声告诉孙道人此符用处过后，陈平安亦是飞奔下山。

孙道人接住符箓后，再一抬头，墙头之上已经没了那个陈道友的踪迹，感慨万分道："患难见真心啊。"

陈平安只希望孙道人舍了机缘宝物，能够暂时保住一条小命。在那之后，其实是有一线生机的。

当年在藕花福地也是差不多境地，厮杀得天昏地暗过后，那个臂圣程元山，一场架没打，活到了最后，如果不是没能按时登上城头，也许还会白白捞取一桩飞升到浩然天下的福缘。

至于最终能够活下五人，还有天大的福缘临头，被什么飞升境高人收为嫡传和记名弟子，陈平安根本不相信。

修行路上，机缘一物，由于与法宝挂钩，看似最诱人、最直观，好像谁得机缘越大，谁就越是修道坯子，可陈平安大致清楚，境界越高的得道之人，越看重弟子的根骨、资质、性情、机缘，缺一不可。

一个远古飞升境大修士收取弟子，尤其是嫡传，岂会只看后人在他山中得宝多寡。

此地处处隐藏杀机,若说先前求宝争机缘,好似修行路上人人皆野修,各有各的算盘,还算合情合理,所以陈平安无法确定此地风土正与不正,那么现在的格局,完全就是逼着所有人论心杀人,简直就是身旁之人皆可死的处境。坐镇此地的那个家伙,分明不是什么善茬,极有可能是故意蛊惑人心,让剩下四十多人,自相残杀,那人好坐收渔翁之利。加上之前孙道人宝塔铃骤然破碎的铺垫,陈平安甚至猜测此地幕后人说不得就是一头大妖,只是碍于某些老旧规矩,无法随心所欲行事。例如那一缕凌厉剑气的存在,极有可能就是一种束缚和掣肘。

陈平安突然想起当年在落魄山台阶上和崔瀺的那场对话。

对于崔瀺无比笃定的天下大势,当时陈平安便想要询问大骊国师,为何不将此事告诉某些人,或是直接昭告天下。只不过当时陈平安没有问出口,然后自己就有了答案。说了没人听,听了没人信。

陈平安没有离开孙道人所在的这片建筑太远。不过有了一番计较。

要不要立即以剑仙破开天幕? 这是一个极有可能会决定生死的抉择。

装神弄鬼的那一幕出现之后,将那个隐藏在重重幕后的本地"老天爷"境界拔高了一层。当时陈平安能够成功逃离鬼蜮谷,是毫无征兆行事,令京观城高承有些措手不及,但是此地这人兴许已经开始死死盯住他陈平安了。

所以有个折中的想法,学那藕花福地的臂圣程元山,自己要一直躲到一旬后,到时候是福是祸,幕后人用心是好是坏,就都已经水落石出。是否需要出剑,就很清爽了。

黄师从拐角处走出,奇怪道:"你就这么在意孙道人的死活? 如此担心我一拳打死这个所谓的雷神宅仙师?"

陈平安笑道:"你猜?"

黄师扯了扯嘴角:"不如你我联手退敌?"

陈平安问道:"就不怕我拖后腿?"

黄师心中越发狐疑,终于忍不住问道:"你到底是什么境界? 精通符箓的龙门境修士,还是一个金丹地仙?"

陈平安反问道:"你呢?"

黄师坦诚笑道:"还算凑合的金身境武夫,还有大仇未报,所以死不得。"

陈平安说道:"那你就把我当作一个金丹修士看待。嗯,还算凑合的金丹地仙。"

黄师思量片刻,说道:"先撤出这座山头,我们争取不被合力围杀,如何? 这自然是最坏的局面,不过当下你我处境,想得坏一些,没有错。"

陈平安问道:"为何不学那孙道长,直接交出宝物?"

黄师讥笑道:"怎的,要赌那些谱牒仙师个个生了一副菩萨心肠,还是希冀着山泽野修们转了心性,要舍生忘死当好人?"

陈平安揉了揉下巴,似乎在考虑要不要和黄师精诚合作,共渡难关。

黄师催促道:"机不可失,时不再来,我们两个再耗下去,可就要多出一份凶险了。"

陈平安说道:"还是算了吧,怕你再偷偷给我一拳,我这把老骨头,经不起折腾。"

黄师摇摇头:"你肯定比我先死。"

说完之后,黄师后退数步,身形消失在拐角处。

陈平安这才重新贴上一张驮碑符,寻了一处僻静地方,穿上一件寻常青衫,三件法袍加上一件寻常青衫,略显臃肿,只不过入冬时分,山中更寒,穿得厚实一些也算合理。陈平安将脸上那张老人面皮更换为少年面容,又辅以朱敛的猿猴拳架形意,身形一垮,微微弯腰,个子便又矮了些许,又将身上两只斜挎包裹摘下,埋在地底,至于背后那把剑仙和腰间的养剑葫则一并摘下放入了方寸物当中。

到了这一刻,陈平安除了恨剑山的仿剑将来必须购买两把之外,便又想要多购置一件方寸物了。

接下来陈平安打算沿着山脚河水绕回前山,然后寻一个机会,去山脚白玉拱桥那边看看,不用着急赶路。

木秀出于林,与秀木归林中,是两个道理。

陈平安既然曾经在书简湖就能够和顾璨说这个道理,那么他自己自然只会更加得心应手。

选择和孙道人一起结伴游历,以及接下来的所作所为,都是在这个道理上出力气、下功夫。

崔东山曾经说过一番很有嚼头的言语。一线两端的道理,都将顺掰碎了想明白了,好似双方打完架之后,最终落在了中间,那才是一点"真知"。不然道理就不是道理,一拿到肚子之外的人世间,就全是狗屁,呜呼哀哉。

当年大隋那趟两人结伴游历途中,其实崔东山说了很多这样的无心之语和玩笑话,只不过可能是崔东山言语之时,太过玩世不恭,吊儿郎当,陈平安就没怎么能听得进去。

事后想起,原来是学生在教先生道理。

一个高大老者沿着那座小天地的边境线缓缓散步。

一次次被剑气搅烂缥缈身形,一次次重新聚拢,一个不累,一个无所谓。

老人当然知道自己此局所设妙在何处。

每一份兴许连那些小家伙自己都捉摸不定的人心,在说死则死的紧要关头,以及有望获得仙人传承的大机缘之下,大祸大福,两两相依,那么人人的言行举止,都会延伸出种种意外和可能性,合纵连横,相互算计,敌友难分,隐忍蛰伏,奋起杀人,抱头鼠窜,恻隐之心,豪杰性情……光是先找到谁,先杀谁,怎么杀,就都是一碟碟滋味无穷的佐酒小菜。

如果不是这个小天地的规矩残余太多,其中一条更像是一座不可逾越的雷池,兴许他早就炼化了整座山水,而不是一次次逼近那处青山绿水,却又一直束手束脚。一旦被他真正坐镇小天地,估摸着也该修出一个天圆地方的道果了。不过这么多年的坎坎坷坷,颠沛流离,只能拣选一些境界低微的蝼蚁果腹,也不全是坏事,他借他人心思砥砺自己道心,一次次过后,受益匪浅,对于"求真"二字,越来越有心得。

这顿饱餐过后,就又得搬迁了,免得被那些北俱芦洲邻近宗门查出些蛛丝马迹。

中土神洲去不得,高人太多,最北边的皑皑洲是个不错的选择。

至于南边的宝瓶洲,先前听那些修士在外边山头闲聊,除非绕路,不然就需要经过北岳地界,那尊北岳正神,一旦跻身了玉璞境,就相当于一个仙人境修士了。对自己来说,会比较麻烦。尤其对方还是山神出身,自己更难以完全隐藏踪迹。总不能去给大骊宋氏当个小小供奉吧。如果知道消息更早,宝瓶洲新五岳山神尚未确定,去捞个山岳正神当当,倒是一个不错的选择。

老人大概是实在厌烦了那缕剑气的纠缠不休,便退回茫茫白雾当中,盘腿而坐,身边有一只只折纸仙鹤萦绕盘旋。

进入这处遗址的入口,绘有四幅天王神像壁画的那座洞室,其实是别处破碎山头的遗物,被他炼山而成,堆砌在一起罢了。事实上,他所炼名山可不止这么一座,所以下一次,别处机缘现世,便是另外一副光景了。一旦有合适的蝼蚁修士入山,偶然撞破,他便会故意设置一道低劣禁制,让地仙修士提不起太大兴趣,至多是彩雀府孙清、水龙宗白璧这般,或是那桓云不过是为人护道。不是老人吃不下一两个在他腹中打滚的元婴,实在是小心驶得万年船。

所以墙上那些诗文字迹,皆是老人的手笔,用来对付自以为是的聪明人。

后来那五十余人,便是太笨,远远不如前三拨修士,他便干脆撤了所有禁制,使了一个小手段,结果有人争先,便人人争先。人心从来不让他意外。

第一拨人进入仙家洞府,抬头便见仙鹤盘旋,也是一招小小的妙手。世间修道之人,一个个喜欢疑神疑鬼,他不折腾出点花样来,要么蠢到无法上钩,要么怕死到不敢咬饵。说来可笑,若是入山之人,一个个浩然正气,谁也不杀谁,各拿各宝,他还真没辙,至多就是关闭大门,让那些修士一个个老死于此。凉亭对弈的两具尸骸,早年便是如此。不是真杀不成人,而是得不偿失。

一旦真身显露,那缕残留剑气就不会客气了,甚至可以循着痕迹,直接杀入茫茫白雾当中。老人在蛰伏千年之久的漫长岁月里,就吃过两次大苦头。何况仗着境界,以力杀人,如稚童以木捣烂蚁窝。老人最初在异乡故土做得多了,最终撞见了那个道观供奉之人，所以才会沦落至此。

山上诸多宫观殿阁、天材地宝、仙家秘籍，对于老人而言，已经意义不大，更多还是准备未来等到自己的境界在浩然天下任何一洲都足够自保，就开宗立派，到时候所有宝物机缘，便是自家宗门的底蕴所在。那些品相太差的，老人还真看不上眼，支离破碎之后，归于天地，化为灵气，亦无不可。此地灵气充沛，尤其是水运浓郁，可不是一开始就有的大千气象。

老人当下真正关注之人，不是那三个金丹地仙，而是其他三人。

一个是运气太好，所以运气便不好了。竟然莫名其妙就得了山巅道观的三分机缘，一尊破碎的木胎神像、仙家秘炼而成的碧绿琉璃瓦和水运蕴藉的地面青砖。

还有两人，一个是他破天荒动了收徒念头的，的的确确与山上道缘沾点边，若是真成了师徒，徒弟境界突飞猛进，一日千里，将来在外边奔波劳碌，和他这个师父里应外合，会让他更加省心省力。说不得元婴也随便吃，师父证道果，弟子拿那金丹、元婴和宝物，皆大欢喜，一起在浩然天下登顶。说不定有朝一日，还可以衣锦还乡，让那帮眼高于顶的臭牛鼻子老道大吃一惊。另一个则是最有意思的一个，所以也就成了必须死的一个，而且多半不用他动手。到时候反正已经杀到只剩下五人，再多杀几个，就是水到渠成，顺理成章。

其实那些人若是能够精诚合作，摒弃成见，选择共同破局，再加上那一缕剑气的存在，他便要麻烦许多。他就只能"挺着肚子"开始远游，慢慢等着那些家伙一个个渐渐老死在这个肚里洞天中，一身道行，化作灵气，重归小天地。

只不过可能吗？绝无可能。哪怕对方如此相亲相爱，最终出现一个有望跻身玉璞境的元婴，真到了那种时刻，无非就是他付出一些代价，亲自出手将其打杀。

天地接壤，大劫临头。可不是他让那三个纸片神祇随口胡诌的玩笑话。

如果有谁能够获得那缕剑气的认可，才是最大的麻烦，天大的麻烦。

好在目前看来，并没有这种天命所归之人。

既然暂时闲来无事，老人便打开一本书页薄如蝉翼的书籍，内容以细微近乎不可见的蝇头小楷写就，其间还夹杂着一页页修士画像。除此之外，便是一部章回体小说了。每一章，便是一个修士在此地的经历和生死，事无巨细，皆有详细描绘，所有人在此地的言行，都有一字不差的确切记载，不过每个故事的篇幅，有长有短。看似谁都是主角，但是谁都会死。

这便是老人无数年来，在偷偷摸摸炼制名山大川之外，最重要的修行之道。

白雾茫茫，山水境内，纤毫毕见。这便是真正上乘的神人观山河。

如今的圣人坐镇小天地，可不是三教百家早年自己琢磨出来的门道，一样是学来的。

高大老人最想要去拜访的,不是什么三教圣人,而是那诸子百家当中小说家修士坐镇的白纸福地。肯定可以大道相互裨益,好一个如切如磋,如琢如磨。

这座天下的读书人,说话就是讲究。

高大老人抬起头,望向青山之巅的道观方向,感慨良多。

遥想当年,他追随那人一起修道,山中人少,唯有书多,藏书极丰,他也算遍览群籍。

一次那人难得开口言语,询问看书看得如何了。

他答道,看道家典籍,生中有死,有点冷;看佛家经文,苦中有乐,有点热;看儒家经义,规规矩矩,有点烦。

那人便笑言,读进去了些许,远未读出来,人在深山中,见山不见人,还不算好。

只是不等他看书更多,便有了那场一剑递出、剑气如暴雨的惊天变故。

那一剑,真是至今想来,都会让人觉得背脊生凉,肝胆欲裂。

那人临终之前,为了破开天幕,将这座主人更换多次的小天地和自己一同送出家乡天下,其实已经无力约束自己更多,便只能与自己约法三章。

岁月悠悠,所谓的约法三章,已经不再是什么束缚,如今就只剩下那一缕剑气还在苦苦支撑。

随着这座天下的修道之人闯入此地,像那武夫黄师一样行事一个比一个肆无忌惮,一次次打碎木像,事后他又修修补补,重新拼凑起来,对那人仅剩的些许敬畏之心,便随之消磨殆尽。

老人随便瞥了眼远方,若是有人胆敢坏了他的这场观心局,比如胆敢以蛮力镇压众人,那就可以先死了。刚好拿来杀鸡儆猴,好让那些小崽子越发相信此地是某个远古飞升境修士的修道之地。

付出些代价,无非是消磨几十年光阴积攒下来的表面修为而已,对于他这种存在,光阴不值钱,砥砺道心,修行道法,才最值钱。

有机会这么做的,都没这么做。没本事这么做的,偏偏打肿脸充胖子,例如那个名叫詹晴的小侯爷,徒惹笑话,一步错步步错,注定是活不长久的,而且说不定会死得比较伤心伤肺。例如死在某个蝼蚁手上?或是干脆安排一二,让这个小家伙,死在他那心爱的白姐姐手上?

白玉拱桥附近,已经没有打斗,变成了一场心境上更加凶险的乱战。

桓云老真人以符阵环绕周身。

白璧怀捧古琴散雪,十八枚压胜花钱亦是没有收起的意思。

一时间此地气机涟漪,紊乱至极。不过也正好隔绝了其他所有修士武夫的窥探。

六人站定之后，各有心声交流。

暂时来看，老真人桓云、彩雀府孙清、水龙宗白璧，是有机会和实力活到最后的人。

但是这三人，分明各有牵挂。孙清是武崿，以及那名弟子；白璧是詹晴；桓云需要为沈震泽的两个嫡传弟子护道。

师门传承，大道之上的未来道侣，自己的良知。所以这个局，对三人而言，都会是一个极其难熬的问心局，不输其余为活而活的任何人。

桓云不是没有想过联合所有人，一起对抗这个小天地的古怪规矩。但是太过涉险，很容易早早将自己置于死地。相信孙清与白璧更是如此。

有心无力，何况还未必有心。

白璧率先开口："先找那五人。"

孙清微笑道："找到了，又该怎么讲？"

白璧换了提议："那个黑袍老人总得先找出来吧？"

孙清摇头道："这种人，你以为找到了，便可以随便杀？到时候是你白璧身先士卒，还是咱们这个神通广大的小侯爷亲自出马？"

很快就有两人附议孙清。

詹晴苦笑不已。自己在第一场厮杀当中差点被众人除之而后快，谁都铆足了劲要杀他。结果一个言行滑稽的老东西，竟然谁都要心存忌惮，看样子，一时半会儿都不会对他展开围杀狩猎。

桓云犹豫了一下，提议道："我们不杀人，只取宝，并且这些宝物谁都不拿，暂时就放在山顶道观那边。"

一个野修头目冷笑道："这还不是脱裤子放屁？最后能够活下来的，就五个。给咱们手起刀落了，死了个痛快，还省去他们一份煎熬。"

另外一个年迈武夫，点头道："早死晚死都是死，不如先解决掉一拨人，我们六人，半旬之内，每个人可以护住四五人，咋样？"

他们就是之前附议孙清的那两人。

詹晴说道："五人太多。"

那野修啧啧道："你与这自家婆娘，反正身边无人可用，就只剩下两个了，当然觉得多。按照小侯爷的想法，是不是留下两人性命，才刚刚好？"

詹晴抖了抖衣袖，无所谓道："那你们继续聊，当我不存在。"

原本詹晴还想要提议，所有人先停战，一起针对那五人，再谈后续。看来是痴心妄想了。估摸着现在他詹晴无论说什么，都是白搭。

不谈那得宝最多的五人。目前活着的，还有四十二人。

白璧说道："那就各留三人，但是事先说好，我和詹晴，可以再拉拢两人，护住他们性命。"

桓云没有说话，因为云上城就只来了三人。

他桓云，只是一位短暂的护道人，甚至不是那两个年轻孩子的传道人，更不是什么云上城修士。至于更多的他人生死，实在是顾不得了。

孙清虽然不愿意和这帮人掺和，但是她没有开口。她除外，只有武崐与自己弟子柳瑰宝，还多出一个名额。而少女柳瑰宝已经用言语心声祈求孙清救下一人，是一个她们在访山路上认识的陌路人。

一见钟情，不过如此。孙清没觉得有什么不对。当年自己遇上那个年轻读书人，不也如此？师父自己尚且如此，就没资格跟弟子唠叨什么大道理。

不过突然有人以聚音成线的武夫手段，主动和孙清说道："我知道你是彩雀府孙府主，我和楚兄弟都信不过小侯爷这拨人，不如咱们联手，先说服桓云老神仙，让他袖手旁观便是，我们先一起宰了詹晴他们。这伙人最是不守规矩，比野修的路子还野。宰了他们之后，孙府主你就是我们的领袖，最后我和楚兄弟，再和你们彩雀府，伺机杀掉桓云一方，如何？最后差不多是我们五人活下，岂不安稳？"

孙清皱眉不已。既不答应，也没拒绝。

那个武夫也不着急。

对他来说，老真人桓云道法是高，本该是最好的合作对象，可惜太扭捏，又是老好人，注定无法一起做大事。詹晴与那金丹境女修，皆是满肚子坏水烂肚肠的坏种，远远不如彩雀府孙清这般让人放心。而且被他认出身份的孙清，修为足够，两个随从的手段城府更是不差。至于那芙蕖国出身的白璧，先前她已经亮明身份，不过那又如何？水龙宗祖师堂嫡传，了不起啊？去他娘的大宗门谱牒仙师，要真有本事，怎的不一口气杀了我们所有人？

詹晴其实大致猜到了自己这一方的处境，越发悔青了肠子。直到这一刻，他才真正意识到什么叫真正的谱牒仙师，以及山泽野修行事风格的先天不足。而白姐姐显然是被他连累了。

只是让詹晴心情略好的一个结果，是马上就会死掉十八人。

反正他和白姐姐这边，不但不会再死人，反而可以多出两个临时的"供奉客卿"，队伍当中，每少一人，他和白姐姐就多出一分胜算。

与仙府山门相对的白玉拱桥一边水畔，一个肩头被高陵一道拳罡擦过的年轻人脸色惨白，失魂落魄坐在河水之畔。身上一件锦缎袍子被那道雄浑拳罡波及，早已松垮稀烂。

一个野修壮汉和他的道侣两人并肩坐在这个年轻人附近，壮汉掬水洗了把脸，吐出一口浊气，转头笑着劝慰道："怀公子，不打紧，天无绝人之路，我觉得你吉人自有天相,跟着你这一路走来,不是都化险为夷了吗?要我看啊,这么大的福缘,该有你一份,咱们夫妇二人,跟着怀公子你分一杯羹就行。"

年轻人说着一口不算娴熟的北俱芦洲雅言,喃喃道:"先前那些小打小闹,不过是四五境的妖物作祟,如果不是认识了你们,估摸着也只会绕路,哪敢去厮杀一番。本来只是想着去书院游学,不承想会是这么个惨淡光景。会死的,我们都会死的。"

那妇人皱了皱眉头。真是个中看不中用的绣花枕头,一天到晚只会说些晦气话。

先前可以忍,是因为这个别洲读书人言语之中透露出他与书院一位夫子有些浅淡渊源,可以勉强进入书院借书抄书。

一个才四境瓶颈的下五境修士,先前厮杀起来,倒是热血上头,先吃了北亭国小侯爷一记术法,竟还是不知道天高地厚,事后又莽莽撞撞冲上去,差点一头撞到那高陵的拳罡当中,如果不是被一个少女一巴掌拍开,已经死无全尸了。不愧是读书人。

一个身材苗条的少女抹了把脸,一路走来,歪头朝地上吐出好几口血水,最后大大方方坐在年轻读书人身边,说道:"姓怀的,接下来你就跟着我,什么都别管。"

年轻人一脸茫然,低声问道:"还有厮杀不成?"

少女笑道:"你又要像先前在桥上,打算拼死都要救我?"

年轻人有些难为情,谁救谁都不好说。

少女摘下腰间酒壶,递过去:"喝点酒,壮壮胆子?"

年轻人摇摇头,脸色微红:"柳姑娘,我喝不来酒的。"

少女便自己喝起酒来,一抹嘴,抬头望向山顶,笑道:"怀潜,想说'于礼不合'便直说。"

年轻人哑口无言。

少女正是彩雀府金丹境修士孙清最器重的嫡传弟子柳瑰宝。

彩雀府上上下下,连同武崐在内,都觉得少女会成为下一位府主,没有任何悬念。

少女年岁还小,虽说年龄瞧着要比犹然稚嫩的面相更大一些,但在山上修士当中,已经是当之无愧的修道天才,她如今已有了洞府境修为。而且在武崐率先向高陵出手之前,她两次开口,都直接决定了整个战局的形势走向,甚至可以说詹晴和白璧最记恨之人,就是这个境界不高的少女。

那个来自别洲远游求学的年轻读书人姓怀名潜,莫名其妙就卷入了这场灾厄当中。

柳瑰宝反正很中意他,尤其是使劲装着自己是一个老江湖,那份故作精明的痴傻,以及那些个装出来的机灵劲儿,真是憨得可爱。

兴许是柳瑰宝自己太早慧多智,对于这个境界修为不曾作伪的怀潜,反而瞧着就喜欢。就像师父说的,喜欢一个人若是要讲道理,理由多多,那就不是真正喜欢,赶紧换人喜欢去。

师父每次喝酒喝得醉醺醺,和她这个弟子吐露心扉,说那刘先生的种种事迹,然后无意间蹦出这种话的时候,落在柳瑰宝眼中,其实也很可爱的。

师父那边,又有了些定论。柳瑰宝觉得挺没劲的。

商量了该杀谁,现在就是在决定怎么杀,谁来杀了。聪明一点的人,应该可以察觉到征兆。

柳瑰宝转头望去,看来聪明的人还是少。

而师父那边六人,还在专心致志,忙着钩心斗角。

一个汉子独自一人坐在河边,手脚冰凉。他离着所有人都有些距离,没办法,孤家寡人一个,没死在前边的乱战当中,已经是祖坟冒青烟了。汉子脚上穿着一双磨损厉害的靴子。

不知是谁率先以心声喊了一句,说那五人认可了小侯爷詹晴的提议,决定要杀光所有野修。谁都不太确定,但是谁都不敢不信。

片刻呆滞之后,人们三三两两开始或飞奔或御风,撤离白玉拱桥那边。

那个出声之人,显然没有柳瑰宝的那门独家秘术,又小觑了对岸六人的敏锐神识,所以立即就被盯上了。而且他应该是为了不露出太明显的马脚,便没有率先挪步,等到大半人作鸟兽散,他才刚要转身,结果高陵以脚尖挑起一把尖刀丢掷而出,他被直接穿透头颅,当场毙命。

詹晴刚想要阻止,已经来不及了。

这种下三滥的栽赃嫁祸,真相如何,其实已经不重要了。

他觉得自己这趟胸有成竹的寻宝玩乐,真是意外一个接着一个,这会儿都有些麻木了。

武崐神色落寞,只是隐藏得很好。

毙命之人,是一个小山头仙家的主心骨,是少数希冀着靠这处仙府遗址来为自己续命几年的年迈修士之一。于是武崐与这个心知必死的老修士做了一桩买卖。

武崐当然会信守承诺,以后彩雀府会暗中资助他的那个小山头,并且答应百年之内,连同老修士的关门弟子在内,栽培出至少三个中五境修士。这是老修士用身家性命换来的报酬。

对岸六人当中,不少人都有些摸不着头脑。但是到底是谁暗中授意,或是那老修士自己得了失心疯,与北亭国侯府有旧怨,临死都要拉着小侯爷一起遭罪,已经全然不重要。

不过那么些人四散而逃,还是让六人有些无奈。

还能如何,分头追杀而已。相信高陵会是最为不遗余力的一个。因为这个金身境武夫,怒意最盛,杀气最重,早就憋了一肚子邪火。哪怕他受伤不轻,但是武夫体魄本就以坚韧见长,击杀三三两两的小股势力,依然手到擒来。

不过少女柳瑰宝和年轻书生怀潜就没有逃,武崑走到他们身边,开始帮他们清理伤势。

还有两拨人,战战兢兢,但是也没有挪步。分别是对岸那两个龙门境野修和武夫宗师的自家人。

逃散众人当中,那个恨不得多生出两条腿的野修汉子,渐渐与旁人拉开了距离,毕竟他谁都信不过,而且好像谁都能杀他。

先前用六枚雪花钱买来的那张昂贵雷符,在白玉拱桥那边厮杀时,还真等于救了他一命,只是现在他是真没有什么傍身绝技和宝物了。

突然他听到身后响起一个半生不熟的嗓音:"杀猪的?"

汉子悚然转头,脚步不停,见着了一个陌生人,试探性问道:"两个他娘的?"

那人笑着点头。汉子差点当场泪崩。好家伙,总算来了个同病相怜的兄弟。

汉子稍稍放缓脚步:"不会杀我吧?"

至于在这之前好像没有见着此人的身影,汉子已经没那么多心气去多想了。

那个不知为何变成了青衫少年面容的云上城集市包袱斋,摇头道:"杀你能挣钱吗? 哪怕能挣钱,我能争得过那些大人物?"

汉子松了口气,不再言语。

两人一起埋头狂奔。

突然,前方有人瞥见了那片茫茫白雾,惊骇万分道:"难道这就走到头了?!"

白茫茫的边界云雾,如潮水般迅猛退去。山峦起伏,便如那犹抱琵琶半遮面的女子,渐渐露出了真容。这座仙家府邸的版图,迅速广阔起来。

桓云没有出手杀人的意思,说是先行一步,然后御风去了山上,寻找沈震泽的那两个嫡传弟子。

孙清也没有想出手杀人,不过让武崑三人一起往南边去看看。

白璧和詹晴让高陵只管放开手脚杀人,至于那个芙蕖国皇家供奉,则被白璧喊到了身边。高陵竟是直接摘掉了那副甘露甲,藏在袖中,挑了一把主人已死的长刀握在手中,飞奔离去。

白雾当中,高大老人已经收起那本书,站在原地,却和白雾一起身形倒滑出去,故而始终如蛟龙隐匿于云海当中。老人双手负后,微笑道:"若是地盘太小,怕你们死得太快,会少看许多场好戏。"

半旬过后,他还会有几条极有意思的新规矩,昭告众人。例如即刻起,杀人最多之人,可以成为最后五人当中的第二个仙府嫡传。

那你桓云、孙清,两个暂时还不愿大开杀戒的好心肠修士,要不要杀人? 要不要一杀就杀个酣畅淋漓、百无禁忌？

老人转头望向一个早早躲在界线上、挖坑埋了自己的佩刀年轻人，说道："顺便看看你小子，有无运气和那道缘，成为我的开山大弟子。"

那个芒鞋竹杖、白衣飘飘的狄元封，发现边界形势变幻之后，骂了一句娘，不得已，只好破土而出，都来不及抖搂满身尘土，继续撒腿狂奔向深山。

随后黄师突然停步，改变路线，来到土坑处蹲下身，拈起土壤，抬头望向远处一粒芥子大小的逝去身影，笑了笑。

杀那黑袍老人陈道友，兴许会有些风险，杀你五境武夫狄元封，可真不难。

山脚五人，各自吩咐下去，便一起登山，约好了一起在山巅碰头，然后共同寻找云上城男女修士之外的其余四人。先找到，再决定要不要杀。

深山老林当中，陈平安带着那个名叫金山的汉子一起逃命。

别处路线上，高陵出刀凌厉万分，只要被他追上，一刀下去，往往就是尸首分离的下场。

由于要照顾书生怀潜的脚力，武崾和柳瑰宝行走不快。

倒是那野修和武夫手底下的两拨人，已经主动聚拢起来，合力追杀那些落单的逃跑之人，十分起劲。

桓云让那两个束手待毙的年轻男女无须担忧性命，可以待在原地，也可以继续寻宝。然后桓云发现了那个躲藏起来的龙门境供奉，老真人却假装没有发现，继续御风登山。

山顶白玉广场上，道观废墟，那些碧绿琉璃瓦，以及蕴含水运精华的地面青砖，让水龙宗出身的白璧震撼不已。只是白璧同时又苦笑不已，这座金山银山，就在脚边，可她都不敢多拿，只是挖出了一块青砖，握在手中，默默汲取水运精华，填补大战之后的气府灵气亏空。

然后六人在桓云带领下，很快找到了那个十分识趣的孙道人。

关于孙道人性命留与不留，三对三，僵持不下。

孙道人瘫坐在地，认命了。

最后还是那个老武夫开了个玩笑，让孙道人随手丢出一枚神仙钱，看看正反，正则生，反则死。不过与此同时，老武夫和其余五人偷偷言语，若是这家伙敢以灵气驾驭神仙钱，他便要出手杀人了。

孙道人运气极好，不但没有抖搂小聪明，还将那枚从台阶上丢下滚落在地的神仙钱抛出了个正面。六人便让他自己主动将两只包裹送去山巅道观，然后就可以随便逛荡了。

孙道人眼神痴呆,甚至都忘了高兴。

白璧以心声说道:"那个得宝最多的黑袍老人,若是半句过后,还在榜首,我们就算挖地三尺,也要先将其找出,合力杀之!"

这一次就连桓云和孙清都没有异议。

六人离去之后,孙道人背着那大小两只包裹,一边登山,一边抹眼泪。路过那棵绿竹的时候,竟是有些想念那位陈道友了。

陈平安在确定身后暂时无人后,便跃上了一棵参天古木的粗壮高枝上,远眺四方。

汉子金山根本就没敢上去,害怕无缘无故就挨了某人的一记攻伐术法。

陈平安低头望去,对金山说道:"只能送你到这里了,一直跟我待在一起,只会害了你。记得用好那两张隐匿符箓,张贴在身即可,寻一处觉得安稳的僻静地方,然后不要有太多走动。"

不等金山出言挽留,陈平安已经一掠而去,转瞬即逝。

金山神色仓皇,不承想从高处飘落下来五张符箓,竟是攻伐三符各一张,还有两张不知根脚的符箓。金山死死攥紧那五张符箓,蓦然号啕大哭起来,但是很快就止住了哭声,继续悄悄赶路。

陈平安在远处寻了一处视野开阔的山峰之巅,身上贴有驮碑符,寂然不动,环顾四周。

这趟访山寻宝,一波三折。还见到了不少认识的人,除了这个名叫金山的野修,还有那个帮着自己包袱斋开门大吉的老先生,还有一起在桃花渡茶肆喝过茶的彩雀府掌律祖师女修武崆。

其实他对他们的印象都不差,但是接下去就不好说了。因为早先是什么秉性品行,是什么身份修为,无论是世人眼中的好人还是坏人,无论做什么,都不会让旁人觉得奇怪,哪怕是被杀之人,可能都唯有悲愤、怨怼和仇恨,唯独没有太多的意外。

陈平安怔怔出神。为什么,人心如此经不起推敲?

可真正让陈平安感到别扭的,不是别人的人心,而是自己的。既然有此念想,便是自己也有此心思。

如今陈平安到了北俱芦洲之后,一直在修行,尤其是一直在默默修心,尝试着成为一个山上的修道之人。

陈平安突然想起了一句道家典籍上的言语。在那之后,某位著书立传的兵家圣贤,又具有自己独到见解的阐述和延伸。

两句话,都被陈平安以刻刀刻在了竹简之上。

后者是那句"舟中之人,尽为敌国",是提醒世俗王朝的君王,国事重修德,山河之险,并非真正的屏障。

而道家那番话,只说字面意思,要更大一些,而且陈平安觉得当下连同自己在内,所有人的处境,便无比契合此说。

　　"藏舟于壑,藏山于泽,谓之固矣。然而夜半有力者负之而走,昧者不知也。"

　　陈平安忍不住去想,当下置身这座凶险万分的小天地,或是哪怕身处规矩庇护的浩然天下,是不是看似大有不同,其实又是本质相同?

　　舟壑潜移,谁也不知。陈平安突然有些明白,道家追求的清净境到底有多难得了。便如虚舟蹈虚,前无人后无人,左右亦无人,也无规矩束缚,也无因果纠缠。

　　陈平安轻轻叹息一声。有些学问,深究起来,一旦尚未真正知道,真是会让人倍觉孑然一身,四顾茫然。

　　陈平安开始呼吸吐纳,安安静静蓄势。一旦有了厮杀,率先找到自己的罪魁祸首,必然是那个符箓高人老先生。

　　半旬过后。

　　十八个必死之人,除了某个不起眼的孤零零野修汉子,都死了。

　　然后等到白衣神女与两尊青衣神人再次出现,开启那道山水大幕,便又死了不少人。因为那道宝诰,明明白白说了,杀人最多者,有望成为第二个嫡传。

　　所以六人当中的龙门境野修,与那个武夫宗师,各自对亲朋好友痛下杀手,毫不犹豫。本就是死,晚死于他人之手,还不如他们两人自己动手。

　　那一幕看得柳瑰宝满脸冰霜。

　　躲在武崐和少女身边的年轻书生哀叹一声:"为何都要如此暴虐行事啊?"

　　果然如那云上城年轻男修所料,在时辰即将到来之前,自家供奉便准时出现在他们两人身边,打晕了女子之后,再以定身之法将他禁锢,令他无法言语,也无法动弹,然后将那件方寸物放在他手心,老供奉这才退出屋舍,在不远处隐匿身形。至于先前所有机缘宝物,都暂时藏了起来。

　　但这都不是最让年轻男子寒心的地方,最让年轻男子寒心的是那个老真人桓云,在这个时辰从头到尾就没有出现。也可能其实出现在了某处,但是老真人选择了冷眼旁观。所以这个云上城年轻男修,依旧是榜上第二人。

　　榜上垫底之人,是这一次已经无所谓登不登榜的老真人桓云。

　　第四人是一个笑容灿烂的白衣公子哥,不过身上白衣血迹斑斑。他当下似乎置身于一座雅致书斋当中,斋室中有一只泛黄的葫芦大瓢,悬挂在墙壁上。此人还不忘面朝画卷伸手打招呼,笑眯眯道:"各位好走,都去死吧。"

　　然后他说道:"黄师,黄兄弟,是不是在外边给我当门神啊,辛苦辛苦,祝你长命百岁。"

榜上第三人是将自己藏在深山大坑当中的邋遢汉子黄师，他盘腿而坐，头顶还铺盖上了枝丫草木，再覆盖以泥土，不过山水画卷当中光明如昼。黄师瞥了眼画卷，竖起一根中指。不但如此，他还突然站起身，跳到坑外，似乎是一处洞府门口，有五彩云雾掩盖堵塞洞口，久久不散。

原来黄师一路追杀狄元封到这里，身负重伤的狄元封不但没死，反而逃入此地，等狄元封闯入洞府彩云迷雾当中后，黄师却死活破不开禁制。所以黄师打算坑害这个小王八蛋一把。至于被狄元封猜到此举，在黄师的意料之中。

为首之人，依旧是那个面容苍老的黑袍老人，他似乎躲藏在一处洞窟之中，在山水画卷上同样身形清晰。和先前相比，他还是背剑在身，仍是两个斜挎包裹，好像没有半点变化。黑袍老人望着那幅画卷，似乎有些恼羞成怒，沙哑开口道："嘛呢嘛呢，没完没了了是吧？谁敢找我，老夫就杀谁，老夫一身剑术通神，发起狠来，连自己都要砍！"

山巅道观废墟那边，已经准备等死的孙道人看到这一幕后，哀叹一声。他这些天就战战兢兢在山顶待着，只走了一趟后山，可惜失望而归。

这半旬以来，陆陆续续有各色人等往山巅搬运天材地宝，所以在那道观废墟之外，又有一座小山了。

孙道人如今已经懒得多看一眼那座货真价实的宝山。全是祸害啊。

孙道人晃了晃那装有绿竹叶尖凝聚水珠的青瓷瓶，他喝得节省，犹有剩余。

先前硬着头皮散步去往那棵绿竹，结果发现一滴水珠都没剩下。孙道人便有些佩服那个陈道友了，一路过境，寸草不生啊。这么个山泽野修，真当了那啥谱牒仙师，那才是可惜喽。

少女柳瑰宝身边站着那个洪福齐天的年轻书生怀潜，两人站在山巅边缘的石栏杆旁边，怀潜已经是第二次注意那个黑袍老人，自言自语道："就这个家伙，还算有点能耐。"

柳瑰宝耳尖，疑惑道："什么意思？"

怀潜想了想，微笑道："字面意思。"

柳瑰宝愣了一下："怀潜，你是不是藏着事情？"

怀潜小心翼翼道："有。家乡那边，有一桩家族长辈订下的娃娃亲，我这次其实是逃婚来的。"

柳瑰宝笑道："那女子如何？"

怀潜无奈道："就见过一面而已，印象模糊，只觉得她脾气还不错，不过是个练武的女子，比我更狠，为了逃婚，早早跑去了金甲洲。"

柳瑰宝哦了一声。

怀潜有些手足无措，视线游移不定："柳姑娘，再跟你说一件事？"

柳瑰宝大笑道："不用讲了，喜欢我呗。怕什么，我也喜欢你。"

怀潜哑口无言。

这些不会让柳瑰宝太过纠结的小事闲聊过后，柳瑰宝便开始思量接下来的格局走势。

脑子有些时候真比拳头要管用。那个北亭国小侯爷，就是脑子不够，拳头更不行。

怀潜在柳瑰宝聚精会神想事情的时候，看了眼她的侧脸，笑了笑，趴在栏杆上，望向远方。其实他想说的那件事情，是告诉柳瑰宝什么叫有缘无分。因为两人太过悬殊，门不当户不对，聊不到一块的，今天能聊，是他迁就她罢了。

双方相差太多了。修为是如此，谋划更是如此，至于家世，那就更不用说了。所以他其实一直在可怜这个傻姑娘。

关于此地机缘大小，他应该是心里最有数的那个人。是那缕剑气。他就是奔着这个来的。顺便一路玩闹，逗弄身边人。

不过那缕剑气，委实是一桩意外之喜。原本他都已经打算再走一趟北方，见一见那个大剑仙白裳再返回家乡。不出意外的话，这位北方第一剑仙，应该会出门迎接自己。

怀潜一想到家乡，便越发感到无聊。

半旬下来，一直看着这帮蝼蚁好似牵线傀儡，左摇右摆，其实看多了也会厌烦。

至于那个幕后人，既然会被那一缕剑气压制，境界又能高到哪里去？

哪怕不搬出自己的背景，也是可以和那幕后人好好商量的，他得到那缕剑气，对方少了千百年来的长久压胜克制，两全其美。

转头瞥了眼还在皱眉想事情的憨傻少女，怀潜趴在栏杆上，转头笑问道："柳姑娘，想不想今天就当上彩雀府的府主呀？"

柳瑰宝一瞬间就倒掠出去："你到底是谁？！"

怀潜伸出一根手指，竖在嘴边，嘘了一声。

他以心声说道："来北俱芦洲之前，老祖宗就告诫我，你们这儿的剑仙不太讲理，特别喜欢打杀别洲天才，所以让我一定要夹着尾巴做人。"

柳瑰宝眼神冷漠，心思急转，却发现自己无论如何都无法跟师父孙清以心声涟漪交流。

怀潜叹了口气："柳姑娘，你再这样，我们就做不成朋友了。"

这个年轻读书人模样的外乡人，抖了抖袖子，抬头望向空中："不跟你们浪费光阴了。这点白纸符箓神祇的小把戏，看得我有些反胃。我得教一教这个乡下老天爷，当然还有那个桓老真人，什么叫真正的符箓了。"

只见他双手各有一物。其中一只手上是一枚金色兵家甲丸，正是品秩最高的香火神灵甲。这副甲胄，又是香火甲中屈指可数的古老之物。甲丸被怀潜披挂在身后，他将另外一只手中拈着的两张青色符箓轻轻随手丢出一张，微笑道："缚以铁札送酆都，驱雷公，役雷电，须臾天地间。"

只见一尊身高两丈的金甲神祇凭空出现，浑身交织着耀眼的雪白雷光。当他双脚落地之时，山头震动，牵动整座山头的山水气运。

第二张符箓丢出后，一个白衣飘荡的佩剑男子悬停空中。只见他神色木讷，但是满身剑气激荡不已，萦绕四周的天地灵气皆化为乌有。

最后怀潜手心托起一只金色镂空小球，里边一道道剑光飞掠，风驰电掣，与小球撞击之后，溅起阵阵火花。

此次来到这座剑修如云的北俱芦洲，便是想要凭借他自己的本事，让这个可以进阶的傀儡扈从能够多吃几把金丹剑修的本命飞剑，再借助几分北俱芦洲的剑道气运破开元婴瓶颈。

怀潜轻轻晃荡手心金色圆球，然后抛向那个中年男子："慢慢吃。"

圆球没入那个剑修傀儡的窍穴当中。

那一缕巡狩此方天地无数年的剑气，竟是悬停静止下来，似乎在俯瞰着怀潜。

怀潜微笑道："我就知道，你一定会主动选中我的。"

然后怀潜望向天幕某处："这么特殊的妖气，还喜欢炼山为食，我们浩然天下可没有这种畜生。"

天地寂静，所有人都傻眼了。

怀潜眯眼道："和你商量一下，厮杀过后，我如果杀不掉你，你也拿我没辙，你就跟随我一起去中土神洲，保证你前程极好。"

云海低垂，一个高大老人坐在云海边缘，微笑道："小娃儿好大的口气。"

老人大手一挥，一幅山水画卷铺天盖地，只要抬头，谁都可以看到。

既然对方这么有诚意，这个老人也打算拿出一份诚意来。

怀潜点了点头，微笑道："没办法，我家老祖是中土神洲十人之一。"

事实上，龙虎山的一位黄紫贵人小天师，还有那皑皑洲的刘幽州，都是他很要好的朋友。

云海之上的老人，沉默下来。

怀潜继续道："说句不好听的大实话，我就算伸长脖子，让你这头畜生动手，你敢杀我吗？"

怀潜加重语气，嗤笑道："你敢吗？！"

老人依旧没有说话。

怀潜环顾四周："这些废物，是你来杀，还是我来？ 若是你来动手，其中有几个，我要一起带走。"

在深山之中的陈平安，也被这一幕惊讶到了。

先前水幕一消失，陈平安就立即换上了少年面容，以及一身青衫。

这会儿觉得大开眼界。

还能这么折腾？

看着那个意气风发的年轻人。

难道这就算是快意？

陈平安笑了笑。这种人，如果经历过和自己一样的境遇，哪怕对方境界再高一筹，都应该死了不少次。不过道理不能这么讲便是了。

有此言行，并且能够站在这里说这种话，自有其可取之处，以及某些不为人知的过人之处。只不过在当下，他陈平安只是看到了对方的其中一面。

换成陈平安是那人，肯定一样走不到对方今天这一步。可陈平安总觉得就对方这样的脾气，和这份不算多的隐忍城府，一旦运气不好的话，还真未必能够活着离开北俱芦洲。说到底，也就是暂时还没有遇上猿啼山剑仙稽岳之流吧。

不过那人既然选择抛头露面，不再隐藏，定然是权衡利弊之后的结果。目前看来，不但有望活着离开，还可以带着那个高大老人，一起返回中土神洲。

不可否认，是个相当厉害的人物。不愧是从中土神洲来北俱芦洲专门杀剑修的。

陈平安还不至于无聊到咒他在北俱芦洲栽跟头。

条条大路，各自登山。左看右看，难免有高有低。

就像那曹慈，还跟他陈平安在武道一途的同一条道路上呢。他也无非是埋头追赶而已，难道还要扎草人，惦念着对方不得好死？

陈平安摸了摸下巴，觉得这会儿胡思乱想，不太应该，可似乎还挺有意思。

关于那个曹慈，在剑气长城城头上三场架打下来，陈平安唯一的遗憾，不是什么没有撂狠话，在陈老剑仙和那个女子武神跟前没面子之类有的没的，而是曹慈这家伙，怎么看怎么欠揍。长得那叫一个俊俏不说，好像永远气定神闲，永远目中无人，视线所及，唯有传说中的武道之巅。这其实挺气人的，暂时还打不过人家，就更气了。

慢慢来吧。

不过接下来的画面，才让陈平安感到头皮发麻。

只见那个原本吓得跌坐在地的孙道人竟然站起身，然后这个"孙道人"又摔倒在地，不过却多出了一个身形缥缈不定的孙道人，好似阴神出窍远游。

孙道人伸手一抓，将那试图挣扎逃离的残余剑气驾驭在手，轻轻握住。

云海上的高大老人见机不妙，哪怕根本不知道那个孙道人为何变得如此，只管翻卷云海遮掩身形,想要逃遁。

孙道人面无表情道:"小小妖物,也敢炼化此山,试图染指道观?"

孙道人瞥了眼那座道观废墟,似乎有些伤感,望向远处云海某处:"觉得到了这座浩然天下,便可以高枕无忧?欺负贫道这一脉香火凋零,提不起剑了?"

孙道人手心攥紧,竟是直接将那一缕剑气捏碎。然后双指并拢,轻轻向前一划,云海对半开,一粒芥子身形也随之被一分为二。

怀潜正想要开口言语,孙道人转头笑道:"什么玩意儿!年纪轻轻的,说这些个大话,也不怕闪了舌头?若是有那本命灯芯留在祖师堂的,事后告诉你家老祖,来青冥天下找贫道报仇便是。"

怀潜正想要说话,报上自己老祖的姓名,孙道人又是双指划下,将那年轻书生当场斩杀,连同那元婴剑修傀儡,坠地之时也变作两片切割开来的符箓。

孙道人最后低头望向道观废墟。

山顶道观供奉之人,是他的师弟。和他皆是青冥天下剑仙一脉的中流砥柱。

可惜师弟天纵之才,登山快,死得也早。怨不得那座白玉京,只能怨他自己拖泥带水。害得他这个当师兄的,都没办法替他报仇。世间死法千万种,唯独自己求死这一种,最不用救。

远处山巅,陈平安已经将那些木像碎片全部取出。

孙道人笑了笑:"小家伙还是如此机敏啊,没浪费贫道这一愣神的工夫,算是自救了。"

孙道人伸手一抓,将那躲藏在深山洞室书斋中的狄元封,小侯爷詹晴,以及彩雀府少女柳瑰宝三人,一起抓到自己身前。

孙道人神色淡然道:"你们三人,可愿意追随贫道一起去往青冥天下?"

他在这座天下云游四方,所攒功德,足够带走三人。

在等待三个答案的时候,光阴流水似乎停滞。唯独孙道人抚须而笑,对远处那个年轻人说道:"陈道友,看在那三炷香的分上,破碎木像你就留着吧。"

陈平安眨了眨眼睛:"孙道长,其实是六炷香。"

孙道人哈哈大笑,一挥袖子,仿佛是不知将什么物件聚拢又挥散:"陈道友,捡你的破烂便是,足够你那把剑吃饱喝足了。"

在数百里之外的山头之上,陈平安身前多出了一团破碎剑气。

第三章
敢怒不敢言

光阴流水停滞之后,山高水深,天寂地静。

黄师躲在深山当中,在有古松遮掩的悬崖峭壁之上,凿出了一个狭窄洞窟,刚好容纳他和大行囊,此刻凝固于光阴长河当中,大汗淋漓。一行四人访山寻宝,黄师一直以为自己可以随便打杀其余三人,不承想原来他才是那个可以随便被打死的小人物。

那个名叫金山的邋遢汉子,躲在一处湖边芦苇荡当中,身上贴有一张驮碑符,一脸呆滞。

云上城沈震泽的两个嫡传弟子,手牵着手,青筋暴起,显露出这对男女在这一刻的心神不宁。

距离这对男女不远的那个龙门境许供奉,脸色铁青,眼神又有些恍惚。

山巅众人,老真人桓云闭着眼睛,整个人尽显疲态,不知当下心念落在何方何处。

武将高陵身披甘露甲,双拳紧握,似有痛苦神色。

武崒眼神呆滞,一手捂住心口,应该是被一个又一个的意外震撼得头脑空白了。

众生百态。

怀潜死后,替他挡下那双指并拢随手一剑的金身神祇与元婴傀儡,从两张青色符纸变成了四张,那只装有很多剑修本命飞剑的金色镂空小球,先是滚落在地,最终安安静静贴靠在栏杆处,还沾了些血迹。

那一道剑气太过凌厉,以至于怀潜的魂魄和金丹、元婴都已瞬间粉碎,就连身上两件价值连城的咫尺物都当场毁坏,里边所有珍藏,自然随之烟消云散,化作浓郁灵气融入这方天地的山水当中。

光阴长河停滞,偶尔会散发出一阵阵七彩琉璃色的涟漪,如一粒小石子投入江河,动静不大,但是毕竟犹有小水花。

山巅唯有那座道观废墟中的片片碧绿琉璃瓦,好似和停滞的光阴长河相互砥砺,散发出仙人秘炼琉璃瓦独有的一圈圈光晕。

陈平安倒是习惯了这种处境,不是坏事,可以砥砺武夫体魄。

他还曾经亲眼看到东海观道观老观主,在那藕花福地的三百年光阴长河当中,时不时拾取一颗颗米粒大小的金色碎块。

不过陈平安没有直接去接那团剑气。

那孙道人笑道:"怎的,怕了?"

陈平安点头道:"还是有些怕。"

孙道人说道:"是你应得的机缘,和你认识的那个'孙道长',看待你的心善心恶,关系不大,放心收下便是。天底下所有自己不去求死之人,都不当死,至少在贫道这边是如此。至于自己求死的,要怪就怪靠山不够高,自家老祖的名号不够吓人。"

孙道人说到这里的时候,瞥了眼那具尸体。

一座中土神洲的前十人,比得上整座青冥天下的前十人吗?

真要与贫道掰手腕,贫道都怕你家老祖宗小胳膊小腿的,自己不敢递出来。

不过孙道人的法剑与本命真身,都留在了青冥天下那座道观之内,而且在浩然天下又有儒家规矩压制,所以当下的孙道人远远没有达到巅峰姿态。

陈平安这才取出养剑葫,小心翼翼将那团无比精粹的破碎剑气收入养剑葫内,养剑葫顿时变得极沉。

陈平安笑道:"长者赐,不敢辞。"

孙道人一笑置之,收回视线,不见动作,狄元封、詹晴和柳瑰宝三人便瞬间清醒过来,置身于停滞不前的光阴长河当中,他们都有些头晕目眩,尤其是詹晴,只觉得五脏六腑都稀碎了,整个人摇摇欲坠,只是咬牙支撑不让自己摔倒。不但如此,孙道人还将孙清和白璧两个金丹境修士恢复如常。

孙道人说道:"贫道打算收取你们三人作为记名弟子。不过贫道不会强人所难,你们是否愿意改换门庭,可以自己选择。记住,机会只有一次,问本心即可。"

北亭国小侯爷詹晴毫不犹豫,跪地磕头谢恩,热泪盈眶。他看也不看那个白姐姐。

白璧怅然若失,能说话,却没有开口。因为她不知该向他道贺,还是该替自己伤心。

这一路都是芒鞋竹杖的狄元封,学那道门中人,向这个老神仙打了个稽首,内心翻江倒海,百感交集。想了想,大概是觉得礼数不够隆重,便跪在地上,磕了三个响头,久久没敢起身。

拜倒在地，狄元封只觉得做梦一般。先是在洞府书斋那边，那个看上去术法通天的高大老人，主动现身，说会收取他为开山大弟子。然后那个家伙就死了，换成了眼前这么个"孙道人"，说是要收徒。他狄元封上辈子到底做了多少积德善事？

孙道人却没有对狄元封道破天机，本脉道缘一事，道破的时机，宜迟不宜早。

他那师弟，当年便是芒鞋竹杖行走天下。只不过大道难测，落了个身死道消，受了白玉京那个道老二倾力一剑。

整座青冥天下都说他师弟虽死犹荣，能够让道老二全力出手，是三千年未有之事。孙道人对这些看似好话的混账话，不愿多管。

那头妖物愿意对狄元封青眼相加，便源于此。不是当真对那道观供奉之人念旧感恩，而是想要讨个好兆头。

至于那个少女柳瑰宝，和詹晴一般无二，是孙道人临时起意的一手障眼法，不过对他们而言，道缘依旧是道缘，而且真不算小，以后各自造化，无非是师父领进门修行在个人，哪怕是狄元封也不例外。事实上，柳瑰宝所在的彩雀府桃花渡和那桃花水，其实便和孙道人剑仙本脉有一丝藕断丝连的渊源，世间道缘再小，也是道缘。

这三人的道心，是可以缓缓雕琢的，今日境界如何，甚至今生修道高低，长远来看，兴许都是登山台阶上的一块青砖。

柳瑰宝犹豫不决。

孙清试图以心声告诉这名弟子，大道福缘咫尺之隔，再不伸手抓住，说不定下一刻就悔之晚矣！只是孙清砰然倒飞出去，七窍流血，心神激荡不停，魂魄煎熬，让她痛苦不已。

孙道人望向柳瑰宝，摇头道："资质比詹晴好，可惜心性不行，道不契合。罢了。"

柳瑰宝刹那之间，心中空落落。情难自禁，泪流满面。可她仍是咬牙，就站在那边不言不语。

孙清挣扎着起身，想要再劝说弟子几句，想要告诉这个小痴儿，是自己这个彩雀府府主将她驱逐出祖师堂，不是她背叛祖师。就算欺师灭祖又如何，大道之上，这等福缘，任你转世投胎千百回，能遇上第二遭吗？修行路上，许多玄之又玄的天大机缘，当真是此生此世，唯有一桩，一次错过之后，便生生世世再无可能了。

孙道人瞥了眼孙清，微微讶异，笑道："你倒是心性不俗，可惜资质太差，运道好些，也至多止步于元婴。"

兴许言语难听，却是真话。

孙道人说道："那就只带走两人。狄元封，詹晴，都站起来吧，以后在贫道这边，无须讲究这些师徒礼仪。"

孙道人想了想，将那被一斩为二的玉璞境妖物裹挟到山顶："喜欢装死？贫道送你一程？"

尸体合二为一，跪在地上，没有说任何话，只是沉默。

孙道人冷笑道："贫道的师弟，早年带你走上修行之路，虽说贫道这一脉，对于恩怨情仇一事，向来看得淡漠，可你这头畜生，不晓得稍稍感恩一二，就是截然不同的两回事了。"

那头大妖颤抖不已。

孙道人点头道："贫道当年救不了师弟，倒是可以帮他了去这份道缘纠缠。"

玩弄人心？很好玩吗？本心尚且不自知，就在烂泥堆里捏泥巴，也不怕让人笑掉大牙。

跟在师弟身边那么多年，结果白读了那么多的三教百家书籍。只知"求真"二字的皮毛，却不知"小心"二字的精髓。

孙道人伸手抚在大妖头顶，轻轻一拍，后者根本来不及挣扎，便瞬间元神俱灭，连一声哀号都没能发出，倒是蹦出两件东西来，坠落在地。

一本破书，一枚令牌咫尺物。

孙道人瞥了眼就不再多看，笑了笑，朝一个方向招了招手。

与此同时，狄元封在内五人，就都已经重返光阴长河，无知无觉。

陈平安转瞬间便如同自己施展了山河缩地神通，来到了这处山巅，他飘然站定，再没有任何掩饰隐瞒——没必要。

孙道人略微讶异："走过好些次光阴长河了？"

陈平安老老实实回答道："次数不算多，但是时间不短。"

孙道人笑道："既然见过了更高处的风光，便要珍惜。别学那个怀潜，不知天高地厚。寻常市井门户，尚且知道张贴门神辟邪，这小子倒好，非要往自己脑门上贴'求死'二字，某人留下的那一缕剑气，相中了他怀潜，贫道都忍了下来，唯独见着了这种铁了心求死之人，从来都会让他们心想事成。"

陈平安犹豫了一下。

孙道人说道："那个黄师？不算求死，挣扎求活。贫道眼中，你和黄师，活法一致，道路不同而已。至于你们道路有无高下之别，不是贫道可以说的，路不在高而在长。"

陈平安便再无小问题想问。

不过陈平安又有一个大问题，很想问。

孙道人又说道："你看待人心好坏与世间因果业报两事，看得太重，却还是看得太浅，所以才会如此心境劳累。许多事，做了，终究是无用的，天地不是死物，自会修正人事。不过等到境界足够高了，还是有那渺茫机会，真正改变一些定数。是不是多想一些,便要觉得事事无趣? 没错,人生天地间,从第一天起,就不是一件多有趣的事情。不过如今三座天下的人,很少有人愿意记住这件事。"

陈平安神色黯然。

孙道人竟是打趣道:"陈道友好像修心还不够啊。"

孙道人抖了抖袖子,诸多天材地宝和仙家器物,都化作粒粒芥子,掠入袖里乾坤当中。哪怕桓云与那个云上城老供奉手中的方寸物所藏的一部分,一样乖乖离开,主动去往孙道人袖中。

但是那个倒地不起的"孙道人",却灰飞烟灭了。

这副故意炼废了的阳神身外身,不过一副无用皮囊罢了。在浩然天下这些年的诸多纠缠,都在那副皮囊身上了,不会带走。

山顶道观废墟旁边那座"宝山",也只剩下稀稀疏疏的几个小包裹。

然后下一刻,所有人都离开了山巅,来到了白玉拱桥之外的空地上。而那青山绿水,以及被大妖勤勤恳恳炼化的诸多山头,依旧全部被孙道人收入袖中。好似一下子变得天高地阔雾茫茫。

孙道人缓缓笑道:"除了你已经得手的,山中的一成机缘,贫道会留在此地,等他们清醒过来之后,该打该杀,是悲是喜,一切照旧如故。"

怀潜的尸体,青色材质的符箓,还有那颗金色小球,都已不见。

一部宝光流溢的道书飘掠而出,悬停在少女柳瑰宝身前:"做不成师徒,贫道还是要赠你一部道书。"

彩雀府金丹孙清也有一桩福缘,是那枚令牌咫尺物。

陈平安欲言又止。

孙道人看了眼这个年轻人,笑了笑。

孙道人好似洞察人心,也可能是未卜先知:"陈道友,你这山泽野修和包袱斋的双重身份,都当得很是风生水起啊。"

于是陈平安埋在山中的那两个包裹便坠落在脚边。

饶是陈平安这种脸皮不薄的,也有些脸红了,只是没耽误他弯腰捡起,斜挎在身。

物归原主之后,陈平安便赶紧说道:"借孙道长的吉言!"

管他娘的,说不得道门老神仙有那一语成谶的神通,自己先应下来再说。没有不亏,有了稳赚!

孙道人觉得有点意思,笑道:"修道之人,心境如此破碎不堪,比那修修补补的长生桥还不如,你到底是东一锄头西一担粪的庄稼汉子,还是修习长生久视之法的练气士?不是贫道境界比你高,便要对你指手画脚。实在是你这心路,大道也有,可惜岔路太多,崎岖蜿蜒,你这么继续走下去,便是当了浩然天下的剑仙,也很难做到一剑斩断因果线。

越斩越乱罢了。"

陈平安无奈苦笑:"只能慢慢来。"

孙道人问道:"心里边不会觉得不痛快?"

陈平安想了想:"理当如此。"

孙道人摇头道:"那你真该多读一读道门典籍,学一学什么叫虚舟蹈虚。"

孙道人随便挥了挥袖子,云雾散乱,又渐渐静止,然后问道:"世道变了吗?"

陈平安默不作声,认真思量此中深意。

孙道人一踩脚,大地震颤:"是不是觉得这会儿世道总该变了丝毫?"

陈平安想起先前孙道人所说一语,天地自会修正人事,便反问道:"那我们该怎么办?"

孙道人所要展露的一个大道理,其实与陈平安一直坚信的某种根本想法,是背离的,但是陈平安愿意多问多想。

孙道人有些赞赏神色,点头道:"对喽。"

陈平安一头雾水,都不晓得自己对在哪里。

孙道人已经岔开话题:"不问一问那一剑到底出自何人之手,竟然能够让贫道师弟都身死道消?"

陈平安摇头道:"不敢问,孙道长说了我也不敢听。"

孙道人点头道:"很好。你不问,那贫道就要问你一问了。修道之人,何谓小心?"

陈平安这一次没有犹豫,沉声道:"对天地怀有敬畏之心,将自己视为生死大敌。"

孙道人停顿片刻,哈哈笑道:"好嘛,外边大天地,人身小天地,都让你说齐全了。谁教你的这么个大道理?"

陈平安说道:"自己瞎琢磨出来的,就像孙道长所说,道理太大,就会空泛,很多支撑起这个道理的小事上,我做得都不够好。"

孙道人有些感慨。当年师弟也是差不多的想法,总说道法高远且大,必须从细微处入手,不然随着世道变迁,风俗更换,别说是本脉道法的根脚会摇晃,便是那座白玉京都要经不起推敲,起得越高,倒塌之后,则越会贻害无穷。这个师弟如何想,毕竟有那"修道养德"的道法根柢在,没人可以指摘半点,所以这不算麻烦,关键是师弟身为道门剑仙一脉的关键人物,做了许许多多不该由他来做的纸面文章。师弟除了那些落在天下眼中的大事壮举之外,在这期间,其实又有一件小事始终在做。那头喜好炼山的妖物,其实被一头化外天魔寄居而不自知,师弟便试图将这头化外天魔以道化之。只可惜白玉京某个脾气不太好的,破天荒身穿法衣,携剑访道观。

不但如此,师弟早年悄悄收取的关门弟子宋茅庐,一个横空出世的人物,哪怕在他这个师伯眼中,也是惊才绝艳的存在了,打造出一座类似中土神洲龙虎山的道脉,声势鼎盛,最后下场也没好到哪里去。所幸这个师侄的几名弟子,在孙道人离开青冥天下的时候,混得都还算不错,各有道脉旁支一直传承下来。

在家乡那座青冥天下,道祖座下的白玉京三位掌教,负责轮流执掌白玉京,往往是道祖大弟子坐镇之时,天下太平,纷争不大,十分安稳。道祖小弟子陆沉坐镇白玉京的时候,则群雄并起,乱象横生,但是乱归乱,实则生机勃勃。轮到那个道老二从天外天返回,好嘛,上五境修士,死得极快极多。不单是白玉京之外鸡飞狗跳,白玉京之内也会死人。

孙道人环顾四周,伸出手掌,四面八方,众人眉心处都掠出一粒幽绿萤火,如那传说中的水中火,除了陈平安和狄元封、詹晴,哪怕是柳瑰宝、孙清和白璧都不例外。

孙道人笑道:"有些事情,知道了不好,以怀潜开口求死之时,作为一道分水岭,此后所见所闻,这些人都会忘却。接下来,贫道留给你们的宝物机缘,不多不少,就当是这些人的既有机缘,贫道估摸着又要来一场人心较劲了。"

孙道人问道:"你要不要拦上一拦?帮着大家求个和气生财。"

陈平安摇头道:"就只是看看,因为没必要拦。"

孙道人点了点头,地上那部破书便飘荡到陈平安身前:"那就再多看看人心,他山之石可以攻玉。这本书,落在别人手上,就是个消遣,对你而言,用处不小。"

陈平安将那本书收入袖中,道了一声谢。

孙道人笑道:"修道之人,修道之人,天底下哪有比道人更有资格说道的人?年轻人,道法很高的,值得多看看。"

陈平安点点头:"会的。"

孙道人抚须而笑:"陈道友,接下来还要不要访山探幽,勤恳捡漏?"

陈平安脸色不太好看,狠狠抹了把脸:"暂时没这个想法了。"

这次是怀潜遇上了孙道长,说不准下次就是他陈平安遇上了谁。

孙道人说道:"贫道离去之后,无须多想,该如何便如何,野修也好,包袱斋也罢,各凭本事,福祸自招。"

陈平安便开始考虑如何收尾了。

孙道人笑望向陈平安,陈平安有些迷糊。

孙道人略带调侃语气,说了一句先前说过的言语:"陈道友的修道之心,不够坚定啊。"

陈平安立即懂了,脱口而出道:"道长道长。"

同一个长字,不同的讲法。

孙道人抚须而笑,轻轻点头,十分满意了,提醒道:"半炷香过后,光阴长河重新流转。"

孙道人将那狄元封、詹晴竟是一并收入了袖中乾坤,然后化虹而起,破空而去。大概这就是所谓的鸡犬升天吧。

被那道璀璨虹光一撞,整个仙府小天地的天幕穹顶砰然碎裂出一个大窟窿,然后从那个大窟窿处缓缓扩大,山水禁制逐渐消散,但是白虹离开小天地之后,窟窿便瞬间消逝,悄无声息。

陈平安愣了一下,收回视线,开始撒腿狂奔,暂时远离是非之地。

至于地上那几只装有宝物的包裹,陈平安看也没看一眼,不过等到尘埃落定之后,其实是可以小心翼翼再做一番计较的。

半炷香过后,陈平安早就跑得没影了。山峦起伏,重归正常。就是不知道黄师和金山身在何处。

不过陈平安中途"顺路"跑了趟藻井那边,藻井竟然就留在了原地,那里灵气依旧盎然,可惜又是一样搬得起、带不走的物件。

等会儿,又不是先前那石桌和绿竹,当下小天地禁制都没了,怎的就带不走了?多花费一些气力罢了。

陈平安便一顿刨土,最后扛着一座好似巨大磨盘的藻井飞奔而走,但没忘记往自己脑门上贴上一张驮碑符。

笔直贴在额头上,难免遮掩视线,若是横着贴符,便更好了。这还是跟自己的开山大弟子学来的。

浩然天下的天幕处,孙道人回望了一眼脚下的此处人间山河,啧啧道:"寸草不生,寸草不生。"

一个儒衫老儒士,腰间悬挂有一块金色玉牌,淡然道:"观主可以离开了。"

孙道人笑道:"那就开门送客。"

北亭国地界山上,桓云、孙清、白璧三人率先清醒过来,皆是茫然了片刻,然后竭力稳固各大关键气府的灵气,仔细探查本命物的动静。

不过孙清第一时间便将那块令牌收入袖中,见弟子柳瑰宝还在怔怔发呆,便又收起了那本道书,暂为保管。虽然根本不知道到底发生了什么,可是摆在眼前的唾手可得之物,若是她孙清都不敢拿,还当什么修士。

桓云皱紧眉头:"我们应该已经离开那处仙府遗址了。"

老真人随即心中震惊不已,为何身上那件方寸物当中,原本满满当当的天材地宝、仙家器物,如今没剩下几件了?

柳瑰宝发现那个名叫怀潜的王八蛋竟然不见了。好家伙,竟然骗了自己一路!柳瑰宝恨得牙痒痒。

白璧也察觉到不对劲,詹晴呢?

但是柳瑰宝的心性之好，一览无余，竟是第一个发现地上那几只包裹的人，并且当作机缘可以去争一争。不过白璧也发现了此事，而高陵这个金身境武夫也已经清醒过来。

柳瑰宝和师父孙清，白璧立即联手高陵，各自争抢到了一只装满仙府宝物的沉甸甸包裹。

各自夺宝，双方皆有忌惮，便井水不犯河水。

至于另外一只包裹，被那并肩而立的龙门境野修与武夫宗师同时看中，结果同时得手。两人撕碎了那只棉布包裹，里边的山上宝物哗啦啦坠地，有十数件之多，两人就近各自捡了三四件，其余的都被桓云、孙清和白璧三方取走，又是一场极有默契的瓜分。

若是山泽野修，估计不可抑制的第一个念头，便是伤人再夺宝了。富贵险中求，争取占尽便宜。

其余熬过半旬侥幸没死之人，根本不敢再作停留，纷纷逃散。这个鬼地方，真是多待片刻都要让人心寒。

桓云脸色微变，心知不妙，赶紧御风而起，双袖符箓迅猛掠出，追查天地四方的同时，还要确定云上城沈震泽的那两个嫡传弟子的安危，那个姓许的龙门境供奉，一旦也发现了禁制骤然消失，定然要带着那件方寸物白玉笔管远遁，估摸着这辈子跻身金丹境之前，都不会再返回芙蕖国和云上城了。所幸十里之外，那对年轻男女修士安然无恙。与此同时，其中一张已经远在百里之外的千里飞剑符，被人打碎。

老真人冷笑一声，最终将那云上城许供奉拦截下来。后者气急败坏道："桓云，你真要赶尽杀绝?!"

桓云说道："与我一起返回云上城，听凭你们城主沈震泽发落。"

许供奉抬起手，攥紧那件方寸物："信不信我将此物直接震碎？"

桓云淡然道："里边那两桩机缘可不小，说不得方寸物碎了，一样不会毁掉那副仙人遗蜕和法袍。但是听我一句劝，你真要这么做了，我就让你死在当场，然后我桓云一人去跟沈震泽赔罪便是。"

许供奉脸色阴晴不定："桓云，我是绝对不会跟你去云上城的，沈震泽什么性情，我一清二楚，落在他手里，只会生不如死。"

桓云怒道："早知如此，何必当初！若是你不对山中宝物生出觊觎之心，欺负两个晚辈境界不高，把他们当作傀儡，任你拿捏，现在你就是云上城的功臣！"

许供奉说道："我可以将方寸物交给你，但是桓云你要将所有缩地符拿出来作为交换。最后还有一个小要求，见到那两个小家伙后，告诉他们，你已经将我打死。"

"可以！"

桓云毫不犹豫就将身上一摞符箓取出，然后稍稍摊开几分，无一例外，皆是缩地符。其中还有两张金色材质的符箓。

桓云沉声道："以物换物，姓许的，你如果还敢要滑头，就别怪我桓云痛下杀手了。"

两人同时丢出手中符箓与白玉笔管，龙门境许供奉抓住那把符箓之后，直接祭出其中一张金色材质的符箓，瞬间离去百余里。

桓云叹息一声，折返回去，找到了那两个年轻人，递出那支白玉笔管，按照和那龙门境许供奉的约定，说道："许供奉已经死了。"

年轻男子小心翼翼接过白玉笔管，好似重达千斤，手指颤抖，收入袖中后，才向桓云作揖拜谢，泣不成声道："老真人的救命大恩，护道大恩，夺宝大恩，晚辈无以回报！"

那名年轻女子更是哭得厉害，双手捧住脸庞，果真应了那句老话，大难不死必有后福，让她情难自禁。此次访山求宝的惨烈经历，真是让她一辈子都要做噩梦了。

桓云笑道："你们与其他人距离较远，借此机会，速速离开此地，返回云上城后，切莫声张此事。"

桓云当然还要再逛一遍，看看是否有些遗漏的机缘宝物。

当两个云上城年轻男女远去之后，桓云总觉得好像哪里出了纰漏，只是自己尚未察觉而已。

那云上城许供奉定然是逼问出了方寸物的开山秘法，这不奇怪，不过桓云确定，对方不可能将那遗蜕从方寸物当中取出，然后藏在某地，也没有将那件法袍裹卷起来藏在身上，这点眼力他还是有的。所以那个许供奉这趟访山，得不偿失，得到了那一摞符箓而已，却失去了云上城的首席供奉身份。

桓云突然叹息一声，苦笑不已。他终于想明白了一件事，想通了为何那个年轻人会出现一丝异样。

他桓云自己的方寸物当中，莫名其妙失去了绝大部分天材地宝、山上器物，那么白玉笔管中又是什么景象？若是仙人遗蜕与那件法袍都没了，或是留下了其中一件，云上城沈震泽会怎么想？

桓云有些感慨：那个年轻修士，真是一棵好苗子。可惜了，被那许供奉杀了。他桓云护道不力，只能为云上城带回一件方寸物。

桓云眼神冰冷，追赶而去。

桓云开始希望里边还能留下一件仙家重宝。若是没有，就送回白玉笔管给云上城，若是真有一件，那就是他桓云的自家机缘了。

白璧、高陵，还有那个芙蕖国皇家供奉，一起离开。都有些心情沉重。

北亭国小侯爷詹晴及其家族供奉没的没，死的死，不好交代。北亭国侯府那边不好交代，詹晴的元婴师父不好交代，水龙宗祖师堂那边，也不好交代。

白璧只能寄希望于那些宝物可以弥补一二。

高陵说道："那两人,可以杀。"

白璧笑道："确实如此。他们身上的机缘,你们二人平分。"

高陵以聚音成线的武夫手段,向这个水龙宗嫡传金丹境修士问道："陛下那边,会多问的。事后白仙师宗门那边,兴许就要多想了。"

白璧说道："那就再杀一个。"

高陵便不再言语。

白璧又说道："高陵,我保证你可以当上芙蕖国武将第一人。"

高陵犹豫片刻,突然说道："我想换把练气士不能坐、武夫可以坐的椅子,我坐上去之后,有可能就不只是一个芙蕖国,说不定连同水霄国、北亭国在内,白仙师都可以予取予求。"

白璧笑着答应下来："胃口不小,但是我觉得你高陵坐得稳那把椅子。"

下一刻,那名芙蕖国供奉便被高陵一拳打得头颅滚落在远方,白璧则神色如常,立即以术法毁尸灭迹。两人根本无需言语交流。

彩雀府好像成了最大的赢家,至少也是之一。

三人来,三人走,齐齐整整,而且都谈不上怎么受伤。宝物机缘还没少拿。

武崐突然说道："先后两次都在画卷榜首的黑袍老人,会不会来找我们彩雀府的麻烦?"

对方身上那件法袍,让武崐认出了身份。

孙清笑道："一个能够跟刘景龙当朋友的人,不至于如此下作。"

武崐还是有些担忧。

方才孙清大致确认了那部道书和令牌的品秩,只说后者是一件寻常上五境修士才可以拥有的至宝咫尺物。

此番劫难过后,除了孙清和柳瑰宝,武崐信不过任何外人了。归根结底,武崐不再相信半点的,是那份世道人心。

不但如此,武崐心底处有一个念头,一个让她自己都感到可怕的想法。武崐扪心自问,自己若是拥有那个年轻剑仙的手段和修为,那么身边修行资质、大道福缘都令人艳羡的孙清、柳瑰宝,还能不能活着返回彩雀府?

武崐不知道答案,也不敢多想。

陈平安在四下无人的深山当中,将那藻井藏在一处深潭底下。

他换了一身行头,脱下所有法袍,换上寻常青衫,少年面容,背着大竹箱,里边搁放有四只包裹。然后走出去十数里后,发现山野小径的路旁高枝上,站着那个背负大行囊的老熟人——金身境武夫黄师。

黄师笑道:"我知道是你。"

陈平安说道:"那还不躲得远远的?"

黄师笑道:"说来可笑,连我自己都想不通,活着离开那个古怪地方后,感觉还是待在陈老哥身边,比较安心。"

黄师如今对于自己看待旁人修为高低、道法深浅,已经全然没了底气。唯独看人好坏,还算勉强有点信心。

陈平安摇头道:"别惹我,各走各的,咱们都惜点福。"

黄师颠了颠身上极为惹眼的大行囊:"陈老哥是行家里手,这么多障眼法,我就差远了。接下来,白璧、高陵他们说不定就要来找我的麻烦,再往我身上泼点脏水什么的,背着这么多物件,我可能连北亭国都未必走得出去。"

陈平安问道:"先前听说你要报仇,报什么仇?"

黄师神色淡然道:"当年意气用事,是我有错在先,但是没想到我没死,可我黄师一家四十余口,老幼妇孺,皆被修士剥皮,然后换了人皮,给死人穿戴在身。"

这个纯粹武夫,语气平静,就像只是在说一个书上看来的故事。

世间真正的苦难,承受之人,是不会有落在别人眼中的那种撕心裂肺、大喊大叫的。哪怕会有,往往一两次过后,便会越发沉默。

陈平安没有说话。

黄师扯了扯嘴角:"不管你是谁,我还算信得过你,或者说趁着运气不错,赌一把大的。我愿意将行囊当中的大半物件卖给你,我只收神仙钱,凑足了,买颗兵家甲丸,当然不是神人承露甲,而是一副金乌经纬甲,然后再买一把早就相中的法刀,我就可以去做应该做的事情了。"

陈平安从袖中拿出几张驮碑符,抛给那黄师:"此符最能隐蔽身形气机,你是金身境武夫,更能够收敛痕迹,只要昼伏夜出,小心点,够你偷偷离开北亭国地界了。"

黄师愣在当场,没有立即去接那符箓,当初在仙府遗址后山,他便是用同样手段,一拳打得对方吐血不已。只不过当时更多还是试探对方深浅。

等到那几张符箓飘落远方,黄师才将那些符箓驾驭在手,沉默片刻,才开口问道:"你到底图什么?"

陈平安已经继续赶路,撂下一句话:"世间苦难临头,我们敢怒敢言。"

就这么一个陌路人、局外人,一句轻描淡写的言语。可黄师这般铁石心肠、行事更是心狠手辣的武夫,竟是嘴唇颤抖起来,不禁双拳紧握。很快,黄师松开一拳,深吸一口气,伸手抹了把脸。

黄师突然高声喊道:"喂,陈老哥,请留步。"

陈平安转头怒骂道:"老子自己也没剩下几张宝贝符箓了!老子就是个每天起

早贪黑、挣点辛苦钱的包袱斋,不是散财童子。你大爷的,还敢得寸进尺,做人如此不厚道,山上的旧账还没算呢,一拳万斤重,打得老子这把老骨头……小骨头差点散架……"

黄师嘴角抽搐,差点想要反悔,突然笑了起来,打开行囊一角,使劲颠晃起来,最后接连丢过去三样物件:"我黄师算不得半个好人,可也不愿意欠半点人情。"

陈平安立即换了一副嘴脸,笑呵呵接过那三样东西,放入竹箱当中。

陈平安揉了揉下巴,觉得是不是可以哥俩坐下来,喝杯小酒儿,慢慢谈买卖。

黄师笑道:"有了这些符箓,我还卖给你做什么? 就你那生意经,我能不亏本?"

陈平安笑道:"过奖过奖。"

两人就要这么分道扬镳,黄师突然问道:"姓甚名谁? 能不能讲?"

陈平安没有转身,抬起一臂,轻轻握拳:"行不更名坐不改姓,陈好人。"

黄师懒得再开口了。去你大爷的姓陈名好人。不过人,真是好人。

陈平安突然转头,双袖轻轻一抖,手中多出厚厚两大摞符箓,一本正经说道:"其实我这儿还有些攻伐符箓,实不相瞒,张张都是至宝,物美价廉……"

黄师已经贴了那张驮碑符,不等陈平安说完,朝他竖起一根中指,然后脚尖一点,飞掠离去。

陈平安遗憾道:"个个贼精,生意难做。"

陈平安独自行走于崇山峻岭间,他突然抬起头望去。

一男一女,拼命御风远游,然后两人身形突然如箭矢一般往一处山林中掠去,没了踪迹。正是云上城沈震泽的两个嫡传弟子。

年轻男子多留了一个心眼,带着女子改变路线,为的就是避开那个万一。

先前从桓云手中接过方寸物,和师妹一起御风离去后,他心神立即沉浸其中,结果发现里边除了几件陌生的仙家器物,最重要的仙人遗蜕与那件法袍都已不见踪影。几件陌生的仙家器物,应该是许供奉将方寸物当作了自家藏宝物件,是这个心肠歹毒的师门长辈自己寻觅到的机缘。

桓云老真人说那许供奉已死。那他是不是从许供奉嘴中逼问出了这件方寸物的开山秘法,取走了两件价值连城的至宝?

为何桓云要多此一举? 还要将白玉笔管交还给自己? 是笃定自己不敢向师父泄密? 疑心一起,便要疑神疑鬼。而老真人桓云,不一样如此?

事实上双方都算是聪明的好人,此次访山,哪怕桓云其间的确有些起念,但最后还是没有做出违背良心的狠辣举动。可是最终人心走向,便是急转直下,从恶如崩。

桓云化虹追踪而至,飘然坠地,盯着那两个年轻晚辈,神色淡漠道:"方寸物的开山口诀是什么？"

年轻男子将那女子一把扯到身后，说道："老真人为何明知故问？"

桓云怒道："若真是如此，老夫何必画蛇添足？"

年轻男子苦笑道："你们这些高人神仙的心思，我如何猜得到？"

桓云便将事情经过说了一遍。

年轻男子有些错愕，苦涩道："既然如此，老真人为何要问方寸物的开门之法？"

桓云说道："要你们死个明明白白。"

年轻男子问道："我们可以叛离云上城，跟随老真人一起修行。"

桓云望向年轻男子身后，面无表情道："你得证明自己。"

年轻男子突然大笑起来，吐了口唾沫："狗日的真人，你桓云比起那些山泽野修还要不如！"

年轻男子背后一凉，被一把小巧袖刀插入后背，他踉跄向前一步，然后缓缓转头，一脸茫然。

身后女子已经倒掠出去十数步，浑身颤抖。只是不知为何，她一手捂住手腕，好似受了伤。

桓云笑道："很好。"

已经身受重伤的年轻男子，一直转着头，就那么望着那个脸色惨白、眼神中充满愧疚之色的女子。他泪流满面，却没有任何愤恨，唯有失望和心疼，轻轻说道："你傻不傻，我们都是要死的啊。"

桓云嗤笑道："还是你聪明。"

桓云转过头："道友既然都愿意救人了，何必鬼鬼祟祟不敢见人。"

陈平安从一棵树后绕出，瞥了眼那个悔恨之后狠厉之气更重的女子。

总算还来得及，那个年轻男子没死。

陈平安望向桓云："白日见鬼，大开眼界。"

一个仙风道骨的符箓派老真人，挨了一刀的云上城徐杏酒，递出一刀却没能成功的赵青纨，加上一个十分多余的身穿青衫、背着一只大竹箱的少年。

桓云说道："店家不好好当个包袱斋，非要蹚这浑水做什么？见好就收，得利就走，安稳挣钱，才是正道。"

凭借一件黑色法袍，武魁认得出此人身份，桓云当然更认得出来。

不是陈平安不够谨慎，而是那头炼山大妖的手段太意外，直接让白衣神女和青衣神人拉开山水画卷，让所有访山寻宝之人一览无余。

不过桓云也只是猜测眼前少年是那个在云上城摆摊卖符的包袱斋野修，因为知道自己身份，还敢出手救人，而访山众人当中，估计也就那位藏头藏尾古里古怪的黑袍老人，有这份心气和本事。

山上修士一旦有了自己的猜测，到底是不是真相，反而没那么重要。

陈平安笑道："山泽野修，山泽野修，可不就是每天忙着跋山涉水，掬清泉而饮，蹚浑水而过，有什么奇怪的?"

徐杏酒突然开口说道："桓真人，此事还有回旋余地。"

桓云摇摇头："从老夫选择追杀你们的那一刻起，就没有退路了。徐杏酒，你很聪明，聪明人就不要故意说蠢话了。"

徐杏酒其实对此心知肚明，桓云若真是从头到尾光风霁月，没有心存半点私欲贪念，便不会赶来追上他和赵青纨。

有大欲则心窄，心窄到只有一条羊肠小道可以走，只能自己一人占道而行。

若是就事论事，徐杏酒其实知道自己先前的选择也有大错，在桓云交出白玉笔管的那一刻，当时自己就不该以最大恶意揣测桓云，得知方寸物当中仙蜕、法袍两件至宝凭空消失后，更不该藏掖，应该选择坦诚相见。若是那时候桓云将其中曲折解释一番，兴许双方就不是当下的处境了。但世事人心，远没有这么简单明了。自家云上城许供奉环环相扣的歹毒陷害，让徐杏酒不单单是风声鹤唳。事实上，桓云身为他们的护道人，选择了袖手旁观，本身就是一种暗藏的杀机，一份隐蔽的杀心，兴许就是借刀杀人的手段，许供奉杀他们夺宝，那桓云便可以黄雀在后，而且双手干干净净。

桓云没有着急出手，陈平安便也不着急。

许多事情，许多人，都以为自己脚下没有了回头路，其实是有的。

桓云其实是当下最尴尬的一个。云上城徐杏酒和赵青纨，当然需要斩草除根，可是如何和这个喜好改头换面的包袱斋打交道，毫无头绪，因为桓云不确定对方的修为高低，甚至连此人是符箓派练气士，还是那山上最难缠的剑修，他都不确定。一旦确定了，无非是他桓云身死道消，晓得了对方道行确实是高，或是对方死在自己手上，所有机缘法宝尽收囊中，该他桓云福泽深厚一回。

陈平安突然说道："如果我没有记错，你们道家一直在说只修命，不修性，此是修行第一病。"

桓云笑了笑："说得轻巧。"

陈平安说道："正因为谁说都轻巧，做起来才难，做成了，便是怀藏至宝，道德当身。"

性命双修，万神圭臬。性命双修，大功告成之人，便是道家所谓的无缝塔，佛家尊崇的无漏果。

桓云摇摇头："老夫知道你岁数不大，更非道门中人，你就莫要跟老夫打机锋，扯那口头禅了。不如你我二人说点实在的，就像当初在云上城集市，买卖一番?"

陈平安也跟着摇头："只要你还想要杀掉这二人，咱们这笔买卖就做不成。话都说开了,老真人除了动了贪念起了杀心,又不曾真正酿成祸害,徐杏酒那件方寸物当中的宝物机缘,比得上你桓云辛苦积攒了一辈子的道心?"

桓云哑然失笑,叹了口气:"怎的,要劝我收手回头,就靠动动嘴皮子?"

徐杏酒开口说道:"桓真人,我愿意取出方寸物当中所有宝物,作为买命钱,恳请老真人挑选过后,为我们留下一件,好回去在师父那边有个交代,而且我可以用祖师堂秘法发重誓,桓真人所作所为,我徐杏酒绝对只字不提,以后桓真人依旧会是云上城的座上宾,甚至可以的话,还可以当我们云上城的挂名供奉。"

徐杏酒已经将那把定情信物袖刀拔出,擦去血迹收入袖中,然后随便做了包扎,咽下一颗随身携带的云上城珍藏丹丸。

伤口其实不在后背,在心上。只不过他徐杏酒不在乎。

陈平安叹了口气,你徐杏酒表现得越聪明,审时度势识大体,落在桓云眼中,就越会是一个更大的潜在隐患。没辙。

那自己就换一种方法,风格更加北俱芦洲。不然的话,桓云就要奋起杀人,搏一把压大赢大了。

两把尚未完整淬炼为本命物的飞剑,掠出两座关键气府,悬停在陈平安一左一右,一缕纤细白虹,一道幽绿光彩。

陈平安说道:"桓云,还要一错再错吗?"

桓云双袖鼓荡,无数张符箓飘荡而出,结阵护住自己,颤声道:"是和刘景龙一起在芙蕖国祭剑之人?!"

陈平安问道:"你觉得呢?"

桓云喟然长叹:"难怪难怪。"

陈平安转头对徐杏酒说道:"你怎么说?"

徐杏酒说道:"前辈,我会带着师妹一起返回云上城。"

赵青纨哭喊道:"我不去!徐杏酒,你杀了我吧!"

徐杏酒惨然笑道:"我们都别做傻事,没什么过不去的坎。青纨,你要是信我,就跟我离开这里,我们以前是怎么样的,以后还是怎么样,我这边没有心结,你只要自己解开心结,就什么都没有变,甚至可以变得更好。青纨,谁都会做错事的,别怕,我们有错就改。"

赵青纨像是走火入魔一般,脸色雪白,眼眶通红:"回不去了,已经回不去了!你要么杀了我,要么被我杀了,不然我们一起死,下辈子我们再结为夫妻,保证一辈子都恩恩爱爱的。徐杏酒,好不好?"

徐杏酒面无表情,取出那把袖刀,轻轻抛给赵青纨,环顾四周,他们正身处密林当中,便自嘲道:"夫妻本是同林鸟,大难临头各自飞,可我们如今还没有结为道侣,就已经如此。青纨,再给我一刀便是。不然我就是绑着你,也要一同返回云上城,说好了这辈子要与你结为道侣,我徐杏酒说到就会做到。"

赵青纨握住那把刀,怔怔地看着徐杏酒,她蓦然而笑,犹然梨花带雨,嘴唇微动,却无声响,她似乎说了三个字。

徐杏酒泪眼蒙眬。

从来都是这样,他最喜欢她那双会说话的眼睛。

当年师父带了一个小女孩到云上城,少年看着她,她歪着头,瞪大一双圆圆的眼眸。

少年做了个鬼脸,小女孩便吓得哭了起来。

一年一年又一年,云海高处有人家。

赵青纨猛然持刀往自己心口一戳而去。下一刻,徐杏酒来到她跟前,以手握住那把袖刀,鲜血淋漓。

徐杏酒柔声道:"青纨,我们等于都死了一次,这辈子是不是可以从头再来了?"

赵青纨松开手,蹲在地上,双手捧住脸庞。

徐杏酒丢了刀,蹲下身,轻轻搂过她,刚要轻轻拍打女子的后背,却想起手心皆是鲜血,便轻轻翻转,以手背摩挲,动作轻柔,呢喃道:"别怕别怕。以前你不总是怨我不说喜欢你吗,以后莫要再问了,男子哪会将真心的喜欢,常常挂在嘴边。"

桓云神色复杂。

陈平安问道:"桓云,你好像还留了个孩子在云上城?"

桓云勃然大怒:"祸不及家人!"

陈平安说道:"我打算学一学你,斩草除根。"

桓云说道:"你是逼我玉石俱焚?"

陈平安说道:"你配吗?"

桓云好像瞬间苍老了百年光阴,老态尽显:"罢了。一世英名毁于一旦,从今往后,我绝不踏足云上城半步,无论徐杏酒和沈震泽如何针对我桓云,皆是我咎由自取。"

陈平安摇头道:"你看我是好人恶人?无所谓,但是我劝你别当我是傻子。"

桓云咬牙切齿道:"你到底要如何?!怎的,真要杀我桓云再杀我那孙儿?我偏不信你做得出来……"

陈平安打断桓云的言语,缓缓说道:"我陪你走一趟扪心路。"

桓云错愕不已。

陈平安说道:"可有符舟?我们最好是一起乘坐渡船返回云上城。"

最终有两艘大如世俗渡船的珍贵符舟,缓缓升空,去往云上城。

一艘乘坐四人,一艘承载着一块某人从深潭取出的巨大藻井,两艘价值连城的符舟,都被桓云施展了障眼法符箓。

符舟一端徐杏酒和赵青纨并肩而坐,另一端陈平安和桓云背对船壁,相对而坐。

陈平安盘腿而坐,背靠那只大竹箱,转头对赵青纨说了一番话:"好好珍惜这份来之不易的善缘。以后你们两人相处,既不可以不将此事引以为戒,也不可刻意回避今日风波,不然迟早要出事,那就是晚死不如早死的伤心事了。如果两人都过了这道坎,你和徐杏酒,就是真正的神仙道侣。大道修行,磨砺千百种,问心最难,兴许你们两人就该有修心这一劫,能不能因祸得福,就看你们愿不愿意好好思量此中得与失了。"

然后陈平安再对徐杏酒说道:"哪怕你自己是真的不介意此事,但是在她那边,错了便是错了,大错便是大错,所以别用大话空话安慰她。你徐杏酒自己要先拎清楚,不然只会让她更加愧疚难当,越发自惭形秽,觉得和你徐杏酒不般配了。到时候要么反目成仇,要么形同陌路,说到底,还是你做得不够好。没办法,你徐杏酒既然当了好人,便必须为此付出代价。"

徐杏酒握着赵青纨的手,笑着点头。

心境之间,只觉得柳暗花明又一村,雨过天青心澄净,竟是隐隐约约之间,感觉就要破开那道瓶颈了。

赵青纨听过了这番言语后,好似又打开了一些原本已成死结的心结,但是稍稍打开,还远未解开。

不过看似相互牵手,她实则一直是被徐杏酒握住手的,这会儿她终于真正握住了徐杏酒的手,还微微加重了力道。

桓云始终一言不发,闭目养神。

陈平安既然挑明了和刘景龙一起祭剑飞升的"剑仙"身份,便不再刻意藏掖,摘了那张少年面皮,恢复本来面貌,重新穿上那件百晴饕餮,黑色法袍当下灵气充沛,陈平安正好可以拿来汲取炼化。

至于桓云会不会觉得有机可乘,那就要看这个老真人的运气了。

天底下恶人动心起念,为恶行凶,吃亏之后,难不成还要怪对方没往自己脑门上贴上"高手"二字?

随后徐杏酒给出了一番应对之策,既不会愧对师父沈震泽,也不会损害云上城的既得利益,也能保全老真人桓云的名声。就连徐杏酒的伤势,都有一个意料之外情理之中的说法。天衣无缝,合情合理。

陈平安没有异议。桓云虽然没有睁眼,还是轻轻点头。

两艘符舟直接进入云上城,沈震泽亲自迎接。

徐杏酒便将"事情经过"娓娓道来,许供奉用心险恶的设计陷害,老真人桓云恰到好处的次次护道。然后遇上了这个同道中人,也就是先前在自家集市上卖符箓的高人前辈,在那座机关重重的仙府遗址当中共渡难关。

沈震泽听得一惊一乍,好一个险象环生。

至于到底是如何脱困,别说是徐杏酒,便是桓云都被蒙在鼓中,所以沈震泽越发觉得两名弟子此次下山历练,实在是福泽深厚,才能够安然返回,不但没死,还带回了白玉笔管当中的几件宝物,已经殊为不易。沈震泽二话不说,便将方寸物当中的四件宝物一分为四,老真人桓云、姓陈的前辈高人、徐杏酒、赵青纨每人一件。

桓云推辞不得,只好先挑,挑了一件品相最差、品秩最低的仙府器物。

陈平安很不客气,大大方方直接挑了一件最有眼缘的,是一副蓝底金字云蝠纹对联:山外风雨三尺剑,有事提剑下山去;云中花鸟一屋书,无忧翻书圣贤来。

徐杏酒让赵青纨先挑,赵青纨眼神幽怨,徐杏酒想起陈平安的教诲,便不再拖泥带水,先挑了一件。

由于事关重大,又涉及一个云上城首席供奉的叛逃,所以这场只有五人参加的庆功宴,很快就散了。

沈震泽当然还要和徐杏酒反复推敲此事,不是信不过这名最器重的嫡传弟子,而是担心有徐杏酒没有想到的关键环节,他沈震泽当师父的,当然就要帮着补救一二。

说实话,很多时候沈震泽都觉得自己这个金丹境城主,配不上徐杏酒这名弟子。只不过这种天大的实在话,说不得,只能放在心里。

在沈震泽修道之地的密室,赵青纨就像以往一样,安安静静坐在一旁,看着师兄徐杏酒和师父言语。只是一想到最敬重师父的徐杏酒,在今天那么用心用力地蒙骗师父,虽说没有半点坏心,可到底是一桩以前她想都不敢想的新鲜事,赵青纨便忍不住嘴角翘起,低下头去,掩饰自己的那点笑意,只是笑着笑着,便有泪珠悄然滑落脸颊。

沈震泽察觉到了她的异样,轻声问道:"青纨,怎么了?"

赵青纨便有些慌张,手足无措。

徐杏酒笑道:"师父,下山之前,青纨总说自己是个累赘,不过那会儿是当个笑话说给我听的,结果回头一看,咦,发现还真是,所以回来的路上,便是这般哭哭笑笑了。师父你别管她,回头我骂她几句,修心不够,不过骂完之后……"

徐杏酒自己笑了起来。

沈震泽疑惑道:"怎么了?"

徐杏酒站起身,作揖拜礼,郑重其事道:"恳请师父答应我与青纨结为道侣。"

沈震泽哈哈笑道:"师父不答应有用吗,你们也不答应啊。"

赵青纨抬起头,悲喜交加,伏地放声痛哭起来。

沈震泽望向徐杏酒,这个金丹境修士的神色有些凝重。

徐杏酒朝他摇摇头,眼神清澈。

沈震泽便不再过问。

天底下任何一个金丹境修士，兴许境界有虚有实，修为有高有低，可是心智，绝非常人能够媲美。

可能金丹境修士斩杀元婴境修士这类壮举，极为罕见，可是金丹境修士以谋略坑害元婴境修士的，不胜枚举。不单是金丹境修士如此，境境修士皆如此。修行路上，如何能够不小心？

陈平安在云上城暂住在一座宅邸当中，正是龙门境老修士许供奉的私宅。这个云上城只在沈震泽一人之下的大人物，并无亲眷也无弟子，所以陈平安清清净净住下了。

此时陈平安和桓云，在一座假山之巅的观景凉亭，再次相对而坐。

桓云问道："这趟扪心自问的路途，什么时候才是尽头？"

陈平安弯腰从竹箱当中取出一件东西，是当时黄师不愿欠人情赠送给他的，是一块虬角云纹斋戒牌，碧绿色，广一寸、长二寸，可以悬佩心胸之间。好像和那座山顶道观的碧绿琉璃瓦，是同一种材质，只是略有差异，感觉而已，陈平安说不上来。

正面就一个古篆——"心"。反面是一句诗词：田边沟渠幽朦胧，门扉日月荡精魄。

"是一块道门斋心牌，只不过如今不常见了。"

桓云只是瞥了一眼，便淡然说道："我们道家自古便有唯道集虚、即为心斋的说法，事实上儒释道三教，皆有大致相通的学问。"

陈平安握在手心，慢慢摩挲，笑道："道理你都懂，而且只会懂得比我更多。"

桓云笑道："可惜不如剑仙修为高。"

陈平安问道："是修为高，道理才对，还是道理对，才有修为高？"

桓云说道："修道之人的境界，往往和道理无关。"

陈平安点头道："有些道理。"

桓云说道："还是要感激你没有直接去往我那宅邸。"

陈平安将这块斋心牌轻轻放在桌上，又取出其余两件黄师赠送的物件：一个篆刻有回文诗的玉镯，玉镯当中，萤火点点；一把样式古朴的树瘿壶，在缓缓汲取灵气。都是品相不俗的好物件。无非是陈平安看不出到底有多好而已。

黄师那个大行囊，之所以显得大，是背了一样大物件的缘故，在黄师颠了颠行囊取物的时候，凭借那些细微的磕磕碰碰声响，陈平安猜测黄师还是得了一桩很了不起的福缘，除了最大的那件东西，其余杂乱物件，至少还有七八件，不过最后送给了自己这三件。哪怕如此，黄师还是得宝极多，只是陈平安觉得黄师身上所藏物件的品秩再好，都不会好过柳瑰宝的那部道书，以及彩雀府府主孙清的那枚令牌。

陈平安之所以知道这些，就只是纯粹心性使然。看似不知道也无妨，反正都不会跟黄师争抢。

知道还是不知道，有区别吗？当然有，而且还是天壤之别。

人之心田脉络如流水与河床，小事是水，世事千变万化多如牛毛，心性是那河床，驾驭得住，收拢得起，便是大江大河、水深无言的气象，最终便可以如那蛟龙走江入海。

陈平安是在为青衣小童沿水而走。可事实上，一路行来，陈平安自己的修心，何尝不是心井之中龙抬头，悄无声息龙走江？

一两剑或是三两拳，打死桓云或是那赵青纳？很难吗？有何难？

从来只做简单事，大概算不得修行。

桓云继续说道："玉镯本身材质就好，更有符篆高人以诗文作为一道阵法符篆，久而久之，便有了类似水中火的光景。这般树瘿壶，可以帮着练气士汲取天地灵气，同时自行淬炼成为适宜木属灵宝的灵气，不是法宝，可落在某些专心修行木法的练气士当中，便是法宝也不换的好东西。"

这么一讲，省去他陈平安许多麻烦，这把树瘿壶是绝对不会卖了，至于玉镯，哪怕要卖也要报出一个天价。

不过陈平安还是问道："你觉得这镯子，可以卖多少枚雪花钱？"

桓云说道："为何不是几枚谷雨钱？"

陈平安摇头道："老真人果然当不来包袱斋，不晓得数钱的快活。"

桓云便开出一个价格，两枚谷雨钱。

哪怕是对彩雀府孙清、水龙宗白璧这样的金丹修士而言，一枚谷雨钱都不是什么小数目。

许多金丹之下的中五境野修，尤其是洞府、观海两境修士，可能除了本命物不提，身上都积攒不出一枚谷雨钱的家当。便是有钱的山泽野修，也轻易不会身上带着几枚谷雨钱乱跑，多是留些小暑钱，以备不时之需，真要有用钱的地方，反正小暑钱折算换取雪花钱很简单，世间任何一座仙家渡口都可以。

陈平安笑道："老真人，好眼光。"

桓云神色萧索："好眼光，不济事。到底是比不得剑仙风流。"

陈平安说道："老真人你这见不得别人好的脾气，得改改。"

桓云冷笑道："一个剑仙的道理，我桓云小小金丹境修士，岂敢不听。"

陈平安瞥了他一眼，说道："就怕有些道理，你桓云好不容易听进去，也接不住。"

桓云沉默下去。

陈平安却笑道："不过我比老真人好一些，最爱听人心平气和讲道理。老真人，不如咱们聊一聊符篆一道的学问，切磋切磋，共同受益嘛。"

桓云望向陈平安，真是一个性情难料的家伙。自己委实坐立难安，心中不痛快，所以他忍不住讥讽道："不如我将几本符篆秘籍直接拿出来？放在桌上，摊开来，陈剑仙说需要翻页了,我便翻页?"

陈平安置若罔闻,只是收起了玉镯和树瘿壶,小心翼翼放入竹箱当中,然后笑呵呵从竹箱中打开一只包裹,取出一物,重重拍在桌上,是一块从山巅道观地面扒来的青砖。

桓云便开始闭目养神。

这块青砖,说不定可以被寻常仙家山头当镇宅之宝了。

陈平安想了想,取出笔墨纸,开始以工笔细致描绘那处仙府遗址的建筑样式,尤其是那座白玉拱桥。

唯独那座山顶道观,不会随随便便画在纸上。

陈平安画完两张纸后,说道:"老真人,帮个忙?画一画后山那几座大的建筑?"

桓云忍着怒气,从方寸物当中取出笔纸,开始作画。

陈平安站起身,绕过石桌,看着桓云提笔作画,感慨道:"是要比我画得好些,不愧是符箓派高人。"

桓云刚要停笔,陈平安便要抬手。桓云只得继续绘画。

没办法,陈平安嘴上说着恭维话,但是手中拎着一块青砖。

第二天,看到搁放在私宅院子当中的仙府藻井一物,云上城沈震泽一定要买走。

这个金丹境城主好像势在必得,言辞诚恳。他沈震泽就算砸锅卖铁,也要买下这件可以稳固山水气运的仙家重宝,以云上城某条街的所有宅邸铺子抵账都行。

陈平安没有立即答应下来。

桓云对于这口价值连城的藻井,其实也有想法,只是不敢开口。

沈震泽还想着让桓云帮忙求情,只是桓云一想到那家伙手中的青砖,就头疼不已,便婉拒了沈震泽。

当时沈震泽气笑道:"好你个桓老真人,该不会是想要跟我争一争此物吧?"

桓云也没觉得有什么好难为情的,干脆利落道:"机缘难得,各凭本事。"

沈震泽无可奈何,只能说此物既然都在云上城宅邸落了地,就该留在云上城扎根。

桓云笑道:"慢走不送。"

沈震泽气呼呼离去。

陈平安又跑了趟云上城之外的集市,当起了包袱斋,不过这一次只兜售符箓,不卖其他。

他双手笼袖蹲在路边,也不吆喝,反正有人询问就回答一二。

先前在山水邸报上看到的那个消息,野修黄希和武夫绣娘在砥砺山一战,再等两天就要拉开序幕了。

陈平安当然不会错过。

昨天桓云离开后，陈平安便开始仔细盘算访山寻宝的收成。

除了那些道观供奉神像的碎木，道观青砖三十六块，碧绿琉璃瓦总计一百二十二片。养剑葫内的绿竹叶尖滴水。当然还有茫茫多的竹叶和竹枝。暂时还温养收藏在养剑葫内的一团破碎剑气。以及那本最后到手的书籍，只是陈平安尚未翻阅。

黄师先后两次赠送的四样东西：铜镜、斋戒牌、玉镯、树瘿壶。

其实还要算上凉亭那股被收入法袍当中的浓郁灵气。

以及又多走了一趟光阴长河。

老真人桓云其实在今天清晨时分就已将那个稚童托付给沈震泽，让一个客卿悄悄送回了自己山头。

陈平安当然不会阻拦。

不先安心，如何静心修心。

亥时人定，是道家讲究的清净境地。就像那佛家的烧头香，其实处处时时都是的。

陈平安突然笑着抬起头，打了声招呼。

徐杏酒蹲在摊子对面，可是千言万语，都不晓得如何开口。

陈平安问道："还好？"

徐杏酒笑容灿烂："还好。"

陈平安点头道："那就好。"

徐杏酒问道："我能向前辈买些符箓吗？"

陈平安说道："当然，来者是客，不过一张符箓该是多少钱，便是多少钱，你先前得到的那件宝物，就别拿出来了，反正我这儿不收。"

徐杏酒脸色尴尬。他身上确实带着宝物，而且还是两件，至于神仙钱，一枚也没有。失策了。

昨夜和赵青纨谈心之后，都觉得应该交出各自宝物，当作谢礼。

陈平安笑道："吃不上你们的喜酒了，你要心里边愧疚，就当那件宝物，是我送你们的红包。"

徐杏酒说道："那我就不耽误前辈做买卖了。"

陈平安挥挥手："真要谢我，帮我拉些兜里钱多的冤大头过来。"

徐杏酒苦笑道："晚辈试试看。"

陈平安笑道："开玩笑的话也信？昧良心的事情，能不做就不做。"

徐杏酒怔怔无言。

陈平安揉了揉额头："我就是随口一说，你别老是这么上心，累不累？"

徐杏酒却说道："我观前辈言行，处处契合大道。"

陈平安差点就要满头汗水："我家山门暂时不收弟子。"

徐杏酒莫名其妙,仍是毕恭毕敬告辞离去。

好一个剑仙前辈,言语之中,尽是玄机。

街道远处,有一个亭亭玉立的年轻女子,不敢来见陈平安这个包袱斋。

陈平安抬头望去,笑着点头。赵青纨施了一个万福。

徐杏酒牵着她的手,赵青纨低着头。徐杏酒看着她,轻轻说着话。

陈平安双手笼袖,看着有些熟悉的这一幕,便觉得好像人心虽有反复,可到底还有山水重逢,真是再好不过了。就是自家包袱斋的生意,大不如前,有些美中不足。一天下来,只卖出去几张符箓,小挣三十枚雪花钱。

到了那座许供奉留下的宅邸,陈平安蹲在院子里,正仔细擦拭那口斜靠着墙壁的藻井。他时不时朝藻井呵一口气,差不多脑袋都要贴在藻井上边了。

看得一旁的桓云脸色古怪。

这真是一个能够与那刘景龙结伴游历山河的剑仙?

桓云终于开口问道:"为何要我以符纸传信彩雀府祖师堂?要那孙清、武崤前来观看此物?"

陈平安背对桓云说道:"如果在你心中,徐杏酒、赵青纨是意外,那么彩雀府孙清三人也算意外,而且是很容易招徕灾殃的意外。既然你这么认为了,我便想试试看,能否一边挣大钱,一边将意外变为好事。无论最后藻井卖不卖给彩雀府,孙清等人都该惦念你桓云这份香火情。而且你都说了,那孙清,尤其是她弟子柳瑰宝,都是聪明且爽快之人,那就更值得你我试试看。"

桓云问道:"为何要如此帮我?"

陈平安以袖子轻轻擦拭藻井上那些精美图案,始终没有转头,缓缓道:"我是帮那个帮我开门大吉的老先生。"

桓云叹息一声:"心关难过。"

陈平安笑道:"山下的市井坊间,年关难过年年过。"

桓云开始沉默不语。

陈平安说道:"水龙宗白璧那边,我帮不上忙,大宗子弟,我一个小小野修包袱斋,见着了就要心虚犯怵。"

桓云说道:"对方如今其实也头疼,我可以找个机会,和白璧悄悄见一面,可以摆平这个隐患。"

毕竟许供奉陷害徐杏酒两人一事,彩雀府孙清、水龙宗白璧,看似什么都不知道,实则什么都知道。不知道的,只是后边事。

也亏得她们这两个金丹境修士不知道,而只是被眼前这个年轻剑仙知晓了。

陈平安说道:"我觉得可以让水龙宗的大修士,先来找你桓云,这样的人情,才是白璧这种人眼中的真正人情。不然你提防我多嘴,我担心你泄密,到最后还不是一有机会就要做掉对方,图个干净利落,一了百了? 我相信你只要最近在云上城滞留,露几次面,或是去北亭国、水霄国游览山水,水龙宗总会主动找上门的,比起你跟白璧关起门来鬼祟议事,肯定要好。"

桓云愣了一下,笑道:"如此最好。"

第二天拂晓时分,彩雀府孙清就带着弟子柳瑰宝一起登门拜访云上城了。

沈震泽差点跳脚骂娘,只是没法子,当时两艘符舟入城的时候,由于山水禁制和护身大阵的关系,那口巨大藻井不得已露出了片刻真容。相信是集市那边彩雀府的秘密棋子,立即就传信给了桃花渡。这很正常,云上城一样在桃花渡那边安插有隐秘棋子。

沈震泽还不至于心眼小到直接不让孙清进城,不过他也厚着脸皮来到那栋宅邸。

如果孙清出价比自己更高,沈震泽买不起藻井,往死里抬价还不会? 又不用老子花一枚神仙钱。到时候孙清一气之下不买了,自己大不了就当真砸锅卖铁,甚至他沈震泽都可以直接划出一大块云上城地皮,若是这还不够,那就赊账,或是死皮赖脸跟桓云借一笔谷雨钱。

在院子里,陈平安看着脸色铁青的孙清,和优哉游哉抬价的沈震泽。

关于这口藻井的价值,桓云也吃不准,只说定价八十枚谷雨钱,肯定不过分。

陈平安板着脸,略带一丝无辜和些许无奈,其实差点没忍住向沈震泽竖起大拇指。

沈震泽已经喊价喊到了八十六枚谷雨钱。照这架势,沈震泽能从早喊到晚,加价喊到一千枚。

孙清冷声道:"沈震泽,差不多就可以了啊!"

沈震泽微笑道:"孙府主这是打算忍痛割爱了? 那我可要替云上城感谢孙府主了。"

柳瑰宝一直没说话。

院子里还有两个跟随沈震泽一起来的年轻男女,都是熟人——徐杏酒和赵青纨。

柳瑰宝对那个今天没有背剑的黑袍人没有太多好奇,山上高人多怪事更多嘛。再说了,摘掉那张老人面皮后,长得也不算多好看,看了看,没啥看头。她对徐杏酒和赵青纨,反而多有悄悄的打量,试图找出些蛛丝马迹来。

难不成桓云老真人当初冷眼旁观,故意对那个云上城许供奉的所作所为视而不见,其实是胸有成竹? 而不是那借刀杀人的伎俩,想要护住名声,得手宝物,最终一举两得? 若真是如此,这个桓云老真人,还真有些让她刮目相看了。

陈平安内心深处,其实还是希望将这口藻井卖给彩雀府的。

孙道人虽然已经离开这座浩然天下,但是从孙道人的言行当中,陈平安明显看出对于柳瑰宝,他其实颇为惋惜,虽说以"道不契合"四个字盖棺论定,没有收少女为弟子,可依旧赠送了那部道书。对于陈平安而言,反正无法一直带着这么大一块"磨盘"行走山水,还不如顺水推舟,卖给彩雀府,毕竟孙道人送了那么多机缘给自己,陈平安觉得自己总得做点什么,作为报答,才能安心。哪怕可能这辈子,双方都不会再见面。

除非陈平安哪天真的成为了飞升境的大剑仙,才有机会去那座青冥天下走一遭。

有些可做可不做的事情,做了,会让自己心安些,那就不用犹豫了,反正也没耽误挣钱。

孙清突然以心声跟陈平安说道:"陈公子,三十枚谷雨钱,我再送你一件咫尺物,如何?!成不成,给句痛快话,不答应,我孙清马上就走!只管放心,你陈公子还是咱们彩雀府的贵客,我孙清从不拐弯抹角说那客套话!"

那件咫尺物当然无比珍稀,可是对于孙清这个彩雀府府主来说,眼前这口能够稳固山水气运的藻井,才是最珍贵的至宝。

陈平安显然十分意外。他犹豫了一下,说道:"那就三十枚谷雨钱,咫尺物你自己留着,其余谷雨钱,先欠着,那件咫尺物在山上一般价值多少,以后孙府主就还我多少枚谷雨钱。"

孙清竟然拒绝了:"咫尺物对我而言,暂时就是鸡肋,甚至以后百年几百年都是如此,但是彩雀府挣来的每一枚谷雨钱,武崌,柳瑰宝,那么多修士,个个都需要这神仙钱,我孙清不能耽误了她们的修行。所以陈公子,你就说,卖还是不卖吧?!再者,那件咫尺物,是我莫名其妙得来的,而且不曾关门,我刚要将其小炼,便得到了桓老真人的密信,所以便抹去了那些禁制,陈公子拿去就能使用。"

最后孙清大大咧咧道:"买卖不成仁义在,贵客还是贵客,可陈公子下次到了咱们彩雀府,是喝寻常茶水,还是那小玄壁,就不好说了。"

陈平安忍着笑,以心声涟漪回复道:"那就这么谈妥了,三十枚谷雨钱,外加一件咫尺物。"

孙清直接开口大笑道:"成交!"

毫不掩饰自己已经与这陈公子做成了买卖。

沈震泽有些遗憾,却也还好。得之我幸,失之我命。

孙清转头对沈震泽说道:"不管如何,宝物是在云上城被我买到手的,就当是我孙清自己欠你一个人情。"

沈震泽笑着点头,带着徐杏酒和赵青纨一起御风离去。

桓云赠送了彩雀府一艘符舟,孙清没有拒绝,大方收下。不然还要她扛着那藻井御风远游?像话吗?天底下有这样不要脸的修士?

然后孙清瞥了眼藻井,再转头望向那个姓陈的年轻剑仙。

孙清很快释然,心想对方应该是本身便有那咫尺物。

陈平安猜出她的心思,报以微微一笑,十分镇定。

孙清其实有些愧疚。他娘的老娘岂不是又欠对方一个天大人情,对方本身就有咫尺物,如此一来,自己那还没焐热就要送出的咫尺物,其实就没那么值钱了,这让孙清有些无奈。算了,反正是刘景龙的朋友,自己跟他客气个屁。

桓云识趣离开。

孙清交出了那枚令牌咫尺物,以及三十枚谷雨钱,便带着柳瑰宝与那口藻井,乘坐符舟离开了云上城。

这个彩雀府府主,笑得合不拢嘴,到了符舟之上便开始饮酒,还不忘低头望去,对桓云大声笑道:"桓真人,云上城这儿无甚意思,巴掌大小的地儿,东边放个屁西边都能听到响声,所以有空还是来咱们彩雀府做客,当个供奉,那就更好了!"

沈震泽笑骂道:"放你的屁,桓真人已经是我云上城的记名供奉了!"

桓云笑着摇了摇头,不过心情还不错。

陈平安站在院子里,多出一件咫尺物后,好似解了燃眉之急,便开始蚂蚁搬家,将所有新老物件,重新分门别类。

一炷香后,桓云去而复还。陈平安已经坐在了假山之巅的凉亭内,正歪着脑袋,侧耳聆听两枚谷雨钱相互敲击的声响。

桓云坐在对面,笑着感慨了一句:"室小乾坤大,寸心天地宽。以前总觉得很懂,如今才知道不太懂。"

陈平安依旧在那边敲击谷雨钱,嗯了一声,随口说道:"知道自己不知道,就是有点知道了。"

其实跟一个精通符箓的道门金丹境地仙"说大道理",陈平安还是有些心虚的,不过没关系,很多言语,跟自己学生崔东山借来用一用便是。

桓云笑道:"若是信得过,我便要去游览北亭国山河了。"

陈平安收起两枚谷雨钱,坐直身体,说道:"预祝老先生渡过心关。"

桓云说道:"还早,什么时候我能够明明白白跟沈震泽说起此事,跟那两个晚辈诚心诚意道一声歉,才是真正没了心结。"

陈平安笑着点头:"老先生风采如旧。"

桓云站起身,打了个稽首:"道友保重。"

陈平安站起身,抱拳道:"保重。"

桓云御风而去,桌上却留下了一件符纸方寸物。

陈平安收了起来,只当是暂为保管,连打开都不会打开。

陈平安接下来便开始仔细盘算,炼化那件木属本命物所需的其他天材地宝。

其实当初离开落魄山赶赴北俱芦洲之前,崔东山就帮忙给出了一份清单,金、木、火各有不同,并且明言这些只是炼化不同本命物的入门物,属于有了就不会错的,可还远远不够,毕竟天底下的五行本命物,几乎每一件都有自己的讲究,需要陈平安得到机缘之后,自己去小心摸索探究,才能够真正炼化成功。

陈平安没有着急离开云上城,反正去往龙宫洞天的渡船,会在云上城停留。

每天除了修行之外,陈平安还是会去集市当个包袱斋。

这天陈平安见着了一个熟人——金山。

这个野修汉子见着了陈平安,差点就要跪地磕头,被陈平安拦阻下来,最后两人一起蹲在了摊子这边。

金山打算将那些没有派上用场的攻伐符箓,以及仅剩一张灵气尚未殆尽的驮碑符,一起还给这个前辈。

陈平安却没有收下,摇头说道:"你都留着吧,又不值几个钱。"

金山死活不肯,还有些哽咽。

一场本以为没有太大危险的访山寻宝,去了那么多境界高的,可到最后才活下来几个?

金山觉得做人得讲一讲良心。所以才非要跑一趟云上城,碰碰运气,看自己这个杀猪的,能不能再见一面那个"两个他娘的"。

陈平安便收下了符箓。

陈平安笑着说道:"等到收摊,咱哥俩喝酒去?"

金山笑道:"前辈,我来结账,成不成?"

陈平安点头说道:"成也成,就是喝不上好酒了。"

金山咧嘴一笑,是这个理儿。

金山最后请陈平安喝了顿酒,还是稍稍打肿脸充胖子了一回,不过这笔钱,他花得毫不心疼。

云上城有自家的仙家小渡船往来。金山花了一枚雪花钱,在渡口坐上渡船后,与陈平安这个前辈抱拳告别,前辈还是那般客气好说话,竟是也抱拳相送。渡船缓缓远去。

先前喝酒过后,来渡口的路上,陈平安便又将那些符箓还给了他,他只得小心翼翼藏在袖中。陈平安还告诉他赶紧返乡,如今云上城附近还是不太平的。

金山哪敢不当真。

先前喝酒,他跟陈平安聊了好些有的没的,什么他那媳妇可贤惠了,持家有道,还有两个孩子,虽然岁数还不大,但都有出息,是那读书种子,将来考个秀才举人肯定不难……

金山这会儿酒醒了,便越发无地自容,甩了自己一耳光。

下了船之后，在僻静处，金山想要将那些符箓藏在靴子里边，留在袖子里，还是有些不放心。不承想这一掏出来，才发现里边原来夹杂有两张金色材质的符箓，根本不是先前的黄纸材质。

　　金山呆呆站在原地，没来由想起陈平安喝酒时说的一句话："剑客行事，只求痛快，不讲道理。"

第四章
有事当如何

陈平安一身酒气,返回云上城中的宅邸。

宅子墙壁上画了一圈雪泥符,防得住小贼,防不住得道神仙,不过有胜于无。

进了院子,陈平安轻轻一震青衫,浑身酒气散尽,走入那个许供奉的常年修道之地,坐在一块可以聚拢天地灵气的蒲团上。陈平安已经将那副对联挂在身后的墙壁上,原本空落落的屋子,有此对联,便有了几分书斋意味。陈平安打算以后回到落魄山,就把这副对联挂在竹楼一楼,绝对不卖,就留着当传家宝,跟那县尉醉酒后书写的草书字帖一般。

陈平安取出那枚朱红色的道家枣木令牌,必须抓紧时间先将其炼化成功,不然任何练气士得手之后,随随便便就能开门入内,所以光是小炼化虚、收入气府,意义不大。

世间炼物,小炼化虚,如手中神仙钱,难免有来有回;中炼,却像是那山头打造祖师堂,真正扎根在气府;大炼即为修士本命物。

炼化咫尺物之前,陈平安又拿出三样宝物,过过眼瘾,可以养心。

当初在那座水殿之内,陈平安以符箓跟孙道人做过三笔买卖:一尊木刻元君神像,栩栩如生,有当风出水之美感。一把团扇,最有意思的是团扇本身所绣,便是一个闺阁淑女手持团扇图,亭亭玉立的仕女,在画卷上正逗弄着一只枝头黄雀。龙王篓,还是一对,分别铭刻有"斗蛟""潜蟠"。

陈平安打算将木刻神像送给李槐。至于团扇,则送给粉裙女童。落魄山上,其实每天最忙碌的不是大管家朱敛,也不是勤勉练拳的岑鸳机,更不会是那个每天晒太阳晒月亮的郑大风,只会是陈如初这个小丫头,陈平安甚至相信只要落魄山在一天,陈如初就会一直这么忙碌下去,拎着水桶,拿着抹布,腰间一串串钥匙,轻轻作响。每天雷打不动,跟竹楼里的崔诚道一声平安,给裴钱递一把瓜子,给花木浇一勺水,将竹楼擦拭明亮,定期去小镇、郡城采购山上所需之物。

在陈平安看来,这怎么就不是大事了?大得很。不是瞎子,都该看到,放在心上。别说是龙泉郡落魄山之外的别家修士,便是自家的落魄山上,谁敢欺负粉裙女童,你试试看?这不是陈平安偏心,而是陈平安眼中,粉裙女童是最不会犯错的那个存在,谁都比不了,他陈平安更不例外。

故而与孙道人聊天地人心,听那野修金山说鸡毛蒜皮,陈平安都觉得很痛快,是两种舒心。

陈平安抓起一只竹编小笼,另外一只牵连的竹笼便随之轻轻摇晃起来。当下在自己手上晃来晃去的,可是名副其实的两座金山银山。

这对龙王篓如何安置,陈平安其实有些吃不准。一来这对龙王篓折损严重,修缮起来肯定需要一大笔神仙钱;二来龙王篓一物,虽说用处极大,可以捕捉世间蛟龙之属,拥有先天压胜之法,却也讲究极多,和许多拿来就可以用的攻伐法宝不太一样,龙王篓若是没有独门仙术配合,很有可能肉包子打狗一去不回。陈平安思来想去,还是决定走一步看一步。

既然如今已经多出一件咫尺物,无需额外出钱,那么恨剑山铸造的剑仙本命物仿剑,是肯定要入手两把的。若是价格比想象中的便宜,三把也成。

到了龙宫洞天那边,先确定了龙王篓的价格,再看看有没有那豪气干云的冤大头。

这般百年不遇的物件,跟我谈什么修补钱?

不过龙王篓能不卖还是不卖。毕竟每次在礼物一事上,总拿以量取胜来糊弄自己的开山大弟子,也不是个事儿。

陈平安开始静心凝气,炼化那枚令牌咫尺物。此事不急,也无法一蹴而就。

两个时辰过后,陈平安便在一处炼制关隘收手,将一件法袍穿戴在身,转去炼化法袍蕴藉的灵气。

心神沉寂,不知不觉就到了子时,陈平安睁开眼睛,重重吐出一口浊气,伸手轻轻将其挥散。

依照崔东山的那个玄妙说法,一座人身小天地,世间凡夫俗子,都换了许多条性命。练气士的修行,更是无比讲求一个去芜存菁,借助天地灵气淬炼筋骨、开拓气府、打熬魂魄,全是细微处见功夫。故而修道之人,人已非人,不全是吓人的说法。

陈平安转去以心神巡游气府。

水府依旧没有关门,那条蕴含水运灵气的水流潺潺流淌,这还只是陈平安喝光了绿竹叶尖凝聚水珠后的景象，尚未汲取更为精粹浓郁的青砖水运，绿衣童子们越发奔波劳碌，水府那幅工笔白描的江河壁画，被绿衣童子们描绘得色彩越来越绚烂。那个悬停水字印之下的小池塘，好像水面已经扩大了几分，水也更深。

陈平安在犹豫要不要将那些道观青砖中炼，然后铺在水府地上。哪怕没了丝丝缕缕的水运，其本身材质就已很值钱。

陈平安起先打算以后带回落魄山那边，水运被汲取一空的三十六块青砖，刚好可以铺出六条小路，用来练习撼山拳的六步走桩。

他自己，裴钱、朱敛、郑大风、岑鸳机，当然还有十分投缘的卢白象。魏羡就算了。隋右边也算了，已经在桐叶洲玉圭宗，从一个纯粹武夫转去修行，想要成为一个在浩然天下仗剑飞升的女子剑仙。

不过若是青砖能够为水府锦上添花，那么其中属于陈平安的六块青砖，就都可以中炼。

天悬水字印，地铺青色砖，墙上有壁画。陈平安觉得如此一来，自家水府便称得上气象不小了。

那一百二十二片碧绿琉璃瓦，暂时留着吧，来历不明。桓云当时也没敢妄下定论，只确定它们肯定价值连城，一旦与中土白帝城那座琉璃阁是同源同宗，那就更吓人了。相传那座琉璃阁最为珍稀的物件，除了十二根琉璃栋梁大柱，就是屋脊之上的琉璃瓦。

陈平安收起心神，起身离开屋子，在院子里练习六步走桩，不承想又有客人急匆匆登门。来人正是彩雀府掌律祖师武崐，她遮掩不住地满脸喜庆。

陈平安便带着武崐去往那座假山之巅的凉亭，武崐此行，是给陈平安带了一件彩雀府头等法袍。

武崐说是那口藻井被府主搬到彩雀府之后，无比契合自家山水，而且不但能够稳固山水，还可以聚拢八方气运，这还是没有炼化，只不过是暂时搁放在祖师堂里边，便已经有此玄妙迹象，炼化了之后，那还了得，简直就是宗门仙家祖师堂才能拥有的奠基之物，所以云上城这笔买卖，她孙清赚得太多，良心不安，必须送一件法袍作为补偿。若是陈剑仙不收，也行，反正她孙清已经客气过了，若是陈剑仙也跟着客气，那她就不客气了。

陈平安连说不客气，我不客气。从武崐手中接过那件品秩极好的华美法袍，收入令牌咫尺物当中。

唯一的瑕疵，就是这件彩雀府法袍的样式太过脂粉气，不如肤腻城女鬼的那件雪花法袍，他陈平安都可以穿在身上。

武崐没有逗留太久，不过还留下了几大罐茶叶，说这是彩雀府今年仅剩的小玄壁了。

武崮最后笑道:"陈剑仙便是要卖,也请卖个高价,不然对不住彩雀府小玄璧的名头。"

陈平安有些难为情,便说道:"劳烦跟孙府主说一声,我会留下一罐小玄璧送人的。"

武崮会心一笑,点点头,御风离去。

武崮前脚走,沈震泽后脚便来。陈平安刚坐下,只好又起身相迎。

这个云上城城主笑道:"武崮该不会是邀请陈先生去当山头供奉吧? 去不得,去不得,莺莺燕燕的,乱花迷人眼,只会耽误先生修行。"

陈平安摇头道:"彩雀府并无此打算。"

沈震泽落座后说道:"陈先生,既然彩雀府无此眼光,不如陈先生在咱们这儿挂个名? 除了每年的供奉神仙钱,这座宅邸以及云上城整条漱玉街,大小宅邸店铺三十二座,全部都归陈先生。"

陈平安说道:"不是我不想答应城主,实在是不能答应。"

北俱芦洲之行,忧患实多。骸骨滩京观城高承,出钱雇用割鹿山刺客的幕后人,以及怀潜之死。陈平安不愿意将更多人牵扯进来,孑然一身,游历四方,唯有拳剑与酒相伴,更清爽些。

沈震泽便不再多说什么。

陈平安笑道:"城主,虽然没办法答应你,成为一个躺着收租挣钱的云上城供奉,但是城主的这份好意,我心领了。什么时候我觉得时机合适了,自会主动跟云上城讨要一条漱玉街。"

沈震泽点头道:"那就如此说定。"

哪怕他沈震泽等不到这一天,没关系,云上城还有徐杏酒。

沈震泽是一个很爽快的人,没有过多逗留,说完事情就走了。

陈平安顺便跟云上城讨要了些山水邸报,新旧都没关系。沈震泽答应下来,说回头让徐杏酒送过来。

陈平安便在凉亭里边围绕石桌,走桩练拳,似睡非睡,拳意流淌全身。

练拳两个时辰后,回屋子小憩片刻,又坐在那块蒲团上开始炼化灵气。

临近正午时分,陈平安取出那件得自披麻宗渡船的灵器,放在凉亭石桌上,一只青瓷笔洗,接连砥砺山的山水根本,所以一旦砥砺山那边打开禁制,便是镜花水月的山上景象,修士只要不离开北俱芦洲,都可以清晰看到砥砺山那边的山水画卷,若是隔洲远望,则会很模糊。

陈平安虽然建造起了水府,其实并无傍身的水法,只好拈出一张黄纸材质的大江横流符,将其轻轻捻碎,顿时水满笔洗,云雾缭绕。转瞬之间,笔洗上方,便浮现出一块极其巨大平整的青石山坪，这就是北俱芦洲最负盛名的砥砺山，比任何一座王朝山岳都要被修士熟知。

青石山坪之上，对阵双方都尚未出现。

山坪之外的景象看不见，就像那仙府遗址的白雾茫茫，存在着一条清晰界线。

这让陈平安有些遗憾，原本还想要见识一下被琼林宗买下的那座观战山头。

这座被誉为"两袖清风琼林宗，杀力无敌玉璞境"的商家宗门，正是陈平安此次游历北俱芦洲最想要打交道的对象之一。当然不是仰慕那位"剑仙认输上五境"的玉璞境宗主，而是这个财源滚滚的琼林宗，正是当年骊珠洞天本命瓷的最大的别洲买家，没有之一。

陈平安当然不可能上杆子去找琼林宗。陈平安的包袱斋，不是白当的，需要让对方主动找上门来。

双方如何合情合理，在何时何地见面，都需要陈平安步步为营，小心翼翼铺垫，掌握好火候。

一个宗字头山门可以任由一洲修士冷嘲热讽，说明对方极其隐忍，隐忍的同时，说不定做起事来又毫无底线，这才是真正可怕的对手。

徐杏酒带着一大摞山水邸报过来拜访，笑道："陈先生也在看砥砺山？"

陈平安接过邸报，笑着招呼道："不忙的话，坐下一起看。"

陈平安取出两壶仙家酒酿，递给徐杏酒一壶，两人对坐，各自慢慢饮酒。

砥砺山之战，北俱芦洲年轻十人当中的野修黄希和武夫绣娘，名次接近，一个第四，一个第五。

最近一封山水邸报上，又有关于两人生死之战缘由的诸多新猜测，有说是两人因爱成恨的，也有说是黄希这辈子年纪不大，却太过杀人如麻，不小心杀了武夫绣娘的至亲。

徐杏酒拿出了一枚雪花钱，轻轻丢入桌上笔洗，雪花钱转瞬即逝，化作一缕灵气，融入千万里之外的砥砺山山水气运当中，世间所有能够承载镜花水月的灵器法宝，都有此"吃钱"神通。

上次是太徽剑宗刘景龙跟太平山女冠黄庭捉对厮杀，两人都是处于瓶颈的元婴剑修，其实对于砥砺山的山水格局影响不小。一战过后，砥砺山的灵气损耗十分严重，若是上五境厮杀起来，想必更会鲸吞天地灵气，可是砥砺山如今依旧如此灵气充沛，便是有无数旁观修士在源源不断丢入神仙钱的缘故。

徐杏酒犹豫了一下，试探性问道："陈先生，以后我若是有机会下山远游，可以去太徽剑宗拜访刘先生吗？"

徐杏酒有些赧颜："我对刘先生一直很仰慕。"

陈平安笑道："我可以帮你事先打个招呼，但是不保证齐景龙就一定见你。"

徐杏酒眼睛一亮，赶紧起身作揖致谢。

陈平安说道："记得一件事，将来去太徽剑宗拜访齐景龙，一定要多带几壶好酒，真要见了面，你什么都不用多说，就咣咣咣先喝为敬，齐景龙这人爱喝酒，但是平时放不开架子，得有人先带头。他要说自己不喝酒，别信他，一定是你徐杏酒没喝到位。"

徐杏酒感慨道："原来如此，我懂了！刘先生果然如晚辈印象中的陆地蛟龙，一模一样！一个愿意以理服人的剑仙，必然最是性情中人！"

陈平安使劲点头："必须的。"

陈平安望向桌上那座砥砺山，双手一挥袖，砥砺山青色石坪便猛然间往四面八方扩展。

他和徐杏酒如同"两尊巍峨神祇"亲临砥砺山，置身于石坪之上。

只不过越是山水重地，禁制越大，而承载镜花水月的灵器品秩高低，也会影响到观战效果。陈平安发现自己这只青瓷笔洗，不出意外，就只能看到黄希和绣娘两人米粒大小的身影。

陈平安曾经询问过刘景龙，大剑仙的剑气能否借此机会，隔空万里杀人于砥砺山。

当时刘景龙摇头笑言，仙人境兴许有点机会，玉璞境就莫奢望了，因为剑修的剑气最重剑意，无论如何都不会像神仙钱那般灵气纯粹，没有半点其他意思。而这一点点意思，就会使得承载镜花水月的脆弱灵器当场破碎。不过刘景龙也说山上确实有一些古老神通、旁门术法，在历史上凭借镜花水月这道桥梁，害惨了以镜花水月牟利的某些山头。但是使出这种手段的修士，都要很小心地隐藏身份，不然的话，很容易沦为一洲之敌，比如可能会让那些仙人境乃至于飞升境大修士心生好奇。

离着午时约莫还有一炷香工夫，陈平安突然发现砥砺山天幕处溅起一滴细微涟漪。

然后有人朗声笑道："琼林宗那个天下无敌的玉璞境何在？"

很快，砥砺山画卷又有涟漪漾起丝毫，有人回答："不知前辈有何指教？"

那率先开口之人显然又砸下了一枚神仙钱，笑呵呵道："后悔当年生下了你。"

琼林宗那个堂堂一宗之主的玉璞境修士，也真是好脾气，不但没有骂回去，反而又丢了一枚谷雨钱，毕恭毕敬道："前辈说笑了。"

两人不再对话。

不过有人突然微笑道："贺宗主，考虑好了没有？你若是不说话，我可就要当你答应了。"

徐杏酒轻声道："肯定是那徐铉了。"

陈平安点点头。

北方第一大剑仙白裳的高徒徐铉。年轻十人当中的第二人，名次还要在刘景龙之前。

有个沧桑嗓音响起："哎哟，要喝你徐铉和贺小凉的喜酒啦？如此天作之合，这杯喜酒，老夫一定要喝。"

有个女子冷冷清清说道："我已经有道侣了。"

一石惊起千层浪。

"恭喜贺宗主。"

"敢问贺宗主，与你结为道侣之人，是何方神圣？"

"贺仙子，我道心已碎，从今往后，世间就要少去一个痴心人了。"

最终徐铉的一句言语让所有闹哄哄的言语停了下来："无妨，他一死，你就没了神仙道侣。"

贺小凉冷笑道："不如你我二人约个时间，砥砺山走一遭？你只要敢杀此人，我就让白裳断了香火。"

徐铉不再言语。

徐杏酒惋惜道："没有想到贺宗主这般神仙中人，竟然也有了道侣，真不知道是哪个男人，有此福缘。"

徐杏酒突然发现对面的剑仙前辈脸色不太好看。

陈平安低头喝了一口酒，神色恢复正常。

即将午时，一道白虹破空而至，飘落在砥砺山石坪中央地带。

砥砺山边缘，有一个头戴帷帽的女子走上青色石坪，她腰间悬佩长刀短剑。

陈平安驾驭云雾升腾的这幅砥砺山画卷，尽量让对战双方都出现在画卷当中，至于两人面容看不看得真切，根本不重要。

事实上，许多以镜花水月观战砥砺山的练气士，可能从头到尾都没看清楚双方的具体出手，就是看个热闹，注定会有许多中五境修士连画卷上的人物都看不到几次，至多就是看到那些攻伐法宝、仙家术法绽放出来的绚烂光彩。所以北俱芦洲山上一直有传言，不是一个金丹地仙，根本不用奢望看出砥砺山那些捉对厮杀的半点门道。

关于这个女子宗师绣娘的来历，尤其是武学渊源，北俱芦洲没有任何一份山水邸报能说清楚。

徐杏酒很快就开始庆幸自己来了这边，而不是待在师父身边观看。往常与师父一起观看砥砺山战事，沈震泽也会经常调整画卷角度，不断收缩画卷大小，但还是会错过许多关键场景。可是在徐杏酒看来，都不如眼前这个剑仙前辈对战局的精准把握，那个神出鬼没的绣娘以及她的出拳，以及野修黄希铺天盖地的术法和那攻伐法宝的递出，虽然一样难免有些遗漏，可徐杏酒发现自己第一次观战砥砺山如此"真切"，环环相扣,好歹能够大致看到双方厮杀的一条脉络。

陈平安聚精会神观战,不停转换画卷。

那女子武夫暂时展露出来的实力,是货真价实的远游境,出拳极快,体魄极硬。这还是她没有刀剑出鞘。至于是不是山巅境武夫,等看看便是。

武道宗师的面容和岁数,虽然不像山上修道之人那样让人难以辨认,可纯粹武夫境界越高、登山越快,两者就越不会直接挂钩。尤其是女子武夫,想必更是如此,一样可以延缓容貌的衰老。

黄希是一个极其年轻的元婴境修士,比刘景龙还要年轻几岁,位列榜上第四、第三的两人,都不足百岁。

这些修道天才存在本身,本就是一种压力,确实会让那些动辄两三百岁的金丹地仙觉得自己一大把光阴是不是都被狗叼走了。

骤然之间,山水画卷趋于模糊,飘摇不定。

陈平安愣了一下,徐杏酒赶紧熟门熟路地丢入几枚雪花钱,画卷重新变得清晰起来。

陈平安便觉得这仙家山头的镜花水月,真是一本万利的好买卖,可若是以后落魄山也有这桩生意,靠什么挣钱?难道靠朱敛和郑大风说书不成?陈平安都要担心落魄山的名声烂大街,以后弟子下山历练,兴许女子还好,男子还不得被人人防贼似的?其他的门路,陈平安还真想不出来,拉上刘景龙去落魄山当个学塾夫子,坐而论道一两次?朱敛这个老厨子烧火做饭,做一大桌子丰盛菜肴?还是裴钱演练一套疯魔剑法?让魏檗与人下棋对弈?

陈平安摒弃杂念,继续凝神观战。

不知为何,双方都好像不着急分出生死。

徐杏酒已经看得有些头晕目眩,喝了一口酒压压惊。

陈平安依旧不动如山,还要驾驭镜花水月那幅画卷的辗转腾移。看得徐杏酒越发佩服不已。

陈平安问道:"砥砺山大战,最持久的一次,打了多久?"

徐杏酒说道:"历史上最长一场大战,一个玉璞境剑仙,一个仙人境修士,一个倾力攻伐,一个拼命抵御,旗鼓相当,好像打了个把月。"

陈平安伸出手指,揉了揉眉心,这要是观战到结局,得吃掉多少枚雪花钱?

徐杏酒又说道:"历史上还有两个剑仙的厮杀,只用了半个时辰,就直接打得砥砺山灵气消耗殆尽,无论观战修士如何疯狂砸下神仙钱,都是杯水车薪的结果。所以那场惊世骇俗的大战,唯有砥砺山附近的那座山头府邸,才可以看到一些大概。不过听说剑气激荡流溢出砥砺山,琼林宗为了护住山头不被殃及,只得开启山水大阵,一口气消耗掉了百余枚谷雨钱,还跟山上修士借了两百枚,事后加倍补偿。从那之后,琼林宗就在山上预存了三百枚谷雨钱,常年雷打不动。"

徐杏酒一身灵气,突然站起身,打算告辞离去。

陈平安笑道:"好事,洞府一开门,登楼观沧海。"

徐杏酒御风离去,云上城已经准备好了他的破境之地。

这些天他一直处于破境边缘,只等一个微妙契机了。

徐杏酒离去之后,他师父沈震泽自会帮着护法。短则三五日,长则两三年,谁都说不准,也不一定就是破关越快就越好,也并非破关越慢越稳固,依旧是各看机缘。

百骸与窍穴,洒洒生清风。幽沉水中央,看破真面目。

可惜陈平安暂时还没有领略过这番景象。

他这个练气士三境,绕了许多路,有些小坎坷。

陈平安继续观看战局。

砥砺山上,对战双方杀心皆重。可依旧在相互试探,显然都在寻找一击毙命的机会。

陈平安自己都已经丢了几枚雪花钱下去。

喝了几口酒,从来只有从碗碟里拈起佐酒菜的,哪有往菜碟里丢的?

这两个厮杀之人,有些不厚道。

一个时辰后,陈平安盘腿坐在石凳上,单手托着腮帮子,手边已经堆放了一座小山似的雪花钱。

看那两人架势,能打好久。

又过了大概一个时辰,陈平安那座雪花钱小山的山尖已经被削平。

有高人砸下一枚谷雨钱,放声笑骂道:"你们这对狗男女!便是真要相爱相杀,何必坑他人的神仙钱!黄希,既然是剑修,若能不死在砥砺山,你小子早晚要挨我一剑!"

原来那野修黄希竟然是一个深藏不露的剑修。而那武夫绣娘,也让人大出意外,竟然精通许多仙家术法。

虽说瞧着是相互砥砺道行,可是双方厮杀起来杀机重重,陈平安都有些好奇两人之间,到底发生了怎样的恩怨情仇,才必须将生死之地放在众目睽睽之下的砥砺山。

一炷香中的某个瞬间,陈平安站起身,突然将一大把雪花钱直接碾碎化作灵气,竭力维持青瓷笔洗营造出来的那幅山水画卷。

那女子武夫好像祭出了一件品秩极高的山上重器,如大日光明,覆盖住了整座砥砺山,使得一座砥砺山的山水气运,被搅乱得如同浑浊池水,让观战之人都看不真切。哪怕只是看着山水画卷,陈平安都觉得有些刺眼。他只能依稀看见有一条纤细黑线,斩开了那片笼罩天地的璀璨光明。

片刻之后，砥砺山石坪上，血肉消融大半、几乎变成了半副白骨的黄希竟然没死，反观那个手段惊人的女子武夫绣娘已经不见了踪迹，不知是体魄神魂皆已荡然无存，还是在生死一线间成功逃遁远去。

黄希摇摇晃晃，走出几步后，御风而起，离开砥砺山。

陈平安啧啧不已，只要是境界不是太过悬殊的对敌厮杀，千百术法手段，终究不敌一剑。

一剑破万法。

陈平安收起了青瓷笔洗和那堆雪花钱。

这场观战，还是有些收获的。那女子武夫绣娘的出拳路数和拳意根本，便大有意思，好似跟顾祐的撼山拳、竹楼崔诚的拳法相比，是另外一个极端。

陈平安在凉亭当中，模仿一个形似的粗糙拳架，以那女子武夫的拳掌递出方式缓缓走桩出拳。片刻之后陈平安就停步收拳，因为根本学不会，没有半点拳意上身。

不过收获本就不在拳桩上，陈平安对此早有预料。真正的裨益，是陈平安对世间拳法的认知，更加广泛，将来对敌就会更加心中有数。

陈平安开始闭目养神，争取更多记住她的拳意，哪怕自己只能用出个几分形似，好歹也是一门障眼法。

睁眼后，陈平安开始散步，多多演练，大致心中有数后，便没来由想起一件伤心事。

那些金色材质的符纸，所剩不多了。只剩下最后十张。必须要精打细算了。

如今陈平安才三境练气士，《丹书真迹》上边记载的那些古老符箓，除了阳气挑灯符这些入门符箓，其他的根本画不成。

甚至陈平安以纯粹武夫画符，都要比以练气士身份画符更容易，符箓品秩更高。可惜武夫画出的符箓，无法封山关门，符胆灵光消逝的速度太快。

陈平安从方寸物当初取出那十张金色符纸，翻来覆去清点计数一番，当然不会凭空多出一张来。

出了凉亭，陈平安去那屋子的蒲团上坐着，他已从墙壁上摘下那把剑仙，横放在膝，然后取出养剑葫，小心翼翼驾驭那团破碎剑气离开养剑葫。

在那之后的整整一旬光阴，云上城外的集市上就再没有见到那个摆摊卖符箓的年轻包袱斋。

大骊京城，年纪轻轻的皇帝陛下，按例在御书房召开小朝会。

二十余个将相公卿共聚一堂，御书房不大，人一多，便略显拥挤。

年纪最大的，是那吏部尚书关老爷子，似乎光是大朝会就已经耗费了老人太多精气神，这会儿他就已坐在椅子上打盹。他手捧一只棉布包裹的小巧炭笼，这是先帝的御赐之物，而且宫中宦官会代为保管，只要是冬日的小朝会，无需关老爷子提醒，自会有人带来，交予已经百岁高龄的老尚书。这会儿老爷子已经发出轻轻鼾声，但是从皇帝陛下，到其余大骊重臣，都没有要开口提醒老爷子的意思，反正聊到了老尚书觉得是正经事的时候，他自会醒过来，说两句。

当下一个正值壮年的刑部侍郎，正在向诸位大人禀报一件要事的后文。

那个化名石湫的女子修士，已经被人救走，至今下落不明。

先前两拨朱荧王朝的供奉、死士，道行有高有低，可无一例外，都是谨小慎微、做事稳重的老谍子，先后跨洲去往北俱芦洲打醮山，探查当年渡船上所有人的档案记录，希冀着寻找出蛛丝马迹，找出大骊王朝勾结打醮山、陷害朱荧剑修的关键线索。其实其中有一拨人已经得手，没有乘坐跨洲渡船返回宝瓶洲，而是绕路在海上远游，只不过被大骊修士在海上截杀了。

最麻烦的还是那个本名秋实的打醮山女子，竟然在一次镜花水月过程当中，道破天机，说那北俱芦洲的剑瓮先生才是栽赃嫁祸给朱荧王朝的人。女子希望有人能够将此事转告天君谢实，她秋实愿意以一死，证明此事的千真万确。如今那座收容秋实的山头，已经被大骊练气士封山戒严。

袁家上柱国是一个相貌清癯的老人，他手心摩挲着，微笑道："好一个牵一发而动全身，咱们国师大人的绿波亭，也不知道在忙些什么。"

身材魁梧的曹家家主背靠椅子，冷笑道："绿波亭哪怕出了纰漏，好歹比你袁云水只会在朝堂上喷唾沫，更多做些实事吧。袁大柱国每天骂天骂地骂同僚，挑刺的本事就数你袁云水最厉害。"

袁氏家主微笑道："曹桥，本人如今还是上柱国，至于你是不是自以为是大柱国了，我就不确定了。"

礼部尚书一直在神游万里，历来如此。

同样掌管着诸多山水神鬼事的刑部尚书，若非身上那件官袍太过显赫扎眼，就是一个不起眼的中年汉子，他倒是主动开口，掺和两位上柱国大人的破烂事了，板着脸说道："曹大人，袁大人，小朝会之上，这里的每一句话，都会决定大骊子民的福祸生死，你们的个人恩怨，是不是先缓一缓？"

一个如今管着大骊宋氏皇家谱牒的宋氏宗室老人，笑呵呵道："娘咧，差点以为大骊姓袁或姓曹来着，吓死我这个姓宋的老家伙了。"

一个没能像曹枰、苏高山那般率领铁骑南征的武将，个子矮小，身材极其结实，坐在椅子上，显得有些滑稽，只不过说出来的言语，分量半点不轻，沉声道："有这闲工夫，还不如早点让人做掉那个碍事的打醮山女修，绿波亭喜欢吃干饭，那就让我麾下的随军修士来做，保证连救出她的幕后人，一并处理干净。"

年轻皇帝没有坐在书案之后，而是搬了张椅子坐在和诸位臣子更近的地方，并且始终没有说话。他坐在火炉旁边，弯腰伸手，烤火取暖。旁边摆放了一张普普通通的黄杨木椅子，已经在这间屋子里边摆放百余年了。好几个大骊王朝的皇帝陛下，都是被这张椅子"看着长大"的。

先帝小时候就摸过没坐过，他这个新帝小时候也一样只是摸过没坐过。

那张龙椅上都已经换了好几个皇帝了，唯独这张不会经常有人坐的椅子上从来没换过人。

御书房外的廊道中，老宦官轻声说道："国师到了。"

有资格参加这场小朝会的大骊重臣纷纷起身，就连关老爷子都挪了挪屁股，双手撑在椅把手上，看样子是醒了，然后起身迎接那头绣虎。

年轻皇帝虽未起身相迎，但是也直起了腰。

一个老儒士步入门槛，向皇帝陛下作揖行礼，神色之间并无丝毫倨傲姿态。

皇帝宋和笑着点头。

崔瀺坐在椅子上，转头看着那个还双手撑在椅把手上的吏部老尚书，笑道："关尚书这到底是要起身还是落座？"

关老爷子笑眯眯道："国师大人恕罪，这年纪一大，除了只能蹲茅坑不拉屎，占点小便宜，万事皆难。"

崔瀺摆摆手："聊正事。"

国师一到，整个御书房的气氛便顿时肃然，所有人都不由自主打起了十二分精神。

崔瀺说道："今天我打算跟诸位说一下朱荧王朝、书简湖和青鸾国三处的现状和走势，如果能够定下各自章程，将来宝瓶洲的山上山下，就有律可依、有理可循。所以今天议事，可以说决定了我们大骊未来百年的国势，所有人今日之言语，都会一字不差地记录在册，谁有几声咳嗽，打了几次盹儿，中途喝了几杯茶，说了几句昏庸误国的大话空话，说了几句有功于大骊国祚的远见之言，以后大骊还有资格坐在这间屋子里的帝王将相，都会看得真真切切。"

崔瀺最后说道："皇帝陛下能否成为宝瓶洲历史上的君主第一人，我们大骊铁骑能否教那浩然天下所有人，不得不乖乖瞪大眼睛，好好瞧着我们大骊王朝，牢牢记住大骊王朝的皇帝姓甚名谁，皇帝身边又到底有哪些名臣良将，就取决于诸位今日的言行。"

崔瀺站起身，神色肃穆。

小朝会上，年轻皇帝缓缓站起身，心胸之间，激荡不已。

文臣起身作揖，武将起身抱拳。

金甲洲，一处古战场遗址上遍地皆是倒塌的神像残骸。

此处罡风，能够让任何一个金丹地仙之下的练气士，哪怕只是待上一炷香，便要生不如死。

许多纯粹武夫也喜好来此淬炼体魄，只是绝大多数都没能活着离开，那些骤然而起的阵阵罡风，无迹可循，有些细密如一阵剑气，零零碎碎，如鹅毛飘拂，有些能够笼罩住方圆十里，皆如剑仙出剑，许多罡风一过，任你是金身境武夫，都要尸骨无存。

一个曾经以天下最强五境破开瓶颈的年轻女子，凭借着一种世间独有的天赋，才能够在此漂泊不定，居住多年。

如今她正在对一个缓缓而行的白衣男子出拳如雷。对方只是金身境。

寻常体魄的金身境，她兴许一拳便能打死。可是面对这个年纪比她还小的金身境武夫，她已经递出数千拳，但是无一例外，都被对方以自身拳意抵消。

简单而言，就是对方根本没还手，她这个有望以最强六境跻身金身境的纯粹武夫，就没能摸着对方一片衣角。

这个白衣年轻男子的金身境，的的确确就只是金身境。可惜对方是那个从中土神洲远游至此的曹慈。

曹慈的每一境，都是前无古人的武学境界。少女岁数就已经来此历练的她，曾经半点不信。然后她就经历了跃跃欲试、试探出拳、倾尽全力、逐渐绝望、趋于麻木这一连串复杂心路历程。

就在她要停拳的那一刻，曹慈终于说了第二句话："你的拳意既然一直在涨，为何停拳？"

之后，年轻女子便咬牙坚持，愤然出拳。

先前曹慈第一句话，是在刘幽州说话之后。

当时那个皑皑洲刘幽州仗着有曹慈在身边，对女子撂了一句狠话："怀潜说得对，在曹慈眼中，你这六境，如纸糊泥塑，不堪一击。"

曹慈不愿让她误会，只好说了跟她见面后的第一句话："我没说过这种话。"

这会儿刘幽州蹲在一尊倒地神像上的掌心上，巨大掌心之上，生出了一丛茂密花草。它们竟然没有被古战场的那些罡风席卷而空，也算怪事。

刘幽州有些想不明白，一个几乎代代都有人跻身中土十人之列的顶尖宗门，一个世代武夫如云的中土王朝豪阀，她和怀潜那么门当户对，怎的就要各自逃婚，闹出那么大一个笑话来。又不是要他们结为神仙道侣，只不过就是多出一纸婚约罢了。这么个纸上名头，又不会对两人有任何实质性约束，换成是他刘幽州，只要价格公道，他都能自己把自己卖了。

曹慈一直在游览瞻仰那些遗址神像，一尊一尊看遍，想要看出一些拳法神意来。事实上，还真被他看出了不少。所以那女子出拳，注定了更加无功而返。因为她拳意的增长,只会远远慢于他曹慈。

曹慈在一尊半身神像之前驻足不前,仰头望去,神像好似被一剑劈砍,从肩头处划拉到腰部一侧。

那女子赤脚白衣,暂停出拳,低头弯腰,双手撑膝,大口呕血。

看得刘幽州头皮发麻,好像天底下每个资质好的纯粹武夫都是疯子。

还是修行好啊。只要身上法宝够多,就可以安安心心躲在乌龟壳里边。比如他这次出门历练,陪着曹慈走了很远的路,去过了流霞洲,如今还来到了金甲洲,他刘幽州身上除了好几件至宝法袍,光是香火神灵甲就有两件,不过其中一件,前些年送给了朋友怀潜。

说是朋友,其实也就只是朋友了。不是跟自己脾气相投的那种,而是家族世交使然,姓氏和姓氏成了朋友。

不过比起一般的嘴上兄弟、酒桌朋友,那些总想着从他这个皑皑洲财神爷的独子身上"暂借"一些法宝之人,刘幽州跟不爱占自己便宜的怀潜,其实还算投缘。

其实刘幽州很多时候都想告诉那些借走法宝又不太会还的"朋友",真不是你们如何聪明,而是我刘幽州打小就有这么个"不散财不送宝便要浑身不舒服"的臭毛病,好在他爹娘也从来不管。有一次难得真心赠宝给至交好友,事后才发现那人根本没把自己当朋友,这让当时才十来岁的刘幽州哭号得那叫一个伤心伤肺,然后他爹便拎着他去了趟自家刘氏的藏宝山,那真是一座山。那个富甲一洲的男人,问他这个独子,假设每天送一件,你这辈子应该活多少年,才能送完整座"宝山"。

刘幽州掐指一算,报上了准确数目。

结果他爹挥袖打开一道秘密禁制,结果眼前宝山之后,又有一座更加壮观巍峨的宝山,好一个山外有山,那些七彩宝光,差点没把孩子的双眼直接给扎瞎了。

刘幽州立即号啕大哭起来。自己家咋就这么有钱啊。

当天孩子身上就挂满了宝物,一路大摇大摆,哐当哐当离开了家族禁地。孩子眉开眼笑,却没忘记将鼻涕眼泪抹在他爹袖子上。

不过那天,从来不喜欢如何管教儿子的皑皑洲财神爷,教了刘幽州一条家族祠堂祖训:"挣钱从来容易事,难在留钱不招灾,如何花钱不惹祸。"

跟一个屁大点的孩子,男人说了些家族历史上鲜血淋漓的惨痛教训。

刘幽州这才知道,原来一个已经有了雄厚底蕴的大家族,若是还不长点心,只会一门心思按照老路子挣钱,那么很多时候有了钱便是杀身之祸,花了钱便是招灾进门。

刘幽州长这么大,唯一一次挨他爹耳光,是一次某个喜欢昧良心挣黑心钱的世交家族出事后,他面对那个哭着喊着求他的可怜朋友,借了一笔钱帮他和家族渡过难关,还安慰了几句,为朋友骂了几句那个罪魁祸首的不是,当然该有的分红,他刘幽州得一枚不少分到手。结果那个朋友前脚刚走,刘幽州他爹就露了面,一巴掌打得他满脸是血,问他知不知道错在哪里,他说不该借钱,结果又挨了一耳光,扑倒在地。

刘幽州挣扎起身,坐在地上,不再说话。男人冷笑道:"在商言商有什么错?天底下最干净的就是钱。"

刘幽州至今都没有从他爹嘴里得到后边的半个答案。

可能答案就在那商家老祖早年留给刘氏祖宗的一张纸上。

被刘氏历代家主供奉在祠堂内的那张纸上,写着那八个字:"富长良心,无则散尽。"

刘幽州这会儿蹲在破败神像掌心的花草丛中,叹了口气,家家有本难念的经,只希望自己晚一些成为刘氏家主,就不用这么跟良心打交道了。

刘幽州以心声询问远处的曹慈:"你说怀潜什么时候会从北俱芦洲那边返回?"

曹慈嗯了一声。刘幽州翻了个白眼。

这就是曹慈的答案,表示他没想过,也不会想。

刘幽州经常会问曹慈一些乱七八糟的问题,曹慈大概是觉得没点回应又不礼貌,便往往是嗯一声,示意自己听到了。

那年轻女子觉得有机可乘,一拳倾力而去,结果手腕处咔嚓作响,等她飘落在地,肩头晃了一下,站稳身形后,一条手臂已经颓然下垂。

刘幽州伸出双手,轻轻揉着太阳穴,总觉得怂恿曹慈来这儿游览遗址,好借机看一看到底是什么样的女子会瞧不上怀潜,其实不太妙。

刘幽州便想着这个极有可能是天下最强六境的女子,需不需要什么法宝,他刘幽州这儿有不少,只管拿去,哪怕她自己用不着,可离乡多年,这趟回了家,家族当中难道还没几个晚辈?就当是过年送给孩子们的压岁钱嘛。

随着龙泉郡升州,落魄山附近便多出了一个来自藩属黄庭国的新刺史,州城隍也有了,而那处悬挂"秀水高风"匾额的府邸,顾氏阴神按功升迁,好像一步登天,成为了大骊旧北岳的山君,而那个嫁衣女鬼也重返自家府邸,深居简出,只有绣花江水神偶尔会拜访一二。

大骊旧五岳的五尊山神,其中四尊都被调离山头,去往宝瓶洲别处占据某座山岳,所以除了籍籍无名的那个顾氏阴神,还有三个大骊本土山神劳苦功高,得到了按部就班的升迁,哪怕不是五岳正神,可也已经成为了仅在新五岳之下的宝瓶洲第一流山君神祇。

北岳魏檗,已经开始闭关。披云山一带,戒备森严。

大骊朝廷对此事无比看重,除了圣人阮邛,甚至专程让许弱赶来护卫魏檗破境。

落魄山上，朱敛跟郑大风下着棋，青衣小童先前看了会儿棋局，越看越犯困，便趴在石桌旁边呼呼大睡，流了一桌子的口水，郑大风便按住那颗脑袋，手腕一拧，让陈灵均的脸颊擦拭干净口水，再将脑袋推得离棋盘远一点。

朱敛揉着下巴，缓缓道："哪怕算上魏檗破境后，再办一场夜游宴，还是有不小的缺口啊。"

郑大风说道："实在不行，就给咱们那个游山玩水的山主寄一封信过去，要他掏出点宝贝贴补家用，我就不信了，在北俱芦洲逛荡了这么久，连漂亮女子都能给他拐骗到宝瓶洲，他兜里会没点盈余？"

朱敛笑道："大风兄弟，你字写得可漂亮，那叫一个赏心悦目，就由你来写这封信吧，我家少爷瞧见了，心情也能好些。"

陈灵均对面肩并肩坐着两个小丫头，黑衣小姑娘周米粒和粉裙女童陈如初。周米粒立即咳嗽了一声。

郑大风转头望去，故作震惊道："这头大水怪，来自何方?!"

周米粒双臂环胸："巧了，也是来自北俱芦洲，是一个叫哑巴湖的地儿!"

竹楼那边砰然作响。

郑大风眼皮子一跳，大义凛然道："下棋下棋，钱财一事，听天由命，随缘随缘。"

周米粒耷拉着脑袋，陈如初轻轻递过去手掌，掌心放满了瓜子。周米粒摇摇头，没有什么胃口。

陈如初告辞一声，收起了瓜子，然后带着周米粒一起跑去竹楼那边。估摸着再过小半个时辰，二楼那边的动静就停歇了。每天都这样。她需要和周米粒一起先烧好水，然后去二楼背人。

这天夜幕里，裴钱在屋子里边龇牙咧嘴了半天，蹦蹦跳跳，舒展筋骨后，这才假装一脸神清气爽地走出一楼，陈如初和周米粒坐在门口两把小竹椅上。

裴钱伸手一抓，就将周米粒手中那根行山杖抓在自己手中。

周米粒哇了一声，开始鼓掌，两眼放光："神功大成!"

裴钱点点头："二楼那老头儿也觉得是如此，说他不是明天就是后天，撑死了大后天，兴许就无法传授我更多的拳法了。说这话的时候，那叫一个老泪纵横呀，不过那双浑浊老花眼当中，又充满了后生可畏的目光……"

二楼崔诚呵呵笑道："大半夜练拳，是不是也不错?"

裴钱怒道："周米粒，瞎胡说啥呢，练拳是一天两天的事情吗?!"

周米粒皱着脸，委屈道："我错了。"

裴钱偷偷竖起大拇指，有担当。不愧是骑龙巷压岁铺子的右护法，忠心耿耿。那头整天就知道上蹿下跳的左护法，就很欠揍了。

崔诚说道:"还不滚去帮着岑鸳机喂点拳?"

裴钱哦了一声,走到空地上,抬头问道:"那我出几分力?"

崔诚说道:"看自己心情。"

裴钱想了想,皱紧眉头,开始很认真地考虑这个问题。

这老头儿真是焉儿坏,喂个锤儿的拳,还不是想着让岑鸳机揍自己?

崔诚说道:"不管你心情如何,再不滚远点,反正我是心情不会太好。"

裴钱哀叹一声,朝竹楼二楼使劲做了个鬼脸,一番无声无息的张牙舞爪过后,将那根行山杖轻轻抛给周米粒。

只见她一手负后,一手轻轻握拳,脚踝一拧,砰然一声,地上尘土飞扬,身形去如青烟。

岑鸳机正在落魄山的那条台阶上走桩练拳。骤然之间,她心弦紧绷,转头望去,有人一拳在她额头处轻轻一碰,然后身形擦肩而过,转瞬即逝。

岑鸳机大汗淋漓,望向那道身影消失的地方,是一个熟悉的纤细身影。裴钱一脚站在松树高高的纤细枝头,一脚踩在自己脚背上。

岑鸳机知道裴钱最近一直在二楼那边练拳。可是这个黑炭小丫头,练拳才几天?

裴钱一本正经道:"岑姐姐,刚才是跟你打招呼,接下来帮你喂拳,你可不许对我下重手。你岁数大,练拳久,个儿高,让着我点。"

岑鸳机深吸一口气,摆开一个拳架,沉声道:"请!"

如临大敌。

裴钱便有些心慌,弄啥呢,咱们你来我往,学他大白鹅,走个样子就行了啊。

裴钱犹豫了一下,赶紧拈出一张符箓,贴在自己额头,先给自己壮壮胆。

看样子得认真才行了,不然被岑鸳机一拳打个半死咋办?裴钱无比清楚,这个岑姐姐每天练拳十分用心,昼夜不停,山上山下来回走,老厨子总说这才是练拳之人该有的坚韧心性。

裴钱脚尖一点,脚下树枝弯出一个巨大弧度却偏不折断,然后当裴钱脚尖劲道一空,树枝瞬间一弹,裴钱便凭空没了身影。

岑鸳机一个愣神工夫,下一刻就被人一拳击中后背,往山下坠去。在空中又被人一肘打在了背脊之上。岑鸳机猛然摔在台阶上,身躯重重一弹,然后两眼一翻,昏死过去。

裴钱飘落在地,蹲在一边,满头大汗,狠狠抹了把脸,到底咋个回事呢?

朱敛和郑大风站在台阶上,面面相觑。

裴钱赶紧抚了抚额头上的符箓,一手悄悄推了推岑鸳机,一边转头大声道:"天地良心!真不关我的事,是岑鸳机自己摔晕了!我扶不住啊!"

一艘路过云上城即将到达龙宫洞天的渡船上，陈平安一袭青衫，背着那把剑仙，斜挎包裹，趴在栏杆上。

过不了多久，他就可以练到两百万拳了。只是不知道骑龙巷那边，裴钱在学塾读书读得如何了，在铺子里边帮着做买卖挣钱，会不会耽误抄书，还有跟那哑巴湖的大水怪处不处得来。

渡船沿途见闻又有那奇奇怪怪之处。

有一群彩衣女子修士，在一座云海下荡秋千，她们的欢声笑语惹来渡船上许多男子修士的大声吆喝，本就是此次擦肩而过，便会今生不见，他们的言语就有些荤素不忌。结果云海之中缓缓探出一只巨大的蛟龙头颅，吓得船上许多修士呆若木鸡。那头并非真正蛟龙的玄妙存在，以头颅轻轻撞在渡船尾巴上，渡船越发去势如箭矢。

陈平安记下了这幅画面，返回客房，继续做一件寻常事。

自倒悬山到达桐叶洲后，跟陆抬分别，陈平安误入藕花福地，带着裴钱和画卷四人一起离开那座道观，陈平安便开始写一些山水见闻。凭借记忆，从离开倒悬山开始，认识陆抬，到达桐叶洲，走过扶乩宗喊天街，一直写到了今天北俱芦洲的云中蛟龙推渡船。

桌上纸张分两份，被陈平安分成了初稿本和抄录本，草稿会有涂抹和修改，反复斟酌推敲，就像一封没有寄出去的信，只是这封信，写着写着便有些长。随后抄录的那份，则显得干干净净，整整齐齐，就像是学生交给先生的一份课业。

有些时候，实在是没有事情可写，很长时间都没有看到任何有意思的山水人事，要么就不写，要么偶尔也会写上一句"今日无事，平平安安"。

藕花福地，群鸟争渡，身陷围杀，向当地的天下第一人出拳出剑。大泉王朝边境客栈，遇到了一位会写打油诗的君子。阴神远游，见过了那个脾气暴躁的埋河水神娘娘，拜访了碧游府，与那个仰慕老先生学问的水神娘娘说了说顺序。住在老龙城那座灰尘铺子，带着越来越懂事的黑炭丫头，去往宝瓶洲东南的青鸾国，那一年的五月初五，收到了人生中第一份生日礼物……唯一没有提笔再写什么的，是在书简湖当账房先生的那些年。最后就只有回到了家乡泥瓶巷，独自一人在祖宅点灯守夜的时候。陈平安思来想去，只写下了一句话："这些年有些难熬，但过去了，好像其实还好。"

陈平安写完一份，又抄录完一份，桌上分开叠放的两大摞纸张上都是工整的小楷，估计这些字在行家眼中，还是写得很匠气，抛开内容不说，洋洋洒洒三十余万字，翻来覆去，古板严谨，规矩而已。

陈平安收起笔墨，伸出两只手，按在好像尚未装订成册的两本书上，轻轻抚平，压了压。

暂时无忧,便由着念头神游万里,回过神后,陈平安将两叠纸收入方寸物当中,开始起身练拳,还是那三桩合一。

如今武夫练拳和修行炼气,光阴消耗,大致对半分,在这期间,画符就是最大的消遣。

陈平安买了两份山水邸报后,就这样一路无事到达了龙宫洞天的仙家渡口。

龙宫洞天和家乡骊珠洞天一样,都在三十六小洞天之列,它是水龙宗的祖宗产业,被水龙宗开山老祖最先发现和占据,只不过这块地盘太让人眼红,在外患内忧皆有的两次大动荡之后,水龙宗就拉上了大源王朝崇玄署和浮萍剑湖,这才挣起了旱涝保收的安稳钱。

水龙宗是北俱芦洲的老宗门,历史悠久,典故极多,大源王朝崇玄署和浮萍剑湖,比起水龙宗都只能算是后起之秀,但是如今的声势,却是后两者远远胜过水龙宗。

由于临水而建的水龙宗设置了山水禁制,渡船之上的乘客不见水龙宗仙府轮廓,只可以看到大渎之畔,方圆百里地界,水雾茫茫,等到渡船穿过了那片一年四季水气浓郁的云雾大阵,缓缓下落停靠在渡口,才得以瞧见水龙宗的绵延建筑,气势恢宏。

陈平安发现这是第一次乘坐北俱芦洲渡船,靠岸后所有乘客都老老实实步行下船。

想到大源王朝历代卢氏皇帝的跋扈行径,崇玄署云霄宫杨氏的那些事迹传闻,再加上陈平安亲眼见识过浮萍剑湖女子剑仙郦采,就谈不上如何惊讶了。

水龙宗木奴渡,种植有仙家橘树千余棵,皆是水龙宗开山老祖亲手栽种,这个老祖在兵解离世之际曾有遗言,一生庸碌,唯有木奴千头,遗赠子弟。

陈平安一袭青衫背剑仙,腰悬养剑葫,手持绿竹行山杖,缓缓走在这座矗立有牌坊的大渡口,牌坊上横嵌着中土某位书家圣人的亲笔榜书"水下洞天"。大渎流经此处,水面开阔无比,竟然宽达三百里,龙宫洞天就在大渎水下,类似苍筤湖龙宫府邸,不过无需修士避水游览,因为水龙宗消耗大量人力物力,建造出了一条水下长桥,可以让游客入水游历龙宫洞天,当然需要上交一笔过路费——十枚雪花钱,交了钱,想要通过长桥步入那座传说中上古时代有千条蛟龙盘踞、奉旨外出云布雨的龙宫洞天,还需要有额外的开销,一枚小暑钱。这明摆着就是杀猪了。

陈平安一想到从云霄宫杨凝性身上捡来的那件百睛饕餮法袍,便觉得这些神仙钱,也不是不可以忍。

骸骨滩鬼蜮谷,云霄宫杨氏"小天君"杨凝性。

五陵国边境,浮萍剑湖郦采的嫡传弟子隋景澄。

那座仙府遗址,小侯爷詹晴身边的水龙宗祖师堂嫡传白璧。

好像修行路上,那些关系脉络,就像一团乱麻,每个大大小小的绳结,就是一场相逢,给人一种天地世间其实也就这么点大的错觉。

木奴渡熙熙攘攘,喧闹得不像是一处仙家渡口,反而更像是世俗城池的繁华街道。

因为接下来的十月初十和十月十五,皆是重要日子,山下如此,山上更是如此。

一个是三大鬼节之一,一个是水官解厄日。

水龙宗会在对外开放的龙宫洞天,接连举办两次道场祭祀,仪式古老,备受推崇。按照不同的大小年份,水龙宗修士或建金箓、玉箓、黄箓道场,帮助众生祈福消灾。尤其是第二场水官诞辰,由于这位古老神祇总主水中诸多神仙,故而历来是水龙宗最重视的日子。

除了那座巍峨牌坊,陈平安发现此地样式规制与仙府遗址有点类似,牌坊之后,便是石刻碑碣数十幢,难道大渎附近的亲水之地,都是这个讲究? 陈平安便一一看过去,与他一般选择的人,不在少数,还有许多负笈游学的儒衫士子,好像都是书院出身,他们就在石碑旁边埋头抄写碑文。陈平安仔细浏览了大平年间的"群贤建造石桥记",以及北俱芦洲当地书家圣人写的"龙阁投水碑",因为这两处碑文,详细解释了那座水中石桥的建造过程,与龙宫洞天的起源和发掘。

队伍长如游龙,陈平安等了将近半个时辰,才见着水龙宗负责收取过路钱的修士。

交了十枚雪花钱,得了一块仙橘古木雕刻而成的印章信物,古色古香,篆文极佳。水龙宗修士说是到了桥那一头,交还那端桥头的水龙宗修士即可。

这还是陈平安第一次见识山上仙家的木质印章,印文是"休歇",边款是"名利关身,生死关命"。

陈平安便询问这些木印章能否买卖。那个水龙宗女修笑语嫣然,说过桥的橘木印章属于本宗信物,不卖的,每一方印章都需要记录在案。但是龙宫洞天里边有间铺子,专门售卖各色印章,不光是水龙宗独有的仙家橘木印章,各种名石印章都有,客人到了龙宫洞天里边,定然可以买到有眼缘的心仪之物。

陈平安刚想要问龙宫洞天里边的木印价格如何,就被后边的人抱怨不已,那人骂骂咧咧,让他赶紧滚蛋,少在这边调戏仙子。陈平安只得转身道了一声歉,赶紧离开队伍,给后边的客人让出道路。陈平安有些遗憾,仙家铺子的大小物件,贵不说,而且越是大宗门山头,想要捡漏就越难。反而是当年宝瓶洲青蚨坊、蜂尾渡包袱斋这类不大的渡口,还有些机会。

那座桥面极为宽阔的长桥本身,就有辟水功效,拱桥还是拱桥,只是这座入水之桥如倒挂,据说桥中央的弧底已经接近大渎水底,无疑又是一奇。

上了桥,便等于走入大渎水中。

桥面极宽,桥上车水马龙,比起世俗王朝的京城御街还要夸张。由此可见,水龙宗光是收取买路钱,就要日进斗金。

陈平安抬头望去，大渎之水呈现出清澈幽绿的颜色，并不像寻常江河那般浑浊。

桥长三百余里，所以石桥两端可以雇用车马，乘坐往来。

大渎和石桥另外一端，水龙宗还有绵延不绝的府邸建筑，两边各有一个玉璞境祖师坐镇，因此被习惯性划分为南宗和北宗。祖师堂选址大渎北方，而水龙宗祖师堂前身，即是济渎三座远古祠庙之一，所以据说北宗子弟一向自视甚高，虽与南宗同门，两者之间却隐约存在着一条无形的界线。

陈平安倒是可以理解，只要不涉及大是大非，这种人之常情的心态，在所难免。

以后卢白象一旦在落魄山之外开枝散叶，说不定也会如此，卢白象的嫡传弟子，若是到了落魄山祖师堂，兴许一样会不太自在。

该如何未雨绸缪，最考验一座山头的门风。

翻书认识古人故事，路上观人即是观己，这大概就是读万卷书、行万里路的宗旨所在。

很多事情，光靠自己去想，再使劲琢磨也琢磨不出真正的学问来，便是推敲出了道理，难免空泛，如崔东山所说，好道理一拿出肚子，搁在了物欲横流的世道大路上，就要不堪一击，如何不是遗憾？

只是有人经历了很多事情，却没能梳理出一两条脉络来，随波逐流后，以世事如此宽慰自己，虽是无奈之举，终究可惜。

这一切的得失，陈平安还在慢慢而行，缓缓思量。

大渎水中长桥的风光再稀奇，走了几十里路后，其实也就寻常。哪怕水中长桥四周，有那亮如萤火灯笼的古怪游鱼，和水神河伯麾下众多阴物的游弋不定，看多了，也会让人失去兴致。

陈平安发现前十数里路途，几乎人人兴高采烈，左顾右盼，凭栏远眺，大声喧哗，然后就渐渐安静下去，唯有车马行驶而过的声响。

陈平安的最大兴趣，就是看那些游客腰间所悬木印章的边款和印文，一一记在心头。

若是之后龙宫洞天里边的仙家橘木印章太过昂贵，自己拣选良木篆刻便是。

行出百余里后，桥上竟有十余间茶肆酒楼，有点类似山水路途上的路边行亭。

陈平安挑了一家高达五层的酒楼，要了一壶水龙宗特产的仙家酒酿三更酒，两碟佐酒菜，然后加了钱，才在一楼要到个视野开阔的临窗位置。酒楼一楼人满为患，陈平安刚落座，很快酒楼伙计就领了一拨客人过来，笑着询问能否拼桌，若是客官答应，酒楼这边可以赠送一碗三更酒。陈平安看着那伙人，两男一女，瞧着都不怎么凶神恶煞，年轻男女既不是纯粹武夫，也不是修道之人，像是豪阀贵胄出身，他们身边的一个老扈从，约莫是六境武夫，陈平安便答应下来，那个公子哥笑着点头致谢，陈平安便端起酒碗，算是还礼。

其实想要观景更佳，更上一层楼，很简单，加钱。只不过走了百余里，看遍了大渎水下风光，再额外掏钱，便是花冤枉钱了。当然，不把神仙钱当钱的，大有人在。

陈平安喝着酒，默默听着酒客们的闲聊。

纸包不住火，哪怕大篆王朝皇帝严令不许泄露那场交手的结果，可人多眼杂，逐渐有各种小道消息泄露出来，最终呈现在山水邸报之上，于是猿啼山剑仙嵇岳和十境武夫顾祐的换命厮杀，如今就成了山上修士的酒桌谈资，愈演愈烈。相较于先前那位北方大剑仙战死剑气长城，消息传递回北俱芦洲后，唯有祭剑，嵇岳同为本洲剑仙，他的身死道消，尤其是死在了一个纯粹武夫手下，山水邸报的措辞没有半点为尊者讳、死者为大的意思，所有人言谈起来，更加肆无忌惮。

这座酒楼内对此事的风评，几乎一边倒。哪怕是剑修，都在赞誉那位大宗师顾祐，提及剑仙嵇岳，只有讥讽和愤懑。

顾祐拳法通神，并无弟子传承。嵇岳却还有一座声势不弱的猿啼山，门中弟子不在少数，只不过猿啼山有些青黄不接，如今已经没有上五境剑修坐镇山头。

嵇岳在世的时候，一个仙人境剑修，就足够。嵇岳一死，剑仙之名，生前威势，好像都成了不可饶恕的罪过。

有人怒道："什么狗屁大剑仙，既不敢去剑气长城杀妖，还给一个武夫以命换命打杀了，丢尽了我们剑修的脸面！"

有人点头附和，讥笑道："都说嵇岳跻身仙人境时日还短，要我看啊，其实根本就不是什么仙人境，一直就是那雷打不动的玉璞境剑修，嵇岳自封大剑仙的吧。"

有人哀其不幸怒气不争："虽说对手是咱们洲的四大止境武夫之一，可这嵇岳死得还是窝囊了些，竟然给那顾祐锁住了本命飞剑，一拳打烂身躯，两拳打碎金丹元婴，三拳便毙命。堂堂猿啼山剑仙，怎的如此不小心，没去剑气长城，才是好事，不然丢人更甚，教那些当地剑修误以为北俱芦洲的剑仙，都是嵇岳之流的绣花枕头。"

片刻之后，便有跟猿啼山有些关系和香火情的修士，愤慨出声道："嵇剑仙修为如何，一洲皆知，何必在嵇剑仙战死之后，阴阳怪气说话，早干吗去了?!"

有人啧啧道："哎哟喂，总算有猿啼山的朋友，站出来仗义执言了。"

有人故意"压低嗓音"，微笑说道："咱们都小心点，猿啼山大剑仙嵇岳交友广泛，咱们偏偏说这些不讨喜的言语，就会给人打得乖乖闭嘴的。猿啼山的规矩，恁大，出剑，更是贼快，吓死个人。"

很快就有人一唱一和，冷笑道："怎的，只许说嵇大剑仙的马屁话，还不许咱们这些蝼蚁讲点良心话啦？这猿啼山剑修，好大的架子，好大的威风，就容不得外人说上半句公道话？"

陈平安喝着酒,望向楼外的大渎流水,好似一个千古无言的哑巴老者。

又有人直接拍案而起:"世间哪有如此不堪的剑仙,你们这些嚼舌头的,难道都不用脑子? 还是觉得换成自己跟顾祐前辈厮杀,便能稳赢了?"

有人立即针锋相对,将手中酒杯重重拍在桌上,大笑道:"哈哈,怎的,老子不是剑仙,就说不得半个道理了? 那咱们北俱芦洲,除了那一小撮人,是不是全得闭嘴? 天底下还有这样的事情? 难不成道理也有铺子,是猿啼山开的,世间只此一家?"

陈平安笑了笑,好像确实很有道理。

为嵇岳和猿啼山打抱不平的少数修士,都憋屈得不行。

更多的人,则十分快意,许多人高声向酒楼多要了几壶三更酒,还有人痛饮醇酒之后,直接将没有揭开泥封的酒壶抛出酒楼,说可惜此生没能遇到那个顾前辈,没能目睹那场玉玺江死战,哪怕自己是瞧不起山下武夫的修道之人,也该向武夫顾祐遥祭一壶酒。

和陈平安同桌的三人,只是窃窃私语。

那女子轻声问道:"魏岐,那猿啼山修士行事,当真很蛮横吗? 为何如此犯众怒?"

名为魏岐的年轻男子摇头笑道:"其实还好,剑修山头,哪个没点脾气,不过猿啼山比起北边的那座太徽剑宗,口碑是要差一些。"

那老者淡然道:"骂那武夫顾祐,能有什么意思,身为修道之人,骂大剑仙,反过来敬重武夫,才显得出风采。"

女子好奇问道:"骂得最凶的那几个修士,是不是跟猿啼山有仇啊?"

魏岐摇头笑道:"真要结仇,听闻嵇岳死讯,不会在外边流露出来的。心中怀有怨怼,而且会诉之于口之人,永远不是结下死仇的,而是那些半生不熟的关系,这些人说话,往往最能蛊惑一旁看客的人心。市井坊间,官场士林,江湖山上,不都一样,看多了听多了,其实就是那么回事。"

陈平安看了眼那个魏岐,还有那个欲言又止的年轻女子,便以心声提醒道:"修士耳尖,公子慎言。"

魏岐笑着点头,主动向陈平安举起酒碗,以心湖涟漪答道:"理该如此,只管饮酒,不谈是非。"

陈平安微微讶异,对方竟是一个境界不低的练气士? 陈平安先前还真没看出来。

不过其实魏岐心中也有不小的震惊,眼前这个貌似四五境纯粹武夫的背剑游侠,原来也是练气士。

酒楼大堂,几个意气相投的陌路人,都是大骂猿啼山和嵇岳的爽快人,人人高高举起酒碗,相互敬酒。

陈平安甚至能够看出他们眼中的真挚,饮酒时脸上的神采飞扬也并非作伪,这才是最有意思的地方。

陈平安对他们没有任何意见，人生在世，不合己意，大声道出，少有真正的伤天害理，说完之后，过去也就过去，有了下一场热闹，又是一番可以佐酒的豪言壮语。

陈平安留心的是另外一些人，说话更为滴水不漏，道理没那么极端，透着一股善解人意，更像道理。

世人言语之间，仿佛既有圣贤神灵夜游，也有百鬼白日横行。

山野大妖，行人听说便退让，便也无妨。

河中水鬼多妖娆，摇曳生姿，悄然拽人下水。

二楼那边，也在闲聊山上事。只是相对大堂这边的较劲，二楼只是各聊各的，并未刻意压制声音，陈平安便听到有人在聊刘景龙的闭关，以及猜测到底是哪三位剑仙会问剑太徽剑宗，聊黄希和绣娘的那场砥砺山之战，也聊那座崛起迅猛的清凉宗，以及那个扬言已经有了道侣的年轻女子宗主。

三楼那边，陈平安听到有人在聊买卖，口气很大，嗓音却小，动辄哪笔买卖有了几千枚雪花钱的盈亏。

四楼的言谈，就听不真切了，而且多有术法禁制，陈平安自然不会擅自窥探，耳力所及，能听多少是多少。依稀听到有人在谈论宝瓶洲的大势，聊到了北岳与魏檗。更多还是在谈论皑皑洲和中土神洲，例如会猜测大端王朝的年轻武夫曹慈如今到底有没有跻身金身境，又会在什么岁数跻身武道止境。

至于顶层五楼，唯有时不时响起的轻微的酒杯酒碗磕碰声。

陈平安慢慢悠悠喝过了一壶加一碗的三更酒，就起身去柜台那边结账，独自离开酒楼。其间不忘与那三人点头致意，魏岐也笑着还了一礼，轻轻举起酒杯。

陈平安行走在大渎之中的长桥上，远处有一支豪奢车驾蓦然闯入眼帘。车驾浩浩荡荡行驶于水脉大道之中，俨然权贵门庭出门郊游，有紫袍玉带的老者手捧玉笏，也有银甲神人手持铁枪，又有白衣神女顾盼之间，眼眸竟然真有那两缕光彩流溢而出，经久不散。

这些存在，就是稗官野史记载的那些水仙水怪了，久居龙府，负责掌管一地的风调雨顺。

龙宫洞天的入口，就在五十里之外的长桥某处。

龙宫洞天是一处货真价实的龙宫遗址。按照碑文记录，此地确有上古水仙居住，蛟龙盘踞。

比起当年那条蛟龙后裔杂处的蛟龙沟，这座龙府就像一座山上府邸，蛟龙沟则是一座江湖门派。

陈平安看到了一座城头轮廓，走近之后，便看到城楼悬挂着"济渎避暑"金字匾额。

（竖排页边）第四章 有事当如何

最大的这块匾额之下，层层叠叠，又有十数块大家手笔的匾额。既有符胆灵光千百年不散的符箓仙人手笔，也有蕴藉充沛剑意的剑仙手段。

大概是需要掏出一枚小暑钱的缘故，城门这里比不得桥头那边人头攒动。

龙宫洞天这类被宗门经营千百年的小洞天，是没有机缘留给后人尤其是外人的，因为即便出现了一件应运而生的天材地宝，也会被水龙宗早早盯上，不容外人染指。便是水龙宗这条地头蛇，压不住某些过江龙大修士的觊觎，好歹还有云霄宫杨氏的雷法、浮萍剑湖的飞剑，帮着震慑人心。

龙宫洞天历史上曾经有过一桩压胜物失窃的天大风波，最终便是被三家合力找寻回来。窃贼的身份出人意料，又在情理之中，是一个声名显赫的剑仙，此人以水龙宗杂役身份在洞天之中隐姓埋名了数十年之久，可还是没能得逞，那件水运至宝还没焐热，就只得交还出来。在三座宗门老祖师的追杀之下，他侥幸不死，逃亡到了皑皑洲，成了财神爷刘氏的供奉，至今还不敢返回北俱芦洲。

陈平安刚打算交出一枚小暑钱，不承想便有人轻声劝阻道："能省就省，无需掏钱。"

陈平安转过头，十分惊喜，却没有喊出对方的名字。不过眼神当中，皆是无法掩饰的喜悦。竟然是本该待在狮子峰修行的李柳！

当年大隋书院重逢，按照李槐的说法，他这个姐姐，如今成了狮子峰的修道之人，每天给山上老神仙端茶送水来着，至于他爹娘，就在山脚市井开了家铺子，挣钱极多，他的媳妇本，有着落了。

陈平安笑道："好巧。我本来打算走完济渎，逛过了婴儿山，就去狮子峰找你们。"

李柳轻轻摇头，微笑道："不算巧，我是专程来找你的。"

陈平安欲言又止，所有话语，最终还是都咽回了肚子。

李柳分明是一个修道有成的练气士了，而且境界定然极高。只不过陈平安的这种感觉一闪而逝。

李柳取出一块样式古朴的螭龙玉牌，看守城门的水龙宗修士瞥了眼，便立即对这个身份不明的年轻女子恭敬行礼，李柳带着陈平安径直走入城门，沿着一条看不到尽头的白玉台阶一起拾级而上。

不知为何，陈平安转头望去，城门那边好像戒严了，再无人得以进入龙宫洞天。而前方那拨行人，身影小如芥子，渐渐登高。

李柳柔声开口道："陈先生。"

陈平安赶紧说道："喊我名字好了，暂名陈好人。"

李柳一双水润眼眸，笑眯起月牙儿。

陈平安也觉得自己有些不要脸了，心里想着是不是再取一个化名，嘴上说道："那还是喊我陈先生吧。"

李柳点点头，然后第一句话就极有分量："陈先生最好早点跻身金身境，不然晚了，金甲洲那边会有变故。"

陈平安犹豫了一下，说道："争取。"

李柳第二句话，就让陈平安直接道心不稳了："先前郑大风寄信到了狮子峰，我便走了趟落魄山，藕花福地如今一分为四，落魄山占了其中一份，那把桐叶伞便是入口，朱敛他们急着将那座暂名为莲藕福地的地盘提升为一块中等福地，不然就要荒废了，所以需要两三千枚谷雨钱。"

陈平安神色僵硬，小心翼翼问道："谷雨钱？"

李柳点头道："谷雨钱。"

陈平安哀叹一声："我就算砸锅卖铁也不济事啊。"

李柳这才将朱敛那边的近况，大致阐述了一遍。陈平安这才稍稍松了口气。

能借来钱，好歹也算本事。跟谁借，借多少，怎么还，朱敛那边已经有了章程，陈平安仔细听完之后，都没意见，有朱敛牵头，还有魏檗和郑大风帮着出谋划策，不会出什么纰漏。关键是这欠债两三千枚谷雨钱的重担，归根结底还是要落在他这个年轻山主的肩头上，逃不掉的。

当然，陈平安也不会逃，这会儿他已经开始当起了账房先生，重新盘算自己这趟北俱芦洲之行攒下的家当，从捡破烂到包袱斋，所有能卖的物件都卖出去，自己到底能掏出多少枚谷雨钱，撇开那几笔东拼西凑、已经借来的钱，他陈平安能否一鼓作气补上落魄山的缺口。答案很简单，不能。

等到陈平安回过神，李柳便刚好转移话题："其实骊珠洞天最早的出入道路，与这座龙宫洞天差不多。"

陈平安遗憾道："我没走过，等到我离开家乡那会儿，骊珠洞天已经落地生根。"

李柳笑道："坐一会儿？反正我们身后也没人跟上。"

陈平安毫不犹豫就坐在了台阶上，摘下养剑葫，喝了口酒，至于以后就只能喝糯米酒酿了。

李柳说道："我有那块玉牌，水龙宗那边就不会有人以掌观山河的神通，擅自探查我们这边的动静。"

陈平安仍是没有多问什么。对于李柳，印象其实很浅，无非是李槐的姐姐，以及林守一和董水井同时喜欢的女子。在今天以前，两人其实都没有打过交道。

李柳犹豫了一下："陈先生，我有一份镜花水月的山上拓本，和你有些关系，关系又不大，本来没打算交给你，担心节外生枝，耽误了陈先生的游历。"

陈平安有些疑惑，思量一番，说道："没关系，既然是早晚都会知道的事情，还不如早做打算。"

李柳便从袖中取出类似一幅字帖的山上宝物,字帖悬在空中,李柳伸出手指,轻轻一点,涟漪散开,水雾弥漫。

字帖画卷上,便出现了一个正襟危坐的女子。

女子化名石湫,明面上是宝瓶洲一个小门派的女子修士,实则来自北俱芦洲打醮山,在那艘已经坠毁在宝瓶洲朱荧王朝境内的跨洲渡船上担任婢女。

李柳眺望前方,置身事外。人世间的悲欢离合,见过太多,她几乎不会有任何感触。

镜花水月的最后一幕,是那个自己求死的女子,拿起了一只小心翼翼珍藏多年的锦囊,她皱着脸,好像是尽量不让自己哭,挤出一个笑容,高高举起那只锦囊,轻轻晃了晃,柔声道:"喂,那个谁,秋实喜欢你。听到了吗?看到了吗?如果不知道的话,没有关系。如果知道了,只是知道就好了。"

陈平安,平平静静坐在原地,一字不落听完了那个故事。

她是秋实的姐姐,名叫春水。陈平安第一眼就看出来了。

最后陈平安喃喃道:"好的,我知道了。"

沉默许久。

李柳收起字帖入袖。

陈平安别好养剑葫,脸上好像没有什么悲恸愤懑神色。李柳也没觉得奇怪。

李柳只是说了一句貌似很不近人情的言语:"事已至此,她这么做,除了送死,毫无意义。"

陈平安点头道:"一般来说,是这样的。"

李柳问道:"有'不一般'的说法?"

陈平安没有给出答案,转头说道:"我打算继续赶路,就不逛龙宫洞天了,反正也买不起什么,只是这么做,会不会给你惹麻烦?"

李柳笑道:"陈先生多虑了,在北俱芦洲,我没有麻烦。至少,保命无忧。"

陈平安说要赶路,却没有立即起身。他想起了那副打算以后挂在落魄山竹楼内的对联,上联是那"山外风雨三尺剑,有事提剑下山去"。

陈平安便将背负在身后的那把剑仙悬佩在腰间。这应该是陈平安第一次真正意义上佩剑。以前习惯了只背剑。

李柳问道:"陈先生,该不会这就要直接问剑打醮山,再问大骊王朝,三问天君谢实吧?"

李柳其实不太喜欢用剑的,无论是远古神祇还是当今修士,她都看不顺眼。

陈平安站起身,晃了晃养剑葫,笑道:"不会的,本事不够,喝酒来凑。"

李柳笑着点头,她坐在原地,没有起身,只是目送这个青衫仗剑的年轻人,缓缓走下台阶。

　　有事当如何?提剑下山去。

　　若是世事大过本事,又当如何?不能如何,答案只能先在心中,放在鞘中。

第五章
四顾茫然

  龙宫洞天城门那边闹闹哄哄，因为在一对年轻男女入城后，这边便关了门。

  哪怕是水龙宗修行水法的看门修士，都无法发现有那一粒粒金光从诸多匾额当中掠出，飘落在地，如萤火攒聚，合拢成为一个高冠博带的少年，大步走入城门，城门随之关闭。看守城门的水龙宗修士有些不知所措，这是千年未有的异象，便立即飞剑传信北宗祖师堂。

  陈平安走下白玉台阶没多久，这个少年便出现在李柳身边，以古老礼制伏地而拜，口中言语，更是晦涩难明，嗓音极为沙哑苍老，与面容不符。

  李柳只是坐在原地，眺望那个下山身影，大概是嫌弃身前少年有些碍眼，便伸出手掌轻轻一挥，将刚刚起身的少年横挪一丈。

  少年站直身体，被人如此轻视怠慢，却没有半点恼羞成怒，只是回望了一眼那个即将临近城门的渺小身影，轻声道："大道亲水，殊为不易。"

  他不敢擅自窥探这条白玉台阶，便将那个年纪轻轻的青衫剑客当作是她的棋子之一。

  李柳神色漠然，缓缓道："李源，济渎三祠，你这中祠香火，一直远远不如大源王朝崇玄署的上祠。"

  名为李源的古怪少年，愧疚道："有负重托，罪该万死。"

  横贯北俱芦洲东西的济渎曾有三祠，下祠早已破碎消逝，中祠被炼化为水龙宗祖师堂，上祠则被崇玄署云霄宫杨氏掌握。

李柳曾经在骸骨滩鬼蜮谷和杨凝真见过一面，说了一些让杨凝真不敢相信又不得不信的言语。杨凝真作为云霄宫杨氏嫡长子，"小天君"杨凝性的兄长，只以纯粹武夫身份和一个化名就已跻身北俱芦洲年轻十人之列，可在宝镜山一战，面对重新踏足修行之路没几年的李柳，杨凝真虽然不能说毫无还手之力，但是跟她对峙，全无胜算。

李柳问道："有负重托？让你盯着这座小祠庙的香火，是一件很大的事情吗？"

李源哑口无言，一双金色眼眸有些黯然，越发显得老态。

这个少年面貌却给人满身沧桑腐朽之感的古老神祇，是济渎仅剩的两个水正之一，年龄之大，恐怕就连水龙宗的开山老祖都比不得。

在浩然天下，水正是一个并未彻底失传却名声不显的古老官职，往往是大渎祠庙掌管香火之人。中土文庙也不会太过理睬，更多是任其自生自灭，所以天下所有大渎的水正，金身每腐朽崩塌一尊，世间便要少一个水正。

这类存在，既不受世俗王朝管束，也不和仙家门派有过多交集。

不过在道家坐镇的青冥天下，水正却是无比显赫、传承有序的重要神祇，一条大渎唯有一个水正，地位之高，远胜江河水神、湖泽水君，就连各大王朝的五岳正神都难以媲美。

水龙宗看似炼化了济渎祠庙，然后以此发迹，作为立身之本，抵御北俱芦洲的诸多跋扈剑修，实则其中内幕重重。

李源面对这个身份尊贵至极的女子，便如位于朝廷底层的浊流胥吏，侥幸觐见一位中枢天官，如何能够不恭谨小心。被当面申饬几句，也算是一份浩荡天恩了。

偌大一座水龙宗，知晓她真实身份的，除了他李源这小小水正，就只有历代口口相传的水龙宗宗主了。

那块螭龙玉牌，瞧着是水龙宗颁发给祖师堂供奉、嫡传、客卿的玉牌，实则所有后世玉牌的老祖宗，皆是模仿她手中这块玉牌精心仿造而成。城门那边的水龙宗修士辨认不出两者差异，他李源却看得真切，所以哪怕女子面容换了，今生身份换了，李源依旧火速赶来。

李柳突然笑了起来。

那个早年在骊珠洞天从未碰面、更无言语的同乡人，其实在水正李源现身的瞬间，就已经察觉到迹象了，只不过一直没有转头打量，只是默默下山。结果李源不识趣，没有立即打开禁制，所以陈平安就只能在出城门口那边待着。

李柳想了想："也好，让陈先生在此逗留几天，方便平稳心境。"

这还是李柳第一次正视李源："李源，里边有没有灵气浓厚又比较安静的地方？有，就拿出来款待贵客，没有的话，就让人腾出来。"

李源点头道："有。"

没有也得有。

面对一个让她称呼为"先生"的人物,他李源身为龙宫洞天的看门人兼济渎中祠的香火使节,如果不是担心动静太大,他都要赶人清场了。管你水龙宗要不要举办金箓道场、水官法事,会不会让在小洞天内结茅修行的地仙们火冒三丈。

李柳说道:"水龙宗那边,你先别泄露出去,只需说是故友子嗣登门拜访,你要是有更好的说法,可以看着办,总之别让人打搅陈先生在此处的清修。"

李源作揖抱拳道:"谨遵法旨!"

李柳站起身,一步跨出,就已来到城门口那边,说道:"陈先生,途经一座三十六小洞天之一,过门而不入,有些可惜。龙宫洞天之内,天材地宝囤积了不少,尤其是亲水近木之属,虽然价格昂贵,但是品秩不俗,陈先生若是有相中的,凭借这块玉牌,百枚谷雨钱之下,都可以跟水龙宗赊账一甲子。"

李柳其实没说实话。

赊账?这座帮着水龙宗、崇玄署杨氏和浮萍剑湖三方挣钱极多的龙宫洞天,前身是她的避暑行宫之一,而且李柳只要有取回的念头,任你水龙宗历代祖师的炼化手段如何高明,苦心经营的山水阵法如何能够抵御剑仙攻伐,在她这边,又有什么意义?何况水龙宗的开山鼻祖,当年是如何从一个资质鲁钝的凡夫俗子,步入的修行之路,此后又是如何机缘巧合,步步登天,历代宗主心里会没点数?

那么到底谁和谁赊账?不言而明。

陈平安现在一听到"谷雨钱"三个字就犯怵。

李柳不着急取下玉牌,又说道:"陈先生只要心不静,走再远的路,其实还是在鬼打墙。"

陈平安点点头:"好,那就麻烦李姑娘了。"

李柳摇头笑道:"陈先生无须客气,李槐对陈先生心心念念多年,每次山崖书院和狮子峰的书信往来,李槐都会提及陈先生。这份传道与护道兼有的天大恩情,李柳绝不敢忘。"

陈平安无奈道:"李姑娘比我客气多了。"

这是实话,当年陪着李槐去往大隋书院,只是完成承诺,何况李槐一路上除了调皮一些,也没有让陈平安如何劳心劳力。

当然,李槐小时候的那张嘴巴,真是抹了蜂蜜又抹了砒霜,尤其是窝里横的本事天下第一,可到底还是一个心地纯善的孩子,记不住仇,又惦念得了别人的好。

陈平安仰头望去,已经没了那个古怪少年的踪迹。

李柳解释道:"那人是本地的看门人。"

陈平安问道:"类似郑大风?"

李柳笑道:"职责还算相似,不过比起郑叔叔,一个天一个地。"

遥想当年,弟弟李槐还是个孩子的时候,郑大风就经常背着李槐跑去杨家铺子。李槐嚷着"憋不住了憋不住了",郑大风脚步如风,一路飞奔,急匆匆道:"是英雄好汉就再憋一会儿,到了铺子后院再放水。"反正不管李槐忍没忍住,到最后,一大一小都会走一趟骑龙巷卖糕点的压岁铺子。

在漫长的岁月里,李柳见识过很多清清净净的修道之人,纤尘不染,心境无垢,超然物外。唯独这辈子在骊珠洞天,见到了很多与境界无关的"真人",小地方大风貌,便是李柳也要时时想念一番。

两人并肩而行,重新登高。

好像聊完了正事后,便没什么好刻意寒暄的言语了。

陈平安是思虑太多,反而不好开口,担心一个意外,就会让李柳沾染不必要的麻烦。

李柳是从来想得极少,万事不在意。

得到龙宫洞天门口那边的飞剑传信后,济渎北方的水龙宗祖师堂内,十六把椅子大半都已经有人落座,剩下的空椅子,都是在外游历的宗门大修士的,能赶来紧急议事的,除了一个闭关多年的元婴修士,其余一个没落下。

祖师堂内,其中就有金丹修士白璧的传道人、水龙宗当代宗主孙结。还有那个北亭国小侯爷詹晴的恩师武灵亭,只不过他作为资历尚浅的元婴供奉,又是野修出身,椅子位置靠后。

武灵亭最近心情极其恶劣,他唯一的弟子詹晴竟然凭空消失了,生不见人死不见尸的,简直就是荒唐至极。

如果不是那个山上口碑不错的符箓派真人桓云,帮助白璧那个小娘们证明了事情缘由,詹晴莫名其妙的生死不知,确实跟她白璧没有直接牵连,武灵亭都要大闹水龙宗祖师堂,直接向孙结兴师问罪了。所以这会儿武灵亭憋着一肚子火气,脸色难看至极。詹晴是他极其器重的弟子,山泽野修、地仙野修收取嫡传,比起谱牒仙师收徒,其实意义要更加重大,被视为野修舍去半条性命,涉险换来的香火传承。毕竟野修祸害野修,哪怕是师父杀弟子,徒弟杀师父,都不少见,反观拥有一座祖师堂的谱牒仙师,几乎没有人胆敢如此冒天下之大不韪。

龙宫洞天大门自己关闭,这当然不是什么小事情。宗主孙结立即就召集了所有祖师堂成员。

要知道,当初那个剑仙蛰伏多年,盗取洞天压胜之物,成功逃离龙宫洞天,镇宗之宝从失窃到夺回,过程不可谓不惨烈。

水龙宗祖师堂的十多把座椅，除了左首椅子从来都是历代宗主落座，右首座椅，几乎从不见人出现并坐下。

这个规矩，水龙宗祖师堂创建有多少年，就传承了多少年，雷打不动。水龙宗任何一位供奉、客卿问及此事，水龙宗修士都讳莫如深。

情况很简单，孙结三言两语就说明白了。但是祖师堂内，人人神色凝重。

先是有陌生女子亮出一块供奉玉牌，入城登上那条白玉台阶，然后就是城门关闭，天地隔绝，修士试图查看，竟然无果。

水龙宗南宗的那个玉璞境女修邵敬芝，貌若年轻妇人，气态雍容，缓缓开口道："宗主，不如我立即赶去洞天渡口处的云海，来个守株待兔？"

孙结皱眉道："除此之外，现在真正需要顾虑的，是整座洞天要不要戒严，一旦选择戒严，难免人心浮动，影响到今年的金箓道场和水官解厄法会。我们龙宫洞天，向来以安稳著称于世，此次接连两场盛会，不谈我们水龙宗的山上好友，还有大源王朝在内诸多帝王将相的参与，一个不慎，就会让崇玄署和浮萍剑湖抓住把柄。"

武灵亭讥笑道："这些个锦衣玉食的山下短命鬼，本事不大，就是一个比一个皮娇肉嫩。"

一个双手挂着龙头拐杖的老妪，闭着眼睛，半死不活的打盹模样，她坐在邵敬芝身边，显然是南宗修士出身，这会儿老妪撑开一丝眼皮子，稍稍转头望向宗主孙结，沙哑开口道："孙师侄，要我看，干脆让敬芝带上镇山之宝，若是不轨之徒，打杀了干净。我就不信了，在咱们龙宫洞天，谁还能折腾出多大的浪花来。"

武灵亭坐在对面，对这个老婆姨那是有些佩服的，跟他一样是元婴境，但是在水龙宗见谁都不顺眼。仗着辈分高，对宗主孙结一口一个孙师侄，对自己南宗一脉的邵敬芝，仅是称呼便透着亲昵。亏得孙结度量大，若是他武灵亭来坐这个水龙宗头把交椅，早将那个老婆姨一张老脸打得稀烂了。

就在孙结刚要说话的时候，对面那张椅子上点点金光浮现，最终聚拢成为一个面容年轻却神意枯槁的少年。正是济渎水正李源。

李源对孙结行了一礼，该有的规矩，还是得有。

孙结也站起身，还了一礼，却没有道破对方身份。

那老妪猛然睁眼，颤声道："李郎？可是李郎？"

李源有些感伤，看了白发苍苍的老妪一眼，他没有言语。

老妪竟是直接红了眼眶，不再双手挂着龙头拐杖，而是轻轻将拐杖斜靠椅子，双手放在膝盖上，抚了抚衣裙，低头望去，看着自己的干枯十指，小声呢喃道："李郎风采依旧，可惜我老了，太老了，不见之时，翘首以盼，让人等得白了头，见了，才知道原来见不如不见。"

武灵亭脸色玩味。咋的？一个风度翩翩的少年郎，一个人老珠黄的老婆姨，双方早年还有一段姻缘不成？那就真是一个很有年头的故事了。

山上便是这点有趣，怪事从来不奇怪。只要修行之人有那闲工夫凑热闹，随处可见热闹。

李源以心声跟孙结开门见山道："宗主，是我故友后人造访，玉牌也是我早年赠予的，我便露面叙旧一番，不愿被人打搅，施展了一点手段，害得水龙宗兴师动众聚集祖师堂，是我的过错，愿受水龙宗祖法责罚。"

孙结微笑回答道："水正大人言重了，既然是故人子弟造访洞天，便是再结善缘，是李水正的好事，也算是我们水龙宗的好事。不如让两位贵客去我在洞天主城内的宅邸下榻？"

李源笑道："不用劳烦宗主，我会带他们去往凫水岛。"

孙结点头道："随后有任何需求，水正大人只管开口。"

李源站起身，向祖师堂众人抱拳致歉道："连累诸位道友走这一遭，打搅诸位修行，以后定当补偿。"

李源说完之后，便化作粒粒金光，刹那之间，身形消散。

能够在一座宗门的祖师堂如此往返，本身就是一种显山露水。因为世间山上仙家的祖师堂，任何一个供奉、客卿，都需要徒步出入大门，与山下俗子进出祠堂，没有什么两样。再加上对方座椅的位置，以及那个南宗老妪的失态，邵敬芝在内所有人，都知道轻重了。

孙结开口笑道："虚惊一场，可以散了。"没有任何人流露出抱怨神色。

天晓得那个神出鬼没的"少年"，是不是记仇的性子？任何一个表面上和和气气的祖师堂老人，往往难缠。

孙结最后一个走出祖师堂，门外邵敬芝安静等待。

孙结在众人纷纷御风远游之后，笑道："你猜得没错，是济渎香火水正李源，我们水龙宗开山老祖的至交好友。"

邵敬芝神色郁郁。说句难听的，身后这处，哪里是什么水龙宗祖师堂，所有有座椅的修士，看似风光，实则连同她和宗主孙结在内，都是寄人篱下的尴尬处境！

孙结看似随意地说道："饮水思源吧。"

邵敬芝脸色一僵，点点头。

孙结笑道："开山不易，守业也难。敬芝，有些事情，争来争去，我都可以不计较，反正肥水不流外人田，可一旦有人做事情出格了，我孙结虽说一直被说是最不成材的水龙宗宗主，可再没出息，好歹还是个翻烂了祖宗家法的宗主，还是要硬着头皮管一管的。"

邵敬芝脸色越发难看，御风远去，跨过大渎水面，直接返回南岸。

孙结分明是借助那济渎水正,敲打她邵敬芝和整座南宗。

孙结没有施展术法,而是用手关上了祖师堂大门,缓缓走下山去。

一座宗门,事多如麻,让人难得偷闲片刻。

例如先前武灵亭颇为怨怼,他孙结便答应对方今后三次祖师堂选人,都让武灵亭头一个收取记名弟子。武灵亭也不让人省心,直接就问,若是他恰好看中了邵敬芝那边暗中相中的好苗子,又该如何讲?孙结便以"南宗也是水龙宗"答复这个野修供奉。武灵亭这才稍稍满意。

可事实上,承诺一事,言语轻巧,做起来并不轻松,一个不小心,就要与邵敬芝的南宗起冲突,导致双方心生芥蒂。

水龙宗形成南北对峙的格局,不是一朝一夕的事情,而且有利有弊,历代宗主,既有压制,也有引导,不全是隐患,可不少北宗子弟,却想当然认为这是宗主孙结威严不够使然,才让大渎以南的南宗壮大,于是就有了孙结今日提醒邵敬芝之举。

李源身形隐匿于洞天上空的云海之中,盘腿而坐,俯瞰那些碧玉盘中的青螺蛳。

山居岁月近云水,弹指工夫百千年。

一个在水龙宗出了名的性情乖张的白发老妪,站在自家山峰之巅,仰望云海,怔怔出神,神色柔和,不知道这个上了岁数的山上女子,到底在看些什么。

李源没有看她。只是依稀想起,许多许多年前,有个孤僻内向的小女孩,长得半点不可爱,还喜欢一个人晚上踩在水波之上逛荡,怀揣着一大把石子,一次次砸碎水中月。

陈平安转头望去,城门已开,终于又有游客走上白玉台阶。

走完九千九百九十九级台阶后,陈平安和李柳登顶,来到一座占地十余亩的白玉高台。高台地上雕刻有团龙图案,是十六坐团龙纹,宛如一面横放的白玉龙璧,只是与世间龙璧的祥和气象大不相同,地上所刻十六条坐龙,皆有铁锁捆绑,还有刀刃钉入身躯,蛟龙似皆有痛苦挣扎神色。

陈平安小心翼翼在坐龙纹路间隙行走,李柳却没有半点忌讳,踩在那些蛟龙的身躯、头颅之上,笑道:"陈先生脚下这些,都是老皇历的刑徒罪臣,早已不是正统的真龙之身,我们行走没有禁忌。"

远古时代,真龙司职天下各处的行云布雨,既可以凭此积攒功德,得到井然有序的一级级封正赏赐,当然也会有渎职责罚,动辄在斩龙台被抽筋剥皮,砍断龙爪、头颅,拘押真身元神;或是失职过重,罪领斩刑,被直接抛尸投水;或是罪不至死,只是被剥夺身份,鲜血浸染水泽山川,便有了诸多真龙后裔的出现。

陈平安轻声问道:"都还活着?"

李柳说道:"大多抵不住光阴长河的冲刷,死透了,还有几条奄奄一息,地上龙璧既是它们的牢笼，也是一种庇护，一旦洞天破碎，也难逃一死，所以它们算是水龙宗的护法，大敌当前，得了祖师堂的令牌法旨后，它们可以暂时脱身片刻，参与厮杀，比较忠心。水龙宗便一直将它们好好供奉起来，每年都要为龙壁添补一些水运精华，帮着这几条被打回原形的老蛟吊命。"

陈平安越发好奇李柳的博闻强识。只不过这种事情，不好多问。

谁都会有自己的隐私和秘密，如果双方真是朋友，对方愿意自己道出，即是信任，听者便要对得起说者的这份信任，守得住秘密，而不该是觉得既然身为朋友，便可以肆意探究，更不可以拿旧友的秘密，去换取新朋的友谊。所以有些人看上去朋友遍地，可以处处与人饮酒，仿佛人生无处不筵席，可人生一有难关便难过，离了酒桌便朋友一个也没有，只得愤恨世态炎凉，便是如此。不以真心交友，何以赢取真心。精明人少有患难之交，更是如此。

李柳似乎看穿了陈平安的心思，开诚布公道："我跟爹娘，之所以要搬来北俱芦洲，是有缘由的。比起其他大洲，这儿风土更适合我的修行，而且我爹想要继续破境，留在宝瓶洲，几乎没有希望，在这边，也难，但是好歹有点机会。"

一洲大小，往往会决定上五境修士的数量，北俱芦洲地大物博，灵气远胜宝瓶洲，故而上五境修士远远多于宝瓶洲。可是山巅境武夫，尤其是止境武夫的数量，却出入不大。

北俱芦洲本土出身的止境武夫，连同刚刚与嵇岳同归于尽的顾祐在内，其实就只有三个。

而九洲之中版图最小的宝瓶洲，一样有三个，李柳的父亲李二、藩王宋长镜和落魄山崔诚。

如今顾祐战死，便是所有北俱芦洲武夫的机会，可以分摊一洲武运，至于能拿到多少，自然各凭本事。这就是"炼神三境武夫死本国，止境武夫死本洲"说法的根脚所在。

李柳突然问道："陈先生，先前是不是去过类似小天地的山水秘境？"

陈平安点头道："前不久刚走过一趟不见记载的远古遗址。"

李柳说道："难怪。顾祐死后，武运四散，但其中有一份浓郁武运，有些玄妙，似乎蕴含着顾祐的一股执念，在北亭、水霄国一带盘桓许久，滞留了约莫半旬，才缓缓散去，应该是没能找到陈先生的关系。若是得了这份馈赠，以最强六境顺利跻身金身境，可能性就要大很多，哪怕金甲洲那边的某个同境武夫一直在涨拳意，应该都不会对陈先生造成太大的影响，当下就有些难以预测了。若是对方拳法一直攀高，陈先生却停滞不前，在对方未破境之前，陈先生就破开自身瓶颈，跻身第七境，那就要失去那份机缘了。"

陈平安心中了然。是自己练习撼山拳多年，又挨了顾祐前辈三拳指点的缘故。所以哪怕自己是个外乡人，顾前辈依旧愿意分出一份武运，馈赠自己。

错过了顾祐的这份遗赠，遗憾当然会有，只不过没有什么可后悔的。

陈平安一手持绿竹行山杖，一手轻轻握拳，说道："没关系。顾祐前辈是北俱芦洲人氏，他的武运留给此洲武夫，天经地义。我唯有练拳更勤，才对得起顾前辈的这份期待。"

对于陈平安而言，这份馈赠，分两种：武运没接住，心意得抓牢。

会真正折损自身利益的时候，还能分出是非，明辨取舍，不以得失乱心境，才是真正的道理。

李柳笑道："陈先生能这么想，说明顾祐的眼光很好，我弟弟李槐也不差。"

陈平安总觉得听李柳说话，哪里有些不对劲，可又好像浑然天成，本该如此。

只是一想到自己家乡的风土人情，也就见怪不怪了，光是自己祖宅所在的那条泥瓶巷，就有南婆娑洲的剑仙曹曦、书简湖顾璨，当然还要算上他陈平安。

游人陆陆续续登上高台，陈平安与李柳就不再言语。

当有了十六人后，高台四面八方，同时出现十六条云雾凝聚而成的雪白蛟龙，头颅靠近高台，每一条云海蛟龙便像一艘渡船。

李柳说道："一次十六人，可以分别骑乘蛟龙，无视小天地禁制，顺利进入龙宫洞天。这也算是水龙宗的噱头。"

李柳率先走上一条蛟龙的头颅。

陈平安依样画葫芦，抬脚跨上云雾中白龙的头颅，轻轻站定。

刚有人后到高台却打算要争先，高台上便浮现出一个青衣神人的缥缈身影，说道："底下便是潭坑，尸骸皆是争渡客。生死事大事小，诸位自己掂量。"

大概只有陈平安察觉到这个青衣神人的站立位置，距离李柳最远。

十六条水运化成的雪白蛟龙开始缓缓升空，刚要破开厚重云海，让乘客依稀见到一粒高悬天幕的金光，便是毫无征兆一个骤然下坠。四周云雾茫茫。

李柳驾驭脚下蛟龙，来到陈平安身边，微笑道："头顶那粒金光，是济渎中祠庙香火精华凝聚而成的一轮大日雏形，亦是水龙宗的根本之一，不过进展缓慢，因为不得其法，坯子打磨得粗糙无比，一开始就走了歪路，按照祠庙如今的香火积攒速度，再给水龙宗一万年光阴，都不成事。水龙宗修士想要在龙宫洞天自造日月的可能性，比起从醇儒陈淳安肩头抢来那对日月，还要小很多。"

陈平安仰头望去，唯有高不见天、下不见底的云海，不见那点金光。

陈平安自言自语道："换成我是水龙宗修士，会是同样的选择吧，哪怕只有这一粒光亮，也愿意一直积攒香火。"

李柳说道："陈先生，修道一事，跟武夫修行，还是不太一样，不是不可以讲究滴水穿石的笨功夫，可一旦修道之人只讲求这个，就不成，练气士哪怕长寿，依旧经不起山中枯坐几回。"

陈平安点头笑道："记下了。"

约莫一炷香后，云雾蛟龙轻轻一晃，四爪贴地，四周云雾散去，众人视野豁然开朗。

陈平安发现自己站在一座云海之上。低头望去，是一座建造在巨大岛屿上的雄伟城池，如同王朝京城，城池周边，青山环绕，宝光流转。岛屿雄城之外，又有大小不一的岛屿，各有古朴建筑或依山或临水，如众星拱月，护卫着好似位于天地中央的那座"京城"。

碧波千里，一望无垠。云海之上，悬停着一艘艘碧绿颜色的符舟，小如乌篷船，大如楼船战舰。

水正李源站在不远处。李柳带着陈平安，一起走向这个连水龙宗祖师堂嫡传都不认识的少年。

李源带着两人走向一艘楼船，登船后，不见动作，也不见渡船上有任何修士，渡船便自行起程。

李源轻声道："凫水岛水运灵气充沛，空置百年，可以让陈先生在那边下榻修行，而且距离行宫旧址也不算远，乘坐符舟半个时辰即可到达。"

李柳点点头："有劳。"

李源便有些惴惴不安，心里很不踏实。

李源又小心翼翼问道："是否需要为凫水岛安排一些手脚伶俐的婢女？"

李柳说道："问我做什么？问陈先生。"

李源便立即转身询问陈平安。

陈平安笑着说道："已经很叨扰了，不用这么麻烦。"

李源也就不再多说什么。

云海上有栋略显突兀的高楼，驻守此地的一个水龙宗元婴修士站在楼顶层栏杆处，瞧见那年轻女子和少年腰间的螭龙玉牌后，便收起了查询视线。只是难免有些狐疑，水龙宗的供奉、客卿自己几乎都认识，为何这两个都是生面孔？难道是与崇玄署、浮萍剑湖沾亲带故的？

只要那两块玉牌做不得假，镇守云海的老元婴修士就不会节外生枝，没事找事。

那艘楼船去如飞剑，不去凫水岛渡口，而是直接悬停在一座空无一人的仙家府邸广场上，宅邸匾额为"龙公停云"。

当三人下船落地时，府邸大门缓缓打开。

李源解释道："凫水岛曾是水龙宗一个老供奉的修道之地。老供奉兵解离世已经百年，门内弟子没什么出息，一个金丹修士为了强行破境，便偷偷将凫水岛卖还给了水龙宗。此人侥幸成了元婴修士后，便云游别洲去了，其师兄弟也无可奈何，只得全部搬出龙宫洞天。"

　　三人一起跨过门槛,李源说道:"凫水岛除了这座修行府邸,还有投水潭、永乐山石窟、铁作坊遗址和升仙公主碑四处胜地,岛上无人也无主,陈先生修行闲暇,大可随便浏览。"

　　最后李源摘下腰间那块玉牌,一面雕刻有行龙图案,一面有古篆"峻青雨相",递给陈平安:"陈先生,此物是凫水岛山水阵法的枢纽,无需炼化,悬佩在身,便可以驾驭阵法,元婴境修士无法探究岛屿府邸,玉璞境修士若是暗中察看此地,也会惊起大阵涟漪。"

　　李柳还算满意。此地显然是李源的私家宅院。

　　至于什么水龙宗供奉兵解离世、弟子内讧的前尘旧事,李柳当然还是不上心。真真假假,与她何关。

　　陈平安没有推三阻四,道谢后,便收下了那块沉甸甸的玉牌,和水龙宗那块过桥"休歇"木牌一起悬挂在腰间一侧。

　　直到这一刻,李柳才摘下自己那块篆刻有"三尺甘霖"四字的玉牌,笑着交给陈平安:"陈先生,就当是帮着我弟弟先还些恩情。"

　　她的言下之意,便是不用还了。

　　这一幕,看得水正李源眼皮子直打战。如果换成他,大概就要跪地领旨谢恩了。

　　陈平安摇头道:"礼太重了,不能不还。"

　　李柳也没说什么,只是将玉牌交给陈平安。

　　李源甚至不敢多看,毕恭毕敬告辞离去。

　　于是陈平安腰间就悬挂了三块牌子。

　　李柳和陈平安一起走在府邸中,打算稍作停留便离开这处没半点好缅怀的避暑行宫。

　　自己一走,到时候陈平安还怎么还?那李源有胆子暂为领取和保管那块玉牌吗?小小济渎水正,也不怕被淹死?

　　曾经的火部神祇,被大火炼杀了多少尊?天上天下江湖水神,被她以大水镇杀,又何曾少了?

　　陈平安从咫尺物当中取出一尊元君神像,笑道:"李姑娘,本来打算下次遇到了李槐,再送给他的,现在还是请你帮忙捎给李槐好了。"

　　李柳的眼神,便一下子温柔起来,好像瞬间变成了小镇那个每天拎水桶去古井汲水的少女,杨柳依依,柔柔弱弱,永远没有丝毫棱角。

　　她接过了那件小礼物,举起手晃了晃,打趣道:"瞧瞧,我和陈先生就不同,收取重礼,从来不客气,还心安理得。"

陈平安心情也轻松几分,笑道:"是要跟李姑娘学一学。"

李柳看着这个笑容和煦的年轻人,便有些感慨。弟弟李槐当年远游他乡,看上去就是学塾里边那个最普通的孩子,比不得李宝瓶、林守一、于禄、谢谢。大隋求学一路,陈平安对待李槐,唯有平常心。后来她爹李二出现后,陈平安对待李槐,依旧还是平常心。如今她李柳在水龙宗现身后,还是如此。

你是李槐的姐姐,李二的女儿,无论你境界如何,机遇如何,我陈平安都尽量不给你惹麻烦,知道过得好,便也开心,仅此而已。

宽以待人,克己慎独,就是真正的读书人,今天不是真正的先生,将来也会是。

于是李柳笑道:"免得让陈先生以为我只会说些不好的消息,有两件事情,必须和陈先生道贺一声。"

陈平安眼睛一亮,难不成莲藕福地需要消耗两三千枚谷雨钱,是落魄山那边高估了?

李柳说道:"这把剑,其实早就是一件仙兵了。"

陈平安愣在当场。

那件得自蛟龙沟的法袍金醴,可以通过喂养大量的金精铜钱进阶为仙兵品秩,这是陈平安早就知道的真相,只不过力有未逮,一直没能实现。可这把剑仙,怎么突然就从半仙兵成为了传说中的仙兵了?

李柳一语道破天机:"剑有一点浩然气,还有一粒精粹道意。"

陈平安陷入沉思,后者可以理解,因为剑仙炼化了孙道人赠送的那团破碎剑气。可前者浩然气,是什么缘由?

李柳不再多说此事,而是道:"还有就是陈先生待在凫水岛,可以无所顾忌,随意汲取周边的水运灵气,这点小小的损耗,龙宫洞天根本不会介意,况且本就是凫水岛该得的份额。还有个不算什么好消息的消息,就是让那个叫李源的帮忙寄信去往宝瓶洲落魄山,不会有任何蛛丝马迹。"

李柳停下脚步:"我去那座龙宫主城游览一番。"

陈平安点头道:"李姑娘离开水龙宗之前,一定要知会一声,我好归还玉牌。"

李柳哭笑不得,陈平安也有些哭笑不得,果然被自己猜中了这个李姑娘的小算盘。

李柳点头道:"好的,离开前,会来一趟凫水岛。"

陈平安不再挽留。

李柳化虹离去,天地间无半点灵气涟漪,竟是和剑仙郦采一般无二的御风气象。

陈平安独自游览起了这座府邸,准备寻一处适宜修行的僻静地方,打算大致看过之后,再去看看那投水潭、升仙碑。

李柳悄无声息地御风升空,又飘落在府邸附近,这才去向云海。她就当是已经信守约定了。

云海之中，水正李源束手而立。

李柳问道："水龙宗祖师堂那边如何了？"

李源简明扼要道："无事了。"

李柳笑了笑："李源，你也就只剩下点苦劳了。"

李源展颜一笑。

李柳问道："那老妪和你有什么瓜葛？"

李柳只要身在龙宫洞天，犹胜各方天地圣人神通。

李源摇头叹息道："怨我当年假扮水鬼，吓唬一个小姑娘。"

李柳便没了兴致，交代过李源多看着点那位陈先生的修行，然后她随随便便直接打开了天幕。当她闯入与小洞天接壤的济渎大水某处时，更是瞬间远去千百里，比任何缩地山河的仙家神通，都要来得神不知鬼不觉。天下任何江河湖海，皆是她李柳的小天地辖境。

其实关于陈平安的水府事宜，李柳兴许是天底下最有资格去指手画脚的人物，只是她没有刻意去说而已。

陈平安先选了一处修道之地，然后独自散步，看完了四处形胜古迹，就返回了府邸。他事先将那把剑仙挂在墙上，将行山杖斜靠墙壁，而后取出六块道观青砖，摆在地上，开始走桩练拳。

练完拳之后，陈平安去了一间书房写信，跟朱敛那边聊些关于莲藕福地的事项，当然还有许多鸡毛蒜皮的琐碎小事。在信的末尾，告诉朱敛他会在水龙宗的龙宫洞天等到收到落魄山回信，才继续赶路。信上和朱敛坦言，他这个游荡小半座北俱芦洲的包袱斋，确实是有些盈余，但是如果落魄山能够借来钱，在没有隐患远忧的前提下，及时补上缺口，那么他就先不贱卖家当；如果还有缺口，也不用藏着掖着，他会争取在龙宫洞天这边再当一回包袱斋，以及让春露圃蚰蜒铺子那边清空存货，能补上几枚谷雨钱是几枚。

停笔之后，陈平安不着急让那个名叫李源的少年帮着寄信去往落魄山。而是收起纸笔和密信，开始认真考虑起一件事情。那就是要不要在这座龙宫洞天，炼化第三件本命物。

转头瞥了眼那把墙上的剑仙，陈平安想着自己都是拥有一件仙兵的人了，欠个几千枚谷雨钱不过分。

骸骨滩木衣山，庞兰溪劝说自己爷爷重新提笔，多画几套拿得出手的神女图，他好送人，以后再去跨洲历练，就理直气壮了。

鬼蜮谷内，一个小鼠精还日复一日地待在羊肠宫外边的台阶上，腿上横放着那根木杆长矛，晒着太阳。老祖在家中，他就老老实实看门；老祖不在家的时候，他便偷偷拿出书籍，小心翻阅。

京观城内，高承近来经常有些心神不宁，又不知道哪里出了纰漏。

哑巴湖那边，如今已经没了那头与人为善的小水怪，听说是跟某个年轻修士一起远游去了。

金乌宫，那个辈分最高的金丹剑修柳质清，依旧枯坐在自家山头之巅。封山且闭关之后，柳质清冷眼看着一座门派内的众生百态，喜怒哀乐，以人心洗剑。

春露圃老槐街上那座雇了掌柜的小铺子，挣着细水长流的钱财，可惜如今冤大头有些少，有些美中不足。

那个用玉莹崖石子雕刻印章之类书案清供的年轻伙计，刀法越发熟稔，挣着一笔笔良心钱。

刘景龙到了太徽剑宗之后，正在闭关破境，据说问剑之人，如今就已经确定了其中两位，浮萍剑湖郦采和董铸。

芙蕖国桃花渡，柳瑰宝在研习那部道书，只是偶尔也会想起那个名叫怀潜的外乡书生，在埋怨自己眼神不好之余，还有些小小的伤感，萦绕心扉，挥之即去，可悄然又来。

云上城徐杏酒成功破境，跻身观海境，便打算等什么时候刘先生跻身上五境了，又成功扛住了三位剑仙的问剑，就带上足够的好酒，去拜访那位仰慕已久的年轻剑仙。听说刘先生其实爱喝酒，只是一般情况下不愿意喝酒而已，为此徐杏酒还专门练了自己的酒量，害得沈震泽和赵青纨都有些忧心，是不是徐杏酒得意忘形了，竟然如此酗酒。徐杏酒只好解释一番，说是陈先生告诉自己，若是酒量不行，便是和刘先生见着了面，也没得聊，更喝不成酒。

太徽剑宗的一座山峰茅屋外，已经正式成为宗门子弟的少年白首，独自坐在一条长凳上，整个人摇来晃去，只觉得没劲。好嘛，本来以为姓刘的，毕竟是一个大名鼎鼎的剑仙，在太徽剑宗怎么都该是有座仙家气派的高门府邸，不承想就只有身后这么一间小破屋子，里边书倒是不少，可他不爱看啊。于是白首闲来无事，寻思着自己若还是一个割鹿山的刺客，到底能不能对付那几个太徽剑宗的天之骄子。不过那些个同龄人，见着了自己，人人都客客气气的，伸手不打笑脸人，白首觉得自己还真下不了拳头和刀子。那些家伙瞧自己的眼神，一个比一个羡慕，白首就奇了怪了，你们就这么喜欢当那姓刘的弟子？和你们换，成不成？可惜那些人听说后，一个个眼神古怪，然后再也不来茅屋这边溜达了，也好，他一个人还清净。

北俱芦洲西海之滨，临近婴儿山雷神宅一带，一老一少两个道士，飘然现身。年轻道士蹲在地上呕吐不已，这就是有经验的好处了，先吃饱喝足，比起一个劲儿干呕半天，其实还是要舒服一些的。

火龙真人蹲下身，轻轻拍打徒弟的后背："怪师父道法不高啊。"

张山峰转过头，哭丧着脸："师父你这么讲，弟子也不会好受半点啊。"

火龙真人微笑道："师父自个儿心里边，可是好受些了。"

张山峰深吸一口气，刚要起身，又继续蹲着呕吐起来。

火龙真人刚要埋怨自己几句，头顶便有一拨御风去往婴儿山的修士，瞧见了那年轻道士的窘态，一个个放声大笑。

张山峰顾不上这些，头晕目眩得很。

火龙真人却悄无声息不见了，来到两个御风地仙身后，一手按住一颗脑袋，笑眯眯道："啥事情这么好笑，说出来听听，让贫道也乐和乐和？"

那两个地仙只觉得头皮发麻，立即缩着脖子，鸡崽儿似的，其中一人硬着头皮朗声道："见着了老神仙，开心！"

另外那人相对后知后觉，赶紧亡羊补牢道："高兴，偶遇老神仙，今儿贼高兴！"

火龙真人轻轻一推，让两个地仙修士踉跄前冲，他则笑着返回张山峰身旁。

张山峰浑然不觉自己师父的一去一返。

张山峰站起身后，擦了擦额头汗水："师父，可以赶路了。"

火龙真人笑道："不着急，慢慢来，修道之人，光阴悠悠，走得快了，容易错过风景。"

张山峰埋怨道："我还想早些将水丹送给陈平安呢。"

火龙真人点点头，掐指一算，这件事，确实可以着急。

金甲洲，遗址当中，刘幽州打着哈欠，那个白衣女子依旧在不断出拳，看架势，是真上瘾了。曹慈依旧不还手不言语，只是看那些横七竖八的倒塌神像，曹慈有些时候会面朝它们，会稽首，会双手合十，也会作揖。那个拳意越来越高涨的女子，只是出拳，刘幽州不是纯粹武夫，只是觉得她出手越来越没有章法，随心所欲，出拳也不再次次倾力。不过对曹慈而言，好像也没啥区别，依旧是你打你的拳，我看我的神像。

突然之间，女子停下身形，双手十指和整个手背都已经白骨裸露，不见皮肉，她沉声问道："依旧是错？"

曹慈转头笑道："怎么，打不倒我的拳，便是错的？那天底下的同龄人，有对的拳法吗？"

曹慈难得言语，更是破天荒一次说了两句话："天下根本没有错的拳法，只有练错的武夫，和意思不够的出手。"

女子咬牙道："不是'打不倒'，是打不到！"

曹慈嗯了一声，又不再言语了。

既然事实如此，只要不是睁眼瞎就都看在眼中，心知肚明，他曹慈说几句客气话，很容易，但是于她而言，裨益何在？

若是一个志在登顶的纯粹武夫，连几句真话，几个真相，都受不了，如何以拳意登山，并且最终站稳山巅？

这一点，当年在剑气长城那边遇到的那个同龄人，做得真好，愿意认命，其实一直是为了能够做到有朝一日不认命。

曹慈继续前行，记起一事，问道："你记得自己出了多少拳吗？"

年轻女子摇摇头："没记这个。"

背对她的曹慈缓缓说道："那接下来就只记这个，你完全不用去考虑如何出拳、力道收放，只记出拳次数。"

年轻女子皱了皱眉头："曹慈，你为何愿意指点我拳法？"

曹慈抬起头，望向天幕："谈不上指点，不过是值得我多说几句，我便说几句，这又不是什么多了不起的事情。你以后遇上其他武夫，也可以如此，想必也会如此。武道一途，可不是你死我亡的羊肠小道，武运一物，更是……算了，和你说个，好像有些不妥当。"

她苦笑道："那是因为你是曹慈，注定不会遇上让自己感到绝望的同龄人，才可以这么说。"

曹慈点头道："我没必要想这个。"

她有些牙痒痒。

曹慈说道："真正武夫，就在纯粹，不会每天让人觉得是那匹夫之怒。"

刘幽州啧啧称奇，难得难得，曹慈愿意一口气唠叨这么多。大概这就是曹慈自己所谓的纯粹吧。

要知道这个女子，一旦以天下最强六境跻身了金身境，曹慈就等于白白多出了一个同境对手，至少境界是相当的嘛。

至于到时候双方拳法高低，想必她最清楚不过，依旧是倍感绝望吧。以六境打七境，如此狼狈，还算好，若是以七境打七境，还是如此摸不着对方的一片衣角，刘幽州都要替她感到憋屈了。

青冥天下一个州城内的繁华街道上，风流倜傥的年轻道士陆沉在路边摆摊，说是看手相一事，是那祖传的看家本领，来看手相的少女妇人尤其多。

至于他的那个小师弟，在看过了一场关于修士复仇的悲剧故事后，选择了锦衣夜行，少年找到了一个情同手足的同龄人，和一个青梅竹马的少女。此地正是小师弟的家乡。

陆沉一边摸着一个漂亮姑娘的白嫩小手儿,一边神神道道,念念有词,还一边想着自己的那个小师弟,会不会放过那个原本如同亲兄长的至交好友,会不会祈求自己带着那个少女一起返回白玉京。这就又是一个不太喜庆的小故事了。小师弟如何做,陆沉有些好奇,其实选择很多,可归根结底,还是看小师弟如何看待所谓的向道之心。

陆沉轻轻放下那个好看姑娘的小手,和她说了些姻缘事。

他转头望向某处,谈不上失望,但好像也没什么意外和惊喜。

他的那个小师弟正抱着一个同龄人的尸体,默默流泪。少女站在旁边,好像被雷劈过一般,落在陆沉眼中,模样有些娇憨可爱。

只是杀了一个人,便死了三条心。这买卖做的,都不好说是划算还是赔本了。

陆沉单手托着腮帮子,看着熙熙攘攘的街道,朝一个在远处停步朝自己回眸一笑的妇人报以微笑。

年轻妇人大概没想到会被那英俊道人瞧见,拧转纤细腰肢,低头含羞而走。

女子笑颜,百看不厌。陆沉估摸着就算再看一万年,自己还是会觉得赏心悦目。

陆沉叹了口气,小师弟还算凑合吧,杀人即杀己,勉勉强强,过了一道心关。不然他是不介意又一巴掌下去,将小师弟打成一摊烂泥的。只不过距离他这个小师兄的最好预期,还是有着不小的差距。

人身即天地,道人修大道,怎的天地与清净两个天大说法,意思就这般小吗?

陆沉越琢磨就越不开心,便气呼呼地从签筒当中抽出一支竹签,轻轻折断。

他的那个小师弟,便好似被飞剑拦腰砍断一般,没死,半死而已。毕竟是身怀三件白玉京仙兵至宝的小师弟嘛,哪有这么容易死。

又一个陆沉出现在断成两截了还能挣扎的小师弟身边,蹲下身,笑道:"小师弟,加把劲,将自己拼凑起来,肯定能活。"

至于路边算命摊那个陆沉,笑逐颜开,伸出手,递向一个已经落座的少女:"贫道精通手相,测姻缘之准,简直就是那月老的拜把子兄弟。"

南婆娑洲醇儒陈氏大河之畔、水边石崖上,刘羡阳第一次发现那个老儒士比自己更早站在上边。

走上到石崖后,刘羡阳作揖行礼,喊了一声老先生。

两人经常见面,老人说自己是教书先生,由于醇儒陈氏拥有一座书院,在此求学治学之人,本来就多,来此游历之人更多,所以不认得这个老人,刘羡阳并不觉得奇怪。

刘羡阳发现今天的老先生,好像有些不太一样,不像以往那般询问自己的求学进展,是否有章句疑惑。老先生曾说学问未深,便嚷着不拘章句,脱去章句,不太妙,若是学问渐深,癖在章句,空守章句,也不妥,世间学问,到底是需要循序渐进的。

老儒士站在崖畔,眺望江河,沉默许久,转头问道:"刘羡阳,你觉得醇儒陈氏的家风与学风,如何?"

刘羡阳有些讶异,这是自己和老先生第一次见面时的老问题了,不知道老先生为何还要再问。

刘羡阳依旧是差不多的答案:"好。"

老儒士便问:"好在哪里?"

刘羡阳笑道:"好在有用。"

老儒士点了点头:"那真是不坏了。"

刘羡阳轻声问道:"老先生先前在想什么?"

老儒士笑道:"上了年纪的老人,总会想身后事。"

刘羡阳无言以对。

老儒士又说道:"年轻人就莫要如此暮气沉沉了,要朝气勃勃,敢说世道有哪些不对的地方,敢问道理有哪些不好的地方,敢想自己如何将书上学来的道理,拿来裨益世道。"

刘羡阳点头道:"晚辈争取做到。"

老儒士感慨道:"看到你们这些年轻人,我们这些老人,便要觉得光阴总是不够用,教书先生当得还不够好。"

刘羡阳叹了口气。

老儒士笑道:"别叹气,运气会跑掉的。"

刘羡阳愣了一下,还有这讲究?

老儒士大笑道:"小时候,家中长辈就是如此吓唬我的。"

刘羡阳觉得挺好玩的。

记忆中,陈平安就从来不会长吁短叹,倒是他和小鼻涕虫,经常无所事事,躺在夏日的树荫下,或是夜间的田垄上,你叹息一声,我叹息一次,乐此不疲,闹着玩儿。可好像那些年里,运气最不好的那个人,反而一直是他陈平安。不知道如今当了家乡的山主,算不算时来运转?

十月初十这天,陈平安乘坐鬼水岛备好的符舟去了趋龙宫洞天的主城岛屿,那边香火袅袅,就连修道之人都多烧纸剪冥衣,遵循古制,为先人送衣。陈平安也不例外。他在店铺买了许多水龙宗裁剪出来的五色纸寒衣,足有一大箩筐。带回鬼水岛后,陈平安一一写上名字,铺子附送了座寻常的小火炉,以供烧纸。第二天,也就是十月十一这天才烧纸,说是此事不在鬼节当天做,而是在前后两天最好,既不会打搅先人,又能让自家先人和各方过路鬼神最为受用。

水龙宗这边的某些乡俗,陈平安并不陌生,比如上坟祭奠之时,除了添土一事,和陈平安家乡如出一辙,又有诸多相似,就像同样有那男磕头不哭、女哭不磕头的规矩。

这天烧纸,陈平安烧了足足一个时辰。看得云海中的水正李源都有些发愣,差点没忍住去看看那么多五彩寒衣上边所写的名字。

只是一想到李柳称呼此人为"陈先生",李源就不敢造次了。

十月十五的水官解厄日,水龙宗举办了声势浩大的金箓道场,设斋建醮,为先人解厄消灾,为逝者荐亡积福。相较于之前鬼节购买五彩寒衣的开销,要想在这场金箓法会上敬香点灯,可就不是几枚雪花钱的事了。

陈平安主动开启凫水岛山水阵法,李源便假装自己闻讯赶到。

陈平安详细询问了金箓道场的规矩,最终递给李源一本记录密密麻麻姓名、籍贯的册子,然后给了这个水正两枚谷雨钱。说是请他帮忙参加那场金箓道场,让水龙宗高人帮忙代笔,将那些名字一一书写在特制符纸之上,好为这些已逝之人积攒来世福荫。

李源实在忍不住,便开口询问道:"敢问陈先生,这些亡故旧人?"

陈平安说道:"尽量弥补过错而已,还远远不够,只希望还有用,还来得及。"

李源握着那本册子,点头道:"放心吧,天人感应,神鬼相通,别小瞧了自己的诚心诚意。"

于是李源便亲自去运作此事。

陈平安来到屋脊上,今天带上了那把剑仙,横放在膝,独自一人,茫然四顾。

第六章
下雨不下钱

　　陈平安已经在凫水岛待了将近一旬光阴，在这期间，先后让李源帮忙做了两件事，除了水官解厄日的金箓道场，再就是帮忙寄信送往落魄山。

　　陈平安猜不出此人身份，少年面容，可瞧着疲惫不堪、精神不济，似乎修行遇到了瓶颈。陈平安在一些自认大道无望的老修士身上，都看到过这种魂魄日渐腐朽、心气下坠提不起的气象。若非被凫水岛阵法惊动，李源都不会擅自登岸。陈平安就越发想不明白，李柳这些年在北俱芦洲的修行，到底是怎么个光景。可那么多份山水邸报之上，都不见任何记载。

　　陈平安这段日子除了孜孜不倦炼化山水灵气，稳固、拓展水府山祠两处关键窍穴的格局，也会凝神如芥子内视巡游，看那剑气汹汹如铁骑叩关，以及初一、十五分别以剑尖消磨斩龙台，火星四溅，如同家乡阮师傅打铁铸剑，满室光彩。

　　龙宫洞天四季如春，冬不酷寒，夏无炎热，经常下雨，既有淅沥小雨，也有滂沱大雨，每逢下雨时分，陈平安发现邻近岛屿就会有修道之人，多是地仙之流，或是在沐浴甘霖，以人身小天地府门大开，迅猛汲取水雾灵气，或是祭出类似玉壶春瓶、砚滴之类的山上法宝，截取雨水，点滴不沾岛屿地面。

　　闲暇之时，他开始翻阅那本人人最后皆是一死的故事集，过程各不相同，大多性情迥异，死法也千奇百怪，最终死在何人之手，更是五花八门。

　　当初在仙府遗址山巅，光阴长河停滞当中，这本书在大妖死后坠落在地，又被孙道人转赠给他陈平安。

陈平安在凫水岛找到了一把竹柄油纸伞,只要当时不在修行,每次遇上了下雨天气,无论昼夜,他都要出门散步,沿着凫水岛走一圈,约莫三十里山水相依的路程,皆独自撑伞走过。

三块牌子,李柳那块篆刻有"三尺甘霖"的螭龙玉牌,已经被陈平安摘下,放入咫尺物中。李源那块用来掌控山水阵法的"峻青雨相",和水龙宗过桥木牌"休歇",依旧挂在腰间,雨中行走之时,偶尔步子稍大,便有细微的敲击声。

这天夜雨当中,陈平安依旧撑伞出门,算着时间,朱敛的回信应该也快到了。

陈平安驻足不前,望向远处白甲、苍髯两座岛屿之间,忽有一架华丽马车跃出湖面,马车大如楼阁,四角如飞檐,悬挂铃铛,四匹雪白骏马踩水奔走之时,铃铛作响,如雨中天籁。马车之后,又有小簇花锦衣侍女、衣红紫官袍臣子模样的大队人马,追随马车御水而行。马车之上,并无马夫驾驭骏马,只站着少年李源和一个身材修长的美妇人。妇人发髻如白玉花苞,身穿一件捻织细密的小袖对襟旋袄,外罩轻纱,飘若烟雾。少年李源,换了一身圆领黄衫袍,腰系白玉带,脚踩皂靴。

这支队伍出现后,陈平安察觉到白甲、苍髯两座大岛出现了异象,四周水雾弥漫上岸,笼罩其中,很快就只能看到它们的大致轮廓,但是陈平安不确定是岛屿修士开启了护山阵法的缘故,还是马车那边有人驾驭水法,让岛屿修士不便窥视湖上景象。

马车朝着陈平安这边直奔而来,没有直接登岸,而是停在凫水岛一里外,唯有李源与那个高髻妇人走下马车,走向岛屿。

那妇人似乎临时撤去了障眼法,露出了原本模糊不定的面容。她拥有一双金色眼眸,是本地山水神祇之一无疑。

李源与那个妇人一起走到陈平安身前。李源笑着介绍道:"这位是司职龙宫洞天风雨流转的南薰水殿娘娘,陈公子可以喊她沈夫人。"

虽然雨下得不小,陈平安仍是立即收起了油纸伞,称呼了一声沈夫人。

那个水殿娘娘施了个万福大礼:"南薰水殿旧人沈霖,见过陈公子。"

她起身后,轻轻拂袖,凫水岛上空便没了雨水降落。

陈平安习惯了对人言语之时,正视对方,便一不小心发现了这个水神娘娘的真实面容。她脸色如青瓷釉,不但如此,脸上"瓷面"布满了细细密密的裂缝,纵横交错,一旦被人定睛细看,就显得有些骇人。陈平安有些了然,没有假装什么都没看见,而是将油纸伞夹在腋下,和这个一尊金身已处于岌岌可危境地的水神娘娘抱拳告罪一声。

沈霖似乎有些讶异,笑道:"陈公子不必如此,若是小神这副面容惊吓到了公子,大煞风景,才是大罪。"

李源哈哈大笑起来,似乎觉得这个说法比较有趣。

只不过陈平安没有笑,李源便只好悻悻然收起笑容——自讨没趣了。若是早年水龙宗那帮祖师堂谱牒最前边的家伙，一个个还在世的话，当下早就周围笑声一大片了。

陈平安一手拎着油纸伞，侧身伸出一手。

沈霖看了眼李源，后者赶紧使个眼色，她这才与那陈公子并肩而行，然后李源才双手抱住后脑勺，慢悠悠跟在两人身后。

南薰水殿是龙宫洞天诸多水神之首，至于山神就更不用提了。在这座小洞天内，最没地位的，就是那些好似被四周大水拘押于牢笼中的小山神。一些个大源王朝等待卢氏朝廷敕封的英灵，或是别处小国死后魂魄不散的名臣英烈，一旦听说可能被丢入龙宫洞天，封正为神，可能连再死一回的心思都有了。不单单私心作祟，害怕入了这座小洞天，约束太多，山香如何比得上水香？更重要的是，进了小天地，离乡背井，身为神祇，如何反哺本国山水气运？所以任何英灵对于担任小洞天的山水神祇，都视为一种官场上的贬谪流放，故而宁做小县城隍爷，不当洞天山神。

而沈霖自称南薰水殿旧人，就又是一个很有嚼头的说法了，因为方圆八千里、拥有千余大小岛屿的龙宫洞天，水运之浓郁，冠绝一洲，如今水神湖君、河伯河婆总计有三十二个之多，连同主城在内十二座大岛，皆有山神、城隍、文武庙，相较于水神，神灵数量更多。

李源看着前边不远处那个"妇人"，心中哀叹不已。同病相怜。

只不过水龙宗那边能做的，更多是凭借年复一年的金箓道场，增添香火，虽然也能补救南薰水殿，类似市井坊间的修缮屋舍，可毕竟不如他这个水正汲取香火，淬炼精华，来得直接有效。说到底，这就是洞天不如福地的地方。洞天只适宜修道之人三三两两安心修行，天生的清净境地，想不与世无争都难；福地则地广人多，利于万民香火的凝聚，这才是神祇的天生道场。

陈平安与这个沈夫人相谈甚欢。

可惜龙宫洞天不像春露圃、彩雀府这些仙家山头，有那装订成册的集子，可以供人了解一地风俗。事实上这还是陈平安第一次听说南薰水殿。不过拥有水殿称号的神祇，往往都来头不小就是了。

在书简湖，青峡岛附近的那座珠钗岛，岛主刘重润作为亡国长公主，其故国就拥有一座传说中的水殿，这才引来了朱荧王朝剑修的觊觎，当然那个出身朱荧皇室的元婴境剑修，还打着财色双收的算盘。陈平安见识过水殿珍藏丹药的玄妙，地仙都要垂涎三尺，按照刘重润的说法，最好的那种水丹，随便抛出一颗，就能让书简湖掀起百尺高浪，争夺不已。

陈平安离开落魄山之前，刘重润尚未和朱敛那边真正谈妥迁徙事宜，其实陈平安不太理解刘重润为何执意要将珠钗岛女修一分为二，祖师堂留在书简湖，却会将大多祖师堂嫡传送往龙泉州修行。如今的书简湖，已经有了规矩，而且还是姜尚真那个真境宗坐镇，和先前无法无天的书简湖相比已经判若云泥，说句难听的，刘重润那点家当，真境宗还真不会见财起意。搬到了龙泉州，一样还是寄人篱下，陈平安该收珠钗岛的神仙钱，一枚都不会少。珠钗岛既兴师动众，刘重润又耗费财力，陈平安实在是想不通刘重润怎么做的买卖。

就像陈平安不清楚李柳和李源的关系，也不明白沈霖和李源的牵连，所以这一路，就是与这个南薰水殿水神娘娘客套寒暄。

由于在书简湖青峡岛做惯了此事，陈平安早已无比娴熟了，应对得滴水不漏，言语句句客气，却也不会给人生疏冷淡的感觉。例如会与沈霖虚心请教枭水岛上公主升仙碑的渊源，沈霖当然知无不言言无不尽，作为龙宫洞天与水正李源一样资历最老的古老神祇之一，对于自家地盘的人事如数家珍。

李源听着两个头回见面的家伙，在前边热络闲聊，觉得有些好玩。只是好玩之余，又觉得有些悲哀。

那个高高在上的江湖共主，时隔无数年，好不容易走了一趟这座济渎避暑的龙宫洞天，结果呢？连南薰水殿都懒得去看一眼，连申饬这个没有功劳也有苦劳的沈霖一两句，都懒得说。

李源甚至可以笃定，如果不是这个"陈先生"大驾光临，那个江湖共主，连自己这个看护一座避暑行宫无数年的济渎水正，都不会多看一眼。真是无情。

李源总觉得他也好，沈霖也罢，也算品秩相当不低的神祇了，也算足够漠视世俗人情了，可相较于那位高不可攀的远古大神，真是好似人间痴情种。

沈霖似乎谈兴颇浓，主动为陈公子介绍起了龙宫洞天的风土人情。这是陈平安最愿意听到的。

自打陈平安第一次和小宝瓶他们出门远游，就是如此。

上山问樵夫，下水问舟子，入城过镇便要去问当地百姓，当年都是陈平安亲自去做的，哪怕是想事情最认真、做事情也很细致的李宝瓶想要为小师叔分忧，陈平安还是会不放心。其后，独自游历四方，依旧如此。

任何一方陌生的水土，陈平安只要觉得无法了解全面、将脉络看得透彻，就会心中难安。

这大概和早年嫁衣女鬼拦道、飞鹰堡变故、误入藕花福地，以及经历过鬼蜮谷幕后杀机等等一系列的风波，有着很大的关系。

陈平安知道自己在此事上，若是心性走了极端，一直不作出转变，便会是修行路上的一道坎坷关隘。

这个念头，是遇到李柳后，陈平安才突然意识到的。

因为陈平安对照李柳身在此处的言行举止，发现自己哪怕是返回了家乡，除了在泥瓶巷祖宅一人独坐，还算可以什么都不多想，此外哪怕是在落魄山竹楼，在骑龙巷铺子，也习惯了让自己沉浸在那种"我知万事，琐碎无漏"的偏执心境，所以陈平安才会如此艳羡缩地千里成方寸和那神人掌观山河两门仙家神通。

尤其是李柳随口道出的那句"只要心不静，走再远的路，其实还是在鬼打墙"，简直就是一语惊醒陈平安这个梦中人。

陈平安敢说自己从来都知道到底想要什么，要去什么地方，要成为什么样的人。可是一路行来，道路之上，原来一直磕磕绊绊，坎坎坷坷，并非全是大天地的因缘际会使然，他陈平安自己也有着诸多"福祸自招"。所以陈平安那天坐在屋脊上，会觉得天地茫茫，不知如何落脚走出下一步。

十年之约，成为金身境武夫，重返倒悬山。

重建一座长生桥，成功炼化五件本命物。

成为一个心目中真正的剑客，争取同时成为一个得大自由的大剑仙。

可人力有限，心力亦是如此。

当下他陈平安，思虑之多之远，权衡之细之杂，何止这三件大事？又哪里只是欠债几千枚谷雨钱这么简单？不得不做之事，又何止这些自家事？

事乱如麻，大小不一。应该如何分出个先后？每一天的心思气力和光阴，又该如何从自己的道理，落在一件件具体事情上？

陈平安下意识停下脚步。那个南薰水殿水神娘娘也不露痕迹地停下身形。

李源在两人身后一直无所事事，仔细数着沈霖身上那件至多三四两重的轻纱法袍上到底镶嵌了多少颗炼化成细小芥子的龙宫特产珍珠，这会儿已经数到九千多颗了。

沈霖此次登门拜访，可不是他李源自作主张，而是先前那位江湖共主的短暂现身，让这个南薰水殿旧人在冥冥之中生出了一丝心神感应，但是又不敢擅自抛头露面，只好等到那缕感应彻底消散后，才循着蛛丝马迹，小心翼翼找到了他这个大渎水正，还不敢直接询问，而是旁敲侧击。李源听得头疼，装傻扮痴，这等大事，李源再怜悯这个水神娘娘，也不敢随意泄露天机。只是实在拗不过沈霖，只好用了个不至于假公济私的折中法子，带着她走一遭凫水岛，反正作为一方小天地的神祇之首，驾车巡狩四方山水，是她沈霖的职责所在。只可惜那个被李源说成是陈公子的"陈先生"，腰间并没有悬挂那块"三尺甘霖"玉牌。年轻人岁数不大，却老到得过分了，言语十分谨小慎微，估摸着沈霖只能无功而返了。

作为此地山水执牛耳者的南薰水殿，其实有些名不正言不顺，因为水殿所有神祇侍从的敕封，任何王朝都无法插手，就连历代书院山长往往也不会掺和，例如如今书院圣人周密上任没多久，就让一位君子往水龙宗祖师堂送去了十份封正卷轴，全是关于南薰水殿的大小神位，只留下姓名处的空白，让宗主孙结交予洞天之中的南薰水殿，意思很简单,让那个其实"小朝廷"已经极其臃肿的沈霖自己折腾去,他周密来北俱芦洲是做学问来的,懒得多管这些乱七八糟的。

沈霖也很快就投桃报李,除了几大关键神位保持不动,一口气裁撤了许多依循古老礼制虚设的官职,最终按照圣人周密的那些封正诰书上的官职,原本拥有二十多个水运神祇的南薰水殿内只留下了十个被儒家认可的正统神位。

一开始与南薰水殿关系莫逆的南宗之主邵敬芝,私底下还劝说过沈霖莫要如此,白白少去十多个神位,反正书院圣人周密已经摆明了不会搭理南薰水殿的运转,何必多此一举。可当后来周密离开书院,出手将那几个口出恶言的大修士打得"通了狗屁",邵敬芝才又拜访了一趟南薰水殿,承认自己差点害了沈夫人。

沈霖察觉到了身边的年轻人怔怔出神,心不在焉。

她没觉得这是什么无礼冒犯,修道之人,能够如此心境松懈,其实甚至能算是一种无形中的信任了。

陈平安很快收起杂乱思绪,致歉道:"沈夫人,对不起,方才有些神游万里。"

沈霖笑着摇头。不过她已经有了离去之意,所以开口邀请年轻人有空去南薰水殿做客。

陈平安点头答应下来,然后便有些无奈,李柳说是要去一趟主城,然后会再来凫水岛,结果这一去,估摸着她直接离开了龙宫洞天和水龙宗。

询问李源,李源只说不知。

沈霖告辞离去,走向岸边,脚下水雾升腾,转瞬之间便返回了那驾马车,拨转马头,风驰电掣而去,奔出数里水路之后,好似奔入湖面之下的水路,马车连同那些随驾侍女、文武神人,倏忽不见。

李源缓缓收回视线,其实心中有些惋惜。若是这个年轻人稍稍聪明一点,或是稍稍不那么聪明一点,其实沈霖就不只是邀请他去拜访南薰水殿了,而是她必有重礼馈赠,不收下都万万不成的那种,而且一定会送得天经地义,合情合理。至少是一件南薰水殿旧藏至宝,一等一的水法至宝,品秩接近半仙兵。因为这份礼物,其实不是送给这个年轻人的,而是好似一样地方官员精心准备的贡品,上敬给那块"三尺甘霖"玉牌的主人。一旦陈公子愿意收下,沈霖非但不会心疼半点,还要越发感激他的收礼,只要他稍有念头流露出来,南薰水殿就算拆了一半,沈霖也定然还有重礼相送。可惜陈先生悄无声息就错过了一桩福缘。

天底下有嫌弃仙家重宝不够多的修道之人吗?就像他们这些山水神祇,谁还嫌弃香火精华多个几斤几两?应该没有吧。

更可惜的是,他李源不好开口提醒什么,不然一个不小心就要画蛇添足,只会害了金身本就已经腐烂如一截朽木的沈霖,也会让自己这位小小水正吃不了兜着走。

陈平安一起目送车驾远游，身边站着黄衫玉带皂靴的少年，他那一闪而逝的复杂神色，被陈平安悄悄收入眼帘。

李源拿出一封密信，说道："陈先生，这是你家乡的回信。从寄信到收信，水龙宗不会有任何察觉。"

其实这封信，入手有些沉重。这就是山水有别的关系。

因为信上设置有一尊山岳正神巧妙的山水禁制。

作为大渎水正，拿着这封信，便难免有些"烫手"。

陈平安接过密信，见着了信封上的四个大字，会心一笑。

那四字是"师父亲启"。一看就是自己开山大弟子的手笔，字迹随他这个师父，工工整整的，显然落笔的时候很用心。

陈平安先将密信收入袖中。

李源就要告辞，毕竟那人说过，陈先生在此地要清净修行，不许有人打搅。

南薰水殿神灵巡游至此，登岸片刻，其实李源都有些心虚。只是想着这个年轻人在撑伞散步，应该不属于"清修"之列吧？

沈霖一走，凫水岛上空很快恢复了雨幕。

陈平安撑起伞，李源笑道："陈先生不用管我。"

陈平安欲言又止，但很快就打消了一些个询问的念头。

知不知道那个沈夫人在龙宫洞天的大致座位高低，意义何在？当真需要拎起一条线的线头吗？好像不用如此。

李源身上难以掩饰的迟暮老态，这个南薰水殿娘娘金身濒临破碎边缘，他陈平安初来乍到，拎起了一两条深潭水中的脉络线头，知道了事实，若是契合或者违背自己的某些道理，是不是就要管上一管？许多身外事，在可知可不知的时候，偏偏要去自寻烦恼，是不是修道之人全然不顾身外事的另外一个极端？

陈平安觉得自己只要梳清楚了这条根本脉络，对己而言，就是一场大修心。如此一想，其实陈平安会羡慕那些一开始就"问道之心"极其坚定的人。

如果不论善恶是非，只说本心，比如一眼就相中那本《云上琅琅书》的林守一，以及那个目的明确、行事果决的少女朱鹿，还有许多相逢之人，他们在修心一事上，都很不拖泥带水，擅长复杂事情简单化。

李源问道："陈先生，似乎有些疑虑？"

这是废话。一个没有疑虑忧愁的修行之人，是绝对不会吃饱了撑的，一下雨就出门撑伞散步的，而且还会走走停停，心神不定，偶尔还会多拿一根行山杖，像是在地上或写字或画符。

陈平安笑道："等待家乡回信，有些心急，没有什么。"

李源便不再多问半句。

陈平安跟李源分别,回到宅邸,收起油纸伞斜靠门外,大雨还没有停歇。

轻轻震散身上雨水痕迹,陈平安走进屋子落座。

相信朱敛会在信上仔细回复落魄山近况,以及龙泉州周边的形势。

当然重中之重,肯定还是将那莲藕福地从下等福地抬升为中等福地一事。

其实拿到这封回信的第一时间,陈平安就已经知道了一个天大的好消息——魏檗已经破境了。不然密信不会有着独属于披云山的山岳禁制。

陈平安没有立即打开这封密信,反而起身离开屋子,走到屋檐下,看着天地间的雨幕。

人间下雨,在家避雨,他乡躲雨,要么就是撑伞而行,不然就只能淋雨。

陈平安转头望向那把斜靠墙边的油纸伞。兴许有些道理,就是那把油纸伞,天晴时分,无需取出,下雨之时,再来撑伞。

可是市井坊间,谁都不知道什么时候下雨,那么是不是随时随地携带雨伞在身,就成了一个让人头疼的选择,带在身上,多少会加重负担,晴天路上,握在手中给旁人瞧见,更不像话。而走在山上的修道之人,是没有必要撑伞避雨的。

陈平安伸手挠头,有些忧愁。

思来想去,让他转身走向屋子的最后那个念头,便是觉得如果这场大雨,下的是那谷雨钱就好了,实在不行,是雪花钱也行啊。

李源刚去往云海没多久,水神娘娘沈霖后脚就赶到了。

两人在龙宫洞天的行踪,只要有心隐瞒,便是水龙宗镇守此地的两个元婴境修士都不会有任何线索。

水龙宗的两个玉璞境修士,都没有选择常年镇守这座宗门根本所在。这就是一种向水正李源、水神沈霖的无言礼敬。

宗主孙结除了每次规格最高的金箓道场,其余玉箓、黄箓道场,都不会进入此地。

相比北宗,南宗邵敬芝和南薰水殿关系更好,每隔几年都会来找沈霖一次。

沈霖神色复杂:"李源,你就不能随便说一句?"

李源只是微笑,一言不发。

哪怕答案是"不能"二字,都足以让沈霖猜到方向正确的答案了。

但是李源什么都不讲,从头到尾,连那陈先生都只说是两个故友子弟之一,让沈霖只需要称呼为"陈公子"即可,那么她就没办法确定真相。

可只要不确定,她这个南薰水殿旧人,做任何多余的事情就是在赌命。

沈霖便换了一个法子,试探性问道:"我去问问邵敬芝?"

李源笑道:"随便。"

沈霖那一双金色眼眸有丝丝缕缕的光线流溢出眼眶,死死盯住这个同僚水正。

李源神色自若。

一个大渎水正,一个避暑行宫的侍奉神女,双方神位品秩大致相当,就像是山下的大户人家,一个管祠堂香火的小厮,一个管庭院杂务的丫鬟。谁都管不着谁,谁也都不是什么不可或缺的大人物。

一旦沈霖真去询问了邵敬芝,往小了说,是比芝麻绿豆还小的小事,往大了说,一旦被那人知晓沈霖此举,并且心生不喜,可就是私自查探那人行踪的死罪,那么这副金身还能苟延残喘个两三百年的沈霖,就完全不用忧心自己金身的腐朽溃败了,随便一巴掌,就没了嘛。

不是李源不想帮助沈霖渡过此劫,而是不敢,他自己何尝不是泥菩萨过江自身难保?答应她登上凫水岛,就已经是他李源往自己金身塞了几颗熊心豹子胆,仁至义尽了。

沈霖苦笑道:"都说远亲不如近邻,你我当了这么多年的邻居……"

李源脸色阴沉,皱眉道:"避暑水殿神女沈霖,我劝你适可而止!"

沈霖心中惊惧,只得行礼致歉。

李源拂袖而去。

沈霖黯然离开云海,返回湖中,施展辟水神通,打道回府。到了湖底那座大如王朝雄城的恢宏水殿,没有直直御水去往她的住所别院。每一次出入,都还是要经过那座悬挂"风调雨顺"匾额的大门,而且只能走侧门。那道大门从未开启,哪怕水龙宗宗主拜会,甚至是大源王朝崇玄署历代杨氏家主,以及浮萍剑湖剑仙郦采驾临这座巍峨水府,依旧只能行走侧门。

沈霖跨过侧门之后,身形便一闪而逝,来到自己别院的花圃旁,里边种植有各色奇花异草,那些在花丛穿梭、枝头鸣叫的珍稀鸟雀,更是在浩然天下早已踪迹灭绝。

有一个神女现身禀报:"娘娘,南宗邵敬芝登门拜访,见还是不见?"

沈霖犹豫一番,摇头道:"就说我在闭关,不便待客。"

在沈霖拒绝邵敬芝的时候,李源要更加逍遥自在,施展了障眼法,更换面容,变成一个面容普通的黄衣少年,出现在那条白玉台阶上,缓缓下山,过了城门,前往桥上酒楼买酒喝。

不去五楼,就在一楼大堂那边随便挑了个座位,因为更热闹。由于两场法事都已结束,所以比起先前陈平安喝酒时的人满为患、酒桌难寻,还需要拼桌落座,这会儿空位就要多出不少。李源在龙宫洞天和大渎桥上来去自如,毕竟都是济渎地界,只不过在水龙宗开山,小炼了那座济渎中祠之后,李源除了镇守洞天,最多就是走出洞天,每次都要更换容貌装束,在这条长桥上来回行走,一直走到长桥某端的次数都不多。

奉公职守了几百年几千年,哪怕做了一万年,都只算是分内事,可不遵守某些规矩,哪怕只有一次,对于他这种品秩的山水神祇而言,兴许就会是一场不可补救的灾殃。

沈霖如今金身崩溃在即,就有了一丝想要打破规矩、拼死维持神位的端倪,李源实在是不忍去看。

其实李源在重新见过那人今生之后,就已经彻底死心了,再没有半点侥幸。因为他终于能够确定,水正李源也好,南薰水殿沈霖也罢,他们的生生死死,所有神祇的金身崩塌,那人根本不在意。这也是李源没有更多提醒沈霖的缘由,既然那人已经不在乎龙宫洞天与整条济渎的山水去留,是不是沈霖偷偷摸摸逾越雷池也不会管了?

万一沈霖误打误撞,给她涉险做成了,是不是意味着他李源也可以依葫芦画瓢,修缮金身,为自己续命?

李源其实不太喜欢这种糟糕至极的感觉,所以他才想着来这边满是人间烟火味的酒楼喝酒浇愁。

李源不知道那位陈先生,在凫水岛忧愁些什么,需要一次次雨下撑伞散步,反正他李源觉得,便是龙宫洞天一场雨水都是那酒水,被他喝光了也浇不掉自己所有的愁。何况世间神灵喝酒,无论是市井酒水,还是仙家酒酿,都是喝不醉的。

李源想要硬生生挤出一滴眼泪来可怜可怜自己,一样做不到。

他便喝着三更酒,双手拍打着桌面干号起来,就像是个酒量不济的人间醉醺醺少年郎。

不远处有酒客怒吼道:“小兔崽子,吵死个人,赶紧给大爷闭嘴!”

李源抹了把脸,委屈巴巴转头望去,双手手掌轻轻在酒桌上来回划抹:“我这会儿心情不好,号几嗓子怎么了嘛。”

那汉子讥笑道:“吵到老子喝酒的兴致了,你小子自己说是不是欠抽?”

李源抬起双手,揉了揉脸颊,打算带着这个家伙去济渎当中,不喝酒,改喝水,还不要钱。

就在此时,楼上刚好走下一个老人和一个年轻女修,后者腰间悬佩水龙宗祖师堂嫡传玉牌。

老人望向那个汉子,笑道:“莫吵莫吵,伤了和气。”

那汉子怒道:“老头儿你算哪根葱?!”

老人笑呵呵说道:“我就是个结账的。今儿一楼所有客人的酒水,老头儿我来付钱,就当是大家赏脸,卖我桓云一个薄面。”

那汉子顿时哑然,起身抱拳道:“原来是桓老真人,失敬失敬!”

桓云抱拳还礼,走下楼梯,为一楼所有酒客结账,一楼顿时响起满堂喝彩。

李源先前瞥了眼桓云，是一个瓶颈松动的金丹境老地仙，身边是一个刚刚跻身金丹境的年轻女子，如果没记错的话，好像是叫白璧来着，比较受宗主孙结的器重。这个小妮子还是运道不错的，也难怪孙结会倾力栽培。孙结执意要将那张元婴供奉都眼馋的寸金符赠予自己嫡传弟子，哪怕占着白璧跻身金丹客的宗门大义，依旧很有中饱私囊的嫌疑。在祖师堂那边，南北两宗闹得很不痛快，尤其是一般不太在明面上与孙结顶针的邵敬芝，都难得撂了几句重话，当时作为水龙宗祖师堂的真正主人，李源就躲在一幅祖宗挂像里边，偷偷看热闹，挺带劲。

其实孙结算是一个很不错的当家之人了。对待南北两宗，一碗水端平。可恰恰如此，就成了另外一种人心不平的根源。

若是孙结舍得脸皮，一味偏祖北宗子弟，反而没有那么多乌烟瘴气的勾当。若再早早敲定水龙宗下一任宗主的继承人选，铁了心继续延续重北轻南的规矩，看她邵敬芝和南宗会不会难熬，最终还不是不得不低头认命？

太好说话，太讲公道，就是孙结难以真正服众的症结所在。不然祖师堂那边，和南宗邵敬芝位于一排座椅的供奉、客卿，早就有其中两三人坐到北宗那边去了。

当然，若是孙结能够跻身仙人境，一切问题都会烟消云散，可惜孙结没有这个资质和福缘。

李源这会儿埋头喝酒，那桓云和白璧也没有上杆子来烦他，很上道。

出了酒楼，白璧和桓云走到长桥一端，白璧轻声笑道："老真人，我虽然跻身了金丹境，但是时日不多，资历尚浅，尚未单独开辟出府邸，希望下次老真人莅临我们宗门，晚辈已经可以在龙宫洞天之中占据某座岛屿，到时候一定好好款待老真人。"

桓云笑道："白道友只要确定了可以在那洞天岛屿开辟府邸，可以事先寄信给我，我会自己跑来道贺。"

白璧笑着点头，向这个道门老真人打了个稽首："大恩不言谢。"

桓云有些感慨，还了一礼："修行不易，你我共勉。"

成为金丹客，便是我辈人。桓云只要还不是那元婴修士，那么无论年龄如何悬殊，其实与这个年纪轻轻的水龙宗嫡传，就是同辈道友。

白璧没有刻意殷勤，只是目送桓云走下桥头，就此离去。

白璧这个年轻金丹地仙的感激之情是发自肺腑的。

其实白璧返回水龙宗之后，就有些后悔，没有早早和桓云商议收尾一事，哪怕需要她拿出一份重礼，她都不会有任何犹豫。免得南宗那边借此机会，醉翁之意不在酒，打压她白璧在水龙宗的前程不说，还要连累宗主师父。例如那野修出身的武灵亭，虽是水龙宗供奉，其实更是北宗供奉，却差点因为此事而将祖师堂那张椅子搬到对面去。师父也恼火不已。

所幸柳暗花明又一村。白璧怎么都没有想到,在双方没有任何交易的前提下,桓云愿意为她说那番公道话,不但雪中送炭,帮助自己在宗门这边洗清了所有嫌疑,还为自己锦上添花,使得她在那处遗址历练过程当中,成了一个行事谨慎、老成持重之人。该说的,无论真假,桓云在水龙宗祖师堂的掌律祖师那边都说了,不该说的,老真人一字未提。以至于白璧从如释重负的师父那边听闻此事后,都有些震惊,一脸的匪夷所思。

孙结当时什么都没有多说,只让弟子白璧好好珍惜这份来之不易的山上善缘。

事后听闻桓云已是云上城挂名供奉后,孙结又不得不提醒阅历不够的白璧,有机会的话,可以不露痕迹地去一趟芙蕖国,再"顺便"去趟云上城,好歹那城主沈震泽也是一个金丹地仙。

白璧一一记下。

所以她这次盛情邀请在北亭国游历山水的桓云来水龙宗做客。

桓云得知她尚未在岛屿开府后,就更讲究了,推说自己在外边逗留已久,需要立即赶回山头,于是就有了后边两个金丹境地仙在桥头的那番对话。

这些都是师父和传道人都教不了、也不会刻意传授的为人功夫、处世本领。

白璧独自站在桥头,感触颇多。

以前总是痴迷于山上的那句金科玉律:放不下世间事,当不成山上人。如今看来,山上修道,身边四周,高高低低,山上各处,不也还有那么多的修道之人?大概所谓的放下不管,原来不是那全不计较、我行我素的偷懒捷径。

李源趴在桥上栏杆,离着桥头还有百余里路程,却可以清晰望见那个年轻金丹女修的背影,觉得她的资质其实不错。

李源听到背后有人大声喊道:"小兔崽子!"

李源转过头去,那汉子笑着抛过一只酒壶:"这壶三更酒,可是老子自己掏腰包买下来的,以后他娘的别在酒楼里边鬼哭狼嚎,一个大老爷们,也不嫌碜碜!"

李源笑眯眯抱住酒壶,低头弯腰,高声道:"谢这位大爷,大爷慢走。"

那汉子愣了一下,笑骂了几句,大步离开。

李源边走边喝着酒,心情好转几分。

桓云没有乘坐渡船或是御风远游,而是沿着那条济渎大水缓缓而行。

在云上城,他曾经与一个年轻人走扪心路。对方说了些看似空泛的大道理。

说有些学问,是水脉,缓缓流转,帮人顺势而为,走得稳;也说有些学问,是山根,世事无常,本心纹丝不动,立得定。

两者都是好学问,可世事难在双方要经常打架,打得鼻青脸肿、头破血流,甚至就那么自己打死自己。

桓云是听得进去的,因为在那场一波三折的访山寻宝当中,这个老真人自己就吃够了这场架的大苦头。

他桓云是不是好人？当然是。不只是别人如此公认，他桓云内心一向自认还算好人。不然他就不会走那么一遭云上城，帮此生元婴境无望的沈震泽吆喝助威，最后还答应为徐杏酒、赵青纨护道。

好人会不会犯错？当然会。先是重宝摆在眼前，最后还要加上一辈子积攒下来的名声，他桓云其实已经违背良知和本心，差点就要为顾全清誉杀人夺宝，铸就大错。

很多时候，好像只是相差那么一口气，便会造就出天壤之别的是非对错、善恶之分。

夜幕之中，天高月明，桓云深吸一口气，只觉得心旷神怡。

就是不知道那个年轻剑仙，如此豁达，会不会一样有那难以逾越的心关？若是真有，岂不是天堑鸿沟？

桓云只能希望那人可以过水架桥，上山铺路，风雨无忧吧。

临近水龙宗的某处僻静地方，一个老道人伸手搀扶住身边的年轻道士。

背剑的年轻道士张山峰摇摇欲坠，然后满脸笑意，兴高采烈道："师父，咋个我今儿半点不想吐了？"

火龙真人一本正经道："肯定是修为见长，这要是回了趴地峰，你那些师兄肯定要好好夸你几句。"

张山峰一脸怀疑："师父你说句真心话。"

火龙真人这才说道："师父毕竟交友广泛，这一路虽然走得快，依旧难免走走停停，就数这次距离最近。"

张山峰埋怨道："师父你这么不会说话，怪不得那些山上朋友，每次见了师父你老人家登门，一个个都从来不乐意请你上山坐一坐。我可看得真切，他们跟师父聊天的时候，也都客气得不像朋友。师父，以后你下山还这样，真不成的。"

火龙真人点头道："在交朋友这种事情上，师父是不太擅长。"

张山峰看了眼师父，没说话。

火龙真人只得再次点头："修行一事，也不太凑合。"

张山峰笑道："没事，师父道法不高，弟子也好不到哪里去。"

张山峰摇头张望，又笑道："师父，水龙宗这么大一个仙家，没有朋友了吧？"

只有此处，因为是此行的目的地，所以师父明确提及过名字，只说他的朋友陈平安最近应该就在附近。至于其余师徒二人停留过的高山湖泽、仙家府邸，张山峰反正都不认得。

火龙真人愣了一下，笑着点头。于是以心声告知那个水龙宗宗主孙结，不用露面了，返回祖师堂便是。

不讲礼数？贫道站在这儿，礼数还不够大吗？

陈平安进了屋子，开始翻看密信。

朱敛在信上先提及了魏檗破境一事，魏檗成了宝瓶洲历史上第一个上五境山神。

大骊王朝皇帝宋和亲临龙泉州，光是六部尚书就来了礼、刑两个，一起登上披云山为魏檗道贺，不但如此，大骊朝廷还取出了一件皇库珍藏的"亲水"半仙兵，赠予披云山，作为锦上添花的压胜之物，如此一来，哪怕是一尊山岳正神，魏檗也能够更加轻松掌控辖境水运，甚至可以随便镇压大骊北岳地界所有最高品秩的江水正神。由此可见，新帝宋和对于魏檗这个前朝旧臣，已经不单单是礼遇，而是主动分权给披云山，魏檗等于以一己之力，和大骊礼部、刑部共掌整个大骊宋氏龙兴之地的山水权柄。

所以朱敛让陈平安这个山主不用考虑贱卖家当一事，因为魏檗破境之时，声势极大，祥瑞齐出，据说整个大骊京城百姓都沸腾了，许多家底殷实的富贵门户，如过江之鲫，疯狂涌入新开辟出来的龙州，想要去往披云山烧香礼敬魏大山神。不但如此，大骊户部还带给披云山将近百枚金精铜钱，作为朝廷的赠礼之一。其余诸部也有自己的诚意，当然这些都是经过年轻皇帝陛下点头许可的，才敢如此正大光明地向披云山送礼。

年轻皇帝显然自己都有些意外，原本以为已足够高估魏檗破境一事引发的各种朝野涟漪，不承想依旧是低估了那种朝野上下、万民同乐的氛围，简直就是大骊王朝开国以来屈指可数的普天同贺。上一次，还是大骊藩王宋长镜立下破国之功，覆灭了一直骑在大骊脖子上作威作福的昔年宗主国卢氏王朝，大骊京城才有这种万民空巷的盛事。再往上推，可就差不多是几百年前的老皇历了，大骊宋氏彻底摆脱卢氏王朝的附庸国身份，终于能够以王朝自居。

朱敛说魏檗光是举办第三场神灵夜游宴，保守估计，就可以补上一半谷雨钱的缺口。

此外，珠钗岛刘重润已经签订了山水契约，选择在水运相对浓郁的鳌鱼背落脚，祖师堂依旧留在书简湖，没有搬迁，免得被真境宗穿小鞋，只不过十数位资质最好的嫡传子弟，都会在鳌鱼背修行。如今刘重润已经开始聘请墨家工匠、机关师，在鳌鱼背打造府邸，按照约定，这些建筑，和鳌鱼背山头本身一起，除非三百年之后双方再续契约，不然离山之时，都会自动成为山主陈平安的私人产业。

不过珠钗岛租借鳌鱼背三百年，只交了一笔定金，三十枚谷雨钱。刘重润在神仙钱一事上，咬死了自己家业太小，并无积蓄。算上搬迁费用，以及打点各路关系，掏出三十枚谷雨钱，就已经让她快要钱囊空空了。

结果郑大风的插科打诨,就让刘重润说出了一桩和她世俗身份息息相关的秘事,算是一桩不小的意外之喜。

这位亡国长公主,愿意暗中帮助落魄山争取一起取回那座水殿和一艘沉水龙舟。这两物,始终没有被朱荧王朝寻觅得手。只要得到两物,她刘重润可以送出那条价值连城的龙舟渡船。若是只能取回一物,无论是龙舟还是水殿,鳌鱼背和落魄山皆五五分账。

朱敛没有立即答应下来,毕竟这会牵扯到当地的大骊铁骑,很容易引发纠纷,所以朱敛在信上询问陈平安,此事能否去做。

至于新刺史魏礼来自藩属黄庭国,新任州城隍来自三江汇流之地的馒头山,这些大骊山水官场的"意外",朱敛在信上都没有遗漏。

关于书简湖的那两场水陆道场、周天大醮,朱敛更是写得事无巨细,能写的都写了。

就连目盲道人与两个徒弟在骑龙巷草头铺子扎根,风评如何,信上也都写得仔细。

还说卢白象新收取了两名弟子,是一双姐弟,分别叫元宝、元来,都是不错的武学苗子,等到陈平安这位山主返回家乡,就可以抽个时间,让两人返回落魄山,将姓名记录在落魄山的祖师堂谱牒上。

还有一些大隋山崖书院那边的求学经历。

最关键之事,在最后一张纸上,是关于莲藕福地的山水灵气一事,随着两大笔谷雨钱落入其中,几处关键的山根水运,都得到了极大的巩固与滋养,接下来就需要与南苑国皇帝真正开始打交道,而这个世俗皇帝已经有意禅让退位,自己来当一个修道之人,而新帝位置不稳,自然就需要让步更多。可是真正决定这座小福地大方向的决策,朱敛还是希望陈平安能够亲自给出定论,他和郑大风、魏檗好循规蹈矩、按部就班去布局。

除了自家山头相关的大小事务,朱敛还提及了诸多山外事。

大骊王朝升迁了两个争抢杀入朱荧王朝的铁骑主将曹枰、苏高山,成为大骊历史上新设官职的巡狩使。人们都说这其实就是大骊先帝专门为功勋武将设置的"上柱国"。曹家本就是上柱国姓氏,苏高山如今有足够的底气,和上柱国豪阀平起平坐。传言大骊王朝最终会摆下六把"巡狩使"椅子,大骊京畿之地一把,老龙城那边一把,旧属朱荧王朝地界一把,其余三把椅子谁来坐,摆在哪里,还没有定论,连猜测都没有。

再就是诸多灭国之地,风起云涌,国人揭竿而起,当地修士更是大肆刺杀大骊驻守官员。除了曹枰、苏高山两支铁骑继续南下,最后那支铁骑开始停马不前,一部分停留在朱荧王朝版图上,分兵北归,开始平叛。

信上林林总总,大小消息数十个。

陈平安仔细看过朱敛书信两遍后,才拿起裴钱的那封信,只有两张纸,都是她自吹自夸的言语。

抄书认真，没有赊账。

她那套自创的疯魔剑法一日千里，简直就是巅峰中的巅峰。

和周米粒关系好得很，如今小水怪已经是骑龙巷压岁铺子的右护法了。她询问师父是不是回到家乡后，就升任周米粒担任落魄山的右护法。信上有些此地无银三百两，裴钱说她可不会随便承诺周米粒这么大的官衔，公私分明，和周米粒关系再好，她也会铁面无私，所以还是需要师父回家后再亲自定夺。

还说那岑鸳机练拳特别认真，不愧是老厨子亲自挑选上山的武学天才。唉，就是有次岑姐姐练拳太专注了，没注意台阶，不小心崴到了脚，她当时刚好路过，竟然没能扶住岑姐姐，所以她一直到写信这会儿，还是有些良心不安着。所以将来如果岑姐姐提及此事，师父千万千万莫要怪罪，绝对是她裴钱的无心过失。

陈平安看到这里，就知道大有玄机了。她肯定是做了要吃栗暴的事情，在信上先跟自己铺垫一番。

再者裴钱自己肯定意识不到，她写了这么多落魄山上亲眼所见的事情，连半句骑龙巷铺子挣了多少银子都没提到，在陈平安看来，肯定是在学塾那边逃学翘课极多。

陈平安也没多想，反正有朱敛盯着，应该不会有太出格的事情。真要有，相信朱敛在信上也会直接挑明。

不过等他回去，还是要一顿栗暴让她吃饱就是了。她自己信上，半句学塾课业进展都不提，能算上心读书？就她那脾气，若是得了学塾夫子一句半句的夸奖，能不好好显摆一二？

裴钱还在信上说秀秀姐不在神秀山那边了，听说搬去了别处修行，她有些担心秀秀姐，因为她好久没去草头铺子买糕点了。

裴钱说山上来了个名叫隋景澄的好看姐姐，人长得好看不说，还贼大方，花钱眼睛都不带眨一下的，不过她作为师父的开山大弟子，风范很够，从来没有主动让隋景澄给自己买东西，一次都没有。

信的最后，裴钱祝愿师父游历顺利，财源广进，每天开心，平平安安，早日还乡。

一看到这里，陈平安便有些舍不得敲她栗暴了。

第七章
真人叩关

一老一小两个道士，在长桥一端花了二十枚雪花钱，拿了两块仙家橘树木牌。

张山峰轻声问道："师父，你的障眼法到底管不管用？我怎么觉得好像还是有很多人在瞧咱们？再说了，咱们来自趴地峰，又不是什么丢人现眼的事情，我当年出门游历，可没谁看出我来自趴地峰，连误认我来自桃山、指玄那些师兄的山头，也一次都没有的。按照师父的说法，我只说自己是中土龙虎山的外姓天师，就更没人信了。"

火龙真人微笑道："想必是你那些师兄的名头不大吧。"

张山峰叹了口气："我觉得师兄们道法都挺高的。"

火龙真人笑道："每次慢慢悠悠上山，别别扭扭下山，你这也能瞧得出来师兄道法高？"

张山峰使劲点头，压低嗓音说道："我听山上的师侄们说过几次，说能够自己跑出去开峰的师兄师姐，境界都高得吓人。"

火龙真人笑呵呵问道："怎么个高法？"

张山峰摇摇头："这可没个准，有说是金丹境地仙的，也有说怎么都该是龙门境神仙的。"

说到这里，张山峰郑重其事说道："师父，虽说咱们趴地峰不许随便拿境界说事，可师侄们毕竟年纪小，这些个闲聊，是天真天性使然，师父可不许上纲上线，回去之后就逮住人发火，不然我以后还怎么在趴地峰修行，不都得背后骂我这个小师叔是乱嚼舌头的长辈？"

火龙真人笑着点头。

张山峰还是不太放心："师父，你得给我句准话，不然我觉得悬乎。"

由不得张山峰不紧张兮兮，自打记事起，他就只见到师父他老人家发过一次火。

一个得以离开趴地峰单独开山的师兄，有一次与留在趴地峰上修行的另外一个师兄，不知为何起了争执，兴许是道理没掰扯清楚，就拿境界高低说了句话。其实被说的那个师兄自己都没觉得那是需要上心的言语，不承想明明已经酣睡两三年的师父，破天荒从峰顶大雪堆里震散积雪，然后一闪而逝，离开了趴地峰。

当时还是个不大孩子的张山峰，正和几个同龄的小道童一起忙着打雪仗呢，结果一个个面面相觑。然后他们继续打雪仗，师父在与不在，都不耽误他们嬉闹，毕竟在趴地峰，下雪一事，可是稀罕事，只有师父睡着了之后，才有机会碰到，真是比过年还开心。

后来张山峰才听说那个只是说错了一句话的师兄，当天就被驱逐出了师门，那个师兄在趴地峰地界边缘地带跪了整整一个月，也足足磕了一个月头，师父都没回心转意。其余师兄，都走上了趴地峰，但是都没敢说话，就只是站在趴地峰上，好像他们犯的错，半点不比那个同门师兄弟要小。

张山峰大概是年纪小的缘故，是当时唯一一个敢开口询问此事的弟子，因为他很好奇师父为什么要这么生气。

当时师父在所有师兄都离开趴地峰后，对张山峰只说了两句话：

"天底下没有什么所谓的无心之语，只有不小心说出口的有心之言。"

"山下人，无所谓，山上人，很要命，不是要了修道之人自己的性命，就是要了山下更多凡夫俗子的命。"

张山峰还想要为那个师兄求情，火龙真人只是摇了摇头，轻轻摸了摸他的脑袋，说："就这样吧，既然你那师兄在山上修行到了路尽头，不如去山外修修心。"

此时此刻的长桥上，火龙真人只得亲口承诺道："好，师父就当没听说过这回事。"

行走在长桥上，张山峰发现有个眉眼伶俐的黄衣少年，站在不远处怔怔出神，好像在看他们师徒俩，然后那少年转头就跑，一溜烟儿就没了身影。

张山峰疑惑道："师父这是？"

火龙真人笑道："以前见过，打过交道。"

那边李源一头冷汗，撒腿狂奔，见过你大爷的见过，老子堂堂济渎水正，结果当年被你以水法镇压在大渎水底足足个把月。

火龙真人皱了皱眉头，转过头望去，是一样施展了障眼法的宗主孙结。

孙结硬着头皮快步向前，没法子，若是这位老真人只是路过水龙宗，他孙结既然得了旨意，不出现也就罢了，可老真人分明是会去龙宫洞天的，要是他孙结还留在祖师堂那边，就于礼不合了，哪怕被老真人当面训斥几句，也总好过自家水龙宗失了礼数。

火龙真人虽然不太乐意多出些应酬,可好歹对方是一宗之主,伸手不打笑脸人,便说道:"贫道只是和弟子来此游览。"

与此同时,以心声言语明明白白告诉孙结:"孙宗主,我这徒儿不太晓得山下事,烦请遮掩一二。"

孙结顿时心领神会,打了个稽首,开口笑道:"见过真人。"

火龙真人笑着点头致意。

张山峰一头雾水,连怎么敬称对方都不晓得,只好还了对方一个稽首:"晚辈张山峰,见过前辈。"

孙结赶紧又还了一礼。

火龙真人的嫡传弟子,当得起他这个水龙宗宗主单独一礼。

这让张山峰有些手忙脚乱,只得又毕恭毕敬打了个稽首。

火龙真人便有些无奈。

孙结自己也觉得有些不妥,便不再拘泥礼节,只说陪着真人走上一段路。

火龙真人每次下山游历,从来独来独往,几乎没有身边跟随弟子的说法。无论是那个不幸兵解离世的太霞元君,还是桃山、指玄这些别脉开山的弟子,哪怕个个道法通玄,可相传从来不曾跟随这个喜好睡觉的老真人,师徒一起云游四方。事实上,张山峰此次下山,也是多年之后的后半程,一路南下远游到了别洲,才被自己师父找上门,然后一起游历了中土神洲和南婆娑洲,在那之前,哪怕一路风餐露宿、饥肠辘辘,都是张山峰独自一人,说是砥砺道法,其实就是尝尽辛酸。

孙结将火龙真人和张山峰送到了酒楼那边,便告辞离去。

这一路都是张山峰和他聊天,应该是担心他师父不会应酬往来,只好弟子代劳了。

孙结刚要转身的时候,火龙真人才开口说道:"李源那边,贫道帮你说句话便是。"

孙结刚要行礼,火龙真人摆摆手:"免了。"

张山峰在那个挺客气的前辈走远了之后,小声说道:"师父你怎么也不搭理人家?"

火龙真人笑道:"不是朋友,没得聊。朋友也不是聊出来的。"

火龙真人有些缅怀神色,自己有没有朋友?当然有,而且还不少,可惜都是故人了。

活得太久,好像就只能一一为朋友们送别,有些可以当面道别,有些不能。能与不能,其实都是伤感。

这和道法高低无关。所以身边这个弟子,能够认识那个喜欢讲道理的陈平安,认识那个喜欢写山水游记的徐远霞,都很好。而张山峰和陈平安都打心眼里敬重那个大髯游侠,就更好了。

意气相投,患难与共,喝水犹胜饮酒。

有些称兄道弟的锦上添花，花团锦簇里边藏着刀子。但是某些雪中送炭，是朋友手捧火炭送来的，送完之后，握拳挥别，只说小事。

离着那处"济渎避暑"城门还有三十四里路，张山峰问道："师父你是怎么算出陈平安的位置的？"

火龙真人说道："这是一件很难的事情，只不过陈平安和你牵连颇深，例如那枚天师印，还有你现在背着的这把古剑，都是他率先得到，然后转手赠送你的机缘，这才给了师父一些线索。加上陈平安刚好在北俱芦洲，若是身处别洲，为师就更难卜卦了。"

其实还有一桩秘事，火龙真人没有跟张山峰挑明，那就是双方当年在宝瓶洲东南那个村落的巷弄相逢，老真人作为回礼，赠送了陈平安一份见面礼，帮那个孩子在将来的武道之路上稍稍走得稳些。毕竟这份可有可无的香火情，不是什么可以拿来说道的谈资。何况这个弟子觉得自己师父道法不高，火龙真人也没觉得有半点不对。

贫道道法能有道祖高吗？没有嘛。那就是不高。

到了龙宫洞天入口处，一听说需要掏出两枚小暑钱，张山峰当时就觉得这水龙宗有些黑心了。

张山峰咬咬牙，从袖子里磨磨蹭蹭摸出两枚小暑钱，交给看守城门的水龙宗修士。

过城门的时候，张山峰摸了摸红漆大门上边镶嵌的门钉，不忘转头对火龙真人说道："师父，要不要也摸摸看？当年陈平安说过好些乡俗，其中上城头走百病，过城门摸门钉，都能赶走污浊晦气。"

火龙真人笑着摇头："为师就算了。"

张山峰过了城门洞，见着了那条长达九千九百九十九级的白玉台阶，顿时感慨道："气派，真气派，不愧是宗字头仙家！"

自家趴地峰，可就只有一条蜿蜒曲折的上山小路，路上还杂草丛生，不过野果子多，张山峰下山游历之前，就经常带着一大帮小道童搜山，次次满载而归。

走到了山巅，瞧见了脚下那十六座团龙纹，张山峰越发觉得水龙宗财大气粗，一想到这座水龙宗的仙家风范，好歹有自己那两枚小暑钱的贡献，便有些开心。

火龙真人笑问道："是不是还是觉得金窝银窝，不如自家的草窝？"

张山峰点头道："那可不。见过了陈平安，就回家！"

十六条雪白蛟龙腾云驾雾，撞入云海，去往龙宫洞天。

凫水岛屋子里边，陈平安开始闭目养神，思量许久，取出笔墨，铺开纸张，开始提笔回信。

莲藕福地这个名字，不错的，就这么命名便是。

这块福地在缺口补上后，提升为中等福地，那些未来山水神祇祠庙的选址，可以继续暗中勘察,选取风水宝地,但是落魄山不着急跟南苑国皇帝签订任何契约,等他返回落魄山再说,到时候他亲自走一趟,在此之前,无论这个皇帝给出多好的条件,朱敛你都先拖着。

魏檗破境是天大的喜事,落魄山上需要人手准备一份贺礼,他陈平安这一份,必须是件法宝品秩的山上之物,可以跟真境宗姜尚真暂借。如果朱敛觉得妥当,甚至可以答应他以元婴身份和周肥的化名,担任落魄山记名供奉,条件就是一件额外多出的法宝。其余裴钱他们这些晚辈的贺礼,礼轻些无妨,比如可以让裴钱抄写一副喜庆的楹联,当然如果裴钱自己有更用心的想法,更好。

刘重润那边,朱敛可以喊上卢白象,一起秘密挖取水殿和龙舟,这是最好的结果,但是行此事之前,必须先跟崔东山打声招呼,等到他的确切回信后,双方才可以动身离开大骊。若是崔东山觉得此事不行,那就直接拒绝刘重润,不但如此,还要提醒她对此事彻底死心,话说重些,不打紧,既然双方成了山上的长久邻居,有些难听刺耳的真心话,对方听不听是一回事,自己说不说又是另外一回事。

信写到此处,陈平安停笔片刻,才继续提笔书写。

若是刘重润执意要涉险行事,落魄山就收回鳌鱼背的租借,毁约产生的后果和赔偿,落魄山该承担多少就是多少。

与其以后被珠钗岛修士连累得焦头烂额,被那无妄之灾殃及自身,不如早早撇清关系。落魄山想要长远经营,细水长流,有些取舍,得有了。与其以后注定出现更大的反目成仇,相互怨怼,还不如早做切割,不怕被白跑一趟的珠钗岛抱怨一二。一旦真成如此僵局,也需要做更多的暗中补偿,例如跟姜尚真、关翳然打声招呼,让他们帮着照拂书简湖珠钗岛一二,此事则无需告知刘重润。落魄山欠下的这两份不小人情,先欠着,等他陈平安返回宝瓶洲,另有计较。

董水井那边,落魄山能够帮忙的,不涉及大是大非,都尽量主动帮忙,无需讲究利害得失。但是对董水井的任何帮忙,绝对不可以折损池水城驻守将军关翳然的半点利益,此事需要朱敛仔细思量,小心把握分寸。至于董水井和袁郡守、曹督造的私人关系,落魄山不可掺和一丝一毫。黄庭国郡守出身的新任刺史魏礼,落魄山可以经常往来,此人值得结交,但是具体分寸如何,朱敛你自己把握便是。再有那个横空出世的新任州城隍,既然城隍阁老爷的香火童子和裴钱早就熟悉,那么可以稍稍叮嘱裴钱几句,依旧以平常心跟那香火小人儿交往即可。除此之外,落魄山与这个横空出世的州城隍,交情得有些,却要点到为止,宜浅不宜深,因为对方能够从一方小土地,一跃成为州城隍,背景肯定极为复杂。如今的落魄山,还是求稳为上,免得被某些大骊庙堂上的神仙打架波及,如今大骊中枢,定然是云谲波诡、漩涡密布的危险光景。

老龙城范二和孙嘉树那边,劳烦朱敛得闲时候,亲自跑一趟,算是代替他陈平安登门感谢。在这期间,若是桂花岛的那个桂夫人不曾跨洲远行,朱敛也要主动拜访。还有范家的那个金丹剑修供奉马致老先生,朱敛可以携带一壶酒水登门,埋在竹楼附近地底下的仙家酒酿,可以挖出两坛凑成一对,送给老先生。

真境宗供奉刘志茂破境跻身玉璞境一事,无须理会,更不用送礼道贺。

正阳山和清风城许氏两地,继续通过他人之手,暗中收集与之有关的大小消息。

此外,大小事务,又有二十余件,陈平安都一一写在这封密信上,绝大多数,都只是让朱敛自己看着办,陈平安只是提个醒而已,告诉朱敛有这么一回事。

再就是有些他陈平安已成定论的事情,若是朱敛他们三人觉得方向不对,需要继续斟酌,那就可以寄信一封给李柳,因为他返回宝瓶洲之前,一定会先去趟狮子峰。

最后陈平安没有单独写信给裴钱,只是在信的后边,让她多和她的宝瓶姐姐书信往来,还要帮他这个师父去和陈如初、陈灵均,当然还有周米粒,以及在骑龙巷压岁铺子当掌柜的石柔,一一报个平安。再唠唠叨叨的,叮嘱裴钱在学塾那边不许顽劣,若是暂时觉得先生教书本事不高,那就和先生夫子们学做人,若是觉得学塾先生们好像为人一般,那就只与他们学习书上的圣贤道理。

在这封家书的末尾,陈平安答应裴钱,他已经点头答应,在自己开山大弟子的鼎力引荐之下,正式擢升哑巴湖大水怪周米粒为落魄山右护法,并且准许裴钱亲自将此事昭告落魄山上上下下。

落笔轻快写下这句话的时候,陈平安自己都不知道,他满脸笑意,眼神温暖。

写完这些,陈平安背靠椅子,抱着后脑勺,闭着眼睛,想起了那个据说还是不爱露面的莲花小人儿。

不知家乡那边,山路台阶两旁的草木,明年春暖花开,会不会比往年更加茂盛。

每逢金箓道场过后,龙宫洞天便多雨水。

陈平安收起了信,走出屋子,拿起那把油纸伞,继续出门散步。他打算散步之后,就将这封信交给李源寄往落魄山。

陈平安走在凫水岛山水毗邻的那条青石小径上,突然转头望向一处,依稀可见有一艘符舟缓缓而来。

他在龙宫洞天,除了李源和南薰水殿娘娘,可没有什么熟人。

符舟骤然间快若飞剑,飘落在湖上,安稳靠岸。

陈平安定睛一看,揉了揉眼睛,这才确定自己没有看错。赶紧驾驭那块"峻青雨相"玉牌,撤去凫水岛山水禁制。

火龙真人已经撤去了师徒二人身上的障眼法。张山峰大笑道:"陈平安!"

陈平安笑问道:"你怎么来了?我还想着逛完了这条济渎,就去趴地峰找你来着。"

张山峰大步前行，走向陈平安。陈平安将手中油纸伞递给张山峰，然后弯腰抱拳道："晚辈陈平安，拜见老真人。"

"不老不老，喊真人即可。"火龙真人笑着跟陈平安点点头，从符舟上一落地，凫水岛的雨水就瞬间停歇了。

张山峰愣了一下，收起了油纸伞，乐呵呵道："好兆头，好兆头！"

然后张山峰比画了一下陈平安的个头，疑惑道："陈平安，你个儿蹿得这么快啊？"

原来如今的陈平安，已经比年轻道士张山峰高出约莫一拳了。

事实上，双方从离别到重逢，已经过去好些年了。

陈平安接下来就有些尴尬，他在凫水岛孑然一身，自然什么都没有关系，如果只有张山峰一人，也好说，万般不客气，可眼前还站着一位老真人，就有些为难。酒是有，可显然不合适，彩雀府小玄壁也有，可惜他对于煮茶一道，七窍通了六窍，一窍不通，更无茶具。

火龙真人打量了一眼陈平安，打趣道："瘸腿走路，有麻烦了吧？"

陈平安苦笑点头。

在火龙真人眼皮子底下，张山峰以手肘轻轻敲打陈平安，陈平安还以颜色，你来我往。

火龙真人对此视而不见，缓缓前行，两个年轻人走在一旁。

火龙真人又问道："那么好的一颗文胆，又和你大道契合，怎的没了？不然有金、水、土三物相辅，就不至于这般瘸拐登山。"

张山峰听到这句话后，立即不再和陈平安"打招呼"了。

陈平安回答道："遇到了些事情，没能说服自己的本心。一些个道理，总不能只是拿来约束他人。"

火龙真人笑问道："贫道有些好奇，讲了什么道理，需要付出这么大的代价？"

陈平安犹豫了一下，还是给了一个大致的答案："一个平时遇上了，可以亲手打死千百回的人，偏偏杀不得。"

火龙真人嗯了一声："文胆一碎，好不容易凝聚在身的那点道德气象，溃败四散，那么然后呢？什么时候是个头呢？"

陈平安默不作声。

火龙真人笑道："喝点小酒，想清楚了，再说不迟。"

陈平安便摘下养剑葫，里边如今都换成了家乡的糯米酒酿，轻轻喝了一口，递给张山峰，后者使了个眼色，示意自己师父在呢。

火龙真人继续说道："私心这么重，怎就偏偏杀不得了？既然如此，在贫道看来，那颗文胆你不去碎它，它也会自碎。"

陈平安又喝了口酒。

火龙真人笑了笑，伸出一只手："你是不是机关算尽，使出浑身解数，将一身杂乱学问都用上了，才勉强走到今天？例如以佛家的降服心猿之法，将自己的某个心念化作心猿，化虚锁死在心中，将那该死之人视为意马，拘押在实处的某地？至于如何改错，那就更复杂了，法家的律法，术家的尺子，佛家的度化，道家的斋戒，尽量和儒家的规矩拼凑在一起，形成一桩桩一件件实实在在的弥补举措，是不是？希冀着将来总有一天，你与那人，年复一年的知错改错，总能偿还给这个世道？错了一个一，那就弥补更大的一个一，长此以往，总有一天，便可以稍微心安，对不对？"

陈平安神色黯然，死死攥紧手中的养剑葫。

火龙真人点了点头，却又摇摇头，唏嘘道："何其难也。"

张山峰已经大气都不敢喘了。

火龙真人笑道："那你有没有想过，此局问心，关键在何处？"

火龙真人自问自答道："在于是杀人在先，再杀自己，还是杀己在前，再想杀人。"

陈平安怔怔失神，喃喃道："岂可不先看对错是非，再来谈其他？"

火龙真人嘻笑道："那贫道就要再问你了，为何唯独此人，在你身前，在你拳与剑之前，就偏偏杀不得？"

陈平安无言以对。

火龙真人笑道："因为你知道，只要起杀心，便是杀己。杀他之前，你就已死。陈平安，这很难理解吗？你陈平安太聪明了，对于人心的理解，远远超过同龄人，许多冥冥之中的选择，你完全顺乎本心，根本和你推崇的某些道理没有关系，那才是你陈平安藏在内心深处，最最根本的想法和认知，根本不需要你在脑子里转弯，故而看似浑然不觉，实则真真切切。"

一旁张山峰就觉得特别难以理解。还有就是伤心。

年轻道士张山峰本以为这场久别重逢，只有好事，不会有这些糟心事。

张山峰都后悔带师父一起来这凫水岛了。

火龙真人自顾自摇头道："在你陈平安看来，只要杀了此人，你陈平安的所有人生，从孩子，到少年，再到后来远游四方，就都死得一干二净了。所有你认识并且认识你的人，尤其是那些已经不在世之人，好像都跟着一起死了。归根结底，当真不是你陈平安私心作祟？你太怕死了。既怕自己身死，更怕别人对你心死。"

陈平安站在原地，手中养剑葫轻轻坠地。

火龙真人对张山峰笑道："咱们继续走走，让陈平安好好想想，都不着急。"

张山峰着急得嗓子眼儿都快冒烟了。

只是火龙真人对他摇摇头，张山峰这才攥紧那把陈平安递过来的油纸伞，陪着师父继续散步。

走远了之后，张山峰忧心忡忡，转头望去，轻声问道："师父，留陈平安一个人在那儿，真没事吗？"

火龙真人淡然道："陈平安什么时候不是一个人了？"

张山峰愕然。

火龙真人笑道："不是说陈平安和你不真心，并非如此。只不过这个小子，从小习惯了如此。"

张山峰问道："坏事？"

火龙真人想了想："能够一路走到今天，自然不是坏事，是好事。可如果今天过后，还是如此，便是……"

张山峰又问了同样的问题："坏事？"

不承想火龙真人摇头笑道："更大的好事。只不过差了那么一点，他自己没有想透彻，打不破那瓶颈，才是坏事。这一点，勘不破，看不透，不承认，就是天大的灾殃，就是最大的心魔。"

心关即是鬼门关，鬼门关外人徘徊，人鬼一线间，所以常有阴间人阳间鬼，人鬼难分。凡夫俗子，倒还好说，无非是求活以及活得更好，人不人鬼不鬼的，本就没有个定理。可修道之人，心路泥泞，就会误事。

张山峰挠头道："师父，弯弯绕绕，我是真听不明白啊。"

火龙真人笑道："因为你不需要明白，人和人，便是一座天地和一座天地的区别。"

张山峰问道："师父，你要说别人私心重，我不好说什么，可要说陈平安私心重，我觉得不对。"

火龙真人摇头道："又不是什么贬义的说法，所以不用为他打抱不平。"

张山峰突然停下脚步，说道："师父，我不走了，我就在这儿看着陈平安，不然我不放心。"

火龙真人点头道："很好。"

张山峰埋怨道："好什么好嘛。"

火龙真人笑着独自前行，绕岛屿行走一圈便是。

而且火龙真人也很好奇那个年轻人，最终想出来的答案是什么。

张山峰蹲在原地，虽然没有下雨，但太过无所事事，便撑起了伞，望向远处站在水边的那粒芥子身影。

火龙真人继续前行，行走不快。可凫水岛不过三十余里路程，火龙真人依旧走到了陈平安附近，一起远望湖景。凫水岛无雨，龙宫洞天其他岛屿却处处大雨，夜幕雨幕交织在一起，雨落湖泽水相接，越发让人视线模糊。

陈平安缓缓开口道:"老真人,有件事情,我从未跟人说过。"

火龙真人说道:"大可以开口道出,一吐为快。"

陈平安深吸一口气:"我这辈子也算走过不少地方了,但是我觉得人生中最大的一次考验,回头来看,恰恰是过山过水,走得最安稳的一段路程。不是在家乡差点打死我的搬山猿,不是那个青冥天下的陆掌教,甚至不是什么被吞剑舟戳烂腹部,更不是各种层出不穷的阴谋和厮杀。最让我惴惴不安的那段路,陪伴我的,是我最敬重的几个人之一,他叫阿良,是一名剑客。"

火龙真人淡然道:"一个战战兢兢看待一个陌生天地的孩子,不得不以最大恶意揣测他人,结果事后才发现,自己的那份心意,竟是如此不堪。这个阿良的剑术越高,心性越高,越能包罗天地,这个孩子在未来人生当中,就越会感到失落,会越发愧疚。与孩子对待一开始就视若神人的齐先生,是截然不同的两份心境。"

火龙真人说道:"继续讲便是了,贫道听过就会忘记。你大大方方,趁着雨水清洗得天地清明,叩问良心。"

陈平安继续说道:"我是后来才知道,世间姻缘一事,原来可以被山巅之人牵引,所以我很怕自己喜欢的姑娘,其实不是她自己有多喜欢我。我很怕这个。"

说到这里,陈平安有些笑意:"不过我思来想去,还是觉得她不会,因为她是宁姚,千年万年,就只有一个宁姚的宁姚。所以没有万一,没有什么退一万步说。"

火龙真人笑了起来:"还有呢?"

陈平安说道:"我很怕自己和小鼻涕虫一样,成为自己当年最厌恶的那种人,所以一直都在害怕成为山上人。一开始见识过了剑仙风采,会很仰慕,走过了天地四方,见多了人间苦难,我反而就越来越抵触那种一剑削平山岳、一拳下去城池崩毁的所谓壮举。但是后来我也自己想明白了,不用害怕这个,我如果修力登顶,又有修心跟上,便可以让那些山上行事只求痛快之人,半点不痛快,我便痛快。"

火龙真人啧啧道:"这个说法,倒是贫道这个'老真人'头回听说,有点嚼头,不错不错。"

陈平安笑道:"那场问心局,亏得老真人点破,我才不得不承认自己的私心。在这之前,我总是故意将世道复杂想得更深更乱,对于自己,会下意识觉得文胆一碎,便可以不去深究,其实这就是一种退避。其实就像老真人所说,私心作祟,私心如此之重,并不可怕,可怕之处,在于依循此心行事而不自知,知道了,反而不用害怕。一件事情,已经到了最糟糕的境地,接下来自己只要还有心气提得起,再难也能好转起来。"

火龙真人摇头道:"还不够。"

"我很记仇,想杀而杀不成的人有不少,只能一直忍着。但是我不怕等,怕的是等久了之后,发现自己道理变了,竟然没了杀人的理由,所以我一直希望在新道理出现之前,就有杀人之力!"

陈平安思量片刻,才说道:"还有我这个人,从来胆子最小,小时候怕鬼,爹娘死后,不是我真的就不怕鬼了,只是换了一种方式逃避。我最要好的朋友刘羡阳,就知道我在当龙窑学徒的时候,最怕的一件事,就是自己生病。我在那个既未练拳更未修行的岁月里,其实就已经开始竭力去捕捉人身这个小天地的任何蛛丝马迹,感知四季流转、节气更迭的微妙,开始尝试着去勾连天地、人身两座天地了,所以刘羡阳那会儿才会说我是贫苦丫鬟命,却有千金小姐的心思。

"不是我离开家乡后,才开始小心谨慎,为了给爹娘翻案和报仇,我从很小很小的时候,就开始伪装自己。我要在邻里街坊那边当个懂事感恩的孩子,让所有人觉得,我是一个至少不会给他们惹来任何麻烦的存在,我不会去偷去抢,我绝对不会成为泥瓶巷附近的惹祸精,不会成为老人嘴中的灾殃秧子,因为我知道一旦失去了某些庇护,我就注定活不下去了。哪怕那个时候,我年纪还小,才刚刚懂事,我就学会了如何去讨好身边所有人。我会经常对着已经不用煮药的药罐子发呆,看久了,就明白了我必须还要学会掌握火候,所以我会偷偷打扫街巷的冬日积雪,因为我知道,做了一次几次,没人看到,但是做了十次几十次,总会有人看到的。我会帮着老人挑水,帮同龄人去爬树摘下纸鸢,红白喜事会帮点小忙,别人的农活,我能帮着做多少就做多少,我不能让他们觉得泥瓶巷那个名叫陈平安的孩子,是聪明,是已经想到了这些,才去做那么多事情,而只是那个孩子,应该是真的'人好'。在去龙窑当学徒之前,我就一直在做这些,习惯成自然,当了学徒,还是这样,以至于到今天,走到了北俱芦洲的这座凫水岛,我都会忍不住去想,陈平安,到底是怎么样的一个人?真是好人吗?先前在一座城隍庙旁观夜审,城隍爷说有心为善虽善不赏,其实让我很心虚。书简湖的水陆道场和周天大醮,还有前不久龙宫洞天的金箓道场一事,李源说天人感应、鬼神相通,我听到了,其实更加心虚。"

火龙真人耐心听完这个年轻人的絮絮叨叨之后,问道:"陈平安,那么你有觉得天经地义的人或事吗?"

陈平安点头道:"当然。比如我爹娘是好人,我这辈子只会喜欢宁姚,我一定要替齐先生看过更多的山河风景,我要成为阿良那样的剑客!我认识了许许多多的真正的好人,我不希望自己的修行,只是自己的事,我希望以后见到每一件敢怒不敢言的不平事,我都可以酣畅出拳出剑皆无错。我希望道理就是道理,不是有用时就拿来用,无用时就束之高阁,世间一切弱者可怒可言,强者愿意尊重他人。"

陈平安停顿片刻,缓缓道:"我还希望世间所有泥瓶巷长大的陈平安,可以不用算计这么多,就能够当个真正的好人。"

火龙真人问道:"那么最后,贫道问你,本心可曾明了?泥瓶巷陈平安,到底是什么人?"

陈平安摇摇头:"好像没有答案。"

火龙真人笑问道:"那你还要不要想,若是一直想,何时是个头?"

还是个老问题。兜兜转转,就像老真人走了一圈凫水岛,重新回来。

但是别小瞧了这一圈。

道家推崇返璞归真。求真。

陈平安双手笼袖,怔怔看着远方,沉默许久,微笑着说了一句不是答案、也是答案的言语。

火龙真人听过后,点了点头,没觉得这个年轻人是在敷衍应付,陈平安这般的聪明人,想要欺人,太简单了,自欺才难。

于是火龙真人心中便有些唏嘘,心想果然文圣老先生收取弟子的眼光,与自己一般好啊。

火龙真人问道:"第三件本命物,暂时可有想法?"

陈平安点头道:"有。"

火龙真人问道:"需要贫道搭把手帮个忙?"

陈平安笑道:"需要。"

火龙真人点点头:"好说。"

很干脆利落,在先前那场扪心叩关之后,这是一番没有半点拖泥带水的问答。

火龙真人拍了拍陈平安肩膀:"去吧,和山峰叙叙旧,贫道先留在这边赏赏景。"

陈平安告辞离去,老真人站在原地。

火龙真人微微叹息,想起陈平安先前那个答复。

好一个"我与我周旋久,宁做我"。

发现陈平安往自己这边走来后,张山峰站起身,收起油纸伞,走向陈平安,然后后退而走,担忧地问道:"没事?"

陈平安摇头道:"有事也没事。"

张山峰恼火道:"说点我能听懂的!"

陈平安微笑道:"那就是没事。"

张山峰又问:"当真?"

陈平安点头道:"比神仙钱还真。"

张山峰一想到这个,便头疼:"这水龙宗不厚道,光是进入龙宫洞天便要收取一枚小暑钱。"

陈平安笑道:"我如今欠着两千多枚谷雨钱的债。"

张山峰掐指一算,陈平安刚说了一句打住,张山峰就已经脱口而出道:"两百多万枚雪花钱?!"

陈平安伸手抹了把脸。

挣钱的时候,最喜欢将一枚谷雨钱折算成雪花钱,欠钱赊账的时候,当真半点喜欢不起来。

张山峰突然说道:"陈平安,有些事情,朋友也帮不上忙,就只能靠自己一点一点想明白。"

第一次下山游历斩妖除魔,这个龙虎山外姓天师,难熬到差点没熬过去,这才狠狠心,直接去了宝瓶洲,这才认识了陈平安和徐远霞,这才慢慢打开心结,还悟出了一套上不得台面的拙劣拳法。

陈平安轻轻嗯了一声。

问心深处最锥心。陈平安当下心境,当然不会像嘴上和脸上那么轻松。

张山峰从包裹里掏出一只瓷瓶:"这瓶水丹,是我师父一个中土蜃泽朋友送的,师父说你送了我天师印和真武剑,得还礼。"

陈平安愣了一下,倒也没扭捏客气,接过了瓷瓶,手心沁凉不说,自身整座水府都有了些异样动静,忍不住好奇问道:"中土蜃泽的水神馈赠?"

苍筤湖湖君也送过水丹,更早的时候,也见识过刘重润秘藏的水殿丹药,只是相较于当下手中这瓶蜃泽水丹,云泥之别。

那本倒悬山神仙书,提及过蜃泽,是中土神洲一座大泽,该不会是蜃泽湖君以本命水运炼化而成的水丹吧?

张山峰点头道:"是那蜃泽水丹,只是师父说品秩不算太高。师父说自己和天下各方水神关系一般,讨要不到最好的水丹。"

陈平安有些哭笑不得,火龙真人所谓的"最好",那就真是整座浩然天下的最好了,所谓的"不算太高",也一定很高。

蜃泽在中土神洲极负盛名,水域广袤,有一尊上五境神祇坐镇,湖君水府是那大名鼎鼎的渑池宫,相传压胜之物,是世间最大的一只龙王篓。蜃泽古迹传奇极多,相传曾有不知名道人在明月夜,于蜃泽泛舟游湖,有蛟龙逃避天劫,遁入蜃泽,电链雷索遮天蔽日,那条蛟龙便逃入道士袖中,道士随手打退天劫,帮助蛟龙躲过一劫,便有了后世"雷霆下索无所避,逃入先生衣袂中"的美好诗句。

陈平安握住那瓶沉甸甸的水丹,转头望去,轻声道:"张山峰,你有个好师父。"

张山峰乐了:"我早就知道啊。"

陈平安笑道:"老真人有个好弟子。"

张山峰摇摇头:"我这样的弟子,在趴地峰很多的。"

陈平安说道:"我看不多。"

张山峰眉开眼笑："尽瞎说一些大实话。"

陈平安一把搂住年轻道士的肩头，张山峰则反过来想去搂陈平安的脖子。

打打闹闹，陈平安带着张山峰进了府邸，进了屋子。

张山峰瞥见了绿竹行山杖和墙上那把剑仙，笑道："真是老样子。"

陈平安搬了把椅子给他，两人对坐。

张山峰便开始聊他与师父走过中土神洲和南婆娑洲的见闻，最后便说到了在醇儒陈氏那边求学的刘羡阳。

陈平安安安静静听完张山峰的讲述，心境祥和，涟漪渐平。

张山峰又开始聊自己的返乡之路，突然发现对面那个家伙，竟然听着听着就睡着了。

张山峰有些无奈，蹑手蹑脚站起身，悄悄离开屋子，轻轻关上门后，就蹲在屋檐下，发着呆。

世道很奇怪，有人只盯着他人有什么，不想为什么。师父说这叫一叶障目，还说世道更奇怪的地方，是如此想，未必全是坏事。

张山峰一直觉得自己和这个世界格格不入，跟境界高低没有太大的关系。

只有待在趴地峰的山上慢慢修行，或是和陈平安、徐远霞一起游历江湖，要么就是独自一人对着寂然无声的天地山水，离着热闹远些，他不会犯错害人，天地也不会害他，张山峰才会觉得稍微好点。

张山峰就问师父，是不是自己的问道之心，出了大问题。

师父却说没有什么问题，还说那儒家是在做加法，修身，齐家，治国，平天下，都往身上揽，都挑得起来，就进了中土文庙。道家却是做减法，一件一件都可以划清界限，撇清关系，物我两忘都无忧了，最后你便走到了清净地。佛家由小乘自度，转为大乘度人，渐悟到顿悟，幡动心动，戒定慧三无漏，其实也都是个增增减减的次第。三教看似根柢大异，道路方向千差万别，可修行其实就是人在走路，还是相近的。

张山峰蹲在台阶上，转头看了眼关上的屋门。

师父说得对，每个人都是一个小天地，关了门，外人就瞧不见真正的门内光景了。

就在此时，屋里边陈平安轻轻喊了一声张山峰。

张山峰赶紧说道："在，就在外边。"

陈平安这才语气略显疲惫地说了句："那我再睡会儿，以前没觉得，有些乏了。"

张山峰说道："好好休息。"

张山峰双手笼袖，蹲在原地，轻轻前后摇晃，脸上带着笑意。

山下有些孩子，极其早慧，最终成不成为那山上的修道坯子，其实都不奇怪。真正奇怪的,是容得下两种极端的学问、心性一直打架,又不打死谁。在火龙真人看来,这才是真正的砥砺、修行。

先天的纯粹心性,难在呵护维持不退散,后天的精诚,难在找到。真者,精诚之至也,精诚之至,炯然如日,又莹然如月。

自己弟子张山峰,和他朋友陈平安,两种心性,便需要传授两种法门。

火龙真人其实有些埋怨文圣老先生和那齐静春,怎的既然分别认了弟子和小师弟,为何不更用心些,就由着陈平安自己一个人逛荡这么远?真不怕说死就死了?也不怕误入歧途,或是干脆放下了,转去当了和尚,或是真正想通了,转入道门?这其实是火龙真人都无法理解的地方。为何文圣老先生没有选择将陈平安带在身边,言传身教,也奇怪齐静春当初哪怕不得不死,可事实上以齐静春的学问和能耐,明明可以做得更多,为何偏偏不做。真是一个比一个心大啊。

火龙真人觉得自己已经算心宽的了,可好像跟这两个读书人还是不能比。

火龙真人突然咦了一声,环顾四周,好像又遇到了不解之事,不过老真人略作思量,便也懒得计较了。

白甲、苍髯两座岛屿之间的湖底,一驾马车悬停水中,水正李源和南薰水殿娘娘沈霖并肩而立。

沈霖惊讶道:"此人竟然认识火龙真人?"

李源冷笑道:"我不也认识那老头儿。"

沈霖笑了笑,当然认识,还被火龙真人以水法镇压在济渎水底一月有余。

虽说北俱芦洲之人都坚信这位趴地峰老真人,是世间最精通火法的修士,没有之一,但是火龙真人其实熟稔水法一事,还真没几人知晓。

沈霖思虑重重。

就在此时,李源头皮发麻,原来岸上那位老真人朝马车这边笑眯眯招了招手。

李源刚要散作金光四散,便打消了念头,因为火龙真人已经出现在马车这边,就站在一匹雪白骏马的背脊上。

沈霖立即打了个稽首,恭敬道:"南薰水殿旧人沈霖,拜见火龙真人!"

火龙真人对这个水神娘娘还算客气,笑道:"万法自然,随缘而走,水到渠成。"

一张脸庞如粉碎青釉瓷面的水神娘娘,心神一震,颤声道:"谢真人教诲。"

火龙真人笑着不说话,瞥了眼李源:"哟,这不是咱们济渎中祠的水正李大爷嘛,贫道走哪能瞧见水正老爷,真是缘分来了挡都挡不住。"

李源绷着脸装聋作哑。咋的,道法高了不起啊,总不能见我不顺眼就动手打人吧?

火龙真人笑道:"李水正,反正闲着也是闲着,跟贫道唠唠嗑?"

李源一脸茫然道:"我忙啊,忙得很。"

火龙真人抖了抖袖子:"哦?"

李源立即说道:"可以先不忙。"

一个老道人,一个少年郎,离了车驾,辟水而行。

沈霖运转神通,驾驭马车,返回那座避暑行宫。

等到沈霖一走,李源立即谄媚笑道:"火龙老哥,咋个来水龙洞天做客都不打声招呼嘞?如此见外,是不是瞧不起混得落魄的小兄弟?"

火龙真人嗯了一声。对啊,贫道就是瞧不起你李水正。

李源觉得这就没法聊天了啊。

堂堂大渎水正,此刻身处水中,却如同置身牢笼,浑身不自在。

沉默许久,两人在水底倏忽远游,身形缥缈清淡如云烟。

火龙真人总算开口了:"水龙宗开宗立派以后,待你李源不薄吧,那你还拿捏什么架子,祖师堂座椅非要摆在首位上?时时刻刻提醒水龙宗历代宗主,祖师堂是你的地盘儿?他们只是租客?你这水正是不是脑子进水了?真把自己当作那位江湖共主了,敢这么骄纵跋扈?"

李源病恹恹道:"欲加之罪何患无辞,老真人你说啥就是啥吧,我都认。"

火龙真人冷笑道:"一份天大的香火情,也经不起你这么挥霍。水龙洞天的风调雨顺,大体无忧,关你屁事?还不是沈霖在劳心劳力。当年那个剑仙窃取洞天水运至宝,你为何袖手旁观?他骗得过忙忙碌碌的沈霖和南薰水殿,骗得过你这个成天闲逛的?"

李源撇撇嘴:"水龙宗不也没说什么。"

火龙真人当然知道这里边的更多曲折,不是什么简单的是非善恶,可世间万事,终究可以看出个大致的结果。而结果,往往又是下一段因果的起因。就像那湖上涟漪,看遍大水很难,可每一道涟漪的波浪起伏,那一起一落,身为修道之人,若是都看不真切,还修什么道。

火龙真人沉声道:"如果不是贫道跟那人有旧,你以为贫道愿意和你废话半句?"

李源叹了口气,不再装傻扮痴,神色萧索,无奈:"水龙宗的兴衰,香火的增减,我看了好多年,死了好些个希望,如今觉得无甚意思了。这一代宗主,孙结人是不错,可又能如何?我又不是没有想过让水龙宗中炼了济渎中祠,但是我先后看重的两人,都没能当上宗主,其中一个还算是被我和水龙宗合伙害死的。水龙宗寄人篱下,被我恶心了一年又一年,是他们自找的。"

火龙真人似乎有点哀其不幸怒其不争:"冥顽不化的玩意儿!"

在山上,画龙点睛,顽石点头,对牛弹琴,鸡同鸭讲,哪个说法不是学问?唯独神仙之别,最聊不到一块去。

火龙真人便说道:"你就尝试着好好做个人吧。"

李源恼羞成怒道:"火龙真人,别仗着道法高就欺负我啊!"

火龙真人一巴掌按住这个水正少年的脑袋,笑呵呵问道:"欺负你咋的了?"

李源欲哭无泪,皱着脸道:"那我就听老真人的,乖乖做个人吧。"

火龙真人轻轻一巴掌拍下,打得李源直接撞入湖底大坑当中,笑骂道:"记打不记好的东西。"

李源躺在坑底装死。

火龙真人身形飘落在大坑当中,正色道:"就别把自己真的当作那高高在上的神祇。"

李源睁开眼睛:"万一两头不靠,岂不更加糟心。"

火龙真人摇摇头:"自以为是,果然难教。"

李源双手枕在后脑勺下,神色木然道:"我就是一只抬头不见天日的井底之蛙啊。"

火龙真人不知何时已经悄然离去。

李源哀叹一声,老子又白白挨了一巴掌。

火龙真人缓缓走入凫水岛府邸,陈平安已经醒来,在院子里看张山峰打拳。

见着了老真人,陈平安刚要行礼,火龙真人摆摆手:"累不累,有心即可,贫道这点眼力劲还是有的。去屋里边,瞧瞧你的第三件本命物,若无纰漏,便趁早炼化了,上山修行,想得多,没问题,可不意味着做事情就一定要慢。再者走得慢,也不是说就真是一步一步慢悠悠。陈平安,你得仔细捋清楚两者差别。"

陈平安默默记在心里,放在心头。

张山峰停下拳法,与师父和陈平安一起走入屋内。

陈平安小心翼翼从咫尺物当中,取出那些山顶道观供奉的木像碎块。

火龙真人一拂袖,屋内出现一层好似幽绿桌面的气机涟漪,平整光亮如镜面。

陈平安又取出道观地面铺就的三十六块青砖,一百二十二片碧绿琉璃瓦,还有从那棵绿竹上搜刮来的一大丛竹枝、一大堆竹叶。

火龙真人问道:"走过很多个洞天福地,一点点积攒下来的家当?"

陈平安摇头道:"都是在一个地方找来的。"

到底没好意思说是"捡来的"。

火龙真人眼神古怪:"你土匪啊?"

陈平安刚要掏出其余几件山上宝物,便只得收手。

向"孙道人"买来的一把仕女团扇、一对龙王篓,还有后来黄师赠送的古镜,以及那块道门心斋牌、回文诗玉镯和一把树瘿壶,原本打算都让老真人帮忙掌掌眼,估个价来着。

火龙真人再次瞥了眼一大堆碎木后,不着急道破天机,只是指向那些青砖:"坚韧程度不输世间剑修梦寐以求的斩龙台,因为有道法真意浸润许多年,里头蕴含的那些水运精华,只是一点表象,若是舍青砖而取水运,便搁置不理,才是一等一的暴殄天物。"

陈平安便看了眼一旁的张山峰。

火龙真人笑道:"送什么送,自个儿留着!这三十六天罡之数,本就是契合道缘的证明,少了一块都不成事。"

火龙真人指了指陈平安一处关键窍穴:"人身小天地,罡者,四正为罡,取四方之正中,乃吾心也。天上天罡,阴阳之精,真土也。一虚一实,都是我们道门的大说法。你不是炼化了五色土为五行之土本命物吗?刚好,将三十六块青砖好好中炼了,作为那座心中山岳的山根,还能养护修士心思,一举两得,但是炼化此物,需要消耗大量灵气,塑造山根一事,可不简单。回头贫道传你一门口诀,龙脉也分山水,你的炼物之法,不太适合造山。"

火龙真人拎起一块琉璃瓦,笑道:"知道这一片琉璃瓦,卖给对的人,价值多少神仙钱吗?"

陈平安摇摇头。

火龙真人伸出一只手掌,摇晃了一下。

陈平安试探性问道:"十枚小暑钱?"

火龙真人打趣道:"十枚小暑钱?值得贫道晃晃手?"

张山峰轻声提醒道:"十枚谷雨钱,谷雨钱!"

陈平安问道:"是要卖给中土神洲的白帝城琉璃阁才成?"

火龙真人点点头,和聪明人聊天就是省心省力:"换成寻常仙家修士,一片琉璃瓦至多就是一枚谷雨钱的价格,不识货的,几枚小暑钱都不乐意收,因为此物得积攒多了,才有奇效,少了,就是个花哨噱头,不顶事。"

陈平安便侥幸自己亏得没贱卖了家当,不然自己要是事后知晓真相,还不得道心再乱上一乱?

火龙真人拈起一根竹枝,笑道:"是竹海洞天青山神的十棵祖宗竹之一的子嗣,可以称之为嫡子女了。竹质地犹石,方可成器,德曰性坚。竹身挺直,竹节奋进,虚怀若谷,载文传世等等,都是德行操守,你觉得自己遇上的这一棵,是何种德?才会被你偶然且必然遇见了?"

陈平安摇摇头:"猜不到。"

火龙真人笑道:"这就对了。"

这其实就是陈平安问心之后,否定之后的诸多认定。

若是修道之人的问心求真,只是求个心死,那除了道家之外的诸子百家,那么多人还修什么道。

到底是遇上了哪一棵哪一种德竹，其实不重要。

陈平安其实不知道对在何处。

一旁张山峰觉得师父说对了，那就对了。不然师父总这么为难陈平安，就不太好了。

火龙真人突然说道："山峰，去院中打你的拳。"

张山峰哦了一声，问也不问为什么，便出门去了。

火龙真人伸手一抓，桌案上的木像碎块或飞掠或悬空，相互之间轻轻磕碰，晃晃悠悠，最终重新拼凑出一尊中年道人神像，如同山水神祇的重塑金身。

看着这个"中年道人"，火龙真人轻轻叹息。

然后火龙真人收起缅怀心思，神色凝重，沉声道："陈平安，这尊神像得自何处？"

陈平安便大致将那场访山寻宝的经历讲述了一遍。关于孙道人在仙府遗址当中的诸多事迹都略过了。

只是陈平安还是小看了火龙真人的见闻和道法。

火龙真人凝视着那尊木胎神像，缓缓道："此人被道老二穿法衣携仙剑斩杀，其嫡传弟子当中，有个名叫宋茅庐的，青出于蓝而胜于蓝，是那青冥天下千年不出的天纵奇才，仅凭一人之力，就拢起了白玉京之外的将近六成道门势力。设想一下，在咱们浩然天下，如果有人可以抗衡半个儒家，会是什么光景？"

陈平安无法想象此事。

火龙真人继续泄露别座天下的天机，到了他这个境界，尤其是功德在身，随口直呼圣贤名讳，已经谈不上忌讳不忌讳了，继续说道："至于这尊神像，不是寻常同出一脉的大小道观处处供奉的那种普通神像，是这位道人仅次于本宗本像之外的一尊重要神位，你可以理解为修道之人的出窍阴神。此木是玄都观所栽祖宗桃木炼化而成。"

火龙真人笑道："而玄都观的观主，木像此人的师兄，一直跻身整座青冥天下的十人之列，被那边誉为雷打不动的第五人。道门剑仙一脉，可以说就是靠这位观主撑起来的气象。"

说到这里，火龙真人问道："能够确定没有遗患？"

陈平安点头道："确定！"

火龙真人笑道："好家伙，赚大了。"

若是寻常晚辈，敢说这种大话，火龙真人还真要劝上一劝，务必三思而后行。既然是陈平安，就免了。何况那个飞升返回青冥天下的玄都观孙道人，既然愿意留下此物，本身就是对陈平安的一种认可。

火龙真人停顿片刻，看了眼陈平安，直到这一刻，好像才想明白了一件事，依稀猜到了齐静春的良苦用心，就是不知道猜得对不对了。

火龙真人直截了当问道："寻常炼化五行之木本命物的天材地宝，可有准备？"

陈平安点头道："有。"

火龙真人点头道："那就足够了，不用再去画蛇添足。"

陈平安如释重负，毕竟机会只有一次，不比崔东山准备了三份五色土，原本打算尽量追求一个稳妥，天时地利人和，三者齐备才着手炼化，这也是到了龙宫洞天，陈平安还会犹豫到底要不要炼化此物的根源。

火龙真人看着这个喜欢思量复思量的年轻人，笑了笑。

若是山泽野修，管他娘的三七二十一，得了手，老子先赶紧炼化了再说。若是传承有序的谱牒仙师，早有师门长辈帮着出谋划策，说不定比弟子本人还要上心。

火龙真人提醒道："炼化之前，先静下心。"

火龙真人玩笑道："还有没有宝贝，都拿来出瞅瞅？"

陈平安就不客气了，从咫尺物当中一件件取出。

最后连那一页经书即一部佛经，都拿了出来。

火龙真人一开始觉得不合常理，宝物过多了，见着了那页经书后，便有些了然。

火龙真人帮着一一评点山上宝物，其间单独拿起了那把精致团扇，轻轻一震，如同抖搂灰尘一般，笑着递给陈平安："再看看。"

陈平安接过那把团扇，上面依旧绘有仕女持扇，只是细细打量之下，却发现仕女手中小小团扇之上，又绘有仕女持扇图，图上又有图，片刻之后，陈平安赶紧闭上眼睛，伸手握拳，轻轻抵住眉心。

火龙真人笑道："收起来吧，好好珍藏。"

火龙真人将那对竹编龙王篓收入袖中："太过破败不堪，贫道帮你修缮一番，不是贫道自夸，这已经不是几枚神仙钱的事情了，唯有水火交融，细细炼化，才能修旧如旧，不伤根本。这对小篓，你最好别卖，将来自家山头若是有大水，可以凭此捕捉蛟龙之属。你要清楚，龙王篓除了压胜之用，亦是天底下的一座座小龙宫，修士来用就是兵器，蛟龙盘踞便是天生的水府宅邸。"

陈平安拜谢。

陈平安收起所有物件后，有些欲言又止。

火龙真人笑道："应该不是自家事，明白了，是奇怪贫道的趴地峰风土？"

陈平安硬着头皮说道："老真人，斗胆说一句，可以教给张山峰一些高深道法了。"

火龙真人哈哈大笑。

若说修道之人的境界，就是天底下最实实在在的神仙钱，也正因为如此，火龙真人的趴地峰，才不许任何弟子拿境界高低说事。其中缘由，不足为外人道也。

不过眼前年轻人，不算外人。所以火龙真人笑问道："是不是很奇怪贫道为何故意要对山峰藏掖？"

陈平安点头。

火龙真人转身走到那把悬挂于墙壁的剑仙附近，微笑道："贫道收取弟子，只看心性，不看资质。谁说一座山头为了底蕴，就一定要去争抢那些个所谓的天才？山上安安稳稳多出许多下五境的良心汉，山上不小心冒出个上五境的王八蛋，两者孰优孰劣？"

火龙真人收起视线，是一把好剑，不过其实又在打架。不愧是陈平安。

火龙真人转头笑道："不是贫道有了这般境界，才可以说这些话。而是一直以此理行事，坚定向道，修力修心，才有了今天这般境界。可以理解吧？"

陈平安答道："当然。"

火龙真人说道："贫道就像在趴地峰栽了一棵大树，生出许多枝丫来，有着不同光景的开花结果，有高有低，有先有后。

"有人受限于资质，枝叶花果坠地，例如很多早于山峰登山修行的师兄们，破不开个个瓶颈，就离世了。有些弟子确实天生更适宜修道，岁月就长远些，道法境界也更高些，例如太霞、桃山、指玄和白云在内的这些个山头，在贫道看来，也不是弟子们境界高了，就如何了。道法高低，不在拳头，只在人心，只是道法高了，讲理确实容易些，一样的道理，就会像是更有道理。趴地峰其实就是一直在避免这种情况的蔓延。在贫道眼中，好些个已经不在人世的弟子，半点不比白云几脉的上五境更逊色，他们的一言一行，都在贫道心里边留着呢。"

火龙真人笑道："在趴地峰修行也好，走出趴地峰去开山的弟子也罢，贫道都会依循他们的本来心性，传授不同的道法，有些需要师父训斥，扳回来点，少走弯路错路；有些需要师父帮着推一把，走得快些，胆子大一些。可大体上，还是师父领进门修行在个人。张山峰不太一样。不用贫道这个师父刻意去教，寻常师父传道弟子，是让弟子知道。但是贫道传授山峰之法，最是自然，便是要山峰自己知道，别的都不知道。这算不算私心？算也不算。张山峰的同门师兄们，看不看在眼中？看也不看。这就是修道求真的趴地峰。"

火龙真人笑了笑："修道之人看待境界、宝物和机缘，和那山下俗子看待金银、权势与时运，本质上有两样吗？修道之人要想当个货真价实的山上神仙，总得拿出一点不一样的想法，对吧？拳头硬，寿命长，术法多，便是高人一等的神仙了？那天底下的神仙老爷，可真有点多了。"

陈平安细细思量着老真人的言语。

今日老真人所说的道理，有些将会成为落魄山可以直接拿来用的规矩。

火龙真人说道："等你修为高了，名声大了，自然而然，就会遇到越来越多的旁人对你指指点点,想要教你陈平安做人。"

火龙真人笑道:"那么你就得记住了,今人说古人,活人说死人,无非都是欺负对方不开口。所以第一,陈平安你别死。再就是天底下真正的恶人,其实是最喜欢好人存在的。唯独蠢人才会一个劲嫌弃好人,一天到晚怨天怨地,好事做得不够多不够好,这些人,听不懂,教不会,改不了,脑子里都是糨糊,身上都是戾气,在贫道看来,他们才是天底下最厉害的人物,贫道就根本拿他们没辙。世人讲理,很多很多,就只是为了争个输赢,心中痛快,所以喜欢非此即彼,走那极端,生怕不这样,自己的道理就不够多、不够大。这种人,看似一肚子道理,其实最不讲道理,你要小心这些聪明人。所以贫道才会由衷仰慕文圣老先生,和人说理,对便是对,好便是好,讲理从来不是打架,非得靠言语打得对方鼻青脸肿趴在地上求饶,才算赢了,而是你我最终道理相通,各有裨益。"

虽然陈平安一直没有说话,但是火龙真人已经知道了某个猜测的一部分答案,这就可以了。

好一个伏线万里百千年的良苦用心。原来还能够如此护道。

看来自己先前还是小觑了齐静春的学问。果然文圣一脉,一个个护犊子得堪称无法无天了。

所以火龙真人便说了一句意味深长的言语,玄之又玄:"陈平安,有些时候,你自以为彻底失去的,才是真正拿住了的,所以有些你以为的失望,才是他人希望所在。"

最后火龙真人拍了陈平安肩膀一下:"行了,趁热打铁,速速炼化第三件本命物!贫道亲自帮你守关压阵,这份待遇,寻常修士想也不敢想。不然一个三境练气士,也好意思出门瞎逛荡?"

陈平安苦笑道:"老真人方才还说不以境界高低看待修道之人。"

火龙真人笑道:"你陈平安又不是趴地峰修士。"

陈平安无奈道:"有道理。"

火龙真人啧啧道:"你小子溜须拍马的功夫不太行啊。"

陈平安点头道:"晚辈是不太会讲话。"

火龙真人会心一笑:"当个打烂肝肠也是问心无愧的好人,就行。"

有火龙真人坐镇,凫水岛想要有事都难。

陈平安正在闭关炼化第三件本命物。

在这之前,火龙真人先传授了他一门名为炼制三山的古老炼物口诀,让陈平安先炼化了那三十六块青砖的道法真意,巩固山祠,成为一条山岳根本之脉,结果那小子竟然询问能否只炼真意不炼青砖本身,火龙真人也没多问要那三十六块没了道意和水运的青砖实物有何用,只说了"可以"二字。

不然木属本命物炼制成功，气象必然极大，水府那边的动静还好说，可是以宝瓶洲新五岳五色土炼制而成的山祠，难免就要被气机牵连，三物相辅的大好格局，一开始就会失了平衡，一不小心就需要陈平安耗费大量光阴和物力财力修缮，火龙真人可丢不起这个脸。

火龙真人是真正的山巅人，居高临下，将陈平安当下的境界格局看得真切。

水府，无论是本命物水字印，还是那幅尚未点睛却已具备雏形的壁画，加上那口小池塘，已经不用苛求更多了。

北俱芦洲的天之骄子，拥有这般水府形势的，撑死了双手之数，而且关键还是要往后看，看陈平安什么时候能够将池塘变深井，再成龙潭。

至于陈平安的那座本命山祠，材质相对普通些，不过已经不比宗字头祖师堂嫡传逊色半点了，而且胜在长远。可不管如何，终究比不得水府和未来的那座木宅。

不过陈平安炼制那三十六块青砖道意、剥离水运，竟然消耗了足足一旬光阴。换成自己那几个开山弟子，估摸着三天就够了。

火龙真人也没觉得有什么，大道之上，有些人走得早也就走得快，但是登山难在后劲，难免越走越慢，所以只有登山前期一鼓作气破境不停的天才，没有跻身了地仙之后依旧势如破竹的，哪怕李柳也不例外，都会在元婴境界上滞留一段时日，跻身了上五境后，就要放慢脚步。可是又有一小撮人，极少数，是那种越走越快的。

前者是一般意义上的天之骄子，后者却能够让天之骄子高兴了好多年，突然有一天发现原来自己也是庸人。

陈平安忙着修行。张山峰就待在凫水岛晃悠，炼炼气，打打拳，和师父聊聊天。

这期间一个下雨天，张山峰撑伞在岸边散步，见到了一个从水里边探头探脑的少年，问了他一个莫名其妙的问题，那人说若是打了他张山峰一拳，他会不会哭着喊着回去跟师父告状。

张山峰就蹲在水边，询问这一拳重不重。

那少年也是吃饱了闲得慌的，就和张山峰仔细商量起这一拳的轻重。

聊完之后，水正李源觉得有戏，结果张山峰直接来了一句："小道觉得还是应该先问过师父，再决定吃不吃这一拳。"

李源便觉得挨了一道晴天霹雳，这段日子他一直在偷偷观察此人，琢磨着这小道士瞧着挺傻啊，怎么为人半点不憨厚啊？

张山峰忍不住笑道："和你开玩笑呢。凫水岛来来回回逛了好多遍，难得可以跟人闲聊。"

只露出一颗脑袋的李源便跃出水面，盘腿而坐，双手撑在膝盖上，问道："小道士，你为何有了这么个师父，境界还是如此不济事？"

张山峰笑道:"师父又不能代替徒弟修行。"

其实他总觉得眼前这个少年,脑子好像有点问题。

李源摇头晃脑,有些怜悯这个趴地峰的小呆子,啧啧道:"小道士你真是身在福中不知福,资质肯定也不咋的,换成别人,早就嗖嗖嗖飞到金丹、元婴境界那边去了。到时候再哭嚷几句,和自家师父讨要几件傍身的重宝,每次下山游历,还不是每天横着走,人人喊大爷?"

张山峰微笑道:"可不是小道出身趴地峰,就在这儿自吹自夸,就你这脾气,都没办法成为趴地峰的道士。不过各有各的缘法,也不是说你当不成趴地峰道士,就是什么坏事,我看你应该是龙宫洞天的某个水神吧?我就挺羡慕你,天生就会那辟水神通。小道就不成,在山上跟随师父修行仙家术法,一个比一个学得慢。"

李源斜眼讥笑道:"可我见你这小道士好像半点不着急啊。"

张山峰白眼道:"如果着急管用,你看我急不急?知道不管用,所以着急干吗。"

李源叹息道:"老真人收了你这么个俗不可耐的徒弟,肯定糟心。"

张山峰笑呵呵,李源越发笃定这家伙真是个小傻子。那么火龙真人就该是个老傻子喽?

一想到这个,李源便有些舒心,跟着张山峰一起笑起来。然后李源很快就笑不出来了。火龙真人站了张山峰一旁,也笑眯眯的。

李源便起身说道:"恭喜老真人收取了这么一个惊才绝艳的好徒弟,何只是万里挑一,大道可期,大道可期啊。"

这大概就是李源比水龙宗宗主孙结更厉害的地方了。

孙结和屖泽水君在内,当然还有李源的那个同僚沈霖,谁有脸皮在火龙真人面前这么说道。

火龙真人说道:"你去知会白甲、苍髯两座岛屿一声,再跟南薰水殿打声招呼,接下来不管发生什么,都不用紧张。"

既然是正事,身为水正的李源就不再嬉皮笑脸,点点头,化作点点金光一闪而逝,白甲、苍髯两座岛屿那边,他不乐意露面,还是简单些,都让沈霖和南薰水殿收拾烂摊子。只要不涉及济渎和洞天香火,李源才懒得多管闲事。

张山峰发现凫水岛又不下雨了,便收起油纸伞,小声道:"师父,我觉得凫水岛有些古怪,这雨水,来来去去得没点兆头。"

火龙真人点头道:"山峰,心细如发,洞察入微啊。"

张山峰笑道:"跟陈平安学的。"

火龙真人笑问道:"那陈平安跟你学了什么没?"

张山峰仔细想了想:"哭穷喊饿?"

火龙真人笑道："也不错。"

约莫一炷香后，张山峰和火龙真人乘坐那艘向水龙宗租赁而来的符舟，一起去往云海，在远处俯瞰凫水岛。

张山峰突然发现白甲、苍髯岛屿之间的湖面上跃出一驾马车，有女子神祇站在前边，似乎在运转神通，驾驭天地四方的灵气聚拢向凫水岛。

张山峰突然说道："以陈平安的脾气，要是事后知道了这个水神娘娘的所作所为，又要惦念感恩很久了。"

火龙真人缓缓道："天地生万物养人，如何看待天地，便是修道之人的大学问。同样是一桌子饭菜，有人大快朵颐，有人细嚼慢咽，有人道谢念恩，这是善男信女；有人结账还钱，生怕欠下一枚铜钱，这就是我们修道之人了。有人吃完了饭桌就掀桌子，生怕别人也吃得上饭菜，后边之人，却会口呼强者，充满敬畏，转去别处寻觅饭菜，有样学样，打不翻饭桌，也要放下筷子骂娘，走之前，说不得还要往桌上碗碟里边吐口水。有人起身后，收拾好碗筷，依旧不愿立即远去，还会帮着摇摇晃晃的饭桌凳子修补一番，后边等着吃饭的人，便要开口埋怨，说不得还要朝那人踹上几脚。"

张山峰有些茫然。

火龙真人感慨道："最让儒家圣贤失望的，永远是读书人；最让道法蒙尘的，便是修道之人；最坏佛家正法的，永远是嘴上念经的。"

张山峰问道："怎么办？"

老真人缓缓说道："克己。求真。自了。"

张山峰忧心忡忡，轻声问道："陈平安，做得如何？"

火龙真人想了想："齐静春的学问，从未落在空处。"

张山峰又问："陈平安自己知道吗？"

火龙真人摇头道："从未知道。"

张山峰突然说道："我觉得这样才是对的。"

火龙真人破天荒愣了一下，凝神望去，摇头笑道："好一个小巷木宅，竟是凭空出现的槐木门扉，这就有些不讲道理了啊。"

槐门小宅半开掩，每过一似闻细哭声。内有一株桃树，未有桃叶，也未开花。

不知何时，那些如同敲门声叩响心扉的轻轻呜咽能够渐渐消散，更不知何时桃叶与桃花才能相见。

可能是来年之春，可能要更久。

小巷门外，站着一个孤单的青衫年轻人，痴痴望向小巷不远处，一个欢天喜地蹦蹦跳跳着回家的孩子，嚷着很快就可以吃糖葫芦喽。

已经连少年都已不是的那个陈平安，缓缓伸出手，好像是在与那个孩子打招呼。

第七章 真人叩关

179

那个无忧无虑、满是天真稚气的孩子停下脚步,歪着脑袋望向那个大人。最后孩子好像没有认出对方是谁。只是孩子也没了欢声笑语,就那么默默从那人的身形当中一走而过,去了屋子,将半掩的院门关上。就那么只留下一个长大后的自己,站在门外。

最后那个孩子好像稍微大了一点,个儿高了些,也变黑了许多,孩子开了门,走出宅子,背着一只大箩筐,里边有锅碗瓢盆,有煮药的陶罐,有破旧泛白的春联。

孩子低着头,双手使劲攥紧系挂箩筐的绳子,摇摇晃晃,离开了宅子和巷子,再也没有回家。

第八章

入海处遇故人

　　凫水岛这边的动静有点大，竟然还需要水神沈霖亲自驾驭水运去往凫水岛。所幸白甲、苍筤两岛修士，事先就得到了南薰水殿的提醒，说是凫水岛上有某位野逸高人要破关。

　　水神娘娘两个心腹的随侍神女，一个南薰水殿的掌灯女官，一个水脉勘验官，就分别待在白甲、苍筤两座岛屿上做客。既是给面子，也是"监军"。

　　云海上，张山峰问道："师父，这都多久了，明明已经将本命物炼化成功，怎么陈平安还没有回过神？"

　　火龙真人说道："关起门来想事情，就这么简单。聪明人钻了牛角尖，都不太容易出得来，要么一步一步原路退回，要么硬生生将其打破，别开生面。"

　　李源盘腿坐在远处，双手托腮帮子，一呼一吸，如鱼吐泡。堂堂济渎水正，无聊到这个份儿上，也没谁了。

　　火龙真人转头问道："李大爷，还玩呢？知不知道自己错过了什么？"

　　李源答道："这场热闹也没错过啊，我从头到尾都瞪大眼睛瞧着呢。"

　　火龙真人笑道："也亏得神灵没那肠子。"

　　李源翻了个白眼，悔青肠子？

　　火龙真人问道："要不要卖你一瓶后悔药？过了这个村儿没这个店儿，好好掂量掂量。"

　　李源眼珠子急转，这老家伙应该不至于吃饱了撑的逗自己玩，便问道："啥价格？"

火龙真人笑道:"一瓶最上乘的济渎水丹,不是糊弄江水河神的那种。"

李源龇牙咧嘴,摇头道:"免了。老真人,我这儿真掏不出一瓶本命水丹,毕竟再不管事,每十年还是要交给水龙宗一颗水丹的。"

这个十年,交给孙结一颗,下个十年,赠给邵敬芝一颗,南北宗轮流获得,至于得了水丹后,是拿去给一个比一个鬼精的供奉、客卿做人情,还是留着自己消受或是犒赏祖师堂嫡传子弟,李源不会过问。

火龙真人说的可不是一两颗济渎水丹,而是一整瓶香火浓郁、水运精粹的珍稀水丹,至少九颗。

若是三五百年前,李源还可以考虑考虑。这会儿自己这副残破金身的光景,不比金身崩毁在即的沈霖好太多,南薰水殿这么死皮赖脸地为凫水岛锦上添花,真是沈霖大度?这娘们持家有道,最是节俭,她还不是觉着自己抓住了一根救命稻草,将这位火龙真人当成了救苦救难的活菩萨,破罐子破摔罢了。总以为火龙真人在那人面前帮着南薰水殿美言两句,就能够让她沈霖渡过此劫。

李源自顾自摇头,世人所谓的大道无情,最早说的可不是山上,而是天上。

而那"李柳",便是天上有数的存在之一。

说句难听的,沈霖闹腾了这么一遭,又要消耗她几十年光阴。难道她忘记火龙真人最早的言语了吗?要南薰水殿袖手旁观即可。

张山峰有些疑惑。

火龙真人笑道:"强按牛头去喝水,难。"

张山峰轻声问道:"陈平安有没有破境?"

火龙真人摇头道:"仍是三境,不过到了瓶颈,对陈平安而言,他的柳筋境,大概可算一个名副其实的留人境。没法子,早早经历了破心魔、合道、求真三大难关的雏形,加上长生桥又断了,走得踉踉跄跄,才是对的。不然为师就要怀疑这小子是不是哪位山巅人物的转世了。"

张山峰问道:"身为仙人兵解离世后的转世,不好吗?我听说很多宗字头仙家的老祖师,闭生死关之前,都会留下一条退路,为宗门寻觅自己的转世之身,事先铺垫好线索,好重续道缘香火。"

火龙真人摇摇头道:"不太好。我不是我的。一辈子都记不起前尘往事,还算稍好,若是记起了些,却又不全,便是大麻烦。"

当然,生而知之的李柳是个例外,对于她而言,无非是换了一副副皮囊,其实等于从来未死。

夜夜酣眠,只是小睡,人死才是大睡。

若修士只是纯粹贪生避死,而强行窃取天机,好似鬼鬼祟祟的毛贼夜行,投胎转世,结果原有魂魄不全,东拼西凑出了个人,到最后,那个半死不活的人,到底是谁?

不过火龙真人倒也能理解某些上五境修士的惧死求生,可理解归理解,依旧是不太认可。

某些喜欢走旁门左道的魔道宗门,祖师堂还会为修士点燃一炷性命香,历史上曾经有不少修士,只是盯着那炷香多看了片刻,便把自己看得道心崩溃,彻底走火入魔,这就是自己把自己活活吓死。

火龙真人难得宽慰起自己弟子的心思,微笑道:"先前为师说他陈平安是瘸腿走路,更多是指心路上的拖泥带水,连累了整个人的本心走向,其实一时半会儿的境界低下,不打紧。"

张山峰犹有忧愁:"陈平安欠了那么多外债,如何是好?陈平安这家伙最怕欠人情和欠人钱了。"

火龙真人笑道:"有些大忧愁,陈平安反而不怕。打个比方,登山路上,陈平安埋头走路,走得不快,结果发现前边几步路上,可以弯腰捡钱,哪怕只是一枚雪花钱,你觉得陈平安会不会走得更快一些?每捡一枚钱,就少一份负担,久而久之,自然越走越快。"

张山峰豁然开朗,师父可以啊,才见过陈平安两面,就这么了解陈平安了。

火龙真人突然说道:"尘埃落定,咱们可以返回凫水岛了。"

李源终于忍不住开口问道:"这位陈先生,到底是几境修士?"

火龙真人和张山峰的言语,李源是一个字都听不见的。

天下火法修士第一人。水法,应该可以稳居前十。别忘了,火龙真人还是龙虎山的外姓大天师。龙虎山天师府是什么地方?山上修士,一向推崇世间术法,雷法为尊,天地枢机,总摄万法。而天师府黄紫贵人"造化尽在吾掌中"的五雷正法,便是天下雷法正宗。火龙真人的雷法,能弱了去?龙虎山的历代外姓大天师,一般而言,除了没有那天师印和仙剑,可以研习所有龙虎山术法。所以火龙真人才能够在剑修如云的北俱芦洲,如此超然世外,别具一格。

火龙真人没有理睬李源,带着张山峰落下云头,来到凫水岛宅邸内。

陈平安已经走出闭关之所,神华内敛,肌肤莹然,不过因为刚刚炼化了本命物,尚未彻底稳固气府,浑身灵气流溢不定,使得整个人越发飘然出尘,等到木宅安稳下来,这般小有火候的神仙气度,便可以收放自如。

火龙真人点头赞赏道:"贫道当年下五境,可没有这份派头。"

陈平安抱拳致谢。

火龙真人这一次没嫌弃陈平安繁文缛节,修行路上,为人守关护阵,闭关之人成功出关,还是需要做点表面功夫的。

火龙真人说道:"既然成了,贫道和山峰就不多逗留了,趴地峰那边还有一大堆事务。"

张山峰嘀咕道:"在哪儿睡觉不是睡。"

火龙真人对于自己弟子的拆台,那是半点不恼火,反而笑呵呵解释道:"当然是在自家草窝打瞌睡,更舒坦些。"

修道之人,占据世间名山大川,远离人间俗世,不是没有理由的。仙,迁也,迁入山也。红尘多烦忧,藕断又丝连,故而宜入名山,身也清净心也清净。

张山峰点点头:"是很想念那些师兄师侄了。"

陈平安说道:"可能还要麻烦老真人一件事。"

张山峰已经说道:"不麻烦不麻烦。"

火龙真人笑着不说话。

张山峰生怕师父以为自己胳膊肘往外拐,赶忙低声道:"师父,陈平安做事有分寸,说是麻烦,应该不会太麻烦,这就等于咱们白拿了一个人情,他这趟北俱芦洲游历,返回宝瓶洲之前,肯定要去咱们家做客,到时候我带他逛逛,师门好些地方,比如桃山那边,还有太霞峰附近,我可都没怎么去过,不像话。"

火龙真人点点头,笑望向陈平安:"说吧。"

陈平安便说希望将那一百二十二片碧绿琉璃瓦,自己只留下两片,其余全部劳烦老真人卖给中土神洲的白帝城,他只收六百枚谷雨钱。

张山峰目瞪口呆,刚要说话,就被陈平安以眼神劝阻。火龙真人似乎在权衡利弊,笑呵呵的,也不说话。陈平安便安静等待下文。

远水解不了近渴。如今的落魄山太需要神仙钱了,处处是需要添补的窟窿,而且个个不小。

莲藕福地提升中等福地是一事,还是头等大事,若是不算魏檗第三场山水神灵夜游宴的进账,如果自己能够卖出那堆琉璃瓦,立即赚到六百枚谷雨钱,可以补上所有的缺口不说,约莫还有两百枚谷雨钱的盈余,将一半多出的谷雨钱寄给朱敛,作为落魄山的积蓄,免得稍有开销便捉襟见肘。有些人情,既然没得选择,那就干脆欠大,但务必次数要少,远远好过一个一个小人情换着人去欠,又还不上,这就谈不上是什么人情往来了,纯粹是让朋友觉得遇人不淑。天底下的人情,从来是有借有还再借不难。何况总这么坑害魏檗,堂堂一洲北岳正神,在自家辖境掘地三尺,像话吗?兔子还讲究一个不吃窝边草。想我陈平安,好歹是个包袱斋,就算背着一口藻井跑了老远,能一样吗?

陈平安自己可以留下一百枚谷雨钱,用来购买恨剑山的两三把剑仙仿剑,真要便宜,远远低于预期,那就多买几把,送人不行?

此外,落魄山护山大阵的打造、运转,又是一桩不小的开销。

灰蒙山、鳌背山在内的诸多新山头,压胜物的选取和安置,是第三事。姜尚真当初打着幌子，说是感谢陈平安帮助真境宗多出一个剑仙供奉、缺席了魏檗两场夜游宴必须补上，其实已经有了四件压胜重宝，火龙真人拿去修缮的那对龙王篓也算，其余的，就需要落魄山自己继续掏腰包了。

所以陈平安自己只留下两片碧绿琉璃瓦，当个念想。毕竟此物难求，留在落魄山，就当是讨个好事成双的好兆头。

火龙真人笑道："六百枚？打对折？陈平安，你这买卖，做得太不划算了。"

陈平安笑道："因人而异，换了某个大财主，我卖给他两千枚谷雨钱，眼睛都不眨一下。"

按照火龙真人先前帮忙掌眼鉴宝的估算，一百二十片碧绿琉璃瓦，在白帝城琉璃阁那边，可以卖出一千两百枚谷雨钱。

可有些账，不是这么算的。

不小心捡了这么一大堆琉璃瓦，已是天大的意外之喜。不然按照陈平安自己的想法，加上老真人桓云都吃不准琉璃瓦价钱的态度，肯定就是按照火龙真人的讲法，在北俱芦洲，能够一片琉璃瓦卖出一枚小暑钱，他陈平安都要喜出望外，说不定连最后两片琉璃瓦都不留了。

五折卖给趴地峰。如此选择，一来可以立即换取一笔数额已经多到无法想象的谷雨钱，二来可以对火龙真人的点拨和守关聊表谢意，三来能够免去自己亲自和中土白帝城做买卖的诸多意外。最后就是陈平安还是希望，以后南归返乡之前，去趴地峰找张山峰，自己能够稍有底气些，不是欠了老真人一大堆的天大人情，还厚着脸皮去蹭吃蹭喝。

这其中有算计，也有不算计。善意就在其中，私念也不少，陈平安坦坦荡荡。

火龙真人说道："赶紧将三座关键气府内的闲散杂乱灵气速速炼化了，不然还是要还给凫水岛和龙宫洞天的，就白瞎了李源和沈霖的人情。就像主人家好心好意递上一杯茶，你这客人喝了一两口就出门，算怎么回事。这是一。

"第二，人力有穷尽时，不能全收灵气，在所难免，毕竟才是三境瓶颈练气士，喝茶不能真把自己喝到撑死了，主人诚心待客，也不愿到头来还要帮着客人收尸，岂不是太晦气。所以你可以好好研习那炼山、炼水两道炼物口诀，继续炼化道观青砖当中的道意，这也是修行。之前，你是身在宝山而不自知，这些万物可炼的上乘道诀，就真是拿来炼物而已？自己多琢磨去。

"第三嘛，就是这一百二十片琉璃瓦了，六百枚谷雨钱，是你自己说的价格，天底下的买家，没有上杆子抬价的，贫道贫道，真是那一贫如洗的道人，在北俱芦洲那是出了名的穷光蛋，好在先跟桃山、指玄这些个弟子借钱周转，凑出个几百枚谷雨钱，还是不难的。所以琉璃瓦，贫道先带走，回头贫道传信指玄峰袁灵殿，让他给你送钱来，估摸着在你离开水龙宗之前就可以赶到。"

说到这里，火龙真人笑眯眯道："放心，一枚不少你，也一枚不多给你。"

陈平安再次抱拳感谢。

张山峰有些纠结。纠结自己的师父和师兄们原来如此有钱，以及陈平安在所难免的亏钱，这一亏就是六百枚谷雨钱，陈平安不心疼，他张山峰都要心疼，可毕竟自家师门挣了六百枚谷雨钱，这难道就是所谓的肥水不流外人田？所以自己当下不论说什么，高兴还是不高兴，都有里外不是人的嫌疑。

张山峰有些憋得难受。做人难啊。

火龙真人突然问道："陈平安，你觉得张山峰的拳法，如何？"

陈平安愣了一下，老实回答道："有点慢，尚未圆。"

张山峰尴尬得差点没刨个坑把自己埋了，师父你该不会是觉得陈平安资质太好，必须强行为自己弟子吹嘘一番，好挽回一点颜面吧？没这个必要嘛。

自己有几斤几两，他张山峰会心里没数？学啥都是三脚猫功夫，下山游历斩妖除魔，果然还差得老远，所以张山峰打定主意，将来只有真正称得上道法有成了，才再次下山。

再说指玄峰袁师兄就是资质好的，趴地峰那边的小道童们，最爱猜测这个袁师叔祖到底是不是金丹境神仙。

火龙真人道："陈平安，你先走武道，真没选错。"

陈平安笑道："其实也不是自己选的，最初是没得选，不靠练拳吊命，就活不下去，更难走远。"

火龙真人点点头："不管如何，善待自己，才能真正善待他人，这件事，你必须拎得清想得透。此后，给予这个世道的好事善举，还问自己什么心，需要吗？反正贫道是觉得不太需要了。"

陈平安思量片刻，笑道："懂了。"

火龙真人记起一事，笑道："既然你这么喜欢多想，喜欢在凫水岛兜转散步，还说得出那'未圆'，贫道就跟你说个小故事，听过之后，想出什么就是什么。有书生和舟子一起过河，书生满腹诗书，舟子大字不识，书生说了好多的大道理，舟子面红耳赤，好生羞愧，一个大浪打翻舟船，两人落水，书生溺水将死，唯有一技之长傍身别无余物的舟子，寻思着救与不救。"

陈平安说道："记下了，我会多想想其中深意。"

火龙真人似笑非笑，缓缓道："就一定需要有深意吗？是贫道修为身份摆在这边，扯了些，你便要格外用心去听去想了。"

陈平安刚要说些什么，火龙真人摆摆手："贫道是岸上人，无需听那舟上人的答案。"

最后火龙真人大袖一卷，就随随便便收起了那些碧绿琉璃瓦。

据说山巅修士，袖里乾坤大，可装小山河。陈平安有些羡慕，有了这门山上神通，再当那包袱斋，真是如鱼得水。

火龙真人率先去往岸边，符舟安静悬停在渡口，随水起伏。

张山峰和陈平安放慢脚步，并肩而行。

陈平安说道：“你这拳法，我只能瞧出点意思来。你到了趴地峰后，修行之外，别搁置了这门拳法。”

张山峰笑问道：“那我算不算你半个拳法师父？”

陈平安打赏了一个字：“滚。”

张山峰小声说道：“放心，我会帮忙催促指玄峰袁师兄的，让他尽早赶来龙宫洞天。袁师兄虽然道法高，脾气却好。”

前边的火龙真人呵呵一笑。弟子袁灵殿，脾气好不好，还真不好说。早年就数这小子最顽劣，硬生生打出来的境界，不过后来被他这个师父按在桃山石窟闭关了十年，出关之后，又被禁足一甲子，这才修心养性了许多。

陈平安站在渡口，目送那艘符舟升空驶入云海。

陈平安打算主动拜访南薰水殿，向那个水神娘娘道个谢。只不过怎么去，还得先问李源。

李源千等万等，那艘符舟终于滚蛋了，就立即现身凫水岛。没了火龙真人的龙宫洞天，瞧着就处处可亲可爱。

听闻陈平安想要去往南薰水殿，李源说“此事简单”，便施展水法神通，带着陈平安辟水远游。

他还不至于下作到见不得这位陈先生与沈霖结交善缘。沈霖这么多年兢兢业业维持一座济渎避暑行宫的运转，李源只是自认稍稍偷懒罢了，加上各有职责，不会主动过界行事。事实上，李源有意无意的“不会做人”，故意疏远水龙宗宗主孙结，才使得南薰水殿和南宗邵敬芝恰到好处的私谊，显得尤为可贵，让邵敬芝心怀感恩，哪怕她跻身了玉璞境，面对不过是元婴境的水神沈霖，始终执晚辈礼。

到了那座避暑行宫，过侧门而入，畅通无阻。

身为济渎水正，还是很吃香的。那些南薰水殿的小姐姐，向来与他李源关系熟稔得很，自家人，都是自家人啊。何况在这规矩森严的南薰水殿当中，李源那些个略带荤味的市井小笑话，就更吃香了。好些个资质尚佳的随侍神女、女鬼宫女，最喜欢听这个少年模样的水正老爷，将那些人间才子佳人的话本娓娓道来了，说到了妙处，一个个笑得花枝招展，脸皮薄一些的，红着脸儿听完之后，才会娇羞地扔下一句“讨厌”，姗姗离去。啧啧，那小腰肢扭得真是晃人眼。

李源走在熟门熟路的水殿当中，不得不感慨若是依旧金身无瑕，自己真是过着神仙日子了。

沈霖很快出来亲自迎接二人。

李源一开始没打算掺和，领了陈平安和沈霖见面，自己就算功德圆满，就打算去找小姐姐们谈心，询问最近她们有没有相中哪个水龙宗的年轻俊彦，需不需要他牵红线，制造一些个神不知鬼不觉的偶遇啊巧合啊误会啊。可是那位陈先生，却说自己只是坐一会儿就返回凫水岛，李源也就只好满怀愧疚，将那些他新近道听途说来的羞人故事，暂且搁放肚中。不过千百年来，说来说去，李源讲了不下百个被他添油加醋的山上山下故事，好像还是关于姜尚真那个狗崽子的艳情游历最受欢迎，真是他娘的没天理。

陈平安手中拎了一份小玄璧茶饼，礼轻，情意也不重，其实只能算是寒酸。没办法，陈平安此次登门，当下是真拿不出什么合适的谢礼来。

不过沈霖倒是很开心，半点不作伪，一听说是彩雀府的小玄璧，更是挽留了陈平安和李源，她在花圃旁边的凉亭当中亲自煮茶，还让陈公子别见怪，收了礼就被她拿来待客。

这一次沈霖没有以真面目示人，施展了术法，遮掩了那张裂纹密布的脸庞。

陈平安喝着茶，便有些感慨，明明是山水神灵，却很会做人。

沈霖也有些小想法，这个能够让火龙真人亲自护关的年轻修士，只看喝茶的气态，应该是出身宗门谱牒或是豪阀子弟无疑了。

陈平安便询问了一些水丹炼制之法，如何才能更少挥霍。

沈霖自然不会藏掖，将许多关键处一一道明，让陈平安收获颇丰，这就是修行路上，有无名师指点的区别。

可能山泽野修也能从谱牒仙师手中抢夺诸多机缘，可是如何吃下机缘、宝物，最终成功，是吃掉七八成，还是九成十成，关键就在仙家山头的"传承有序、法脉绵延"八字。许多细微差池，日积月累，可能就直接导致一个境界的差距，尤其是龙门、金丹之别，就更是名副其实的天壤之别。

从头到尾，沈霖没有对陈平安的来历多问一个字，连试探都没有。

喝过了茶，陈平安就告辞赶回了凫水岛。还是李源亲自护驾。

陈平安到了凫水岛府邸，坐在蒲团上，开始盘算谋划接下来的修行步骤。

李源则原路返回南薰水殿，和茶具都没有收拾的沈霖在那个凉亭碰了头。

李源其实不爱喝茶，不过沈霖既然已经再次煮茶，他也无所谓，优哉游哉喝起来，总好过喝水不是？

火龙真人这一来一走，沈霖好像心情轻松了许多。

双方便闲聊了一些近期北俱芦洲的山上事。比如嵇岳和顾祐同归于尽了，太徽剑宗刘景龙开始闭关了,清凉宗的女子宗主竟然已经有道侣了。

李源说到那个贺宗主的时候,有些捶胸顿足,说这般神仙佳人,若是一辈子不被腌臜男子染指,该有多好。

沈霖看着李源,有些神色恍惚。她有些羡慕这个水正的终年无所事事,以神灵之身,嬉戏人间。

凫水岛那边,陈平安只觉得从今往后,自己一刻都不得空闲了。

那三十六块青砖蕴含的道意,如今只是做成了第一步,勉强算是请神入山,在山祠扎根而已,接下来将其彻底炼化为山根,才是重中之重,不然就是个花架子。可道意之难以炼化,比起将那丝丝缕缕的水运抽丝剥茧,搬运去往水府,还要消耗光阴,此事没有捷径可走,只能靠着滴水穿石的笨功夫,拗着性子慢慢淬炼。陈平安大致估算了一下,第一块青砖的完全炼化,需要足足一月,一天至少六个时辰。兴许越往后,其余三十五块青砖道意的炼化,会越迅速,但最快也该有个两三年的水磨工夫。

搬青砖上山,徙水运入府,都是长久事。好在陈平安知道了自己现在练拳,有些死练的趋势了,那就可以更加安心以练气士的身份修行。

其实自己已经不用太过刻意追求每天走桩的次数,只要一身拳意流淌不停,瓶颈将破未破,顺其自然便是。至于能否以最强第六境跻身金身境,不是不求,只是不再苛求。若来之则安之,不来就不来。无须为了多出一份武运以便馈赠裴钱,而一味死练拳桩。若是连自己都走了歧路,还怎么给开山大弟子当师父?

他陈平安什么时候强求过武运一物了?难不成师父都不强求了,弟子反而一定要有武道捷径可走?天底下没有这样的道理。又不是裴钱是你陈平安的弟子,就该得此好事。而且冥冥之中,陈平安有一种模糊的感觉,在顾祐前辈的那份武运消散离去后,这个最强六境,难了。其实顾祐前辈的馈赠,和陈平安自己追求应得的武运,两者没有什么必然关系,不过世事玄妙不可言。何况天下九洲武夫,英才辈出,各有机缘和历练,陈平安哪敢说自己最纯粹?

十八停剑气叩最后一道关隘的景象,陈平安不再去多看。

初一、十五砥砺剑锋,最终将两把飞剑炼化为本命物,也无须着急。

接下来待在凫水岛,还是按照老真人的说法,好好炼化三处窍穴积攒下来的丰沛灵气。

屋外又有雨。陈平安想了想,便从蒲团上站起身,撑伞出门去。

山水依旧是山水,心境依旧有问题去自省,但是陈平安觉得自己有一点好,只要不再身陷四顾茫然的境界,让他走出了第一步,就还算吃得住苦。

陈平安缓缓行走于雨幕中。

一件根本事,想明白了,便是一法通,万法通。

拨开云雾见青天,见明月。

心有诸多瑕疵大纰漏,补上便是。例如那有心为善虽善不赏,不赏又如何?落在他人身上的好事,便不是好事了?若是自己有心为善,当真无法改错更多,弥补过错,为那些枉死冤魂鬼物积攒来世功德,那就再去寻找改错之法,上山下水这些年,多少道路不是走出来的?你陈平安一直推崇那君子施恩不图报,难不成就只是拿来自欺与欺人的,落在了自己头上,便要心里不舒坦了?这般自欺的深处私心,若是一直蔓延下去,当真不会欺人害人?到时候背后箩筐里装着的所谓道理越多,就越不自知自己的不知道理。

解了心结,心境轻松,肩头沉重。

不过陈平安没觉得有什么,不穿草鞋了,不也还是陈平安。天底下所有的贫寒之家,最不用拿出来说道的一件事情,就是吃苦。能吃得住苦,才享得了福。

陈平安走了一圈凫水岛山水相邻路途,返回府邸屋舍,坐在蒲团上,开始坐忘吐纳,缓缓炼化盘踞在木宅的灵气。

天地灵气,就是修道之人最大的神仙钱。就当是换种法子,好好挣钱。

在等待指玄峰袁灵殿赶来凫水岛期间,关于如何最大程度汲取灵气,陈平安除了每天雷打不动的六个时辰炼气之外,当然没有忘记画符。陈平安也没有废寝忘食,一天到晚修行,就只是六个时辰。

这天凫水岛来了一个身材消瘦的中年道士,没有乘坐符舟,而是直接破开云海,御风而来。

道士面带微笑,望向那个出门迎客的陈平安。

道士打了个稽首:"指玄峰袁灵殿,张山峰的五师兄,陈公子可以喊贫道袁指玄。"

陈平安赶紧抱拳还礼,自然不会真的就称呼对方为袁指玄,而是道:"袁前辈。"带着这位指玄峰面相不老、岁数老、道法高的道门神仙,一起去往府邸。

张山峰不清楚自家师门的真正底细,陈平安要知道更多,游历北俱芦洲之前,魏檗就大致讲述过趴地峰的诸多趣事,谈不上什么太隐蔽的内幕,只要有心,就可以知道,当然一般的仙家小山头,还是很难从山水邸报瞧见趴地峰道士的趣闻。趴地峰和那些得以自行开山建府的道人,确实都不是那种喜欢招摇过市的修道之人。身边这个指玄峰高人,其实并非火龙真人境界最高的弟子,但是北俱芦洲公认此人是一个玉璞境可以当作仙人境来用的道门神仙。

袁灵殿将六百枚谷雨钱交给陈平安后,再邀请陈平安去趴地峰和指玄峰做客,也就没更多寒暄言语了。不是这位指玄峰神仙居高临下,瞧不起陈平安这个三境修士,而是双方本就没什么可聊。所以来也匆匆,去也匆匆。

陈平安又将袁灵殿送到岛屿渡口那边。

袁灵殿笑道:"陈公子,贫道还是要感谢你对山峰的一路照顾。"

陈平安说道:"袁前辈言重了。"

"言重不言重,贫道不管。"袁灵殿笑了笑,从袖中取出一只桃木小匣,"里边有一把恨剑山铸造的仿剑,陈公子别嫌弃礼物太轻就好。"

陈平安有些震惊,只是不耽误收下礼物。和这些神仙假装客气,是不是傻。

袁灵殿化虹离去。

陈平安握着那只桃木匣子站在原地。心想此后向恨剑山购买仿剑,哪怕价格贵一些,也要再买个两把。

光是现钱,陈平安如今就有一百多枚谷雨钱傍身,腰杆硬得很。欠债的事情,就先让朱敛一个人头疼去吧。

剩下的五百枚谷雨钱,陈平安不是不放心让李源寄往落魄山,而是实在不愿叨扰太多,使唤人也得有个度,所以到了狮子峰再说。

冬末时分,陈平安离开了凫水岛。

他早就写好了一封信,寄给狮子峰,放在书案上,同时留下了那块李柳"三尺甘霖"蟠龙玉牌,放在信上。

陈平安起先打算让南薰水殿水神娘娘沈霖帮忙转交信和玉牌,考虑之后,还是打算让李源帮这第三个忙。

反正一些事情,一五一十,原原本本,都写在了信上。至于那块"峻青雨相",当然需要还给李源。

李源一开始死活不肯保管那块"三尺甘霖"玉牌,说了一大通大义凛然的言辞。

陈平安好说歹说才说服李源,保证李姑娘如果怪罪下来,他陈平安来帮着解释清楚。

李源这才稍稍放心。觉得她既然愿意称呼这个年轻人为"陈先生",这个陈先生又愿意如此担保,那么就应该不会有大问题。

陈平安让李源帮自己与南薰水殿道一声别,李源都硬着头皮揽下了那么大一个难题,这点鸡毛蒜皮的小事,当然更不在话下。

李源一定要将陈平安送到龙宫洞天外边的桥头。

陈平安还了那块刻有"休歇"二字的仙家橘树木牌,继续游历走大渎。就只是一袭青衫,背着竹箱,手持行山杖。剑仙与养剑葫,暂时都放在竹箱里边。

李源依旧没有走下桥,目送那个年轻人向西远游。

李源回了凫水岛,都没敢去碰一下玉牌,只敢小心翼翼地快速抽出那封信,火速寄往狮子峰。

一旬过后,李柳重返龙宫洞天,见着了战战兢兢的水正李源,破天荒给了个正眼和笑脸,说总算有点功劳了。听到这句法旨,李源差点膝盖一软就要跪地,这辈子头回有热泪盈眶的感觉。

李柳拿起了那块螭龙玉牌,随手抛给李源,让这个济渎水正拿去祠庙供奉起来便是,帮着凝聚香火精华。

李源趴在地上颤声谢恩,只是李柳已经去往南薰水殿。

沈霖见着了李柳,伏地不起,泣不成声。

李柳伸手一抓,将这个水神娘娘的一副金身剥离出来,然后伸手按住金身头颅,刹那之间,金身之上千万条细微裂缝便一一弥合。李柳手腕微坠,将金身砸回地上沈霖的皮囊当中。

李柳坐在凉亭长椅上,沈霖始终伏地不起,都不敢抬头。

李柳说道:"辛苦了。如果没有太大的意外,以后你来做济渎灵源公。"

沈霖颤声道:"奴婢绝不敢有此奢望! 能够继续守候南薰水殿千年,奴婢已经心满意足。"

李柳皱眉道:"嗯?"

沈霖不敢再有半点违逆,立即以头重重磕地:"领法旨!"

李柳站起身,转瞬之间,消失无踪。

沈霖就那么一直以大礼伏地,久久没有动静。直到李源大摇大摆走入避暑行宫,来到凉亭这边,沈霖这才缓缓起身,恍若隔世。

李源腰间悬佩那块"三尺甘霖"玉牌,挺起胸膛,走路带风,进了凉亭,朝那个好似失魂落魄的水神娘娘挤眉弄眼,用手指点了点腰间那块玉牌。瞅瞅,这是啥?

沈霖对李源的动作,视而不见,她犹豫了一下,一屁股坐在长椅上,神色依旧恍惚,喃喃道:"李源,我可能要当济渎灵源公了,你信吗?"

李源好像挨了火龙真人一记五雷轰顶,呆若木鸡了许久,然后蓦然抱头哀号起来,一个后仰倒地,躺在地上,手脚乱挥:"为啥不是我啊,已经没了几千年的灵源公啊,大渎公侯,咋就不是任劳任怨的李源我啊。"

沈霖虽然是心神失守才说了此事,不过她不后悔泄露天机,水正李源迟早都是要知道的,与其藏藏掖掖,到时候让李源更加崩溃,还不如开门见山,早早道破,不然双方心结更大。

李源挺尸一般,僵硬不动。沈霖有些无奈。

李源抽了抽鼻子,脸上总算有了点生气,闷闷道:"恭喜沈夫人荣登灵源公之位。"

沈霖笑道:"以后再来南薰水殿逛荡,少逗弄这边的随侍女官。"

李源又开始双脚乱蹬,大声道:"就不,偏不!"

李源彻底消停下来,可怜兮兮道:"我要去求老真人,卖给我一大罐后悔药,撑死我算了。"

沈霖柔声笑道:"济渎封正一事,也没作准呢。"

李源转过头,使劲摩挲着地面,眼神痴呆,委屈道:"你就可劲儿往我伤口上撒盐吧。"

沈霖怔怔出神,感激火龙真人,也感恩那个客客气气、礼数周到的年轻人。

李源突然一个蹦跳站起身,竟是直接破开了龙宫洞天的天幕,进入大渎水中,去追那个没良心的陈先生了。

大渎之畔,陈平安正在掬水洗脸。突然水中探出一颗脑袋,由于太过无声无息,陈平安差点就要出拳。

看到是李源后,陈平安才收敛了骤然间如洪水倾泻的满身拳意,笑问道:"你怎么来了?"

李源来到岸上,笑问道:"陈先生累不累,我帮你背竹箱吧? 揉揉肩膀敲敲背?"

陈平安有些头皮发麻,苦笑道:"到底是怎么回事?"

李源蹲下身,一把抱住陈平安的腿,干号道:"陈先生要不要水丹啊? 需要的话,我这儿有两瓶,搁我这儿就是个累赘啊……"

他娘的李大爷还要脸干啥? 今儿就不要脸了!

沈霖当她的灵源公便是,济渎按律是还可以有一个龙亭侯的,虽说品秩差了点,可其实龙亭侯不归济渎首神灵源公管辖,只是龙亭侯掌管水域,稍逊灵源公而已,井水不犯河水,一东一西,共管济渎。

陈平安只得蹲下身,无奈道:"再这样,我可就走了啊。"

李源松开手,坐在地上,轻声问道:"陈先生,你到底知不知道她是谁啊?"

陈平安笑道:"你知道的,我肯定不知道。我只知道李姑娘是同乡,某个捣蛋鬼的姐姐。"

事实上陈平安到现在还是没猜出李源的身份。

至于南薰水殿在龙宫洞天的地位高低,陈平安也不愿意去深究,只依稀猜出那个沈夫人,在龙宫洞天的众多水神当中,应该是身份特殊,毕竟管着一座"水殿"。

李源也没敢多说,免得偷鸡不成蚀把米,连那块已经供奉在祠庙的螭龙玉牌都给自己弄没了。

李源黯然神伤。陈平安只好陪着他一起坐在地上,背靠竹箱,轻声道:"我能帮上什么忙? 说说看? 只要是可以答应的,我不会含糊。"

这下轮到李源开不了口了。

其实这次破例离开水龙宗地界,就只是心里边不太痛快而已,还真不是就一定要争取被封正为济渎龙亭侯。因为李源心知肚明,人生道路,擦肩之人可赶上,错过之事不可追。

不过李源贼心不死，觉得自己还可以挣扎一番，便眨着眼睛，尽量让自己的笑脸越发真诚，问道："陈先生，我送你两瓶水丹，你收不收？"

陈平安笑着摇头。

李源哭丧着脸，闷闷不乐："就知道。"

陈平安取出两壶酒水，一壶从桥上买来的三更酒，一壶糯米酒酿。

处处买那仙家酒，是陈平安的老习惯了。

李源接过那壶三更酒，咣咣咣就是一通豪饮。

陈平安这一路都没饮酒，小口喝着家乡米酒，也不言语。

李源想起一事，早就做了的，却只是做了一半，先前觉得矫情，便没做剩下的一半。是那块"休歇"木牌，他跟水龙宗讨要来了，只是没好意思送给陈平安，免得对方觉得自己居心叵测。这会儿喝了人家的三更酒，便抛给陈平安，笑道："就当是酒水钱了。"

陈平安接住那块木牌，笑道："谢了。"

李源似乎死心了，也想明白了，站起身："走了走了，自个儿回家哭去。"

陈平安跟着站起身，抱拳道："山高水长，后会有期。"

李源愣了一下，点点头，抽了抽鼻子，自怨自艾道："此去归路心茫然，无数青山水拍天。"

陈平安也愣了一下，莫不是斗诗？我陈平安自己写诗不成，从书上搬诗，和你李源唠嗑一天一夜都没问题。

李源委屈道："瞅啥瞅嘛。"

陈平安喝了口酒，应该是自己想多了。

李源纵身一跃，去往大渎，却没有沉底辟水，而是在那水面上，弯来绕去，打道回府，时不时有一两条大鱼，被李源轻轻一脚踹出济渎几丈高，再晕乎乎摔入水中。

陈平安收回视线，觉得有些好玩，开始期待将来陈灵均的大渎走水，和这李源应该会很投缘。

陈平安接下来的走渎，一路并无波折，沿途间歇有些小小的山水见闻。

曾有大船夜泊渡口，二楼有人夜间点灯，陈平安便望见一个官家妇摘下自己头颅，搁在桌上，手持象牙梳子，轻轻梳理青丝。似乎察觉到了陈平安的视线，她身姿倾斜，让那颗头颅望向窗外，瞧见了青衫男子后，似有羞赧神色，放下梳子，将头颅放回脖子上，不敢正眼相望，对着岸上的青衫男子，施了一个万福，珠钗斜坠，身姿婀娜。

陈平安笑了笑。

妇人听见了婴儿哭啼，立即快步走去隔壁厢房。

陈平安便继续赶路。

那艘官家船上,非但没有鬼魅作祟的阴沉气息,反而竟有一缕文运气象萦绕。

经过一处临水村庄,陈平安见到了一个痴傻村童,便在他背后轻轻一拍,世间乡野村落,好像往往都有这样一个可怜人。

然后在夜幕中,陈平安悄悄去村子祠堂敬了香,然后在天井旁站了一宿,听着某些"家长里短",做了些小事,天明时分才离去。

又一年冬去春来。不知不觉,陈平安就走到了大渎入海的尽头。

先前那大年三十夜,依旧风餐露宿。

入海口有座大城,陈平安站在城中一家铺子前,有顾客问掌柜那柑橘甜不甜,掌柜笑呵呵,来了一句:"我说不甜你才买,那就不甜。"

陈平安觉得包袱斋当得如此硬气,才算登堂入室。于是向那掌柜多买了一斤柑橘,只留下一个,其余都放入竹箱里,行走在大街小巷,打算出了城看过了大渎入海的风光,就去婴儿山雷神宅的仙家渡口,乘坐渡船去往狮子峰。

握着柑橘,在街上缓缓而行,陈平安突然停下脚步,转过头,望向一条巷弄。

巷中有一个女冠和一个年轻男子。年龄相近,但是身份悬殊,一个是宗主,一个是宗门首席供奉的嫡传弟子。

那男子原先还有些奇怪,为何宗主要临时改变路线,来这满是市井气息的人间城池,现在终于知道答案了。是等人。一个寒酸落魄的游学书生?

陈平安没有转头继续前行,而是直接走向那条小巷。

贺小凉神色自若,笑道:"好久不见,陈平安。"

陈平安在小巷口子上停步,微笑道:"更久不见,就更好了。"

那站在自家宗主身后一步的男子眯起眼,虽未开口出声,但是杀机一闪而逝。

陈平安问道:"又是专程找我?"

贺小凉眼神复杂,摇头道:"不是专程,只是无意间撞见了,便来看看你。"

那个男子已经觉得天崩地裂,哪里还有什么杀心杀意,一颗道心都要碎得稀烂了。

在他心目中,身前这个神人一般的宗主贺小凉,两人看似只差一步,实则天堑横亘,他都生不出半点非分之想,而且宗主连那个徐铉都不假颜色,何曾对世间任何一个男子如此刮目相看?

贺小凉看着眼前这个青衫年轻人,破天荒有些心神恍惚。

印象中,他好像一辈子都应该是那个穿着草鞋的黝黑少年,但是眼神光彩熠熠,又清澈见底。

不该是眼前这个人的。

男女双方,早年曾在一人家乡一人异乡相逢。

如今依旧如此,只不过双方对换,毕竟北俱芦洲算是她这个清凉宗开山宗主的半个家乡了。

山下俗子,认祖归宗,是头等大事。山上清心寡欲的修士,对待此事,更加重视。

贺小凉转头对身后那个宗门供奉的嫡传弟子说道:"李舟,你先回山头。"

李舟虽然有些失魂落魄,仍是立即收起杂乱心思,恭敬领命离去。

贺小凉笑道:"随便走走?"

陈平安点头道:"是该好好聊聊,拖泥带水,不该是一个宗主该有的行事风范。"

贺小凉转身走入小巷,让出了中间道路,有意无意偏向墙头一侧,陈平安便走在另外一侧。

贺小凉问道:"鬼蜮谷内,你是怎么猜到我和高承在暗中算计你?"

陈平安说道:"都是些隐隐约约的机缘巧合,再将贺宗主想得道法高一些、心机重一些,就赶紧跑路了。"

贺小凉说道:"我在自家山头,修行没有任何问题,却差点跌境。你说浩然天下有几个刚刚跻身玉璞境的宗主,会有如此下场?"

陈平安想起先前买柑橘时的见闻,便笑道:"如果道一声歉,就能够和贺宗主从此井水不犯河水,那就是我错了。"

贺小凉不置可否,换了一个话题,说道:"你以前应该说不出这种话。"

陈平安摇头道:"搁在以前,只要能够好好活下去,给人磕头求饶都成。"

贺小凉说道:"比如可以的话,你就会求着搬山猿不去一拳重伤刘羡阳?"

陈平安点头道:"当然。若是那头老畜生当时觉得砰砰磕头没诚意,我便争取给老畜生磕头磕出一朵花来。"

贺小凉问道:"磕头之后呢?"

陈平安没有藏掖:"还能如何?过那平平淡淡的寻常日子。真要有那万一,让我有了个机会算旧账,那就两说。山上酒水,从来只会越放越香。"

贺小凉又问:"如今?"

陈平安一边走,一边轻轻抛着手中那个柑橘,缓缓说道:"本事不够,喝酒来凑。还能如何?怨天尤人,哇哇大叫,嚷嚷着老天爷不开眼,老天爷就真会搭理我啊?"

贺小凉本想再问,若是以往该如此,那么如今当如何?因为师父陆沉曾经带着她走过一条更加复杂的光阴长河,因此得以见识过未来种种陈平安。

唯独眼前这个陈平安,不在那"诸多陈平安"之列。

"叙旧没必要。"陈平安握住柑橘,转头笑道,"贺宗主,给句痛快话,以后咱们到底能不能你走你的阳关道,我走我的独木桥?"

贺小凉指了指天幕,微笑道:"不如你问我师父去?师尊真要颁下一道法旨,我这个当关门弟子的,不敢不从。"

陈平安笑道:"那我可得本事再大些,就是不知道在这之前,得喝去多少酒了。"

既然对方没诚意,也就很难聊了。

贺小凉根本不介意陈平安在想什么,她唯一介意的,是以后陈平安会怎么走,会不会成为自己大道之上的天大麻烦。

遥想当年,头一次水畔相逢,那个背着装有一堆蛇胆石箩筐的草鞋少年,不只是身份悬殊,便仰望站在石崖上的他们一行人,而是少年那会儿的心气,就在道路泥泞中。不承想这些年过去了,境界依旧悬殊,心气倒是高了不少。

贺小凉轻声说道:"陈平安,你知不知道你这种性情,每次走得稍高一些,越是谨小慎微,走得步步稳当,只要给仇家瞧见了端倪,杀你之心,便越会更加坚定。"

"怎的,这还是我错了?"陈平安笑道,"那我可就要跟贺宗主说句良心话了。你以为我不渐次登高,就没人随便伸出一根手指头碾死我?我看不在少数,要么是觉得得不偿失,要么是修行修在了狗身上,求而不得,一想到这个,我在他乡遇见贺宗主之后的好心情,就更好了。"

贺小凉看似随口说道:"你觉得是他们有错在先,那你有没有想过一种可能性,你没有做错什么,但是你就是个错?"

陈平安依旧神色平静:"这种市井巷弄鸡飞狗跳的言语,其实不劳驾贺宗主来说,那么多年,在我家乡泥瓶巷附近,不光是纯粹闹着好玩的同龄人随口说说,也有些王八蛋故意念叨这些,恶心人,许多上了岁数的街坊邻居,许多心地很好的好人,他们有些时候看我的眼神,其实也在说类似的言语道理。"

贺小凉沉默许久。

小巷尽头,贺小凉停下脚步:"原来你早就知道真相了。"

陈平安说道:"贺宗主你在说什么,我不太明白。"

贺小凉笑道:"心里明白就够了。"

陈平安反问道:"够了?"

贺小凉微笑道:"是不太够。"

似乎莫名其妙便想明白了某个心结,贺小凉转过身,面对陈平安:"我在浩然天下的山巅等你,除此之外,你我各走各的。"

此次在济渎入海口重逢,既是偶遇,又是必然。

贺小凉想要做成的事情,往往都可以心想事成。不服气她的福缘深厚,就乖乖忍着。

陈平安得到了一个比预期要好的答案,就笑道:"那就不送贺宗主了。"

贺小凉笑道:"我也没说立即要走啊,身为宗主,万事忧虑,难得出门一趟,遇见了难以释怀的心上人,不该好好珍惜?"

陈平安说了两个名字:"徐铉,李舟。"

贺小凉嫣然而笑,道:"一个管得住手,一个管得住嘴,不会让你分心。"

陈平安默不作声。

贺小凉故作讶异道:"怎么,还是我的错了?"

陈平安真是一拳打死她的念头都有了。

贺小凉"善解人意"道:"本事不够,喝酒来凑。你有没有好酒?我这儿有些北俱芦洲最好的仙家酒酿,都送你便是。"

陈平安笑眯眯道:"一拳打死贺宗主真是可惜了。我这么胡说八道,贺宗主别生气。"

哪怕能够一拳打死,也要两拳。

贺小凉竟是眯眼而笑,伸出一只手轻轻放在嘴边,轻轻摇头道:"不生气,你我之间,有了一份姗姗来迟的真心相待,是好事。"

陈平安走出巷子,重新施展了障眼法的贺小凉便和他一起前行。双方隔着一段距离,仍是算不得并肩而走。

陈平安目视前方,街道熙攘,车水马龙,问道:"你什么时候走?"

贺小凉说道:"大概要比你想的晚一些吧。"

陈平安问道:"贺小凉,你一直就是这样的人?"

贺小凉笑道:"你不也一样?只不过我是一开始就知道自己,你陈平安知道得更晚,所以更不容易。"

两人走出城池,沿着大渎走向北俱芦洲的西海之滨。

陈平安登上一座海边高台,突然说道:"贺小凉,你苦苦追寻的道法,就像是我心中的宁姚,这么讲,可以理解吗?"

贺小凉点头道:"当然可以理解,这有何难。但问题是我不想接受这个结果啊。"

陈平安望向远方,不再言语。

贺小凉犹豫了一下,蹲在一旁,问道:"既然先前顺路,为何不去书院看看?"

她其实刚刚从书院离开没多久。

陈平安扯了扯嘴角,双手轻握,放在膝盖上,双袖自然而然低垂:"陆沉若是因你而死,你会不会去白玉京和三脉各大道观看看?"

贺小凉沉默许久,缓缓道:"陈平安,其实直到今天,我才觉得和你结为道侣,于我而言,不是什么关隘,原来这已是天底下最好的姻缘。"

陈平安摘下了竹箱,取出养剑葫,盘腿而坐,慢慢喝酒,没来由说了一句:"大道不该如此小。"

贺小凉不知为何改变了主意,站起身,提前离开了此地,临走之前,转头对背靠竹箱的陈平安说道:"男女情爱,终究小事。"

陈平安淡然道:"这件事,别说是你师父陆沉,道祖说了都不算。"

贺小凉哑然失笑,御风远游。

去年冬末,袁灵殿离开龙宫洞天后,御风北上,蓦然一个下坠,去往一处人迹罕至的青山之巅,那里并非仙家山头,只是灵气寻常的山野僻静处。

在那边,袁灵殿见到了师父和一个女子正在对弈,双方以随手炼化的山根作为黑子,将水运凝聚为白子。

袁灵殿向双方打了个稽首,便站在火龙真人一旁,一眼都没有去看那棋局形势,怕乱道心。

山下没有真正的琴棋书画,因为都在术之一字上徘徊。哪怕是山上的诸子百家,九流还分个上中下,琴棋书画,操琴斫琴的还好,毕竟得了圣人定论,与功德沾边,此外以书家最不入流,下棋的瞧不起作画的,作画的看不起写字的,写字的便只好搬出圣人造字的那桩天大功德,吵吵闹闹,面红耳赤,自古而然。

火龙真人拈起一枚棋子,轻轻扣在道意为线、纵横交错的棋盘上,问道:"就只是送了一把恨剑山仿剑?"

袁灵殿点点头:"并未多做什么。"

袁灵殿知道师父的用意,因为自己早年也是纯粹武夫,甚至还是以最强金身境跻身的远游境,只不过得了师父指点,便舍了那份馈赠,算是为北俱芦洲积攒了一份武运。到最后以大毅力,舍了武学,专心问道,其间坎坷,犹胜寻常元婴跻身上五境。

袁灵殿知道师父是想要自己指点一下对方的拳法,不过袁灵殿兴趣不大,何况也不觉得自己的指手画脚真就有用。

趴地峰上,除非是火龙真人明言弟子应当想什么做什么,此外诸多弟子如何想如何做都没问题。

火龙真人也没说什么,明明他棋局已输,却蓦然而笑道:"死中求活,是有些难。"

李柳说道:"棋盘这么小,有心如此,便是一心寻死。"

李柳随手将山根水运打碎,重归天地,火龙真人也收起了道意棋盘。

火龙真人这才问道:"先前那封被你截下的狮子峰书信,写了什么?"

李柳答非所问,说道:"果然如真人所说,还是水正李源寄出,不是让南薰水殿帮忙,也不是不写信,直接将信物送到狮子峰。"

火龙真人笑道:"所以说你既然走了当下这条路,任重道远。不是别人只有一个一辈子,你李柳积攒了那么多一辈子,就一定知道最多,最对。很好,输了棋局,棋局之外,又给贫道找回了场子。"

李柳倒是不介意什么棋局的输输赢赢,棋局内外皆如此,实在是经历太过,她甚至对此生此身都不是很上心,更多还是当作一场山重水复的游历。

李柳既然生而知之,知道的,当然更多,不单单是世事,还有以人心勘破的种种人心。

世间道观寺庙的神像多镀金,杨老头便要求他们这些刑徒余孽,反其道行之,先包裹一层人心,哪怕是做做样子,都要好好走一遭真正的人间。

不过李柳如今也有真正上心的事情,比如早年那场打得天翻地覆的大道之争,再次拉开了序幕,李柳偶尔也会想要序幕才开便落幕,教那人此生此世,输个彻底。

火龙真人这次在水龙宗棋局上落子,撇开陈平安不谈,还是有些用意的,沈霖的水到渠成,为水龙宗宗主孙结说几句水正李源。

可事实上,火龙真人随缘帮助三方渡过各自的大小难关,不假,更希望通过李源开窍后的某些作为,将一些"言语"说给眼前的李柳听听看。毕竟在"做人"这件事上,哪怕是岁月悠悠万千年的李柳,其实始终是晚辈。可惜李源听不进去,火龙真人也就不愿过多干涉。

袁灵殿有些感慨,师父在中土神洲那边,其实已经察觉到了金甲洲那座古战场的武运异样,其实对于陈平安而言,若将武运一物得手,作为棋局的获胜,那陈平安和中土那个同龄女子,就是一种很微妙的对弈双方。

但是因为多出了一个无心的曹慈,便越发复杂。

若是曹慈没去那处战场遗址,以天下最强五境跻身武道六境的女子石在溪,可能早就已经顺势破境,却没能得到最强二字,因为有身在北俱芦洲的陈平安,境界更加坚实稳固,一身拳意更重。可是曹慈现身后,石在溪战意昂然,争强好胜的心性使然,天赋异禀的她硬生生将武道瓶颈高度拔高了一筹,铁了心要以六境打到七境曹慈一拳,哪怕只有一拳沾身,才愿意破境。反观陈平安,相对女子,他的武道瓶颈,起先高度更高,当然就要拗着性子缓缓破境。

一拖,一缓,就形成了一盘双方遥遥对弈却皆不自知的棋局。

火龙真人只是知道石在溪在神像崩塌的金甲洲古遗址,听说曹慈去往了那处,便一一推演出了形势与格局。

火龙真人笑道:"石在溪如果全心全意,能够不去想那最强二字,就是一份不俗气的大气象,对别的纯粹武夫来说,兴许是属于心气下坠的坏事,搁在她身上,偏是死中求活,拳意得了大自由。想必这才是曹慈愿意见到的,所以才一直没有离开遗址,主动帮着石在溪喂拳。曹慈虽说如今只是金身境,可对于心高气傲的石在溪而言,恰好是世间最佳的磨刀石,不然面对一个山巅境的倾力锤炼,绝对无此效果。"

袁灵殿点头道:"石在溪早前真正的瓶颈,不在拳头上,在心头上。"

然后袁灵殿笑道:"其实陈平安只要运气好,继续拖着,别在石在溪破镜前破境,依旧是某个'当下'的最强六境,照样能够得到一份武运馈赠。"

"贫道看来,有些悬乎。"

火龙真人盖棺论定之后,转过头,看着这个弟子:"为师让你送钱去凫水岛,就是希望你亲口告诉陈平安这个事实,武夫与武夫,自家人说自家话,比一个老真人和三境修士言语,跑去掰扯那拳头上的大道理,更有意义。为师原本想要看一看,陈平安到底会不会心存一丝侥幸,为了那份武运,稍稍流露出一丝主动放慢脚步的迹象,还是来一个与石在溪方式不同、大道相通的'死中求活'。当下陈平安将拳练死了,并非是懈怠使然,和人死战厮杀一场场,更是近乎无错,明明已经可以用'人力有穷尽'来宽慰自己,看能否在行至断头路的断头巷,还要稚子出拳破巷墙,在自家心气上打出一条去路。"

不过老真人摇摇头,做不到的。除非那小子自己想明白了,悄然又过一道小心关,才有机会成事。

袁灵殿一脸苦笑,有些愧疚:"是弟子耽误了师父。弟子这就返回龙宫洞天?"

火龙真人笑道:"算了,万事万法,顺其自然。你以为说了此事,就定然是好事?陈平安定然可以争到一个最强?你以为心路之上,次次竭力行走,会没有后遗症?一个人,次次事事不认命,自以为追求极致便是好,修行路上,是会死的。争最强六,争了六便争七,得了七,八便该是我的了,八是我的,谁跟我争九,是不是该死?是不是那大道之争?一路行去,咬牙切齿的匹夫之怒罢了。武道何时如此低了?"

李柳摇头道:"道理太极端了。"

火龙真人也是摇头:"纯粹之人,就该趁早打死极端理。"

这点道理,袁灵殿没有任何疑惑。

曹慈就做得很好,武学路上,我高我的,却也不拦着他人登高,有机会的话,还会帮人一把,就如帮助石在溪砥砺境界。

这也是曹慈在中土神洲能够"无敌手"的缘由之一。不单单他师父是女武神裴杯,在庇护着他不受上五境修士意外打杀的关系。不然被覆灭的那个大王朝,仇家可不止一两个上五境修士。杀你裴杯是奢望,杀你远游别洲的弟子曹慈,不会太难,至少是有机会的。

曹慈自己所思所想,所作所为,便是最大的护道人。例如这次和朋友刘幽州一起远游金甲洲,皑皑洲财神爷,愿意将曹慈的性命,到底看得有多重,是不是跟嫡子刘幽州一般,看似是财神爷权衡利弊后作出的选择,其实归根结底,还是曹慈自己的决定。

中土神洲真正的纯粹武夫,对曹慈大多愿意主动给予或多或少的善意,可能是背后闲聊,为这个晚辈说几句好话,说不定还会亲自出手打消一些危机涟漪。

如何变坏为好，是本事，好上加好，更是能耐。真正看着世间万物的，不是双眼，是人心。

看待曹慈，只看他有前无古人的资质，只看他身后站着师父裴杯。这便是眼睛很管用，人心在关门。

李柳大概是习惯了和火龙真人针锋相对，笑道："这些道理，适用之人不会多。"

火龙真人哈哈大笑道："就事论事，就人论人，不以人废所有事，不以一件事废整个人，对错是非，便没那么一团糨糊了。"

李柳说道："难。"

袁灵殿点头道："师父有理。"

不帮师父，难道还帮外人？何况袁灵殿本就觉得师父更在理。

结果火龙真人笑问道："那为师就要问你了，你觉得这曹慈，还有如今咱们北俱芦洲的年轻第一人，他们的问心局，在何时何地？"

袁灵殿本心上是习惯了以"气力"言语的修道之人，这么多年的修心养性，其实还是不够圆满无瑕，故而一直凝滞在玉璞境瓶颈上。不是说袁灵殿就是骄纵跋扈之辈，趴地峰该有的道法和道理，袁灵殿不曾少了半点，事实上下山历练，指玄峰袁灵殿反而是同门中口碑最好的那个，只不过也是被火龙真人责罚最多、最重的那个。

袁灵殿稍作思量，便笑道："自然是前无古人的曹慈，遇到了后来者，站在身边，或是身后不远处，不但如此，后来之人，还有机会超过曹慈，那会儿才是曹慈本心显露的关键。至于那个只要选择出手对敌就必赢的林素，何时结结实实输了一次，才会饱受煎熬。"

火龙真人点了点头，似乎认可这两个答案，又问道："那你呢，灵殿，为何破不了境？天底下有你这种明明有了仙人修为却是玉璞境界的道门修士吗？为师瞪大眼睛，看来看去，都没找到几个。"

袁灵殿说道："自然是修力有余，修心不够。"

火龙真人笑了笑："就因为你修行早期，气力太大，想事情太少，破境太快，好像比起太霞、白云几脉的师姐师兄，你自己对于道法深处的真意，了解最少？还是后来被为师责罚太重，觉得自己即便没有错，也只是没想到，便一直琢磨来推敲去，关起门来好好反省错在何处？想明白了，便是破境之时？"

袁灵殿点头承认："确实如此。"

"你有没有想过一种可能性，自己是在以无错想有错？是不是在那歧路上打转？"火龙真人叹了口气道，"痴儿！世间师父传道弟子，难道就只能帮着弟子指路，走那捷径？就不许师父在道路上设置重重关隘，让弟子虽然方向对，行路却难？好让弟子问道之心能更坚定？"

袁灵殿破天荒有些委屈神色："师父道法何其高,学问何其大,弟子不愿质疑半点。"

火龙真人伸手指向这个指玄峰弟子,怒道："你去问问那凫水岛的年轻人,他小小年纪,有没有那个念头,便是他最敬重的齐静春齐先生,也未必事事道理都对?!你问他敢不敢这么想!敢不敢去用心琢磨文圣一脉之外的圣贤道理,却唯独不怕压过最早的道理?!"

"灵殿,你要是只觉得天底下的道理,都在师父身上,弟子只能学走七七八八,那徒弟传徒孙,徒孙再传,天底下还能剩下几个道理?你袁灵殿连这个都不敢想,辛苦修行六百年,难道光长气力不长道心吗?!咋的,为师的趴地峰,需要搬山扛土、劈柴烧炭的苦力,便有了你袁灵殿这一身腱子肉?"

袁灵殿瞥了眼师父微微晃荡的两只袖子,小心翼翼道："师父莫生气,有话好好说。"

李柳拆台道："袁指玄是说'不愿',没说不敢,真人你别光顾着自己讲道理,冤枉了袁指玄。"

袁灵殿差点没气个半死,没你李柳这么帮倒忙的。

师父啥脾气,他袁灵殿最清楚不过。毕竟袁灵殿挨过的揍,是所有弟子当中最多的,他袁指玄自称趴地峰第二,没人敢说第一。

"不愿比那不敢更糟糕!不敢不敢,到底是想到过了,只是尚未走出去罢了。"

果不其然,火龙真人怒气冲冲,最终冷声道："去桃山石窟闭关个十年,想明白了再出关!"

袁灵殿沉默片刻,随即心中哀叹一声,十年倒也没什么,打个瞌睡,闭眼又睁眼,也就过去了,只不过没面子啊,师父这趟远游,一出山一返回,结果唯独自己需要卷铺盖从指玄峰滚去桃山石窟禁足,那白云、桃山两个师兄还不得隔三岔五就去石窟外边,优哉游哉煮茶对饮?还要问一句他渴不渴?

袁灵殿突然灵光乍现,轻声道："师父,弟子和山峰约好了,挑个时候,要一起下山,帮他了去一桩心愿。"

火龙真人不再绷着脸色,微微一笑,嗯了一声,神色慈祥道："虽然是自己的错,却不和自己有胜负心,有师兄可以帮忙,就绝不含糊,表面上承认人身小天地不如外边大天地,事实上却是人心不输天心,这才是修道之人该有的澄澈心思,很好、很好。既然如此,灵殿,你就不用去桃山石窟了,待在山峰身边,用心为师弟护道一程,切记不许泄露身份,你们只在山脚游历。"

袁灵殿打了个稽首："师父放心便是。"

哎哟喂,这会儿该轮到白云、桃山他们羡慕自己了吧。

袁灵殿生怕师父一个反悔就要收回承诺,立即化虹远去。

李柳说道:"袁指玄已经想明白了。下山一趟,归山之日,应该就是他闭关破境之时。"

火龙真人点头:"所以去不去桃山石窟面壁,根本无所谓。"

火龙真人要以袁灵殿最能够接受的道理,循循善诱,为其传道解惑。不然火龙真人只是以师父身份指点弟子,以飞升境巅峰传道玉璞境,不是不可以,但是用处不大,还会隐患重重。

道理,不是几句话那么简单,而是听者听过之后,真正开了心扉门,在别人那三言两语之外,自己思量更多,最终得了个大道契合。

李柳笑道:"袁指玄悟性很高的,你要是不故意压着他的心性,有希望更早跻身飞升境。"

火龙真人感慨道:"没办法,这小子先天性情太跳脱,必须压着点他,不然趴地峰会树大招风,当然这都是小事了。一旦袁灵殿破境太快,除了自身心境差了点火候,其余师兄弟,难免要坏了些许道心,这才是大事。一个火龙真人,就已经是一座大山压心头,再多出一个袁指玄,是个人都要心里难受。再者趴地峰没有必要,只是为了多出一个飞升境,就让袁灵殿急匆匆冒个头,该是他的,跑不掉的。不然贫道将来哪天不在趴地峰了,以袁灵殿的脾气性情,就要自己主动揽担子在身,他修心不够,其余几脉师兄弟的道理就要小了,言者听者,都会下意识如此认为,这是人之常情,概莫能外。一座仙家山头,乌烟瘴气,府邸腐朽,一潭深却死之水,就是规矩落在纸上,搁在祖师堂那边吃灰,没能落在修士心上。"

李柳说道:"任何一位开山之祖的规矩树立,至关重要。"

火龙真人点头道:"那当然,例如剑仙白裳之流,都有各自的立身之本,自然会按照白裳他们的想法去开枝散叶,开花结果。能够成为宗字头仙家的,谁没有自己的一套完善规矩,关键就看谁更细水长流,户枢不蠹,藏风聚水。不过在师父指路、弟子走路这件事上,贫道的趴地峰,当得起世间少有这个说法,现在就缺个能够帮助趴地峰百尺竿头更进一步的。"

李柳笑道:"张山峰?"

火龙真人说道:"只能说山峰希望最大,但是我希望袁灵殿他们这些师兄也可以做到。不过贫道看待趴地峰内外弟子徒孙,人人希望给予的各有不同,不是说山峰成就有望最高,便瞧不见其他人了。"

李柳摇头道:"你这是站着说话不腰疼,换成一个地仙修士、玉璞境宗主,愿意有此想法吗?"

火龙真人笑了笑,反问道:"贫道何曾强求别家山头如此想了?"

最后火龙真人沉声道："但是你要清楚,到了贫道这个位置的修士,若是人人都不愿如此想,那世道就要不妙了。"

李柳笑容玩味:"不妙?"

火龙真人说道:"你我对弈的小棋局之上,输你几盘,哪怕千百盘,又算什么。但是世道棋局,不是贫道在这儿说大话,你们还真赢不了。"

李柳微笑道:"我们无所谓啊。"

火龙真人说道:"巧了,我们有所谓。"

李柳就要动身去往龙宫洞天。

北俱芦洲已经到了官子阶段,狮子峰、大源王朝崇玄署杨氏,还有水龙宗,都是棋子,其实更多棋子是她的无理手,说没也就没了,最终只留下一些按照规矩落在棋盘上的棋子,所剩不多。

济渎灵源公和龙亭侯,她只能取得其中一个位置。更何况就算她可以将济渎两公侯都收入囊中,她也只会收取一个。毕竟今时不同往日了。

原本南薰水殿沈霖和济渎中祠水正李源,只看身份,谁都有希望跻身那个无比尊崇的水神高位,甚至还是李源更加顺理成章才对。只不过李柳"无所谓",是她的事,你小小水正也无所谓了千百年,算怎么回事? 如果不是火龙真人乐意和李源多聊几句,在先前棋局开始的时候,还说了几句,她此次去往龙宫洞天,就要一巴掌下去,让李源金身粉碎,化作水运重归济渎了。换一个愿意对水龙宗倾力庇护的新水正,水龙宗只会更加感恩戴德。

火龙真人突然说道:"李柳,咱们新开一局,你投降输一半,如何?"

李柳当然不愿意再多下一局棋。本就是火龙真人故意在这边等待袁灵殿,然后无所事事,拉着她下盘棋罢了。毕竟一位飞升境巅峰修士的修行,都不在本心上边了,更别提什么天地灵气的汲取。

火龙真人很多看似脚踩西瓜皮、走到哪说到哪的言语,其中意思,既是点拨弟子袁灵殿,也是以朋友的身份,和她李柳挑明一番,梳理趴地峰大小脉络,帮助李柳多看些人心。不过这是火龙真人第一次直截了当,当面挑明双方亦敌亦友的真实关系。

随后便有了李柳的那趟重返龙宫洞天。又有了李源得了一块"三尺甘霖"玉牌,沈霖却得到一个未来济渎灵源公神位的最终结果。沈霖不敢置信,李源更是捶胸顿足。

至于知不知道自己原本必死无疑,济渎中祠到时候会有人冒名顶替他这个水正,只不过他是被火龙真人救了一命,那块螭龙玉牌也是因为陈平安才得手,可能李源至今还蒙在鼓里,浑浑噩噩。要说如此不好,李源终究所做不多,便好像躺着享福,做了奉命行事的几桩芝麻小事,白白得手了一块凝聚香火的玉牌;要说好,却又因为千百年来一贯听天由命无所作为,失去了未来北俱芦洲水神首位的灵源公神位。

火龙真人留在山巅,独自一人,想起了一些陈芝麻烂谷子的过往事,还挺糟心。有自家趴地峰的,也有脚下这个北俱芦洲的,更有整个浩然天下的。

老真人一想这些,就要犯困,先前一跺脚便从趴地峰来到此处,这会儿又一跺脚,便返回了趴地峰山巅。自个儿这一瞌睡,趴地峰便能下场雪,让那些小家伙打雪仗乐和乐和。

张山峰在广场上蹲着,身边围了一大圈的师侄辈小道童,大多是新面孔,不过张山峰和孩子打交道,从来熟稔。张山峰这会儿在和他们讲述山下斩妖除魔的大不容易,小家伙们一个个竖起耳朵,瞪大眼睛,握紧拳头,听得哇哦哇哦的,一个比一个身临其境,着急呀,怎的小师叔只讲了那些妖魔的厉害,手段了得,还没有讲到那桃木剑嗖嗖嗖飞来飞去、大快人心的妖魔授首呢?

张山峰停了说书,抬起头,笑道:"师父,回来了啊?"

小道童们一个个神采奕奕,向那位祖师爷爷打稽首行礼,其中一个胆儿大的,偷偷拽了拽小师叔的道袍袖子,张山峰环视一圈,一个个使劲点头,朝他使眼色。

张山峰便说道:"师父,山下可都快要过年了,大冬天不下雪,不像话。"

火龙真人走到他们身边,伸手摸着一个小道童的小脑袋,笑道:"那祖师爷爷努把力,打个盹儿?睡梦中和老天爷求场大雪?"

这些个童心童趣的小道童,齐刷刷小鸡啄米。

祖师爷爷一瞌睡,山上才会下场雪。这是趴地峰师父那一辈,还有岁数更大的师兄们,口口相传下来的老规矩了。

火龙真人对张山峰笑道:"你袁师兄回山后,会和你一起下山去还愿。"

张山峰愣了一下:"此事我求的是那白云师兄啊,白云师兄也答应了的,没袁师兄啥事。"

火龙真人笑骂道:"这个小王八蛋,连自己师父都坑骗。"

小道童们一个个张大嘴巴。祖师爷爷也会开口骂人?

火龙真人有些无奈,走了走了,找地儿睡觉去。

张山峰便开始帮着师父收拾烂摊子,对那些小家伙语重心长道:"莫要学你们祖师爷爷随便骂人。"

一个小道童双臂环胸,气呼呼道:"山上就数祖师爷爷辈分最高,骂人咋了。"

张山峰一把拧住这个家伙的耳朵,轻轻往上一提,小道童哎哟喂一声,赶紧踮起脚尖,开口求饶道:"小师叔莫要随便打人,我晓得错了。"

张山峰笑着松开手后,小道童便气呼呼道:"我师父说了,如果不尊敬长辈,就要屁股开花。小师叔你小心点。"

张山峰蹲下身，开始继续说那个山下的故事。

那个小师侄听得很是聚精会神，突然埋怨道："小师叔，山下的妖魔鬼怪，就没一个好的吗？如果是这样的话，祖师爷爷，还有师伯师叔们，怎么就由着他们做坏事嘛。"

张山峰笑了笑："这个啊，当然是有说法的。等我朋友来咱们家做客了，小师叔就让他说给你们听，在他那儿，有趣的山水故事非常多。"

那个小道童使劲摇头道："我觉得肯定不如小师叔讲的好！"

张山峰晃了晃手，笑容灿烂道："尽瞎说些大实话。回头下了雪，一起打雪仗，小师叔和你结盟。"

那个小道童立即拒绝："休想！"

听师兄们讲每次打雪仗，就数小师叔被雪球砸得最惨，不过因为个儿最高，跑得快，就算被砸了也不会生气。

张山峰伸手扯了扯道袍领口，一本正经道："敢不尊敬小师叔？就不怕被你师父打得屁股开花？"

那个小道童皱着小脸，轻声道："师父去年走了。"

张山峰愣了一下，叹了口气，然后指了指那个小道童，轻声笑道："其实没走呢，你不还记着师父吗？"

小道童低下头，红着眼睛，嗯了一声："师父走的时候，也是这么讲的。要我莫哭，说只要惦念着师父，师父就没走，不用经常惦念，偶尔想起就很好了。还说等到我什么时候想起师父，不那么伤心了，就是长大了，到了那个时候，就可以下山去斩妖除魔了。小师叔，怎么都过了这么久了，都一年多了，我还是伤心得很啊。"

张山峰想了想，还是没能说些什么安慰的话。

可能陈平安在这里，就要做得更好。对于世间种种离别，陈平安年纪不大，却经历了很多。可惜他不在。

小时候，日子好像是一天一天，掰着手指头过去的。大一些，一个月一个月，便过了每一年。如果成了山上的修道之人，境界高了后，十年百年，好像都会转瞬即逝，能记住多少个身边人？又有几人，能算身边人？

张山峰曾经问过师父很多问题，可是火龙真人很多时候，都只说问题没有答案，问题本身就是答案，许多看似是答案，其实就是下一个问题。

张山峰没觉得师父是在敷衍自己，所以自己就有理由更加茫然。

师父道法高不高？当然不高。因为师父的道法不在山上、天上，在山脚的人间。

一个小道童好奇地问道："小师叔，想啥呢？"

张山峰刚要说话，有个小家伙便轻声道："肯定是在偷偷想念山下的漂亮姑娘。"

另外一个小道童便来了一句："尽瞎说些大实话。"

张山峰呵呵一笑："先前那个斩妖除魔的山水故事暂且不表,且听下回分解。小师叔先和你们说个更精彩的压箱底故事。"

不承想有个小道童立即跟同伴们说道:"别怕,小师叔肯定是想拿鬼怪故事吓唬咱们。"

张山峰看着这拨一个比一个机灵伶俐的小王八蛋,比起下山前的那些个小师侄,好像更难伺候啊。

张山峰只好拿出杀手锏,高声喊道:"师父,咋个还不下雪嘛。"

老真人正坐在远处崖畔打盹儿,开口笑道:"上个茅厕,不还得先吃饱饭。"

所有小道童都可怜兮兮地看着这个小师叔,觉得小师叔脑瓜子好像不太灵光呀。

张山峰站起身:"罢了,教你们打拳。"

嘘声四起,全跑光了。

不下雪,没故事,大冬天的也没什么山上野果,各家师父也没让谁屁股开花,小师叔便没啥用处了嘛。

张山峰突然发现一个小家伙停下脚步,没走。

张山峰已经心满意足,笑着招手道:"好好好,小师叔就教你一人拳法。"

那小道童嘿嘿一笑,嘴上哼哼哈哈,打了一通王八拳,然后撂下一句"小师叔学会没"就跑路了。

张山峰挠挠头,这拨小师侄贼滑头,小师叔带不动啊。

黄昏时分,狮子峰山脚的市井小镇,一个青衫竹箱行山杖的年轻外乡人,走入一间生意不错的布店。

一个正在招呼客人的妇人转头瞥见有客登门,笑道:"哎哟,这个小俊哥儿,给你媳妇挑选绸缎来啦,做一件好看的衣裳?"

陈平安用家乡方言笑道:"柳婶婶,我叫陈平安,家住泥瓶巷。"

妇人愣了一下:"我家槐娃儿经常念叨的那个陈平安?"

陈平安点点头,手里拎着些大包小包的礼物,都是从小镇店铺里买来的。

妇人赶紧撇下手头的生意,让几个家境优渥的小镇妇人自己挑选布料,给陈平安拎了条长凳,招呼道:"坐,赶紧坐,李槐他爹上山去了,什么时候回来做不得准。不过只要山上没那些个狐狸精,最晚天黑前肯定滚回来,不过要我看,真有那成了精的狐魅,也瞧不上这木头疙瘩不是? 也就我当年猪油蒙了心,才瞎眼看上他李二。"

妇人坐在长凳那一头,和这个陈平安半点不生疏:"泥瓶巷,我晓得。离着铁锁井挺近的,人不多的小巷子,巷尾巴上有个年轻寡妇,生得比我稍稍差些。离着泥瓶巷不远,杏花巷的那个马神婆,你应该知道的吧? 这老婆娘,年纪越大,那张嘴巴越阴损,喷喷喷,要我看,都把死人说活,泥瓶巷顾家小寡妇,可都吵不过这老婆娘。"

陈平安将那些礼物轻轻放在柜台上后,已经摘了竹箱放在脚边,斜放行山杖,侧着身子,安安静静,耐心笑着听这个妇人念叨着家乡事。

妇人突然一拍大腿:"我家李柳这没心没肝的,你见过没? 应该还没有对过眼吧。

唉，陈平安，你是不知道，咱家这闺女，造了反，这不给那山上的神仙老爷当了端茶的丫鬟，立马就忘了自家爹娘，时不时就往外跑，这不又好久没回家了，反正真要给外边油嘴滑舌的拐骗了去，我也不心疼，就当白养了这么个闺女，只是可怜我家李槐，便要指望不上姐姐姐夫了。"

陈平安跟妇人笑着说道："李槐读书会有出息的，我知道李槐，读书不快，但是有后劲儿，最重要的是这孩子心好，随叔叔婶婶，都心善，这可不是书上读出来的。加上李姑娘如今成了山上神仙，衣食无忧，又离得近，就在狮子峰上，柳婶婶，这对于很多家中有子女跑去山上修行的门户来说，已经很难得了，相信李姑娘以后一定可以找个说得着一家话的好人家。真不是我在这儿说客套话，柳婶婶就是有福气。咱们这些市井人家出来的，过日子，总归是往后些看，才分得出高低，今儿添个瓶瓶罐罐的，明儿攒出张八仙桌，慢慢往自家添物件，一件一样的，日子自然也就殷实了。"

妇人眉开眼笑，这后生，瞅着俊，还这么会说话，而且不是那啥花里胡哨的漂亮话，都是连她都觉得在理的实在话。

再说了，能够一路那么用心护着李槐，人能差到哪里去？虽说瞅着衣装模样，这个家乡后生不像是富贵发迹了的那种人，但是只要人老实，不是李槐姐夫的时候，都能对李槐那么好，以后成了李槐姐夫，那还不得更加掏心窝子，可劲儿帮衬李槐？

不如撮合撮合陈平安跟自家闺女？妇人一想到这茬，便开始用丈母娘看女婿的眼光，重新打量起了这个远道而来的年轻人。不错不错，把自己拾掇得干干净净的，一看就是心细、会体谅照顾人的年轻人。真不是她对不住书院那个叫林守一的孩子，实在是妇人总觉得两人隔得那么远，大隋京城多大多热闹一地儿，怎会少了漂亮女子，林守一若是哪天变了心意，难不成还要自己闺女变成老姑娘，也没个婚嫁？李柳这丫头，随自己这娘亲，长得好看不假，可妇人却晓得，女子生得好看真不顶事儿，一不小心就找了个负心汉，原先脸蛋儿越好看，就越糟心，心气又高，只会把小日子过得稀烂，隔个七八年，估摸着自己都不敢照镜子。

她越看越欢喜，还真不是她善变，那个早年经常给家里帮忙打杂的董水井吧，当然是老实本分的，可她一早便觉得差了点意思。林守一呢，都说是那读书种子，她又觉得高攀不上，她可是听说了，那小子他爹，是当年督造衙门里边当差的，官儿还不小，再说了，能够搬去京城住的人家，大门槛儿，能低了去？李柳真嫁过去了，这么个不懂人情世故的傻闺女，还能不受气？将来可莫要李槐跑去串个门，都要被看门的给狗眼看人低了。

陈平安哪里能想到这个柳婶婶在打什么算盘，见这个长辈但笑不语了，怕冷场，他便主动拉着家常。

陈平安突然转过头，再收回视线，笑道："婶婶，李叔叔回来了。"

妇人探过身子,往大门外一瞧,还真回来了,笑道:"也到了吃饭点儿,婶婶这就给你做顿家乡菜去。"

妇人站起身,习惯性大嗓门吼道:"李二!"

一个汉子立即小跑起来。

妇人埋怨道:"没见陈平安到咱家里了?回个家就磨蹭半天,出门跟外边地上有钱捡似的。"

李二笑着跨过门槛:"来了啊。"

陈平安已经站起身,喊了声"李叔叔"。

妇人见李二打算坐在自己位置上,怒道:"买酒去啊,是不是攒着私房钱,留着给那些狐狸精买胭脂水粉啊?"

李二闷闷道:"我兜里从来没钱的。"

妇人重重一拍柜台:"自己从抽屉里拿钱,赶紧去买两壶好酒。买过了酒,就让陈平安住那间给李槐准备的屋子,想想看有没有缺的物件,买酒那会儿,一并买齐全了。"

转头望向陈平安的时候,妇人便换了笑脸:"陈平安,到了这儿,就跟到了家一样,太客气,婶婶可要生气。"

陈平安笑道:"不跟婶婶客气,一盘冬笋炒肉,必须得有。"

妇人笑道:"有,必须有。"

李二拿了钱,和陈平安一起离开铺子。

都是街坊邻居,乡里乡亲的,又是狮子峰脚下,不用担心铺子没人看着就出事。

两人走在逐渐冷清起来的街道上,陈平安轻声问道:"李叔叔,你知不知道福禄街李希圣,就是李宝瓶的大哥,如今在北俱芦洲哪里?"

李二说道:"知道,此人先前带着一个比较古怪的伴读书童,拜访过我这边。回头和你细说。"

陈平安松了口气,不然自己还真不好找。

李二犹豫了一下,环顾四周,最后望向某处,皱了皱眉头,然后递出一拳。

整条大街,就只有陈平安依稀察觉到一点迹象。估计就算有人在附近刚好瞪大眼睛瞧着李二,都没本事看到李二出拳。

然后在极远处的云海中,便响起了一声小镇这边都听得到的沉闷炸雷。

出拳过后,李二也没有解释什么,只是说道:"李希圣让我告诉你,去找他之前,必须先告诉你一件事,当年他送你那桃符,不是什么临时起意的随手之举。当然,最后你没收下。随后他便为落魄山竹楼画符,是了断一桩与你息息相关的不小因果,所以李希圣要你无须感激,若是做不到,便不用去找他了。"

陈平安点头道:"好。"

李二到了街角一处酒肆,掏钱向掌柜买了两壶最贵的酒水,道:"沾你的光。"

一个年轻酒客笑问道:"李二,你家李柳没下山啊?该不会是李姑娘在山上神仙府邸待惯了,就瞧不上山下的狗窝了吧?"

李二没搭理。

回去路上,李二点头笑道:"你这第六境,很结实。"

陈平安在李二这边,不会有太多的忌讳,说道:"在济渎东边些的地方,被顾祐前辈指点过三拳。"

李二嗯了一声,不过很快说道:"三拳还是少了点。"

陈平安说道:"没办法,当时顾前辈要赶去赴约,和猿啼山稽岳前辈捉对厮杀。"

那场架,李二没去凑热闹旁观。因为没啥必要。

李二便说道:"没关系,我这儿不缺桌上的饭菜,拳头也有。"

陈平安想了想:"吃饱饭菜再说吧。"

李二难得露出认真神色,转头问道:"我得先知道一件事,求个什么?最强二字?"

陈平安摇头笑道:"从练拳第一天起,就没求过这个。其间因为别人的关系,也想过最强和武运,不过到最后发现其实两者并不是打架的关系。"

李二继续看着陈平安。

陈平安继续说道:"如果只靠自己练拳,无论是心气,还是力气,自身拳意都到了极致,既然认识李叔叔,那么此事,当然可以外求一次。我无所谓武运,但是我必须以更重的拳意破境。简单地说,就是这个金身境,必须是我陈平安体魄极致之上的金身境。我只求这个。"

李二没有说什么练拳事,而是咧嘴笑道:"你这个客人不吃饱,你柳婶婶也不答应啊,她不答应,我都不敢下桌收拾碗筷。"

陈平安轻轻笑道:"真好。"

李二这才拍了拍陈平安的肩膀:"吃饱喝足,喂拳之后,再说这话。"

到了饭桌上,李二有些犯嘀咕,这还是自家媳妇第二回要自己多喝酒,尽管敞开了喝,上一次,已经隔了许多年。

见陈平安刻意压制拳意,三两杯下肚,很快就喝了个满脸通红,李二便觉得有些不对劲,咋的,喝醉了倒头就睡,是寻思着能够少吃一顿拳头是一顿?可这不像是陈平安能做出来的事情啊。

不过有人和自己痛快喝酒,李二还是很高兴,便一只脚踩在了长凳上,不承想他刚一抬脚,勾着背,要去夹一筷子离着自己老远的冬笋炒肉,妇人便一瞪眼,教训他拿出点长辈样子来,把李二纠结得不行,只得正儿八经坐好。以前也没见她这般斤斤计较,自己偶尔喝个几两小酒儿,媳妇都是不管这些的。他们家一直这样,李槐小时候就喜欢蹲在长凳上啃那鸡腿、蹄髈,也没个所谓的家教,什么女子不上桌吃饭,李二家里更是没这样的规矩。

李二瞥了眼那盘故意被放在陈平安手边的菜,结果发现媳妇瞥了眼自己,李二便懂了,这盘冬笋炒肉,没他事儿。

桌上荤菜硬菜都在陈平安那边,李二这边都是些清汤寡水的素菜,李二抿了口酒,笑了笑,其实这副光景不陌生。

李槐没出门求学远游的那些年,家里一直是这个样子。

李槐留在大隋书院读书做学问,他们仨搬到了北俱芦洲狮子峰山脚,哪怕李柳经常下山,一家三口聚在一起吃饭,没李槐在那儿闹腾,李二总觉得少了点滋味。李二倒是没有半点重男轻女,这与女儿李柳是什么人,也没关系。李二这么些年来,对李柳就一个要求,外边的事情外边解决,别带到家里来,当然,女婿可以例外。

陈平安喝得七八成醉,不至于说话都牙齿打架,走路也无碍,自己离开八仙桌和正屋,去了李槐的屋子休息,脱了靴子,轻轻躺下,闭上眼睛,突然坐起身,将床边靴子拨转方向,靴尖朝里,这才继续躺下安稳睡觉。原来是想念家乡落魄山和自己的开山大弟子了。

李二忙着收拾碗筷,妇人还坐在原地,没头没脑来了一句:"李二,你觉得陈平安这孩子,怎么样?"

李二笑道:"好啊。"

不然当年汉子就不会想着将那龙王篓和金色鲤鱼,私自卖给陈平安。为此在杨家铺子还挨了一顿训。

妇人小声道:"你觉得这孩子瞧得上咱们家闺女吗?"

李二停下手上动作,无奈道:"这也不是瞧不瞧得上眼的事情啊,陈平安早就有喜欢的人了。"

妇人大失所望:"咱们闺女没福气啊。"

李二笑着不说话。

妇人一拍桌子,恼火道:"笑什么笑,李柳到底是不是你亲生闺女? 是我偷汉子来的不成?"

李二缩了缩脖子,瓮声瓮气道:"说什么混话。"

妇人哀怨道:"闺女缺心眼,当爹的没出息,还不上心,咱们闺女上辈子到底是造了什么孽,才投胎到了家里来吃苦。难不成李槐将来养爹养娘养媳妇,到头来连嫁了人的姐姐也要照顾一辈子?"

李二好奇问道:"跟李槐一个学塾念书的董水井和林守一,不都从小就喜欢咱们闺女,以前也没见你这么在意。还有上次那个和咱们走了一路的读书人,你不也觉得其实瞅着不错?"

妇人摇摇头:"那可不一样,我看来看去,还是觉得陈平安最像学塾的齐先生。道理我是讲不出半个,可我看人很准的。"

李二不再说话,点了点头,继续收拾碗筷。

他媳妇上一次让自己敞开了喝酒,便是齐先生登门。

妇人试探性问道:"咱们闺女真没有机会了?"

李二便有些心虚,接下来这一通喂拳,让陈平安吃饱撑死,估计有机会也没机会了吧?

第二天,天微微亮,陈平安就起了床,帮着挑水而返,水井那边,街坊邻里一问,便说是李家的远房亲戚。然后李二就带着陈平安出门去往狮子峰,跟妇人说是去山上逛逛。妇人眉开眼笑,笑得合不拢嘴,也不说什么。李二便有些迷糊,不晓得这有什么算盘可打。

李二带着陈平安直奔狮子峰祖师堂。

一路上闲聊,关于郑大风如今在落魄山看门的事情,李二跟陈平安道了一声谢。陈平安说没什么。

李二却说就郑大风那脾气,搁在以往,在外乡成了个废人,肯定一辈子都不愿意回杨家铺子,混吃等死,这辈子就算真的完了。那么一辈子就会潦潦草草,最终师父他老人家,没把郑大风当徒弟正眼看过一次,郑大风也一辈子没敢将自己当弟子看待。如今的局面,落魄归落魄,师徒却已是师徒,大不一样。

陈平安其实一直觉得这个李叔叔,是天底下活得最明白的那种人。如今看来,的确如此。

狮子峰山主黄采,是一个有神仙气度的老仙师。

黄采在北俱芦洲的元婴修士当中,是出了名的能打。

李二没有客套寒暄,直接让这个大名鼎鼎的老元婴修士封山。黄采二话不说,就立即传令下去,让狮子峰封禁山头,而且也未提何时开山。

对于一座仙家山头而言,封山是一等一的大事。要么是大敌当前,要么是老祖闭关破境。

李二又递给毕恭毕敬的狮子峰老山主一张纸,让黄采按照纸上所写去抓药。黄采依旧没有多问一个字。只是看待那个年轻外乡人的眼神,有些古怪。

若说陈平安在山脚铺子那边有些灯下黑,这会儿和外人打交道,立即就开了窍,不过也未多解释什么。一切等李柳回了狮子峰再说。

李二带着陈平安去了趟狮子峰山巅的一处古老府邸大门,此处是狮子峰开山老祖早年的修道之地,老祖兵解离世后,便再未打开过,李柳重返狮子峰后,才重开府门。里边别有洞天,哪怕是黄采都没资格涉足半步。陈平安步入其中,发现竟然是一条溶洞水路,过了府门那道山水禁制,就是一处渡口,流水碧绿幽幽,有小舟靠岸,李二亲自撑篙前行,洞府之中,既无日月之辉,也没有仙家萤石、烛火,依旧光亮如昼。

小舟行出十数里后,视野豁然开朗,远处竟有一面大如湖泊的古怪镜子,微微低于湖面,四面八方的流水倾泻其中,便不见踪迹。

李二解释道:"这面镜子,是一处古老洞天的入口,有人不太喜欢那座洞天,就打造了这座阵法,一直以大水浇灌。这镜面相当坚韧,寻常'气盛'的十境拳头,都不济事,哪怕我曾经以'归真'八十拳,将其打碎了片刻,依旧会恢复如初。据说只有十境最后一重境界的'神到',才能彻底破开镜面,我还需要打磨拳意很久,才有机会跻身'神到'至境。在那之后,才算破了武道断头路,走上一条真正意义上的登天之路。"

陈平安犹豫了一下,忍不住说道:"这么珍稀的一件仙家至宝,彻底打碎了多可惜。"

至于武夫十境的三重境界,听说过了,记住就行。

李二笑道:"到了能够用一双拳头打破镜子的时候,你才有资格来说可惜不可惜。"

陈平安觉得这一刻,身边所站之人,不再是李二,而是一个十境武夫。

身边已经没有了李二身影,陈平安心知不妙,果不其然,毫无征兆,一记横扫从背后而至。

陈平安身形看似垮塌,拳意收敛,整个人不讲究什么风范不风范,试图向前扑出去,不承想依旧被一脚迅猛端中后腰,咔嚓作响如一连串爆竹炸响,能够将寻常金身境武夫体魄视为纸糊泥塑的陈平安,就那么被一脚踹得如同拉开的弓弦。砰然一声过后,照理而言,陈平安就要被一脚踹得飞出数十丈,但是李二出拳远远快过陈平安身形去势,站在陈平安身侧,一拳劈下,砸在向后仰去的陈平安胸口。这一拳,打得陈平安后背当场贴地坠去。

李二一脚伸出,脚踝一拧,将砸在自己脚背上的陈平安,随随便便挑到了镜面之上。

只觉得一口纯粹真气差点就要崩散的陈平安,重重摔在镜面上,蹦跳了几下,手掌猛然一拍镜面,飘转起身站定,依旧忍不住大口呕血。

李二依旧站在小舟之上,人与小舟,皆纹丝不动,这个汉子缓缓说道:"小心点,我这人出拳,没有轻重,当年我和宋长镜同样是九境巅峰,在骊珠洞天那场架,打得痛快了,就差点不小心打死他。"

陈平安深吸一口气,见李二没有立即出手的意思,便轻轻卷起袖子,脚尖轻轻拧了拧镜面,果然坚实异常,就跟走惯了泥瓶巷泥路,再走在福禄街桃叶巷的青石大街,是一种感觉。这意味着什么,意味着挨了李二一拳是一种疼,随后撞在了镜面之上,又是一种火上浇油的疼,比撞在落魄山竹楼地面、墙壁之上,更要遭殃。

陈平安身形摇摇晃晃,苦笑问道:"李叔叔,就一直是九境出拳吗?"

李二摇摇头道:"当然不会。"

不等陈平安心里边稍稍好受点,李二就又补充了一句:"还有十境的。"

就凭这小子喊自己这一声李叔叔,就不能让陈平安白喊。李二觉得做人得厚道。

茶余饭后的酒桌上,北俱芦洲山上最近又有一桩天大的热闹可讲了。

清凉宗宗主贺小凉,在返回宗门途中,莫名其妙地与那个痴情种徐铉起了天大的冲突。

本该是天造地设的一对神仙道侣,非但没有什么精诚所至金石为开,而且不知道徐铉说了什么,贺小凉竟是大打出手。在花翎王朝一处僻静山野,双方圈定地界后,贺小凉和徐铉打得方圆百里山河变色,千里山水灵气无比紊乱。

徐铉身受重伤,远遁而走,贺小凉直接斩杀了他那两个贴身婢女,两个年轻金丹女修就此香消玉殒,贺小凉还将那两把名为咳珠、符劾的刀剑,争抢入手,带去了清凉宗,然后将两件至宝随手丢在了山门外。这个女子宗主放出话去,让徐铉有本事就来自取,若是本事不济,又胆子不够,大可以让师父白裳来取走刀剑。

徐铉返回山头后,闭关疗伤,传闻原本板上钉钉的跻身上五境一事,需要耽搁至少十年,如此一来,一旦刘景龙破境,又能够扛下郦采、董铸在内的三次问剑,徐铉不光是境界修为要慢于太徽剑宗刘景龙十年,北俱芦洲年轻十人之一、仅次于林素的徐铉,也会和刘景龙交换座椅位置。

因此北地第一大剑仙白裳,没有坐视不管,但是也没有仗着剑仙身份和仙人境境界,前往清凉宗向贺小凉兴师问罪,白裳只说了一句话,他白裳在北俱芦洲一日,贺小凉就休想跻身飞升境。

两座本该有望联姻的宗门,至此结下死仇。琼林宗在内的许多墙头草,开始和清凉宗断绝往来,许多商贸往来,更是多有刁难。

花翎王朝韩氏皇帝在内的诸多山下世俗势力,开始暗中反悔,许多原本打算送往清凉宗修行的修道坯子,哪怕路程走了一半,也都打道回府。

清凉宗周边的许多仙家山头,也开始有意无意疏远那座本就根基未稳的清凉宗,严令自家山头修士,不许和清凉宗有太多牵扯。

天君谢实的一个嫡传弟子,气势汹汹亲自走了一趟清凉宗,结果贺小凉不识大体,原本关系莫逆的双方,闹得不欢而散。之后,清凉宗就越发显得茕茕孑立,四面八方无援手,盟友不再是盟友,不是盟友的,更成为一个个潜在的敌对势力,不断使小绊子,没有人认为一个彻底惹恼了大剑仙白裳的新兴宗门,可以在北俱芦洲风光多久。

而清凉宗内部也动荡不安。半数供奉、客卿都和清凉宗撇清了关系,寄去了一封封密信,祖师堂那边的座椅,一夜之间就少了五张之多。

贺小凉也是个怪人,没有打碎劈烂那些座椅,就只是将它们搬出了祖师堂,放在门外檐下。

本就弟子不多的清凉宗,越发显得冷冷清清。

所幸贺小凉在北俱芦洲游历过程中,先后收取的九个记名弟子,还算安定,尚未有人选择叛逃。在外界看来,是因为那些家伙,根本不清楚白裳这个名字的意义,更不知道山上结仇并且撕破脸皮后凶险万分。

这九个清凉宗开宗立派后的首代弟子,陆陆续续被贺小凉带回山头,多是以前不曾修行的山下凡夫俗子,年龄不算悬殊,最年长之人,如今也不过而立之年,年岁最小的,不过是五六岁的稚童。贺小凉收取弟子,十分古怪,资质根骨也看,却并不是最看重,能走上修行路就成,更多还是看她自己的眼缘。

清凉宗占据了一处风水宝地,但是并未如何大兴土木,只在祖山半山腰开辟出一小块地盘,座座茅屋相邻,九个弟子都住在此处,唯独那座用来传道授业解惑的场所,还算有点富家宅邸的样子,类似山下大户人家的祠堂,既可祭祖,也可延请夫子为家族弟子讲学。

贺小凉收取弟子,只传授他们一门没有高下之分的道家口诀,此外便不再多管,不过请了一个外人来为弟子们日常授业,此人既不是供奉也不是客卿,却已经在此给清凉宗九个弟子讲学好几年了,辨析道门典籍的玄妙,三教百家学问,此人都会传授。贺小凉对于这个“李先生”,似乎很信任,不担心他在此讲学,会误人子弟,耽误修行,更不担心让她扬言百年之内不再收取弟子的清凉宗,变成一个四不像的仙家门派。

九个暂时还是记名的弟子,对于那位只知道姓李的年轻先生,十分敬重。

今天贺小凉离开了那个独自修道的小洞天,来到讲堂窗外。

那个李夫子在讲那儒家的诗词文章,先前说到“池塘生春草”“明月照高楼”好在何处,感慨这等看似直白的诗句最见功力,都会让后世诗家后悔晚生了千百年,然后便顺势讲到了一个山下豪阀门第,或是一个山上门派,开山鼻祖的性情如何,会如何影响家风、门风,最后便告诉那九人,若是你们将来成了那开山鼻祖,便该如何去做,才能少错多对。

有人见到师父出现,便要起身行礼,贺小凉却伸手下压了两下,示意讲学之地,授业夫子最大。

那个面相年轻的李夫子抛出一个问题,让九个学生去思量一番,然后离开了学堂,跟上贺小凉。

他说道:“贺宗主,你明明没有必要如此行事……算了,其中缘由,我一个外人,就不多问了。不过我确定,白裳说话,从来算数。"

哪怕贺小凉是那位道家掌教的嫡传弟子,终究是隔了一个天下。

何况北俱芦洲剑仙行事,真要大动肝火,哪里会管这些。白裳如今明摆着就是不管了。

相传北俱芦洲最早的时候,曾经有一个远古剑仙以剑尖指向一个至圣先师的学生,笑着询问你觉得我这一剑会不会砍下去。答案当然是照砍不误了。不过最后那个剑仙战死在了剑气长城,那个儒家圣人则在北俱芦洲开创了凫水书院,在世之时,对那个剑仙的香火后裔,多有照拂。

贺小凉笑着说道:"李先生,我如今才跻身玉璞境没几年,等到跻身下一个仙人境,再到瓶颈,没个数百年光阴,是做不到的。白裳愿意等,就等着好了。"

这个被贺小凉尊称为李先生的读书人说道:"先前天君谢实的那个弟子,有些咄咄逼人了。"

贺小凉说道:"他当年游历途中,受过白裳指点,白裳于他有一份传道之恩,加上清凉宗开山立派,挤占了北俱芦洲相当一部分道门气运,此人自然而然会倾向于徐铉和白裳。"

李先生摇头道:"若是道理可以如此套用、借用,我看天君谢实的传道,大有问题。"

贺小凉忍住笑。

李先生疑惑道:"是我错了?"

万事先思己错,便是这个读书人的治学根本。

贺小凉摇头道:"这话,希望李先生哪天亲口与谢天君说上一遍。"

李先生笑道:"有机会的话,可以试试看。不过看谢天君自身与整座宗门行事,未必讨喜。"

贺小凉不再纠缠这个问题,害怕自己要忍不住笑出声,同时又有些怜悯那个天君高徒。

她转过头,望向远处茅屋下一个面容清秀的少年,少年名叫崔赐,是和李先生一起跨洲游学多年的随从书童。

李先生说道:"我该下山了。"

贺小凉打了个稽首:"不敢再挽留先生。"

李希圣便以儒家门生身份,作揖行礼。

哪怕对方不是以稽首还礼,贺小凉仍是偏移脚步,躲了一躲,只不过到底是玉璞境,又在清凉宗山头,她的挪步神不知鬼不觉,至少在那瓷人崔赐眼中,女子宗主便是始终站在原地,大大方方受了自家先生一礼。

大骊京城御书房，小朝会散去，国师崔瀺却难得没有离去。这是从未有过的事情。

皇帝宋和没有开口询问，只是安静等待这个国师的下文。

崔瀺从椅子上站起身，并拢双指轻轻一抹，御书房内出现了一幅山水长卷，是宝瓶洲、北俱芦洲和桐叶洲三洲之地。

年轻皇帝连忙起身，走到崔瀺身边。

崔瀺缓缓说道："大朝会上，一国君主和文臣武将聊的，是当下事，远不过三五年；小朝会上，一国君主与将相公卿聊的，都是三五十年的长远事；当下我私底下单独与陛下聊的，是一桩百年大计，陛下兴许看得到一部分过程，却未必能够亲眼见到最后的那个结果。"

宋和轻声道："就像父皇当年见不着大骊铁骑的马蹄，踩在老龙城的海边？"

崔瀺直言不讳道："差不多。"

宋和非但没有失落，反而满怀欣喜，笑道："先生，我其实一直在等这一天。"

在这个国师面前，只要没有其余臣子在侧，年轻皇帝一直执学生礼。

这件事，根本不用那个皇太后提点。

崔瀺说道："等到宝瓶洲大局已定，将来难免要交由翰林院，编撰各个藩属国出身臣子的贰臣传、忠臣传，而这绝非皇帝陛下在任之时就可以水落石出，免得寒了庙堂人心，只能是继任皇帝来做。这是宝瓶洲和大骊王朝的家事，陛下可以先思量一番，列出个章程，回头我看看有无疏漏需要补充。修补人心，和修缮旧山河一般重要。"

说完这件事，崔瀺指向宝瓶洲以北的北俱芦洲："看着如此幅员辽阔的一个北俱芦洲，陛下作何感想？"

宋和答道："相较以往，十分中空。"

一洲剑修，已经浩浩荡荡去往倒悬山。

崔瀺点点头，又说道："劝陛下一句，大骊宋氏，永远别想着染指别洲版图，做不到的。"

宋和有些遗憾。本以为这个大骊国师、自己的先生，野心会比自己想象的更大。

崔瀺笑道："志大才疏，不也中空？"

宋和神色尴尬。

崔瀺指了指北俱芦洲最南边的骸骨滩："要在披云山和骸骨滩之间，帮着两洲搭建起一座长桥，陛下觉得应该如何营造？"

宋和笑道："靠神仙钱。"

崔瀺点头，却又问道："真正的神仙钱源头，从哪里来？"

宋和视线扫过那幅画卷，望向在宝瓶洲更南端那个大洲："注定支离破碎的桐叶洲？"

崔瀺既没有点头认可，也没有摇头否认，只是又问："究其根本，如何挣钱花钱？"

宋和摇头，问题太大。

崔瀺说道："想明白了如何挣钱，是为了如何花钱，不然留在大骊国库，意义何在？一家一户的金山银山，还能当饭吃？这就是大骊宋氏以一洲之地作为一国版图后的自救之举。"

崔瀺抬起双袖，同时指向东宝瓶洲南北两端的北俱芦洲和桐叶洲，给出了他的答案："如何从北俱芦洲那边规矩挣钱，是为了如何合情合理地补救桐叶洲破碎山河，这一进一出，大骊看似不挣钱，实则一直在积攒国力底蕴，同时又得了儒家文庙的点头认可。不是我崔瀺，或是你皇帝宋和会做人，而是我大骊国策，真正契合儒家的礼仪规矩，成为了大势所趋。如此一来，你宋和，我崔瀺，便是做得让某些人不痛快了，对方哪怕还有本事能够让你我与大骊不痛快，文庙自有圣人冷眼旁观，好教他们才一伸手，便要挨板子。"

崔瀺收起双手，转头盯着宋和，这头绣虎神色微冷："和陛下说这些，可不是意味着陛下就已经比先帝更英明神武，而只是陛下运气更好，皇帝当得晚一些，龙椅座位更高些。可是陛下也无须恼火，先前的功过得失，都是先帝的，以后的功劳大小，也该只是陛下一人的。陛下治国，根本无须跟一个已经死了的先帝较劲，若是认不清这点，我看我今日和陛下所说之言语，还是说得早了。"

宋和躬身作揖道："先生教诲，学生谨记。"

崔瀺说道："抹掉一些先帝的治国痕迹，先帝已死，新帝登基，又有何难？关尚书这些个老狐狸，只会笑话你这皇帝当得小气，其实都不用你宋和多说多做什么，再熬个几年，老老少少的文臣武将，自然而然就会一个个聪明到让人看不出蛛丝马迹。当了大骊宋氏皇帝，志在一洲之地，国之四方皆大海，这已经是那浩然天下的前无古人之举，就该拿出一些与之匹配的帝王气度。等到哪天没了我崔瀺落座在小朝会，前朝老臣子们依旧对你忠心耿耿，敬畏有加，那才是你宋和的真本事。若是再有一天，我崔瀺落座，也不敢再将你视为什么学生，那么你宋和才算是真正的千古一帝。"

崔瀺继续说道："两事当然很难，但是陛下可以试试看。什么帝王心性难揣度，那都是术，不可全无，却不可为主。即便宋氏国祚终有断绝一日，每逢后世史书写大骊，关于宋和，依旧是当之无愧最浓墨重彩的一笔，想绕都绕不过去，不是赞誉最多，便是骂之最凶。"

最后崔瀺笑道："接下来就要和陛下说一些两洲谋划和既有棋子，陛下终究是陛下，国师只会是国师。身为国师，出谋划策是本分，身为君主，为国掌舵，更是职责所在。"

宋和微笑道："国师请讲，愿闻其详。"

一次练拳练得惨了，裴钱被陈如初背回一楼后，破天荒一口气得了三天休息，而且关键是还不算那躺在床上没法动弹的一天一夜。

刚好听说魏檗马上要举办第三场神灵夜游宴，这让抄完了书的裴钱，乐开了花。

朱敛说这就叫三天不打上房揭瓦。

裴钱心情好，不和老厨子计较。

再说了，先前师父在那封寄回落魄山的家书末尾，正式答应了提拔周米粒为落魄山右护法，让裴钱看过了十七八遍书信后，头一回去二楼练拳的时候，是高高挺起胸膛的，一步步踩得竹楼阶梯噔噔作响，还大声嚷嚷着："崔老头儿赶紧开门喂拳，别犯迷糊了。"

当时看得一楼那边的陈灵均，觉得裴钱莫不是给打傻了，或是走火入魔了？

这会儿在朱敛院子这边，魏檗在跟郑大风下棋。陈如初轻轻嗑着瓜子。陈灵均押注郑大风会赢，就将一大把雪花钱放在了大风兄弟的棋罐旁边，结果朱敛一直在那边念念叨叨，说如今魏檗已经是玉璞境的神仙了，棋力暴涨，应该是魏檗的胜算更大些了，结果陈灵均看着棋局走势，便又往魏檗棋罐那边放了一枚小暑钱。

裴钱带着扛着行山杖的周米粒，两人一起绕着石桌众人转圈圈飞奔。

裴钱大摇大摆，两条胳膊甩得飞起，使劲嚷着："锵咚锵，唧里个锵，唧里个锵，咚咚锵……又要村头摆酒席喽，从村头摆到村尾嘞……刘家的金子，李家的银子，韩家的铜钱儿，都乖乖来我兜里睡觉喽。"

魏檗手肘抵住桌面，手指轻戳眉心。上了贼船，再想下去就难了。反正他这个北岳正神的名声，算是彻底毁了。

郑大风怒道："赔钱货，你再这么吵下去，害我输了棋，连累灵均大哥输了钱，你赔啊！"

裴钱撒腿飞奔不停步："赔啥赔，你是不是个傻子哦。"

裴钱继续哼唱她的那支乡谣。

周米粒一边跟在裴钱屁股后头跑，一边疑惑问道："这是哪儿的歌谣，我以前没听过啊。"

裴钱停下脚步，双手环胸："是我家乡那边的词曲儿，可惜写得太好，没能流传开来。"

周米粒总觉得裴钱这话儿好像哪儿讲不通，便双手抱着行山杖，皱着眉头，陷入了沉思。

朱敛等到了崔东山的那封信，然后还得等卢白象来到落魄山，一起参加过魏檗的夜游宴后，就会与珠钗岛刘重润一起去寻找水殿、龙舟。

和陈平安在信上的交代不太一样,朱敛得了崔东山的信上答复后,无须担忧大骊铁骑和谍子,他崔东山自会处置妥当,本来就该带着那个亡国长公主去往她的故乡。可是朱敛依旧和刘重润说了此事的危机重重,不做为妙,不然就可能会是一桩不小的祸事,反正朱敛一番危言耸听吓唬人。结果刘重润权衡利弊,好好思量过后,咬牙决定不再去碰水殿、龙舟。朱敛这才晾了刘重润几天,再晃晃悠悠去了趟鳌鱼背,笑呵呵说事情有变,他们落魄山决定多担待一份风险,所以双方其实可以试试看,只是双方的分账,不能再是五五分成,落魄山必须多占两成,双方一番砍价,变成了鳌鱼背与落魄山四六分成。

朱敛其实不会当真多要这一成额外的收益,等到他和卢白象陪同刘重润一起去寻宝,他自有理由,就说自家那个在外远游的落魄山山主回信了,叮嘱他朱敛必须按照原先谋划,五五分账。

到时候看似一切照旧,返回原处。可自然不是朱敛瞎忙活了一大圈。

等到披云山正式举办夜游宴,裴钱和周米粒都没有参加那场夜游宴,裴钱忙着多抄些书,免得因为练拳一事过多赊欠。

很奇怪,这次就连陈灵均都没有去凑热闹。倒是他那个御江水神兄弟,事后专程跑了趟落魄山,询问陈灵均为何没有露面。

之后,朱敛与卢白象下山去办正事,同行的刘重润忧心忡忡,觉得前程未卜,福祸相依,毕竟是在大骊铁骑的眼皮子底下挖宝。

卢白象的两个弟子,元宝、元来姐弟二人,留在了落魄山上。两人跟被朱敛带上山的岑鸳机,都还算聊得来。

三天竹楼外边的嬉戏打闹,和三天过后竹楼内的练拳天壤之别。

周米粒扛着那根行山杖,守在了府邸去往竹楼的小道上,不许任何外人造访竹楼那边。这是大管事朱敛交代下来的,周米粒不敢擅离职守,不过陈如初只要忙完了手头事,都会跑来和周米粒一起嗑瓜子吃糕点。到了什么时辰该做什么事了,陈如初再离开。周米粒就老老实实蹲在裴钱先前给她画了个圈的地盘上。

一开始周米粒还觉得委屈,觉得裴钱那个圆圈画得小了,显得她这个落魄山右护法的地盘不够大。

裴钱就问她山下骑龙巷一尊尊贴在门上的门神老爷,就那么一张纸的小小地盘,有没有她脚下这么个圆圈大?看那些门神老爷会不会抱怨诉苦?裴钱最后板着脸问道:"周米粒,你这个右护法是不是当得有些翘小尾巴了?"

周米粒赶紧使劲摇头。

周米粒一个人蹲在圆圈里边,沿着那条不存在的界线,一点一点挪动绕圈。扛着行山杖的黑衣小姑娘每绕一两步,她身后远处,便有个从泥土里蹦跶出来的莲花小人儿,跟着小跑几步。

竹楼二楼,崔诚一脚踩在地面裴钱的额头上,重重一拧,低头问道:"今天练拳之前,你这个小废物,竟敢问老夫练拳何时是个尽头。"

崔诚一脚踹在裴钱太阳穴一侧,接着转头望向在墙根蜷缩起来的裴钱:"你先走到断头路的断头处再说。"

身体缓缓舒展开来,先前等于硬生生为自己多攒出一口气的裴钱,满脸血污,踉踉跄跄站起身,张大嘴巴,歪着脑袋,伸出两根手指,晃了晃一颗牙齿,然后使劲一拽,将其拔下。

她小心翼翼将那颗沾血的牙齿收起来,藏在了袖子里边。师父曾经说过,每个孩子都会长大,在这期间,掉下来的牙齿得丢到床顶去,便能许个平平安安的心愿了。

裴钱弯下腰,双手握拳,轻轻攥紧又松开,死死盯住崔诚。

只见她一个脚尖点地,身形腾空,一脚重重踩在身后竹楼墙壁上,身形去如箭矢,中途蓦然下坠,脚踝拧转,滑出数步,偏离直线,以铁骑凿阵式,拳架大开,抡起一拳,却是向崔诚递出了一拳神人擂鼓式。

裴钱可能不知道,神人擂鼓式,是他师父对峙崔诚,使用最少的拳架,因为知道最无用。但是裴钱恰恰相反,此拳是她向这老人递出最多的一拳。一次次无功而返,一次次再次出拳。

老人一拳砸在裴钱头颅之上,不承想裴钱身体倒飞出去的瞬间,便是一脚狠狠踹出。显然一开始就有了你打我一拳、我也要踹你一脚的念头。

可惜被崔诚一手握住脚踝,高高抡起,重重砸地,打得裴钱身体又是蜷缩起来,刹那之间的呼吸更是快与慢,急促更换,浑然天成。

崔诚嗤笑道:"你这种连陈平安都不如的小废物,换成我是那个大废物,都要嫌弃你多吃一口饭,就是浪费了落魄山的家底!就你也想蹭到老夫的一片衣角?你当老夫是那个练拳好似瞌睡的岑鸳机?再来?别装死,能沾到衣角丝毫,老夫以后随你姓。"

裴钱以手肘重重一砸地,身体腾空,飘然站定,断断续续,含糊不清道:"不用随我姓……随我师父姓好了……还得看我师父答不答应。"

崔诚一步就来到裴钱身前,一手负后,一手五指握住裴钱面门,再一步,将裴钱整个人甩在墙壁上。后者手脚一起颓然下垂。

崔诚松开手,裴钱颓然坐在地上,背靠墙壁,头顶墙上滑出一大抹血迹。

崔诚冷笑道:"陈平安这种怕死贪生的废物,才会养着你这个贪生怕死的废物,你们师徒二人,就该一辈子躲在泥瓶巷,每天捡取鸡屎狗粪!陈平安真是瞎了眼,才会选你裴钱当那狗屁开山大弟子,注定一辈子躲在他身后的可怜虫,也配称'弟子',还来谈'开山'?"

裴钱手指微动,最后艰难抬头,嘴唇微动,结果被老人一脚踩在额头上。弯腰侧过头,崔诚继续说道:"小废物,你在说什么?老夫求你说得大声一点!是在说老夫说得对吗?你和陈平安,就该一辈子在泥瓶巷与鸡屎狗粪打交道?!怎的,你用行山杖挑那鸡屎狗粪,然后让陈平安拿个簸箕装着?如此最好,也不用练拳太久了,等到陈平安滚回落魄山,你们师徒,大小两个废物,就去泥瓶巷那边待着。"

坐在地上的裴钱缓缓抬手,一拳慢慢挥向崔诚那只脚。老人缩回脚,在那一拳落空后,又换了一脚,重重踩在裴钱脑袋上。

片刻之后,裴钱换了一只手,抬臂出拳。老人这才后退数步,啧啧道:"有这本事,看来可以和陈平安那个废物一起去福禄街或是桃叶巷,给那帮富贵老爷们擦靴子挣钱了,陈平安给人擦干净了靴子,你这当弟子的,就可以笑呵呵弯腰鞠躬,喊一句'欢迎老爷再来'。"

裴钱双手和后背,死死抵住墙壁,一寸一尺,缓缓起身,她竭力睁开眼睛,张了张嘴巴,到底没能出声。老人却笑了,知道这个小家伙在骂自己什么。

裴钱低头弯着腰,轻轻喘气,视线模糊,她已经根本看不清什么。

老人转身走去竹门那边,转头笑道:"老夫这就开门,你就可以写信给那陈平安,就说你这当弟子的,总算能够为师父分忧了,想到了一个师徒挣钱的好点子。反正陈平安是个泥腿子出身,摊上了你这种没出息的弟子,挣这种下作钱,寒碜归寒碜,又有什么办法。我看没有!"

转瞬之间,崔诚停下脚步,眯起了眼。

几乎已算晕厥过去的裴钱下意识睁大双眼,身形摇晃,一步踏出,下一次身体摇晃幅度更大,数步之后,裴钱便没了踪迹。

裴钱一个脚步横抹出去,骤然停下身形,高高跃起,飞扑而至,朝崔诚一拳当头砸下。一如当年小镇有草鞋少年身如鹰隼,掠过溪涧。

崔诚犹豫了一下,仍是肩头偏转,躲过裴钱那一拳,只是老人这一次没有出拳,只是转头望去,小女孩蹲在门口附近的地上,已经昏死过去。

大概她算是拦路,不让他崔诚去开门?

崔诚来到小女孩身边,盘腿坐下,伸手轻轻按住她那颗鲜血淋漓的小脑袋,点头笑道:"很好。"

第十章
此中有真意

　　元来更喜欢读书，其实不太喜欢练武，不是吃不住苦、熬不住疼，而是没姐姐那么痴迷武学。

　　追随师父卢白象，再次来到这座落魄山上，他和姐姐依旧没能将名字记录在祖师堂谱牒上，因为那个年轻山主又没在山头，元来没觉得有什么，姐姐元宝其实颇为愤懑，总觉得师父受到了怠慢。元来每天除了练拳走桩，和姐姐切磋技击之术，一有空闲就是看书，元宝对此并不高兴，私底下找过元来，说了一番"找了这么个师父，我们姐弟二人一定要惜福"的大道理。元来听进去了，不过还想要说些自己的道理，只是看着姐姐当时的冷峻面容，以及姐姐手中攥紧的那杆木杆长枪，就没敢开口。

　　那杆木枪，是他们那个当镖师的爹唯一的遗物，在元宝眼中，这就是元家的祖传之物，本该传给元来，但是她觉得元来性子太软，从小就没有血性，不配拿起这杆木枪。

　　他们爹是死在江湖里的，那他们姐弟作为江湖儿郎出身，就该在江湖上找回场子。元来却要每天读书，算怎么回事？

　　元宝当然更喜欢那个热热闹闹又规矩森严的真正师门，曾是朱荧王朝一个江湖魔教门派的老巢，师父先是拢起了一伙边境流寇马贼，后来断断续续来了许多隐姓埋名的奇人异士。有些老人，满身的书卷气，哪怕吃着粗粝食物，喝着劣酒，也能优哉游哉；有些衣衫普通的年轻子弟，见着了大鱼大肉都要皱眉头，犹豫半天，才愿意下筷子；有些沉默寡言的汉子，对着一把佩刀，偏偏就要落泪。

　　元来喜欢落魄山，因为落魄山上有个叫岑鸳机的姑娘，和姐姐元宝一样，练拳勤勉,但是长得比姐姐好看,还温柔。

他知道岑鸳机每天早晚都会走两趟落魄山的台阶,所以就会掐准时辰,早些时候,散步去往山巅山神祠,逛荡一圈后,就坐在台阶上翻书。

今天月色下,元来又坐在台阶顶上看书,约莫再过半个时辰,岑姑娘就会一路练拳走到山巅,她一般都会休息一炷香工夫再下山。岑姑娘偶尔会问他在看什么书,元来便将早就打好的腹稿说给岑姑娘听,什么书名,哪里买来的,书里讲了什么。岑姑娘从来不会厌烦,听他说道的时候,她会神情专注地望着他,岑姑娘那一双眼眸,元来看一眼便不敢多看,可是又忍不住不多看一眼。

岑姑娘的眼睛,是明月。

天下明月唯一轮,谁抬头都能瞧见,不稀奇。岑姑娘眼中的明月色,就只有他元来一人,轻轻望去,才能发现。

今夜不知为何,岑姑娘身边多出了一个姐姐,一起打着那个粗浅入门的走桩,一起登山。

元来便有些难为情,坐立难安,担心那个心直口快的姐姐,会当着岑姑娘的面训他不务正业,那以后岑姑娘还愿意问自己在看什么书吗?

元宝和岑鸳机一起到了山巅,停了拳桩,两个姿容各有千秋的姑娘,有说有笑。不过真要计较起来,当然还是岑鸳机姿色更佳。

元宝和岑鸳机私底下切磋过,各有胜负,双方练拳都没多久,于是约定了将来她们要一起跻身传说中的金身境。

元来坐在不远处,看书也不是,离开也不舍得,微微涨红了脸,竖起耳朵,听着岑姑娘清脆悦耳的言语,便心满意足。

两个少女并肩而坐,元宝说自己师父的武学通玄,才情惊艳,琴棋书画,无所不知。岑鸳机便说道朱老先生的诸多好,和蔼可亲,待人和善,做得一大桌子佳肴美味。

元来向下望去,看到了三个小丫头,为首之人,个儿相对最高,是个很怪的女孩,叫裴钱,特别闹腾。在师父和前辈朱敛那边,言语从来没什么忌讳,胆子极大。后来元来问师父,才知道原来这个裴钱,是那个年轻山主的开山大弟子,并且当年是和师父四人一起离开家乡的,走了很远的路,才从桐叶洲来到宝瓶洲落魄山。

落魄山如今尚未有正儿八经的祖师堂建筑,却已有自己的谱牒,那个总能变出一捧瓜子的粉裙女童谱牒上叫陈如初,不过她说喊她暖树也可以,详细解释是那"暖律潜催,幽谷暄和,黄鹂翩翩,乍迁芳树"的暖树,取此句的首尾二字成名字。另外那个扛着一根行山杖的黑衣小姑娘,憨憨的,第一次见面,就问他有没有听过北俱芦洲的哑巴湖,晓不晓得哑巴湖里有一条大水怪。

岑鸳机看到裴钱,就有些犯怵发虚。

元宝不太愿意搭理这个落魄山上的小山头，陈如初还好，很乖巧一孩子，其余两个，元宝是真喜欢不起来，总觉得像是两个给门板夹过脑袋的孩子，总喜欢做些莫名其妙的事情。落魄山加上骑龙巷，人不多，竟然就有三座山头，大管家朱敛、大骊北岳正神魏檗、看门人郑大风是一座，处久了，元宝觉得这三个人，都不简单。裴钱这拨孩子，勉强算一座小山头。骑龙巷压岁铺子掌柜石柔，和草头铺子师徒三人，好像比较亲近。那个喜好穿青衣的陈灵均，更多是独来独往，不在任何一座山头。

元宝询问过岑鸳机关于那个年轻山主的事情，岑鸳机也说不出个所以然，只说不是坏人，没什么山主架子，喜欢当甩手掌柜，一年到头都在外边远游，只知道让朱老先生操持大小事务，劳心劳力。

裴钱也和元宝、元来姐弟聊不到一块去。她带着陈如初和周米粒在山神祠外玩耍时，若是没有元宝、岑鸳机这些外人在场，被山水同僚讥讽为"金头山神"的宋煜章也会现身，听裴钱说些从老厨子和披云山那边听来的山水趣闻，宋煜章也会聊些自己生前担任龙窑督造官时的琐碎事务，裴钱爱听那些鸡毛蒜皮的小事。

离着元宝三人有些远了，周米粒突然踮起脚尖，在裴钱耳边小声说道："我觉得那个叫元宝的小姑娘，有些憨憨的。"

裴钱瞪眼道："身为落魄山右护法，怎么可以在背后说人是非？！"

周米粒病恹恹的。

裴钱嬉笑道："傻不傻，还需要你说吗？咱们心里有数就行了。"

周米粒笑逐颜开。

裴钱伸手摸着周米粒的小脑袋，微微弯腰，眼神慈祥道："每天吃那么多米粒儿，一碗又一碗的，个儿怎么不长高嘞？"

周米粒以脚尖点地，挺起胸膛。

裴钱轻轻按下周米粒，安慰道："有志不在个儿高。"

周米粒笑得合不拢嘴。

裴钱伸出双手，按住周米粒两边脸颊，啪一下合上哑巴湖大水怪的嘴巴，提醒道："米粒啊，你现在已经是咱们落魄山的右护法了，上上下下，从山神宋老爷那边，到山脚郑大风那儿，还有骑龙巷两间那么大的铺子，都晓得了你的职务，名声大了去，越是身居高位，你就越需要每天反省，不能翘小尾巴，不能给我师父丢脸，晓得不？"

陈如初望向北边的灰蒙山，那里也属于自家山头，而且极大，如今鳌鱼背已经租借给了书简湖珠钗岛。

陈如初轻声说道："朱先生这次出门好像要很久。"

裴钱点头道："要走好些地方，听说最远要到咱们宝瓶洲最南边的老龙城。"

裴钱从袖子里掏出一只钱囊："和你们说过的，送我钱袋子的那个桂姨，就是老龙城的神仙前辈,她笑起来特别好看。"

周米粒问道:"能给我瞅瞅不?"

裴钱递过去:"不许乱翻,里边装着的,可都是价值连城的宝贝。"

周米粒拿过钱袋子:"真沉。"

裴钱扯了扯嘴角,哼哼道:"这就叫家当!"

裴钱跳上了山巅栏杆,学自己师父,缓缓出拳,行云流水。

每次骤然停歇一振袖,如闷雷;稍稍一跺脚,整条栏杆便瞬间灰尘震散。

只可惜石阶那边的三人,已经下山去了。

一行人乘坐牛角山仙家渡船,刚刚离开旧大骊版图,去往宝瓶洲中部地界。如今的宝瓶洲,其实都姓宋了。

刘重润覆了一张朱敛递来的女子面皮,中人之姿,坐在屋内梳妆台前,手指轻轻抹着鬓角,哭笑不得。只是想起此次寻宝,依旧惴惴不安,毕竟水殿、龙舟两物,她作为昔年故国垂帘听政的长公主,寻见容易,只是如何带回龙泉州,才是天大的麻烦,不过那个朱敛既然说山人自有妙计,她也就走一步看一步了,想着既然那个青峡岛的账房先生,愿意将落魄山大权交给此人,那他应该不至于是那种夸夸其谈之辈。

卢白象屋内,朱敛盘腿而坐,桌上一壶酒,一只瓷杯,一碟黄豆,小酌慢饮。

卢白象坐在对面,没有喝酒的意思。

崔东山的那封回信上,提了一笔魏羡,说这家伙这些年从随军修士做起,给一个名叫曹峻的实职武将打下手,攒了不少军功,已经得了大骊朝廷赐下的武散官,以后转入清流官身,就有了台阶。

藕花福地画卷四人,如今各有道路在脚下。

魏羡投军;隋右边在桐叶洲玉圭宗修行,当了个修道之人;卢白象在江湖上开宗立派;唯独朱敛,留在落魄山。

卢白象先前收到朱敛的密信,就立即准备了三件山上宝物和一箱子神仙钱,都是几拨朱荧王朝亡国遗民的买命钱,不过陈平安从龙宫洞天寄信回落魄山后,朱敛不但没收下卢白象辛苦积攒下来的家底,还反过来给了卢白象十枚谷雨钱。但是同时叮嘱卢白象创建门派、收拢各路兵马没关系,最好别掺和那帮遗老遗少的复国之举,大骊铁骑接下来要做的,肯定就是针对这拨试图死灰复燃的漏网之鱼。陈平安在信上只是建议,没有一定要卢白象如何行事。

和刘重润商议寻宝一事,卢白象在场,只不过都是朱敛在那边运筹帷幄。

朱敛一举三得。帮着落魄山确定了刘重润和珠钗岛值不值得成为长远的盟友,珠钗岛欠了落魄山一份不小的香火情,刘重润欠了陈平安这个年轻山主一成分账。

当然,落魄山和陈平安、朱敛,都不会贪图这些香火情,刘重润和珠钗岛将来在生意上,若有表示,落魄山自有办法在别处还回去。

相信刘重润如今还不太清楚,珠钗岛嫡传弟子,先前能否留在鳌鱼背修行,就在她的一念之间。若是利欲熏心,在得知寻宝一事隐患重重之后,仍是执意要涉险行事,那么就不是当下的光景了。

卢白象笑问道:"若是刘重润选错了,你朱敛就属于画蛇添足,岂不是自找麻烦?被你试探出了刘重润不是合适的盟友,那本该是落魄山囊中之物的水殿、龙舟,到底取还是不取? 不取,等于白白失去了五成分账;取了,便要和刘重润、珠钗岛关系更深一层,落魄山后患无穷。"

朱敛拈起几粒黄灿灿的干炒黄豆,丢入嘴中,咬得嘎嘣脆,笑眯眯道:"'若是'? 现在不是没有这个'若是'嘛。"

卢白象摇摇头,显然不太认可朱敛此举。

若是他来主持此事,在崔东山那封信寄到落魄山后,就大局已定,水殿、龙舟必有一件,清清爽爽,搬运到落魄山。至于其他,此后刘重润和珠钗岛修士在未来岁月里的对与错,其实都是小事。因为卢白象坚信落魄山发展之快,很快就会让珠钗岛修士人人高山仰止,想犯错都不敢,哪怕犯了珠钗岛修士自认的天大的错,在落魄山这边都只会是他卢白象随手抹平的小错。

朱敛举杯抿了口酒,吱溜一声,满脸陶醉,拈起一粒黄豆,斜眼笑道:"安心当你的魔教教主去,莫要为我忧心这点黄豆小事。"

卢白象笑问道:"裴钱主动去竹楼练拳,为何不跟陈平安直说? 既然觉得事大,又为何由着崔老前辈那般摧残裴钱本心? 真不怕物极必反,裴钱的武学之路,早早到了断头路?"

朱敛放下举到一半的酒杯,正色说道:"崔诚出拳,难道就只是锤炼武夫体魄? 拳头不落在裴钱心头,意义何在?"

朱敛冷笑道:"裴丫头这种武学天才,谁不能教? 不能教好? 我朱敛可以,你卢白象可以,估计就连岑鸳机都可以教,反正裴钱只要自己想要练拳,就会学得很快,快到当师父的都不敢相信。但是要说谁能教出一个当世最好,你我不行,甚至连少爷都不成!"

朱敛轻轻抬臂握拳:"这一拳打下去,要将丫头的体魄与心弦,都打得只有一丝生气可活,其余皆死,不得不认命服输,但就是凭着仅剩的这一口气,还要让裴钱站得起来,偏要输了,还要多吃一拳,便是'赢了我自己',这个道理,裴钱自己都不懂,是我家少爷一言一行,教给她的书外事,结结实实落在了她心上的,开了花结了果,刚好崔诚很懂,又做得到。你卢白象做得到? 说句难听的,裴钱面对你卢白象,根本不觉得你有资格传授他拳法。裴丫头只会装傻,笑眯眯问,你谁啊? 境界多高? 十一境武夫有没有啊？有的话，你咋个不去一拳开天？在我裴钱这儿耍个锤嘛。"

说到最后，朱敛自顾自笑了起来，便一口饮尽杯中酒。

卢白象笑着点头，那是一个极其聪明通透的小女孩。

朱敛又笑道："你以为她清楚崔诚是什么境界？裴丫头知道个屁，她只知道一件事，那就是她师父的拳，是那个叫崔诚的老头儿一拳一拳打出来的，那么天底下能够传授她拳法的，除了自己师父，就只有二楼那个老人有那么点资格，其他任何人，管你是什么境界，在裴丫头这边，都不行。"

朱敛伸出一根手指，在桌上随手画了一个圈："在这里边，裴钱言行无忌。"

卢白象问道："如果有一天裴钱的武学境界，超过了自己师父，又该如何？她还管得住心性吗？"

朱敛嗤笑道："我家少爷几百年前就想到这个状况了，需要你卢白象一个外人瞎操心？你当是你传授那姐弟拳法，如此省心省力。丢几个拳架拳招，随他们练去，心情好，喂他们几拳就完事？卢白象，真不是我瞧不起你，一直这么下去，元宝、元来两人，将来侥幸能够将拳练死，你这个当师父的，都该烧高香了。"

卢白象不以为意。

朱敛摇摇头："可怜俩孩子了，摊上了一个从未将武学视为毕生唯一追求的师父。师父自己都半点不纯粹，弟子拳意如何求得纯粹。"

卢白象笑问道："真有需要他们姐弟死里求活的一天，劳烦你搭把手，帮个忙？"

朱敛呵呵笑道："元宝将来如何，暂时不好说，元来欲想破大瓶颈，我还真有锦囊妙计。"

卢白象说道："那三件山上宝物，我以私人身份赠送给你，至于你朱敛如何处置，是给落魄山添补家用，还是自己收藏，我都不管。"

朱敛抿了口酒："说定了？"

卢白象点点头。

朱敛这才给出答案："将来当着元来的面，让裴丫头一拳打得岑鸳机半死，不就成了？"

卢白象爽朗大笑。

朱敛将那碟所剩不多的干炒黄豆推向卢白象："老是挣自家人的钱，良心不安啊。好在卢教主仗义，让我有机会拆东墙补西墙。回头取出其中一件，送给陈灵均，这一年来，今天一把雪花钱，明天一枚小暑钱，他已经赌棋赌得快要精光了。"

卢白象想起那个每天都趾高气扬的青衣小童，笑道："死要面子活受罪。"

朱敛却说道："要点脸，是好事。"

卢白象望向这个家伙，眼神玩味。

朱敛理直气壮道:"是魏大山神不要脸,关我什么事?"

卢白象笑着伸手拈起一粒干炒黄豆。

朱敛突然改口道:"这么说便不仗义了,真计较起来,还是大风兄弟脸皮厚,我和魏兄弟,到底是脸皮薄的,每天都要臊得慌。"

一个耳垂金环的白衣神人笑容迷人,站在朱敛身后,伸手按住朱敛肩膀,另外那只手轻轻往桌上一探,桌上现出一幅仿佛字帖大小的山水画卷,上边有个坐在山门口小板凳上,正在晒太阳抠脚丫的伛偻汉子,朝朱敛伸出中指。朱敛哎哟喂一声,身体前倾,趴在桌上,赶紧举起酒壶,笑容谄媚道:"大风兄弟也在啊,一日不见如隔三秋,小弟老想你啦。来来来,借此机会,咱哥俩好好喝一壶。"

郑大风继续竖着中指,好像说了个滚字。

朱敛视而不见,置若罔闻,转头埋怨魏檗:"咋个也不运转神通,给大风兄弟送壶酒?"

魏檗一拂袖,便有一壶酒从落魄山落在郑大风头上,被郑大风一手接住。

朱敛一手持画卷,一手持酒壶,起身离开,一边走一边饮酒,和郑大风一叙别情,哥俩隔着千万里山河,一人一口酒。

卢白象笑着伸手示意这个山神落座。

魏檗没有离去,却也没有坐下,伸手按住椅把手,笑道:"远亲不如近邻,我要去趟中岳拜访一下新山君,和你们顺路。"

卢白象疑惑道:"这不合山水规矩吧?"

世俗王朝的五岳山君正神,一般而言是不会轻易碰头的。

魏檗笑道:"三场夜游宴,中岳山君地界边境和我北岳多有接壤,怎么都该参加一场才合乎规矩,既然对方事务繁忙,我便登门拜访。再就是以前的龙泉郡父母官吴鸢,如今在中岳山脚附近,担任一郡太守,我可以去叙叙旧。还有个墨家许先生,如今跟中岳山君毗邻,我和许先生是旧识,先前夜游宴,许先生便托人赠礼披云山,我应该当面道谢一番。"

卢白象点点头,这么讲也说得通。

大骊铁骑一路南下,覆灭王朝藩属无数,在各地禁绝大小淫祠更是多达数千座,捣毁金身神像无数。而北岳魏檗,是如今唯一获大骊户部赠送百余枚金精铜钱的山君正神。其余四位宝瓶洲新山君,暂时都无此殊荣。

在自己屋子那边,朱敛和郑大风各自饮酒,哪怕渡船如今还位于北岳地界,可这幅魏檗打造出来的山水画卷,仍是无法维持太久。

朱敛问道:"有事?"

郑大风点点头,说道:"崔老爷子突然想要带着裴钱走一趟莲藕福地,我没说不行,但也没立即答应。只能推说如今魏檗不在披云山,有那桐叶伞,也进不去。"

朱敛思虑片刻,沉声道:"答应得越晚越好,一定要拖到少爷返回落魄山再说。若是走过了这一遭,老爷子的那口心气,就彻底撑不住了。"

郑大风挠挠头,感慨道:"一定要陈平安见上最后一面吗?我怎么觉得只会徒增离愁。崔老爷子故意在这个时候开口,其实也有自己的意愿在里边。"

朱敛无奈道:"还是见一面吧。"

郑大风问道:"赔钱货那边?"

朱敛摇头道:"一个字都别提。"

郑大风坐在小板凳上,瞧着不远处的山门,春暖花开,和煦日头,喝着小酒,别有滋味。

山上何物最动人,二月杏花次第开。

一路瘸拐登顶,眺望东边的小镇,北边的郡城,又有稀稀疏疏的三更灯火伴月明。

郑大风就喜欢在这样寡淡的日子里边,一天又过一天。而且他也期待将来的落魄山,住下更多的人。若是水灵女子多一些,当然就更好了。

朱敛笑道:"山上那边,你多看着点。"

郑大风提起酒壶,指了指山门那边,说道:"这不正看着嘛。溜上山一只母苍蝇,都算我郑大风不务正业!"

狮子峰,神仙洞府内。

陈平安一身血肉模糊,奄奄一息躺在小舟上,李二撑篙返回渡口,说道:"你出拳差不多够快了,但是力道方面还是差了火候,估摸着是以前太过追求一拳事了。武夫之争,听着爽利,其实没那么简单,别总想着三两拳递出,就分出了生死。一旦陷入僵持局面,你就一直是在走下坡路,这怎么成。"

陈平安微微点头,表示自己知道了。

其实第一次喂拳之后,李二就察觉到了陈平安拳意的瑕疵。第二次就由着陈平安先出拳百次,他不还手,然后只出一拳,也不打得太重,要求只有一个,撑得住不倒下即可,随后陈平安那一口纯粹真气不能坠,下一个百拳,拳意更不能往下减少太多。对于一些个他李二故意露出的破绽,若是陈平安无法强提一口气,循着破绽迅猛出拳,那他就不客气了,那一拳,挨在身上,任你是远游境武夫,都要觉得生不如死。

今天是第三场喂拳,李二又换了一种路数,各自出拳,陈平安倾力,他拳出一半,停拳之时,询问陈平安死了几次。

陈平安给出确切答案后,李二点头说对,便打赏了对方十境一拳,直接将陈平安从镜面一头打到另外一端,说生死之战,做不到舍生忘死,去记住这些有的没的,不是找死是什么。所幸这一拳,与上次一般无二,只砸在了陈平安肩头。

浸泡在药水桶当中,白骨生肉,算得了什么遭罪,碎骨弥合,才勉强算是吃了点疼,在此期间,纯粹武夫守得住心神,必须故意放大感知,去深切体会那种筋骨血肉的生长,才算有了登堂入室的一点小本事。

渡口建造了一栋粗糙茅屋,陈平安如今就在那边疗伤。

李二觉得自己喂拳,还是很收着了,不会一次就打得陈平安需要休养好几天,哪怕每天给陈平安疗伤,还是攒下了一份"余着"的疼痛,第二次喂拳,伤上加伤,要求陈平安每次都稳住拳意,这就等于是以逐渐残破的武夫体魄,维持原先的巅峰拳意不坠丝毫。

李二没说做不到会如何,反正陈平安做到了。天底下没那么多复杂的事情。

至于换成别人,如此喂拳行不行,李二从来不想这些问题。一来他懒得教,再则同样一拳下去,陈平安可以没有大碍,不耽误下一次喂拳,寻常人就是个死,还教什么教。

李二没有说陈平安做得好与不好,反正最终能吃下多少拳,都是陈平安的自家本事。

李二撑船到了渡口,陈平安已经挣扎起身。

李二说喂拳告一段落,欲速则不达,不用一味求多求重,隔个三两天再说。何况他得下山去铺子那边看看。

陈平安询问自己休养过后,能不能去山脚住个一两天。

李二笑着说:"这有什么行不行的,就当是自己家好了。"

李二率先下山。陈平安蹲在渡口旁边,忍着不只在体魄伤势更在于神魂激荡的疼痛,轻轻一掌拍在船头,小船骤然沉入水中,然后砰然浮出水面,这一去一返,船内血迹便已经清洗干净。他这才去往茅屋,还得提水烧水,每走一步,都是煎熬。

第二天清晨时分,陈平安换上一身洁净衣衫,也下了狮子峰。

布店刚刚开门,陈平安去吃过了一顿早餐,便帮着柳婶婶招徕生意,看得妇人大开眼界,竟是跟一个晚辈学到了好些生意经。

一些个原本和妇人吵过架黑过脸的街坊邻居,如今路上瞧见了妇人,竟是多了些笑脸。

妇人一边喜欢,一边忧愁。这么好的一个后生,怎么就不是自家女婿呢?

于是当李柳姗姗来迟,回到家中时,就看到了那个正和客人们热络卖布的年轻人。

李柳愣了一下。

她刚跨过门槛,娘亲便偷偷伸出两根手指,在她纤细腰肢上轻轻一拧,倒也没舍得用力,到底是女儿,不是自己男人。妇人埋怨道:"你个没用的东西。"

李柳笑眯起眼,柔柔弱弱,到了家中,她从来是那逆来顺受的李槐姐姐。

有了陈平安帮忙揽生意,又有李柳坐镇铺子,妇人也就放心去后院灶房做饭,李二坐在小凳上,拿着竹筒吹火。

趁着店里边暂时没客人了,陈平安走到柜台旁边,对那个站在后边打算盘的李柳轻声说道:"好像让柳姊姊误会了,对不住啊。不过李叔叔已经帮着解释清楚了。"

李柳抬起头,笑道:"没事。"

陈平安松了口气。

陈平安犹豫了一下,放低嗓音,笑问道:"能不能问个事儿?"

李柳轻轻打着算盘,对着她娘亲笔下好似一部鬼画符的账本,算着布店这些日子的收支细目,抬头微笑道:"林守一和董水井,我都不喜欢。"

陈平安有些惊讶,本以为两个人当中,李柳怎么都会喜欢一个。只不过喜欢谁不喜欢谁,还真没道理可讲。

李柳笑问道:"之所以没有留在狮子峰上,是不是觉得好像这么个谁也不认得你的市井,更像小时候的家乡?觉得如今的家乡小镇,反而很陌生了?"

陈平安斜靠柜台,望向门外的街道,点点头。

李柳不再说话。

沉默片刻,李柳合上账本,笑道:"多挣了三两银子。"

陈平安依旧斜靠着柜台,双手笼袖,微笑道:"做生意这种事情,我比烧瓷更有天赋。"

李柳问道:"清凉宗的变故,听说了?"

陈平安点点头:"乘坐渡船赶来狮子峰的路上,在邸报上见过了。"

吃过了晚饭,陈平安告辞上山,没有选择在李槐屋子休息过夜。

妇人幽幽叹息,转头见李柳没个动静,用手指一戳闺女额头:"犯什么愣,送人家一程啊。"

李柳望向李二,李二不动如山。

妇人哀叹一声,念叨着:"罢了罢了,强扭的瓜不甜。"

李柳嫣然一笑,李二咧嘴一笑。

妇人瞪了李柳一眼:"李槐随我,你随你爹。"

陈平安到了狮子峰之巅,走过了山水禁制,来到茅屋,闭目养神静坐片刻,便起身去往渡口,独自撑篙去往湖上镜面,脱了靴子留在小船上,卷了袖子裤管,学那张山峰打拳。

一群妇人少女在水边清洗衣物,山水相接处,兰芽短浸溪,山上松柏郁郁。

被陈平安称呼为柳姊姊的妇人,和她女儿李柳一起将衣物铺在溪边青石板上。

狮子峰山脚小镇,四五百户人家,人不少,看似和狮子峰接壤,实则一线之隔,天壤之别,几乎很少打交道,千百年来,都习惯了,何况狮子峰的登山之路,离小镇有些距离,再顽劣的嬉闹稚童,至多跑到山门那边就停步,有谁胆敢冒犯山上的仙长清修,事后就要被长辈拎回家,按在长条凳上,打得屁股开花嗷嗷哭。

在小镇能够混得人人脸熟的,要么是家中有人在县城衙门当差的,要么是在外边挣了大钱返乡造了栋大宅的,要么是家里晚辈是那读书种子的,要么就是门前多是非的俏寡妇,再就是柳婶婶这般开着店铺迎来送往做买卖的。市井乡野,嘴巴不饶人的,往往也不被人饶过,一来二去,便都认识了姓柳的婆姨。这座小镇的妇人,以往总喜欢笑话姓柳的妇人,对于她经常说的自己儿子,是那大书院读书的崽儿,没人相信,连妇人到底有没有生出一个带把的儿子,都不愿意相信,闺女好看又如何,还不是嫁出去的闺女泼出去的水?不然已经有了那么个漂亮女儿,祖坟冒青烟,据说去了狮子峰山上,给某个老神仙当丫鬟,若是再有个有望功名的儿子,天大好处都给她一个人占尽了,她们还怎么活?心里能痛快了?

最近布店那边,来了个瞧着十分面善的年轻后生,几次帮着店铺挑水,礼数周到,瞧着像是读书人,力气不小,还会帮一些个上了岁数的老婆娘汲水,还认得人,今儿一次招呼闲聊后,第二天就能热络喊人。刚到镇上那会儿,便挑了不少登门的礼物。听说是那个李木疙瘩的远房亲戚,妇人们瞅着觉得不像,多半是李柳那闺女的相好,一些个家境相对殷实的妇道人家,还跑去店铺那边亲眼瞧了。好嘛,结果非但没挑出人家后生的毛病来,反而人人在那边开销了不少银子,买了不少布料回家,多给家里男人念叨了几句败家娘们。

若是那后生油嘴滑舌,只顾着帮着铺子挣黑心钱,也就罢了,她们大可以合起伙来,在背后戳那姓柳的妇人的脊梁骨——找了这么个掉到钱眼里的女婿,上不得台面,当面损那妇人和铺子几句都有了说头。可是妇人们给自家汉子埋怨几句后,回头自个儿摸着布料,价钱不便宜,却也真不算坑人,她们人人是习惯了与柴米油盐打交道的,这还分不出个好坏来?那年轻人帮着她们挑选的棉布、绸缎,绝不故意让她们买贵的,若是真有眼缘,挑得贵了却不算实惠,后生还要拦着她们花冤枉钱。那后生眼可尖了,都是顺着她们的身段、衣饰、发钗来卖布的。这些妇人家中有女儿的,瞧见了,也觉得好,真能衬着娘亲年轻好几岁,价格公道,货比三家,铺子那边分明是打了个折扣出手的。于是妇人们没觉得柳婆娘找了个多高攀不上的好女婿,毕竟穿着也不鲜亮,和人言语,又没那些个有钱人或读书人的派头,跟人聊天攀谈的时候,都是正眼看人。眼神不正坏水多,这种粗浅道理,市井里边最在意。

所以李家铺子挑了这么个女婿,不会好到让街坊邻里眼红泛酸,却也不得不承认,这么个年轻后生,人不差,是个能过长远日子的。别人家女婿不算太好,可又不差,妇人们心里边便有了些不同。

李柳听着心情舒坦的娘亲和人闲聊,一边捣衣一边想这些事情,由小事往大事去想。小事就发生在店铺和小镇,大事甚至不只是一座浩然天下的。

她今生今世落在了骊珠洞天,本就是杨家铺子那边的精心安排,她知道这一次,会不太一样,不然不会离杨家铺子那么近,事实上也是如此。当年她跟着她爹李二去往铺子那边,李二在前边当杂役伙计,她去了后院,杨老头头一次跟她说些重话,说她如果还是按照以往的法子修行,次次换了皮囊身份,快步登山,只在山顶打转,再积攒个十辈子,再过个千年,依旧是个连人都当不像的半吊子,依旧会一直滞留在仙人境瓶颈上,退一步讲,便是这辈子修出了飞升境又能如何?拳头能有多大?再退一步讲,儒家学宫书院那么多圣人,真给你李柳施展手脚的机会?撑死给过一次机会后,便又死了。这般循环的死去活来,意义不大,只能是每死一次,便攒了一笔功德,或是坏了规矩,被文庙记账一次。

李柳在骊珠洞天那些年,不太抛头露面,给小镇西边街坊邻居的印象,除了生得漂亮些,容貌随她娘亲,性子却随李二,手脚勤快,言语不多,好像就再没有值得拿出来说道的事情,既没有特别要好的同龄朋友,也没有让长辈可以指摘的地方。

李柳倒是经常会去学塾那边接李槐放学,不过与那个齐先生从未说过话。

齐先生讲学的时候,瞧见了学堂外的少女,也会看一眼,至多便是笑着轻轻点头。好像就只是以礼待之,又或者算是视之为人?

李柳见多了世间的千奇百怪,加上她的身份根脚,便早早习惯了漠视人间,起先也没多想,只是将这个书院山主当作了寻常坐镇小天地的儒家圣人。

李柳曾经询问过杨家铺子,这个一年到头只能与乡野蒙童说书上道理的教书先生,知不知晓自己的来历,杨老头当年没有给出答案。

齐先生唯一一次和她说话,是那次登门,和他爹李二喝酒。

她拿着几碟子粗劣佐酒菜上桌的时候,齐先生笑着和她说了一些言语:“李柳,我们生于天地间,其实没太大区别,就是一场好似再没有机会回到故乡的远游求学,最终决定我们是谁的,不是日渐腐朽的皮囊,只会是我们怎么想,甚至不在于我们想要什么,要去多远的地方,就只是‘怎么’二字上的学问功夫。人生短暂,终有力再不能助我前行的停步之处,到时候回头一看,来时路线,便是一步步的怎么,走出来的一个什么。”

然后齐先生轻轻拿起了装着家酿劣酒的大白碗:“要敬你们,才有我们,有了这方大天地,更有我齐静春能够在此喝酒。”

齐先生一饮而尽。

李柳没有说什么,只是也跟着喝了一碗。

当时屋子里边,是妇人一贯的鼾声如雷,名叫李槐的孩子在梦呓,兴许是做梦还在忧心今儿光顾着玩耍,缺了课业没做,明早到了学塾该找个什么借口,好在严厉的先生那边蒙混过关。

陪着娘亲一起走回铺子，李柳挽着竹篮，路上有市井男子吹着口哨。

妇人在念叨着李槐这个没良心的，怎么这么久了也不寄封信回来，是不是在外边撒野便忘了娘，只是又担心李槐一个人在外边，吃不饱穿不暖，给人欺负。外边的人，可不是吵架拌个嘴就完事了，李槐若是吃了亏，身边又没个帮他撑腰的，该怎么办。

李柳便以言语宽慰娘亲，妇人便掉过头来说她最没心没肺，李槐那是离着家远，才没办法孝敬爹娘，她这个当姐姐的倒好，就一个人在山上享福，由着爹娘在山脚每天挣点辛苦钱。

李柳有些无奈，好像这种事情，果然还是陈平安更在行些，三言两语便能让人安心。

狮子峰洞府镜面上。

李二今天没有着急让陈平安出拳，反而破天荒讲起了拳理一事。

李二开门见山道："我们习武之人，技击演武，归根结底，温养的就是破敌搏杀之气力，市井小儿稚童，估计都希冀着自己一拳下去，打墙裂砖，让人毙命，天性使然。所以我李二从来不信什么人性本善，只不过儒家管教得好，让人信了，总觉得当个到底如何好都掰扯不清楚的好人，便是件好事，至于做不做且不说它，故而恶人行凶，好些武夫仗势欺人，也多半晓得自己是在做亏心事。这便是读书人的功德。"

李二朝陈平安咧嘴一笑："别看我不读书，是个成天跟庄稼地较劲的粗鄙野夫，道理，还是有那么两三个的。只不过习武之人，往往寡言，村野善叫猫儿，往往不善捕鼠。我师弟郑大风，在此事上，就不成，成天跟个娘们似的，叽叽歪歪。没法子，人只要聪明了，就忍不住要多想多讲，别看郑大风没个正行，其实学问不小，可惜太杂，不够纯粹，拳头就沾了泥水，快不起来。

"难得教拳，今天便跟你陈平安多说些，只此一次。"

李二看着站在不远处的陈平安，抬起脚尖，轻轻摩挲地面："你我站在两处，你面对我李二，哪怕是以六境对峙一个十境武夫，依旧要有立于不败之地的心气。境界悬殊，不是说输不得我，而是与强敌对峙，身拳未动心先乱，未战先输，便是寻死。"

李二看似尚未有丝毫动作，陈平安却已立即横滑出去数丈远。

巨大镜面的四周流水，出现了稍纵即逝的片刻凝滞，甚至还有些许倒流迹象。这就是李二拳意所致。

"有那争胜求生之心，可不是要人当个不知轻重的莽夫，身退拳意涨，就不算退让半步。"李二点点头，继续说道，"市井凡俗夫子，若是平日多近白刃，自然不惧棍棒，故而纯粹武夫砥砺大道，多寻访同辈，切磋技击，或是去往沙场，在刀枪剑戟之中，以一敌十破百,除人之外,更有诸多兵器加身,练的就是一个眼观四路、耳听八方,更为了找到一颗武胆。任你是谁,也敢出拳。"

李二笑道:"未学真功夫,先吃苦跌打。不单单是要武夫打熬体魄,坚韧筋骨,也是希望实力有差距的时候,没个心怕。但是如果学成了一身技击杀人术,便沉迷其中,终有一日,要反受其累。"

陈平安点头道:"拳高不出。"

陈平安很快补充了一句:"不轻易出。"

李二这才收了手,不然陈平安只有一个"拳高不出"的说法,可是要挨上结实一拳的,至少也该是十境气盛起步。

练拳习武,辛苦一遭,若是只想着能不出拳便不出拳,也不像话。

李二站在原地,呼吸如常,伸出一只左臂,以右手轻拍左手手腕、小臂、关节和处处肌肉,缓缓道:"人之筋骨,如龙脉山根,处处肌肉如山岳群峰,打熬筋骨,淬炼体魄,熬的就是每一处细微地界,将无数个细微之一打磨到极致,然后累加,却不冲突,一拳下去,城门不开也得开,山岳不碎也得碎!"

李二收了右手,左手骤然一振臂。罡风大作,吹拂得陈平安一袭青衫猎猎作响,镜面四周流水更是倒退流淌。

李二此说,陈平安最听得进去,这和练气士开辟尽量多的府邸,积蓄灵气,是异曲同工之妙。

要的就是看似平起平坐的同境之争,我偏能够以多胜寡,一力降十会。

李二缓缓拉开一个拳架,最终拳架成为一个定式。李二说道:"脚,手,眼,架,劲,气,意,内外合一,这就是练气士所谓的自成小天地。咱们这些武夫,一口纯粹真气,便是一支铁骑,开疆拓土,练气士却是那追求守土有功的,雄城巨镇,排兵布阵。当然了,这些是郑大风说的,我可想不出这些花哨话。"

李二轻轻跺脚:"腿没气力,就是鬼打墙,习武之初,一步走错,就是鬼画符。想也别想那'神气布满,人是完人'的境界。"

李二随手伸出手指,轻轻弯曲,指了指自己双眼:"习武登堂入室,就要将一双眸子练得明,料敌在心,看拳在目。"

一瞬间,陈平安就被双拳擂鼓在胸口,倒飞出去,身形在空中一个飘转,双手抓地,五指如钩,镜面之上竟是绽放出两串火星,陈平安这才停下了倒退身形,没有坠入水中。

李二站在了陈平安先前所站位置,说道:"我这一拳不重也不快,你仍是没能挡住,为何?因为眼与心,都练得还不够,与强者对敌,生死一线,许多本能,既能救命,也会误事。我方才这一动作,你陈平安便要下意识看我手指与双眼,这是人之本能,哪怕你陈平安足够小心,仍是晚了丝毫,可这一点,便使武夫生死立判,与人捉对厮杀,不是游历山水,不会给你细细思量的机会。更进一步,心到手未到,也是习武大病。"

李二说到这里,问道:"你陈平安是不是觉得自己看人还算仔细?时时刻刻,足够小心翼翼?"

陈平安以手掌抹去嘴角血迹,点点头。

李二说道:"这就是你拳意的弊病所在,总觉得这一技之长,足够了。恰恰相反,远远未够。你如今应该还不太清楚,世间八境、九境武夫的搏命厮杀,往往死于各自最擅长的路数上,为何?短处,便更小心谨慎,出拳在长处,便要难免自满而不自知。"

李二接下来摆出一个拳架和拳招起手式,竟是陈平安极为熟稔的校大龙,以及最为擅长的神人擂鼓式。

李二说道:"武书谚语三头六臂是神通,可不是什么市井玩笑话。天下拳分千百,有着不同的拳架拳桩拳招,架为根本,桩为地基,招式是门面,三者结合,便有了拳种之别,有了世间无数拳谱。你走过不少江湖,应该知道,市井坊间,喜欢称呼一般江湖人为武把式,即是此理。"

李二身架舒展,随手递出一拳神人擂鼓式。同样是神人擂鼓式,在李二手上使出,看似柔缓,却意气十足,落在陈平安眼中,竟是和自己递出的有天壤之别。

李二再递出一拳神人擂鼓式,又有大不相同的拳意,急促如雷,骤然停拳,笑道:"武夫对敌,只要境界不太悬殊,拳理各异,招数万千,胜负便有了千万种可能。只不过一旦沦为武把式,就是花拳绣腿,打得好看而已。拳怕少壮?乱拳打死老师傅?老师傅只是一下,呼喝显摆了半天的武把式,便死透了。"

陈平安脑袋猛然一偏,李二已经站在身前,十境一拳,就那么横在陈平安脸颊一侧。

李二笑道:"教了就懂,懂了又做得到,很不错。"

这依旧"不快"却气力不小的一拳,若是陈平安没能躲过,那今天喂拳就到此为止了,又该他李二撑篙返回。

李二收起拳,陈平安虽然躲过了本该结实落在额头上的一拳,仍是被细密罡风在脸上剐出一条血槽来,流血不止。

李二说道:"你小子擅长偷拳,帮你喂拳这么久,你来学我拳架的意思,试试看。"

陈平安点点头,学着李二递出一拳。

李二站在一旁,随陈平安出拳而走,指出了一些拳架瑕疵,中途一脚轻轻踹在陈平安小腿上,又以双指并拢弯曲,在陈平安手腕、手肘与肩头几处轻轻敲打,最后说道:"别将拳架学死了,每个人的体魄差异极多,光是你我身高便有不同,你虽然刻意化拳为己,做了些改变,仍是差了许多意思。死力不足贵,拳意法度最为高,就高在一个活字上,拳是活的,等于是我们纯粹武夫的第二条性命,比那练气士的阳神身外身,出窍远游之阴神,更重要。"

陈平安闭上眼睛,片刻之后,再出一遍拳。

"方向对了。"李二点点头,"练拳不是修道,任你境界重重拔高,如果不从细微处着手,那么筋骨腐朽,气血衰败,精神不济,这些该有之事,一个都跑不掉。山下武把式练拳伤身,尤其是外家拳,不过是拿性命来换气力,拳不通玄,就是自寻死路。纯粹武夫,就只能靠拳意来反哺性命,只是这玩意儿,说不清道不明。"

说到这里,李二盘腿而坐,伸手招呼陈平安一起落座。

李二沉默许久,似乎是想起了一些往事,难得有些感慨:"'写实之外,象外之意',这是郑大风当年学拳后讲的,翻来覆去念叨了好多遍,我没多想,便也记住了,你听听看,有无裨益。郑大风和我的学拳路数不太一样,双方拳理其实没有高下,你有机会的话,回了落魄山,可以和他聊聊。郑大风只是一身拳意低于我,才显得拳法不如我这个师兄。郑大风刚学拳那些年,一直埋怨师父偏心,总认为师父帮我们师兄弟两个拣选学拳路数,是故意要他郑大风一步慢,步步慢,后来其实他自己想通了,只不过嘴上不认而已。所以我挺烦他那张破嘴,一个看大门的,一天到晚,嘴上偏就没个把门的,所以相互切磋的时候,没少揍他。"

李二双手握拳,身体微微前倾,就只是这么一个习惯性动作,便有了背脊弓起如山岳的雄伟气象。皆是拳意。

李二缓缓说道:"练拳小成,酣睡之时,一身拳意缓缓流淌,遇敌先醒,如有神灵庇佑练拳人。睡觉都如此,更别谈清醒之时,所以习武之人,要什么傍身法宝? 这和剑修无需他物攻伐,是一样的道理。"

李二笑了笑,一拳轻轻敲击镜面,然后松拳为掌,再虚握拳头,说道:"头顶青天脚抓地,收拳如怀抱婴儿,这就是刚柔并济,一味追求某种极端,从来不是真正的拳理。长此以往,练拳越久,越能够势势相连,收放自如。为何我觉得崔诚这神人擂鼓式是好拳,甚至可以算是天底下最好的拳法之一? 因为看似凶狠,但却得了'人打拳'的真正意思,不是人随拳。"

陈平安有些疑惑,也有些好奇,只是心中问题,不太适合问出口。因为陈平安想要知道,在李二眼中,落魄山的二楼崔老前辈,是怎样一个纯粹武夫。

聊到了神人擂鼓式,自然就要谈一谈那个老人,李二望向远方,说道:"老前辈崔诚,是奇人,他传拳给你,可谓真传,不只是喂拳教拳,崔诚看似只传授你至刚至猛的拳法,实则和你陈平安算不得半点铁石心肠的流水心性是相辅相成的。这便是一等一的宗师风范。我李二便不行。"

说到这里,李二摇摇头,重复道:"我肯定不成。"

陈平安叹了口气。

只说煎熬折磨，当年在竹楼二楼，那真是连陈平安这种不怕疼的，都要乖乖地在一楼木床上躺着，卷起被窝偷哭了一次。

李二说道："所以你学拳，还真就是只能让崔诚先教拳理根本，我李二帮着缝补拳意，这才对路。我先教你，崔诚再来，便是十斤气力种田，只得了七八斤的庄稼收获。没甚意思，出息不大。"

陈平安便又有一个新的问题了。

为何李二不和崔诚切磋拳法。

李二在离开骊珠洞天后，其间是回过龙泉州一趟的。但是两个同样站在了天下武学之巅的十境武夫，并未交手。

只可惜李二没有聊这个。

李二拍了拍膝盖，起身笑道："话说得差不多了。今天说的话，比我到北俱芦洲这些年加在一起还要多。那么接下来我便只以九境武夫的实力，向你讨教讨教撼山拳。放心，不会夹杂十境拳头。不过我劝你别高兴得太早，这九境，很结实。铺子那边，你柳姊姊想要留你多住些日子，我不好答应，耽误你赶路不是？可既然喂拳是你自找的，打得你三两个月，只能慢慢养伤，走路都难，你陈平安就怨不得别人了。"

陈平安目瞪口呆。这也行？

结果一拳临头。哪怕陈平安已经心知不妙，试图以双臂格挡，仍是被这一拳打得一路翻滚，直接摔下镜面，坠入水中。

这天崔诚不但没有教装钱拳，反而穿上了一袭儒衫，不再光脚，还穿了陈如初帮他早早备好的靴子。他走出二楼，站在一楼那边，双手负后，看着竹楼墙壁上那些文字，那是早年李希圣画符写就的，字极好。崔诚作为宝瓶洲崔氏的老家主，孙子崔瀺早年的学问，毕竟都是老人打下来的底子，当然知道世间文章的高下、字的好坏。

竹楼这些文字，意思极重，不然也无法让整座落魄山都下沉几分。而他也无法在落魄山上，不再是那个疯疯癫癫将近百年的可怜疯子，甚至还可以保持一份清明心境。

装钱已经玩去了，身后跟着周米粒那个小跟屁虫，说是要去趟骑龙巷，看看没了她装钱，生意有没有赔钱，还要仔细翻看账本，免得石柔这个记名掌柜假公济私。老人没有拦着，屁大点孩子，没点活泼朝气，难不成还学他们老不死的东西，成天死气沉沉？

崔诚推开一楼竹门，里边既是一间书房，又摆放了一张木床。被陈如初那丫头收拾得干干净净，纤尘不染。

崔诚离开屋子后，徒步去了趟披云山的林鹿书院，回来后坐在崖畔石桌旁。陈如初没跟着装钱下山，山上事儿多，她准时准点，有很多忙不完的事。见崔老先生离开竹楼，陈如初就赶紧去端了一大只红漆食盒过来，将酒壶碗碟一一摆好，崔诚笑问怎么没有瓜子,粉裙女童赧颜一笑,从兜里摸出好几把瓜子放在了桌上。

陈灵均还是喜欢一个人瞎逛荡,今儿见着老头儿坐在石凳上一个人喝酒,使劲揉了揉眼睛,才发现自己没看错。

陈灵均可不敢跟这个老头儿套近乎,对方就是那种在龙泉州能够一拳打死自己的。不承想崔诚招招手:"过来坐。"

陈灵均苦着脸:"老前辈,我不过去,是不是就要挨揍?"

崔诚点点头。

陈灵均立即飞奔过去,大丈夫能屈能伸,不然自己在龙泉州怎么活到今天的,靠修为啊?

崔诚笑道:"隔三岔五,故意输钱,很好玩吗?"

陈灵均眨了眨眼睛:"啥?"

崔诚见他装傻,也不再多说什么,随口问道:"陈平安没劝过你,和你的御江水神兄弟划清界限?"

陈灵均摇摇头,轻轻抬起袖子,擦拭着比镜面还干净的桌面:"他比我还滥好人,瞎讲义气乱砸钱,不会这样说我的,还帮着我打肿脸充胖子。"

崔诚说道:"陈平安此次去往北俱芦洲游历,一半是为了你,沿着济渎走江万里,不是一件多轻松的事情。"

陈灵均沉默不语。

崔诚拈起一只闲余酒杯,倒了酒,递给坐在对面的青衣小童。

陈灵均战战兢兢道:"老前辈,不是罚酒吧?我在落魄山,每天兢兢业业,做牛做马,真没做半点坏事啊。"

崔诚笑道:"喝你的。"

陈灵均接过酒杯,可怜兮兮,小抿了一口酒。

崔诚问道:"陈平安如此待你,你将来能够如此一半待他人吗?"

陈灵均小声道:"大概可以吧?"

崔诚笑道:"这就够了。"

这下子轮到陈灵均自个儿疑惑了:"这就够了?"

崔诚笑着没说话。

陈灵均嘀咕道:"你又不是陈平安,说了不做准。"

崔诚打趣道:"打个赌?"

陈灵均哀号起来:"我真没几个闲钱了!只剩下些雷打不动的媳妇本,这点家底,一枚铜钱都动不得,真动不得了啊!"

崔诚说道:"有没有想过,为什么使劲装着很怕我,其实没那么怕我?真要有了自己无法应付的人和事情,说不定还敢想着请我帮忙?"

陈灵均低着头,一手握拳,在酒杯四周打转,轻声道:"因为我那个好人老爷呗。"

崔诚又问:"那你有没有想过,陈平安怎么就愿意把你留在落魄山上,对你,不比对别人差半点了。"

陈灵均闷闷道:"他滥好人。"

崔诚笑道:"因为你在他陈平安眼里,也不差。"

陈灵均小声道:"屁咧。"

崔诚:"什么?"

陈灵均立即抬起头,双手持杯,笑脸灿烂道:"老爷子,咱哥俩走一个?"

结果陈灵均自己僵在了那边。

咱哥俩?找死不是?唉,自己这点江湖气,总是被人看笑话不说,还要命。

陈灵均打死都没想到,崔诚不但没恼火,反而举杯笑道:"那就走一个。"

喝过了酒,陈灵均还是坐立不安。

崔诚也没多留这个小王八蛋:"陈平安不太会跟身边亲近人说那客气话,所以你可以多想想,是不是太看轻了自己,你身上总有些事情,是连陈平安都觉得他做不到的。"

陈灵均使劲点头,站起身,毕恭毕敬弯腰告辞,缓缓离去,然后骤然狂奔,只是跑出去老远后,又忍不住停步转头望去。好像今儿的崔老头,有些怪。

崔诚独自喝着酒。

年轻那会儿,只觉得心有磨刀,锋芒无匹,万古不损。

又一次练拳过后,陈平安难得只是浑身浴血,却还能够坐着,甚至能够以水法掬水洗了把脸。

李二坐在一旁。

陈平安取出两壶糯米酒酿,和李二一人一壶,随便闲聊。因为李二说不用喝那仙家酒酿。

说是闲聊,其实就陈平安一个人在唠叨过往。不知不觉就从北俱芦洲聊到了桐叶洲,又聊到了宝瓶洲和家乡。

陈平安笑道:"记得第一次去福禄街、桃叶巷那边送信挣铜钱,走惯了泥瓶巷和龙窑的泥路,头回踩在那种青石板上,都怕自己的草鞋脏了路,快要不晓得如何抬脚走路了。后来送宝瓶、李槐他们去大隋,在黄庭国一个老侍郎家做客,上了桌吃饭,也是差不多的感觉。第一次住仙家客栈,就在那儿假装气定神闲,管住眼睛不乱瞥,有些辛苦。

"在书简湖有一个饭局,是顾璨攒的,桌上有天潢贵胄逃难皇子,大将军的儿子,还有仙师子弟,如果不提对顾璨的失望,看着那个应对自如、自然而然的小鼻涕虫,其实内心深处，还是会有些高兴，这就是火龙真人说的我的私心了。当时就觉得泥瓶巷尾巴上的小鼻涕虫，没了陈平安，好像也可以活得好好的。在书简湖，只有那一次，是我最想要离开什么都不管的一次，反而不是后边的什么事。

"很多事情，其实不适应。谈不上喜欢不喜欢，就只能去适应。

"江湖是什么，神仙又是什么。我瞪大眼睛，使劲看着所有陌生的人和事情。有很多一开始不理解的，也有后来理解了还是不接受的。"

李二开口问道："挺难受？"

陈平安摇摇头："就是心里边有些不痛快。但是有些时候也会想，一路走来，又不是只有难受的事情。再说了，亲眼见过了天底下那么多比自己吃苦更多的人，都没能活得更好，还要活得好像苦难没个头，又找谁说理去？不也是只能受着，熬过一天是一天，熬不过去了，就像家乡好多巷子的人，来了一场大病，意思一下，抓些药，煮几碗，就死了。家里亲人明白，躺在床上遭灾的人，心里更明白。不是不伤心，是真没办法说些什么。

"如果有一天，我一定要离开这个世界，就一定要让人记住我。他们可能会伤心，但是绝对不能只有伤心，等到他们不再那么伤心的时候，过着自己的日子了，可以偶尔想一想，曾经认识一个名叫陈平安的人，天地之间，一些事，不管是大事还是小事，唯有陈平安，去做，做成了。"

最后陈平安喝着酒，眺望远方，微笑道："一想到每年冬天都能吃到一盘冬笋炒肉，就是一件很开心的事情，好像放下筷子，就已经冬去春来。"

李二转过头，看着这个年轻人，似曾相识。

暮色里，李柳捎了食盒到山上，在茅屋那边，李二和陈平安在桌上吃饭。

今天练拳，李二难得没有如何喂拳，只是拿了幅画满经脉、穴位的火龙图，摊放在地，和陈平安细致讲述了天下几大古老拳种，纯粹真气的不同流转路线，各自的讲究和精妙，尤其是阐述了人身上五百二十块肌肉的不同划分，从一个个具体的细微处，拆解拳理、拳意，以及不同拳种门派打熬筋骨、淬炼真气之法，对于皮肉、筋骨、经脉的磨砺，大致又有哪些压箱底的独门秘术，解释了为何有的宗师练拳到深处，会突然走火入魔。

陈平安还是头一次听说古代武夫，竟然还会将肌肉分为随意和不随意两大类，关于诸多好似"蛮夷之地"的肌肉淬炼，偏于一隅，学问更大，寻常武夫很难以师门真传的拳架拳桩将其完全淬炼，所以便有了同一境武夫境界底子的厚薄差异。

崔诚教拳，大开大合，如瀑布直冲而下，稍有不慎，应对有误，陈平安便要生不如死，更多是砥砺出一种本能，逼着陈平安以坚韧心志去咬牙支撑，最大限度为体魄"开山"，更何况崔诚两次帮着陈平安出拳锤炼，尤其是第一次在竹楼，不只在身体上打陈平安,连魂魄都没有放过。

这就像崔诚递出十斤重的拳意,你陈平安就要乖乖吃掉十斤拳意,缺了一两都不成。是崔诚拽着陈平安大步走在登高武道上,老前辈全然不管手中那个"稚童",会不会脚底起泡,血肉模糊,白骨裸露。

反观李二此次教拳,也有打熬体魄,只是兼顾了根本拳理的传授,还要陈平安自己去琢磨。这是李二在指明道路。

两者没有高下之分,只是一个顺序上的先后有别。恰如李二所说,和崔诚互换位置教拳,陈平安无法拥有今天的武学光景。

到了饭桌上,陈平安依旧在向李二询问那幅火龙图的某条真气流转轨迹。

李柳没有打搅两人,安安静静坐在一旁。

不知何时,屋里边的木桌、长凳、竹椅,都齐全了。

陈平安好奇问道:"李叔叔,你练拳,从一开始就这么细?"

李二笑道:"由不得我糙,师父那边会盯着进程,师父也不管那些习武路上的细枝末节,到了某个什么时辰,师父觉得就该有几斤几两的拳意了,若是让师父觉得偷懒懈怠,自有苦头吃,我还好,按照规矩,闷头苦练便是。郑大风当年便比较惨,我记得郑大风直到离开骊珠洞天,还有一魂一魄被拘押在师父那边,不晓得后来师父还给郑大风没有。虽说是同门师兄弟,可有些问题,还是不好随便问。"

陈平安越发疑惑,一直魂魄不全,还如何练拳。

李二抿了口酒,说道:"和你说这些也无妨,郑大风练拳之法,就在于魂魄各异,一缕缕魂魄,各练各的,三魂七魄,便需要在自己十个念头里练拳,所以师弟看门那会儿,瞧着经常犯困打盹,却不是真睡觉,辛苦练拳罢了。至于师妹苏店,又有不同,讲求一个白练、夜练和梦练;师弟石灵山,是去往光阴长河,淬炼神魂体魄,经常会淹死在里面,所幸'尸体'能够被师父捞取出来。法子都是好法子,可最后谁能走到最高处,还是要看自己的造化。按师父的说法,各自道路,不小心练成废人的,不在少数。"

李柳笑着说道:"陈平安,我娘让我问你,是不是觉着铺子那边寒酸,才每次下山都不愿意在那儿过夜。"

陈平安无奈道:"我要是在那边过夜,容易传出些闲言碎语,害你在小镇的名声不好听,就算李姑娘自己不在意,柳婶婶却是要时常跟街坊邻居打交道的,万一有个拌嘴的时候,外人拿这个说事,柳婶婶还不得糟心半天。哪怕你以后嫁了人,也是个把柄,李姑娘嫁得越好,妇人女子们越喜欢翻老皇历。"

李柳笑道:"理是这个理儿,不过你自己跟我娘亲说去。"

至于婚嫁一事,李柳从未想过。

陈平安看了眼李二,接下来还有最后一次教拳。

李二要他先养足精神,说是不着急,陈平安总觉得有些不妙。

李二问道:"浩然天下历史上的一些个前辈武夫,他们的根本拳架,和你的校大龙有些相仿,你是从哪儿偷学来的?"

陈平安喝了口酒,笑道:"李叔叔,就不能是我自己悟出的拳架?"

李二笑了笑,那眼神,简直就是老江湖出身的老丈人看女婿,教后者无所遁形。

陈平安也没有继续藏掖,说道:"这个拳架,是桐叶洲藕花福地一个老先生所创。老先生名为种秋,是南苑国的国师,在那座天下,老先生在江湖上被誉为文圣人武宗师,我曾经想要邀请老先生一起离开藕花福地,只可惜老先生当时顾虑颇多,不愿离开。不知道以后会不会改了主意。"

李二说道:"应该来浩然天下的。"

李柳想了想,记起南苑国京城旁边某地的气象:"如今的藕花福地,拘不住此人,蛟龙蜷缩池塘,不是长久之计。"

陈平安点头道:"我以后回了落魄山,和种先生再聊一聊。"

李二吃过了酒菜,就下山去了。李柳则留在了狮子峰上"与山上老神仙修习仙术"。

李柳拎着食盒去往自己府邸,带着陈平安一起散步。

此次狮子峰无缘无故封山,不光是山门那边不得进出,山上的修道之人也等于被禁足,不允许任何人随便走动,所以两人在路上没遇到狮子峰任何修士。

李柳问道:"离了龙宫洞天凫水岛,狮子峰上的灵气,到底寡淡许多,会不会不适应?"

陈平安笑道:"不会。在凫水岛那边积蓄下来的灵气,水府、山祠和木宅三处,如今都还未淬炼完毕,这是我当修士以来,头回吃撑了。在凫水岛上,靠着那些留不住的流溢灵气,我画了将近两百张符箓,近水楼台的关系,大江横流符居多,春露圃买来的仙家丹砂,都被我一口气用完了。"

李柳说道:"这些都是小事,不用太感激凫水岛和李源,其实如果李源足够聪明的话,应该将那块'峻青雨相'玉牌赠送给陈先生,可惜这家伙太小家子气,就像天降甘霖,只会用双手捧水,不晓得搬出个水缸来,大雨过后,只是解一时口渴而已。"

陈平安取出那块"休歇"木牌:"李源不知为何沿着济渎离开水龙宗,送了我这个,礼轻情意重,不比那块'峻青雨相'牌差了。"

李柳瞥了眼粗劣木牌,摇摇头:"这块橘木牌子,在陈先生修行一事上可帮不了忙,尤其是汲取水运灵气一事上,'峻青雨相'牌要事半功倍得多。"

陈平安收起了木牌,笑道:"可是我以后再来北俱芦洲和济渎,就可以光明正大去找李源喝酒了,就只是喝酒便可以。如果是那'峻青雨相'牌子,我不会收下,即便硬着头皮收下了,也会有些负担。"

李柳沉默片刻,缓缓道:"陈先生差不多可以破境了。"

陈平安点头道:"好像只差一拳的事情。"

李柳突然说道:"还是那么个意思,修行路上,千万别犹豫。相较于武学路上的步步踏实,循序渐进,修道之人,需要一种别样心思,天大的机缘,都要敢求敢收,不能心生怯意,畏畏缩缩,太过计较福祸相依的训诫。陈先生兴许会觉得等到五行之属齐全了,凑足了五件本命物,彻底重建长生桥,哪怕当时仍是滞留三境,也无所谓,事实上,修道之人如此心境,便落了下乘。"

陈平安缓缓思量。

李柳继续说道:"既然当了修道之人,就该有一份离地万里的超脱心。习武是顺势登高,修行是逆流而上。所以等到跻身了武夫金身境,陈先生就该要自己寻思着破开练气士三境瓶颈之法,三境柳筋境,自古就是留人境,难不成陈先生还希冀着自己一步登天?"

陈平安笑着摇头:"不敢想,也不会这么想。"

李柳说道:"我返回狮子峰之前,金甲洲便有武夫以天下最强六境跻身了金身境,所以除了金甲洲本地各地武庙,皆要有所感应,为其道贺,天下其余八洲,皆要分出一份武运,去往金甲洲,一分为二,一份给武夫,一份留在武夫所在之洲。按照老规矩,武夫武运和修士灵气相似,并非那么玄之又玄的气运,中土神洲最为地大物博,一洲可当八洲来看,所以往往是中土武夫得到别洲武运最多,但是一旦武夫在别洲破境,中土神洲送出去的武运,也会更多,不然天底下的最强武夫,只会被中土神洲大包大揽。"

这是一桩陈平安闻所未闻的新鲜事。

李柳打趣道:"若是那个金甲洲武夫,再迟些时日破境,好事就要变成坏事,就和武运失之交臂了。看来此人不光是武运鼎盛,运气是真不错。"

陈平安听出了李柳的言下之意,在狮子峰上,李叔叔喂拳之后,他陈平安就开始追赶并且超过那个天才武夫的六境底子了。

高兴当然有,如何雀跃欣喜,却也谈不上。

陈平安好奇问道:"在九洲版图相互流转的这些武运轨迹,山巅修士都看得到?"

"天下武运之去留,一直是儒家文庙都勘不破、管不着的事情,早年儒家圣人不是没想过掺和,打算划入自家规矩之内,但是礼圣没点头答应,就不了了之了。很有意思,礼圣明明是亲手制定规矩的人,却好像一直和后世儒家对着来,许多有益于儒家文脉发展的选择,都被礼圣亲自否定了。"李柳娓娓道来,道破诸多天机,"除非是勉强能够洞察天机的飞升境巅峰修士,不然很难察觉到迹象。再就是坐镇天幕的儒家七十二圣贤,看得最真切。纯粹武夫的所谓最强,只是个当下事,是与同一个时代的九洲同境武夫相比,所以曹慈和陈先生你们这类武夫,若是在某个境界滞留很久,其余所有同境武夫就都不用奢望那份武运了。"

陈平安摇头道:"我和曹慈比,如今还差得远。"

李柳笑道:"事实如此,那就只好看得更长远些,到了九境、十境再说,九境、十境的一境之差,便是实打实的天壤之别,更何况到了十境,也不是什么真正的止境,其中三重境界,差距也很大。大骊王朝的宋长镜,到九境为止,境境不如我爹,但是如今就不好说了。宋长镜先天气盛,若是同为十境气盛,我爹那性子,反受拖累,与之交手,便要吃亏,所以我爹才离开家乡,来了北俱芦洲。如今宋长镜停留在气盛,我爹已是拳法归真,双方真要打起来,还是宋长镜死,可如果双方都到了距离止境二字最近的神到,我爹输的可能性,就要更大。当然,如果我爹能够率先跻身传说中的武道第十一境,宋长镜只要出拳,想活都难。换了他先到,我爹也是一样的下场。"

陈平安轻声问道:"是不是如果李叔叔留在宝瓶洲,其实两人都没有机会?"

李柳点头道:"虽说事无绝对,但是大概如此。"

李柳笑着反问:"陈先生就不好奇这些真相,是我爹说出口的,还是我自己就知道的内幕?"

陈平安摇头道:"不用知道这些。我相信李姑娘和李叔叔,都能处理好家里事和门外事。"

李柳没来由道:"若是陈先生觉得喂拳挨打还不够,想要来一场出拳酣畅的砥砺,我这边倒是有个合适的人选,可以随叫随到。不过对方一旦出手,喜欢分生死。"

陈平安没有犹豫,回答道:"很够了,还是等到下次游历北俱芦洲再说吧。"

李二随后的一次喂拳,陈平安估计自己都未必扛得住。而且一旦跻身武道第七境,大渎走江又已经收尾,就更应该立即南返宝瓶洲,落魄山还有一大堆事务需要他去处理,再接下去,当然就是再次南下老龙城,乘坐跨洲渡船,赶赴倒悬山。

李柳说道:"其实那个人,陈先生也认识,当时他就在鬼蜮谷宝镜山。"

陈平安恍然大悟,是那个看不出深浅却给陈平安极大危险气息的怪人。在天之骄子崇玄署杨凝性身上,都不曾有过这种感觉,或者说不如前者浓厚。

李柳问道:"陈先生有没有想过一个问题,境界不算悬殊的情况下,和你对敌之人,他们是什么感受?"

陈平安愣了一下,摇头道:"从未想过。"

这些年远游途中,厮杀太多,死敌太多。

然后陈平安第一个想起的,便是久未见面的杏花巷马苦玄,一个在宝瓶洲横空出世的修道天才。成了兵家祖庭真武山的嫡传后,在破境一事上,马苦玄势如破竹。当年彩衣国大街捉对厮杀过后,双方就再没有重逢机会,听说马苦玄混得风生水起,已经被宝瓶洲山上誉为继李抟景、魏晋之后的公认修行天资第一人,最近邸报上的消息,是他手刃了海潮铁骑的一个老将军,彻底报了家仇。

李柳微笑道:"若是换成我,境界和陈先生相差不多,我便绝不出手。"

陈平安摇摇头:"李姑娘谬赞了。"

李柳说道:"太过谦虚也不好。"

陈平安说道:"说明我示弱的功夫,火候还不够。"

李柳忍不住笑道:"陈先生,求你给对手留条活路吧。"

陈平安也笑了:"这件事,真不能答应李姑娘。"

和李柳不知不觉便走到了狮子峰之巅,当下时辰不算早了,却也未到酣睡时分,能够看到山脚小镇那边不少的灯火,有几条宛如纤纤火龙的连绵光亮,格外瞩目,应该是家境殷实门户扎堆的街巷,小镇别处,则多是灯火稀疏,三三两两。

李柳问道:"陈先生走过这么远的路,可知洞天福地和诸多山水秘境的真正渊源?"

陈平安点头道:"曾经有个朋友提及过,说不光是浩然天下的九洲,加上其余三座天下,都是旧天地分崩离析后,大大小小的碎裂版图,一些秘境,前身甚至会是许多远古神灵的头颅、尸骸,还有那些……陨落在大地上的星辰,曾是一尊尊神祇的宫殿、府邸。"

李柳说道:"你这朋友也真敢说。"

陈平安笑道:"胆子其实说大也大,浑身法宝,就敢一个人跨洲游历;说小也小,是个都不怎么敢御风远游的修道之人,他畏惧自己离地太高。"

李柳问道:"要好的朋友?"

陈平安点头道:"算一个。"

山巅清风,带着谷雨时分的山野芬芳。

李柳沉默片刻,随口问道:"陈先生最近可有看书?"

陈平安笑道:"有,一本……"

陈平安略作停顿,感慨道:"是一本怪书,讲述诸多生死的短篇故事集,得自一头喜好炼制名山的得道大妖。"

李柳便没了太多兴趣,生生死死,她见过太多太多,肯定无法裨益她如今的大道。

对她而言,这一生就像杨老头是一个学塾夫子,让她去做功课,不是道德学问,不是圣贤文章,甚至不是修出个什么飞升境,而是关于如何做人。这其实是一件很别扭的事情。

李柳觉得自己唯有关起门来,和爹娘、弟弟李槐相处才习惯,走出门去,她看待世人世事,就和以往的生生世世,并无两样。

陈平安望着山下灯火,轻声道:"曾经在一本文人笔札上看到,说凡夫俗子,短暂一生,半生在那床榻上消磨光阴。好像修道之人,也没差,修行如睡大半生。不过细细琢磨,终究还是不一样的。站在不同的地方,看待同一件事,便可能是一种人心两回事。

"我曾经看过两本文人笔札,都讲到了鬼怪与世情。一个文人曾经身居高位,告老还乡后才写出那个笔札;另外一个则是落魄书生,科举失意,终生不曾进入仕途。我看过了这两本笔札,一开始并无太多感触,只是后来游历途中,闲来无事,又翻了翻,便嚼出些余味来。

"站得高看得远,对人性就看得更全面。站得近看得细,对人心剖析便会更入微。"

说到这里,陈平安感慨道:"大概这就是行万里路、读万卷书的好了。"

陈平安突然笑了起来:"那个不敢御风的朋友,学问驳杂,让我自惭形秽。我曾经随口问了他一个问题,若是我家乡小巷的头尾,墙根各有一株小草儿,明明离着那么近,却始终枯荣不可见,若是开了窍,会不会伤心? 他便认真思量起了这个问题,给了我许许多多匪夷所思的玄妙答案,可我一直忍着笑。李姑娘,你知道我当时在笑什么吗?"

李柳会心一笑:"在那泥瓶巷,鸡犬往来,尤其是母鸡经常带着一群鸡崽儿,每天东啄西啄,哪里会有花草。"

陈平安笑得合不拢嘴,使劲点头。

李柳突然收敛了笑意,弯腰作揖:"感谢先生教诲。"

陈平安愣在当场,不明白李柳这是做什么。他只是和李姑娘散心闲聊,难不成这都能悟出些什么?

陈平安当下唯有一个念头,自己果然不是什么修道坯子,资质平平,所以此次狮子峰练拳过后,更要勤勉修行啊。

李柳起身后,告辞一声,竟是拎着食盒御风去往山脚店铺。

陈平安一头雾水,返回那座神仙洞府,撑篙去往镜面处,继续学那张山峰打拳,不求拳意增长丝毫,只求一个真正心静。

夜色里,妇人在布店柜台后打算盘,翻着账本,算来算去,唉声叹气,都大半个月了,没什么太多的进账,都没个三两银子的盈余。

先前陈平安在铺子帮忙,一两天就能挣个三两银子,真是人比人,愁死个人。也亏得在小镇,没有什么太大的开销,

妇人看着柜台上的那盏灯火,怔怔出神,然后转头望向那个傻了吧唧站在不远处的汉子,怒道:"李二,你杵这儿做啥,能当油灯使唤啊?"

李二摇摇头。

理解。最近买酒的次数有点多了,可这也不好全怨他一个人吧,陈平安又没少喝。

妇人好似看穿李二那点小心思,恼火道:"花钱心疼是一回事,招待陈平安是另外一回事,李二你少扯到陈平安身上去。你有本事把你喝的那份吐出来,卖了钱还我,我

就不怨你！成天就是瞎晃荡，给人打个短工什么的，一年到头，你能挣几两银子?！够你喝酒吃肉的?"

李二闷闷道："陈平安马上就要走了，我戒酒半年，成不成?"

不承想一听说陈平安要离开，妇人更气不打一处来："闺女嫁不出去，就是给你这当爹的拖累的，你有本事去弄个官老爷当当，看来咱们铺子求亲的媒婆，会不会把咱家门槛踩烂?！"

李二不吭声。

妇人哀怨道："以后若是李槐娶媳妇，结果女儿家瞧不上咱们家世，看我不让你大冬天滚去院子里打地铺!"

李二挠挠头。

妇人刚要熄了油灯，突然听到开门声，立即小跑绕出柜台，躲在李二身边，颤声道："李柳去了山上，难不成是毛贼登门? 等会儿要是求财来了，李二你可别乱来，铺子里边那些碎银子，给了毛贼便是。"

李二嗯了一声。

所幸开门之人，是她女儿李柳。

妇人便立即一脚踩在李二脚背上："好嘛，若是真来了个毛贼，估摸着瘦竹竿似的猴儿，靠你李二都靠不住! 到时候咱俩谁护着谁，还不好说呢……"

妇人絮絮叨叨骂着汉子。

熄了油灯，一家三口去了后院，妇人没了气力骂人，就先去睡了。

李二和李柳坐在一条长凳上，李柳凭空变出一壶仙人酒酿，李二摇摇头。

若真是贪杯的人，真要喝那好酒，李二什么喝不上。

李柳这一次却坚持道："爹，破例一回。"

李二有些奇怪，接过了那壶酒，却没有揭开泥封，小声笑道："余着，回头跟李槐一起喝，他这个岁数，差不多也可以喝酒了，到时候就说是狮子峰老仙师赏赐下来的。"

李柳笑着不说话。

李二说道："你娘其实想过很多次，回宝瓶洲那边去，毕竟那边有亲戚，街坊邻居都是世世代代的熟悉门户，不会像这边，终究是外人，所以你娘说出口时，我是答应了的。不过后来你娘自己反悔了，说李槐好歹在书院求学，再给人欺负，也不会太过分。你不一样，到底是个女儿家，她放心不下你一个人留在这边，又不愿让你下山，断了她想都不敢想的那份仙家缘分。"

李柳点点头，伸出腿去，轻轻叠放，双手十指交缠，轻声问道："爹，你有没有想过，总有一天我会恢复真身，到时候神性就会远远大过人性，今生种种，就要小如芥子，兴许不会忘记爹娘你们和李槐，可一定没现在这么在乎你们了，到时候怎么办呢? 甚至到了那一刻,我都不会感到有半点伤感,你们呢?"

李二笑道:"这种事当然想过,爹又不是真傻。怎么办? 没什么怎么办,就当是女儿特别出息了,就像……嗯,就像一辈子面朝黄土背朝天的庄稼汉爹娘,突然有一天,发现儿子考中了状元,女儿成了皇宫里边的娘娘,可儿子不也还是儿子,女儿不也还是女儿? 可能会越来越没什么好聊的,爹娘在家乡守着老门老户,当官的儿子,要在远方忧国忧民,当了娘娘的女儿,难得省亲一趟,但是爹娘的牵挂和念想,还是在的。子女过得好,爹娘晓得他们过得好,就行了。"

李柳低下头:"就这么简单吗?"

李二嗯了一声:"没那么复杂,也不用你想得那么复杂。以前不跟你说这些,是觉得你多想想,哪怕是胡思乱想,也不是什么坏事。"

李二犹豫了一下:"不过我还是希望真有那么一天,你哪怕是拗着性子,装装样子,也要对你娘亲好些,不管你觉得自己真正是谁,对于你娘亲来说,你永远是她怀胎十月,好不容易生下来、拉扯大的闺女。你要是能答应这件事,我这个当爹的,就真没要求了。"

李柳柔声道:"好的。"

李二叹了口气:"可惜陈平安不喜欢你,你也不喜欢陈平安。"

李柳埋怨道:"爹!"

李二咧嘴笑道:"爹就说一嘴儿,恼什么。"

李柳一双漂亮眼眸,笑眯起一双月牙儿。

李二说道:"知道陈平安不住这边,还有什么理由,是他没办法说出口的吗?"

李柳疑惑道:"他是在顾忌什么? 怕给咱们添麻烦?"

李二摇摇头:"我们一家团圆,却有一个外人。他陈平安什么苦都吃得,唯独扛不住这个。"

那天李柳返乡回家,陈平安笑着告辞离去。

一袭青衫的年轻人,身在异乡,独自走在大街上,转头望向店铺,久久没有收回视线。

图书在版编目(CIP)数据

剑来18：我与我周旋 / 烽火戏诸侯著 . —杭州：
浙江文艺出版社，2021.1（2025.5重印）
ISBN 978-7-5339-6339-2

Ⅰ.①剑… Ⅱ.①烽… Ⅲ.①长篇小说—中国—当代
Ⅳ.①I247.5

中国版本图书馆CIP数据核字（2020）第248872号

选题策划	柳明晔
责任编辑	关俊红
营销编辑	俞姝辰　宋佳音
封面绘图	温十澈
责任印制	吴春娟

剑来18：我与我周旋

烽火戏诸侯 著

出版	浙江文艺出版社
地址	杭州市环城北路177号
邮编	310003
电话	0571-85176953（总编办）
	0571-85152727（市场部）
制版	浙江新华图文制作有限公司
印刷	杭州杭新印务有限公司
开本	710毫米×1000毫米　1/16
字数	304千字
印张	16
插页	2
版次	2021年1月第1版
印次	2025年5月第15次印刷
书号	ISBN 978-7-5339-6339-2
定价	43.00元